我未走远
而你还在

俞菲尔 —— 著

I haven't gone far away
and you're still here

百花洲文艺出版社
BAIHUAZHOU LITERATURE AND ART PRESS

图书在版编目（CIP）数据

我未走远，而你还在 / 俞菲尔著. —— 南昌：百花洲
文艺出版社, 2018.3
ISBN 978-7-5500-2593-6

Ⅰ.①我… Ⅱ.①俞… Ⅲ.①长篇小说 – 中国 – 当代
Ⅳ.①I247.5

中国版本图书馆CIP数据核字(2017)第316459号

我未走远，而你还在

俞菲尔　著

出 版 人	姚雪雪	
责任编辑	郝玮刚　陈少伟	
装帧设计	黄敏俊	
制　　作	周璐敏	
出版发行	百花洲文艺出版社	
社　　址	南昌市红谷滩新区世贸路898号博能中心A座20楼	
邮　　编	330038	
经　　销	全国新华书店	
印　　刷	江西千叶彩印有限公司	
开　　本	710mm×1000mm　1/16	
印　　张	18.25	
版　　次	2018年3月第1版第1次印刷	
字　　数	223千字	
书　　号	ISBN 978-7-5500-2593-6	
定　　价	38.00元	

赣版权登字　05-2017-544

邮购联系　0791-86895108
网　　址　http://www.bhzwy.com
图书若有印装错误，影响阅读，可向承印厂联系调换。

目 录

Chapter 1
生活之惑　　1　　都是情侣装惹的祸 / 升职的诱惑 / 追查真相，竟南辕北辙 / 只有拼郎才女貌这一招了！/ 床头吵架床尾和

Chapter 2
蝴蝶效应　　17　　婚礼喜乐，各有伤悲 / 友谊的小船，怎么说翻就翻啊？/ 他爱她，却隔着千山万水 / 一条鱼的挣扎

Chapter 3
分手快乐　　30　　再深厚的爱情也有底线 / 幸福有妖气！/ 我只想飞过你每一天的晨曦 / 我疼你，一辈子！

Chapter 4
峰回路转　　41　　母后驾到，感觉不妙！/ 屋都进了，爬上床还会远吗？/ 兔子到底吃不吃窝边草？/ 对，我是鬼，色鬼！

Chapter 5
救命稻草　　54　　夫妻双双把"药"下 / 祭出杀手锏 / 不怕贼偷就怕贼惦记 / 哈，我用胸罩罩着你！

Chapter 6
暧昧盛行　　71　　女人都是天生的大侦探 / 人人都可能成为"隔壁老王"！/ 干柴遇到烈火 / 去家里谈工作，你是修理工吗？

Chapter 7
疑点重重　　89　　酒店房间里的另一双拖鞋 / "放大器"与"减震器"的世纪对决 / 她是唯一，可以陪他对抗一无所有 / 巴黎没去过，但是爹蹲过篱笆

Chapter 8
凤凰涅槃　　**102**
心脏在碎裂里却开出一束幽暗花朵 / 小三这顶桂冠，你值得拥有！/ 茫茫人海，苍天不负，祝你娶到"绿茶婊"

Chapter 9
重新启程　　**115**
论"Gay蜜"的正确使用方法 / 在我的生命里，你迟到太多次了 / 恩断义绝，两不相欠 / 打我干嘛！我不"断袖"啊！

Chapter 10
危机四伏　　**129**
换个体位，我不适应！/ "釜底抽薪"，你要抽我？/ 那算我占你便宜好了！/ 你形婚，也别形我姐，好伐！

Chapter 11
重燃爱火　　**141**
在刻骨的爱里，女人都会变成老母亲 / 高手对决，相互胁迫 / 我依旧贪恋着你的拥抱 / 离婚后遗症，胡来and乱搞？

Chapter 12
时空轮转　　**156**
空手套白狼 / 温柔在觉醒，而你却远离 / 腾出一点空间，让她看清爱

Chapter 13
为爱执着　　**166**
莫名其妙被小三 / "美国式"的爱情 / 为爱，我放弃了自由 / 谁的玫瑰刺痛了双手

Chapter 14
非诚勿扰　　**178**
为追爱，竟卖主求荣？ / 相亲还相出来一份Offer（工作）！/ 老婆改嫁，还需要前夫把关？ / 追爱三十六计之苦肉计

Chapter 15
冰火两重天　　192　　深爱却又疏离 / 验货? 验什么货? ! / 男士和宠物不得入内

Chapter 16
订婚风波　　205　　条条大路通罗马, 罗马是你! / 你是《2046》里的谁? / 所谓婚姻, 不只是爱情 / 谁也做不到猝然清醒, 轻易转身

Chapter 17
孤注一掷　　217　　为你去死, 我舍得! / 天下论"贱", 谁与争锋 / 把她惯成女王范儿 / 提前预支一秒钟的幸福

Chapter 18
痛彻心扉　　230　　你是我的独家记忆 / 不要用你认为对的方式来爱我 / 我爱你, 你却离我而去 / 深爱入髓, 以致疯癫

Chapter 19
力挽狂澜　　244　　红颜祸水说的就是你 / 我相信他的相信! / 坠入人间, 灿若烟火 / 你纵然是奇葩一朵, 我也为你沉醉着迷

Chapter 20
所有深情终不负　　255　　南极求婚的大Bug / 关于前夫的非正式移交 / 思念如海, 无限绵长 / 每一次, 你都是我的新娘 / 回去, 回到爱里去

Chapter 21
番外篇　　273　　番外1: 有一种运动…… / 番外2: 新婚夜晚的"不速之客" / 番外3: 江山易改, 本"色"难移 / 番外4: 被灭灯是因为太完美 / 番外5: 鸡姐、鸟姐、大表姐的秘密 / 番外6: 爱, 让一切皆有可能!

Chapter 1

生活之惑

当你足够爱一个人的时候，你就会觉得，所有的空气里，负氧离子都超标。

❧ 都是情侣装惹的祸 ❧

哒哒哒……

马晓鸥踩着酒红色 Manolo（马诺洛）新款高跟鞋，走在光可鉴人的大理石甬道上，气势压境。

忽然，马晓鸥摘下茶色太阳镜，移到身体右侧，然后转身，对着一个黑衣男子怒目而视，"李琦，你们公司是要关门了吗？这么闲？"

李琦眯缝着眼，嘿嘿一笑，"没啊，公司好着呢！"

马晓鸥拧了拧眉，"那你怎么不去上班？你该不会是怀疑我在和别人约会吧？"马晓鸥左右看了看，"喏，也没逮到人，回吧，你不累，我都累了！"马晓鸥耸了耸肩。

"对啊，我就是怕你累……我才跟来的啊！"李琦的脸上挤出一丝人畜无害的笑容。

"我不累，你走吧！"

李琦又往前挪了两步，"现在是不累，那一会儿，你一高兴，咔咔咔，买买买，那么多袋子，你拎得动？"

马晓鸥想想也是，便也不再计较，转身就走，一边走一边说："不过，你最好离我两米远！"

李琦嘿嘿一笑，小声地嘟囔着："两米？五米也行啊，只要是有你的空气，我怎么感觉负氧离子都超标啊！"

"这条腰带，细节设计得不错，可是好像有点太粗了！"马晓鸥摇了摇头。

"要不那条？"售货小姐指着旁边那条亮金色的腰带。

"那条？嗯，不合适，感觉有些像暴发户！"

"这条，您看，是我们这一季的主打，简洁大方，前一段时间王巧巧还戴过呢！"

马晓鸥拿在手里，嘴角挑了挑，"颜色太艳了，我又不是王巧巧，要在机场摆 Pose（姿势）博出位！"

售货小姐表面应和，内心却不断翻转：有病吧！

其实她说的没错，马晓鸥是有病。两年前，马晓鸥罹患选择恐惧症。

马晓鸥的病，吓退了蔡文姬等一大众闺蜜，却也成就了李琦的审美眼光。几秒钟的功夫，从马晓鸥的面部表情、话语轻重、瞳孔大小……李琦就可以判断出来马晓鸥的心意所属。

久而久之，李琦成了马晓鸥的潜意识。你害怕取舍，我帮你定夺；你左顾右盼，而我，洞若观火。

马晓鸥前脚刚走，李琦立马就折回柜台，从刚才那一堆腰带中抽出来一条，让售货员打包、刷卡，一气呵成。

售货小姐不解地问："您确定，太太喜欢这条？"

李琦重重地点了点头，"确定，非常确定！"

马晓鸥从隔壁试衣间里出来，就看到李琦手里拎着的袋子，"不是说了不喜欢吗！"

"现在不喜欢，不代表过几天不喜欢啊。万一哪天喜欢了，还要来回跑，多浪费心情！"

马晓鸥瞥了李琦一眼，没说话，又哒哒哒往前走，李琦也踩着小碎步，紧紧跟随。

从楼上到楼下，二十几家专卖店扫过去，马晓鸥逛得一脸惆怅。

"楼上中间那家不错，有一件淡黄色的长裙，适合你，要不咱再回去试试？"李琦试探着问道。

"你确定吗？"马晓鸥累得不行，语气自然也就软了下来。

"差不多，确定！"李琦依旧点头哈腰、一派谦卑。

"什么叫差不多确定？"马晓鸥拧了拧眉。

"就是，我——确定！但是，我确定，不管用啊，所以还要你再确定一下，就叫，差不多，确定！"李琦努力睁着小眼睛，语调抑扬顿挫，表情一本正经。

"好吧！"马晓鸥脱掉风衣，甩给李琦，又返回楼上，直奔主题。果不其然，修身的设计，淡雅的色调，衬得马晓鸥高贵脱俗，优雅不凡。

"就这件，打包！"马晓鸥刷了卡，头也不回转身就奔向扶梯。

还没等马晓鸥走到商场的旋转门，李琦就大步流星地跟了上来。一会儿的功夫，李琦的手里又多了两个袋子，一个是蒂芙尼标志性的蓝粉色袋子，一个是阿玛尼男士西装袋子。

"李琦，我自己就是珠宝设计师，你买首饰干嘛？"马晓鸥指了指那个蓝粉色袋子。

李琦把袋子往上扬了扬，"主要是……你不是喜欢这个袋子的颜色吗？我记得以前带你去赛澳百货，你一眼就看上了这个牌子，你说，这个蓝粉色特别像梦！"

马晓鸥扯了扯嘴角，似笑非笑道："人，是会变的，喜欢的东西，自然也会跟着变！"

李琦对着马晓鸥，眼神灼灼，语声深沉："可是我……我没变，只会越来越喜欢！"

马晓鸥没有把目光迎上去，低头，指了指另外一个袋子，"学会收拾自己啦？"

李琦的脸上爬上几缕绯色，粲然一笑，"他们说，这叫，情侣装！"

"什么情侣装？"马晓鸥拧眉问道。

"就是配你那条裙子的，那个，放在上衣口袋里的绢帕，也是浅黄色的！"

马晓鸥目光清澈，眼神倔强，"李琦，你知道吗？这两身衣服穿在别人身上，那叫情侣装，我们俩穿上，却是，情侣，装！"

李琦顿了顿，又理直气壮道："嗯……就是……那假装的也要装啊，你说要是不装，那咱爸可咋办？"

马晓鸥忽然拔高了调门："李琦，我爸，my father（我爸），你能不能，可以不可以，别老拿我爸说事儿啊！再过半年，他，对于你来说，或许，连个邻居大叔都算不上！"

"行，那就算是你爸，我不和你争！"

"还算是？什么叫算是啊，那是我亲爸！"

"那我还是果果亲爸呢，要不，你也和我保证一下，不让别人和我争！"李琦的脸上明目张胆，写满狡诈。

马晓鸥被气得咬牙切齿，又无言以对，只能转头走开。

到了旋转门，马晓鸥差不多是用了洪荒之力，狠狠推了一下，就见一大扇玻璃呼啸着朝李琦扇过去，就和铁扇公主的芭蕉扇似的，李琦猝不及防，整张脸被烀在了玻璃门上，顷刻间就变成了一张卖相不佳的意式培根披萨。

李琦从玻璃门中挣脱出来，一边搓揉着鼻子，一边大声叫嚷着："马晓鸥，你谋杀亲夫啊！"

马晓鸥没有回头，直直地向前走去。

走了几步，李琦忽然就感觉鼻子有点酸酸的，然后心里也酸酸的，嘴里忍不住骂道："陈小雨，老子不弄死你，我李字就倒着写！"

❦ 升职的诱惑 ❦

蔡文姬一路小跑，穿过一连串儿的玻璃隔间，在总经理室门口站定。蔡文姬一边理着 A 字裙，一边敲门。

"进！"一个厚重的声音传出来。

"庄总，您找我？"蔡文姬气喘吁吁道。

庄梓晨望着蔡文姬红扑扑的小脸蛋，不禁心旌摇荡，忙指了指办公桌对面的椅子，"坐！"

蔡文姬贴着椅子，顺势坐下，便直奔主题，"是计划书有问题吗？"

庄梓晨清了清嗓子，"Idea（构想）本身没问题！"

"那是？"蔡文姬忐忑不安。

"是预算的问题！"庄梓晨把身子往前探了探。

"预算？这个预算已经是最低极限了啊。流量采购部分，估计是全行业最低价了，新媒体营销，基本都是靠易货的方式，也没有什么现金投入，而公关那一部分，不管是线上还是线下，庄总，供应商那边已经是在亏本接单了，要不是因为合作了三年的关系，天浩公关早就不接咱们的 Case（项目）了！"

"文姬，这些我都知道，我承认你工作很卖力，可是，你看看，林婉的预算，你过来看看！"

蔡文姬起身，移到庄梓晨的一侧，低头朝着电脑屏幕看过去，庄梓晨一边移动着鼠标，一边往蔡文姬身边靠了靠。

蔡文姬快速地扫了一眼林婉的预算表，气馁地坐回椅子上。

"庄总，我和林婉负责的产品不一样，我负责的产品面向大众，她负责的产品面向企业，面向大众的产品不靠流量，不靠宣传，很快就会被淹没，而面向企业，就简单得多！"

庄梓晨看了看蔡文姬，意味深长，"面向企业客户简单，那你当初怎么不接这个产品？"

辰丰科技互联网事业部一共有两款产品，一款面向大众，名为 SOTA，是一款移动搜索类产品；一款面向企业，名为 HUTIE，为企业提供移动互联网专项定制服务。SOTA 为消耗性产品，每年需要花费大量的推广费用以维持用户增长，而 HUTIE 为营收性产品，每搞定一个客户，就会为辰丰的财报锦上添花。

"为什么？嗯……您不是也觉得，林婉更适合 HUTIE 吗？"

蔡文姬内心 OS（内心独白）：我总不能说，我不想还没把客户搞定，就被客户"搞"了吧！

俗话说，常在河边走，哪有不湿鞋？活学活用，换到职场上就是，常在客户身边走，一不小心就失身！

庄梓晨意味深长地点头。

蔡文姬赶忙把话题拉回来，"庄总，市场费用，SOTA 确实比 HUTIE 高，但是，您看客情费，我这边几乎没有，那边可是上百万！"

"文姬，你怎么还是不明白呢，羊毛出在羊身上，客情费最后都会算在给客户的报价里。"庄梓晨顿了顿道："知道我为什么叫你过来吗？"

蔡文姬扑闪着大眼睛，摇了摇头。

庄梓晨叹了口气，"你们两个现在都是经理，总有一个人要升上去，对吧？现在正是关键时期，SOTA 没收入，HUTIE 一年一千多万的到账款，虽然这一千多万对辰丰算不上什么，可是这毕竟也是钱！在收入项，你已经败了一城，如果预算还高出这么多，就算我升你上去，林婉能服气？其他总监能服气？"

听庄梓晨这么一说，蔡文姬的气势一下子就软了下来，"除非，把用户增长预期降低，不然预算降不下来啊！"蔡文姬仰头对着庄梓晨。

"不可能！"庄梓晨直截了当回绝道。

"那根本就无解啊！"蔡文姬一脸颓然。

不知道什么时候，庄梓晨已经转到了蔡文姬的身后，一双厚手就搭在了蔡文姬的肩上，"办法也不是没有！"

蔡文姬扭头，趁机摆脱庄梓晨的碰触，"什么办法？"

庄梓晨诡异一笑，"哎，你还是太嫩了！"

蔡文姬怎么都觉得庄梓晨是一语双关，便也不再问下去，赶忙站起身，"不说算了，我再去改方案！"

庄梓晨拉住蔡文姬的小手，"文姬，论能力，你比林婉强，论情商，你还要和林婉学一学！"

庄梓晨的话，蔡文姬当然心领神会，心里嘀咕着："学你大爷啊！"但嘴上却说着："庄总，我记得您可是说过，在您手下做事，您只看重能力！"蔡文姬赶忙把手抽出来。

庄梓晨脸色诡异难辨，"哎，好了，好了，升迁的事，我再想想办法！"

蔡文姬也立即见好就收，抛出了一个大大的笑脸，"谢谢庄总，那我改方案去了。"便转身出了庄梓晨的办公室。

由于步子比较急，蔡文姬差点就撞上站在门口的林婉。

蔡文姬抬头冲林婉笑了笑，"林经理。"

林婉抱着笔记本电脑，脸上似笑非笑，直直地看着蔡文姬，看得蔡文姬如鲠在喉，如芒在背。

事后很久，蔡文姬才幡然醒悟，在职场上，得罪谁，都不要得罪一个资历平庸却争强好胜的女同僚，他们简直就是一硝二磺三木炭的混合体，自带爆炸属性。只要条件合适，他们就会在你背后煽风点火，制造混乱，把你炸得个措手不及，人仰马翻。

下班之后，蔡文姬约了石浩楠在一间咖啡厅见面。

蔡文姬右手支着脑袋，斜靠在沙发上唉声叹气，左手把一堆资料推给石浩楠，"帮我想办法，预算降 30%！"说着又抽出一张预算表，"哎，我估计降 30%，庄梓晨也不会满意，直接降 50% 好了，一步到位！"

石浩楠推了推金丝边眼镜框，抬头盯着蔡文姬，"你确定他不是故意刁难你？"

蔡文姬叹气道："确定是故意刁难我又如何？你们当老板的，除了刁难员工之外，难道还有其他的工作吗？"

石浩楠笑了笑，"遇到你这么通情达理的员工，可真是难得啊！"

"HOHO，And Then？（呵呵，然后呢？）难道我还能揭竿起义？哎，人在屋檐下不得不低头！"

"要不，你索性揭竿起义，到天浩来，这边有一个位置特别适合你！"

"什么？"蔡文姬坐直了身子，认真道。

"老板娘！"石浩楠玩味一笑。

蔡文姬白了石浩楠一眼，"这个建议听起来不错，但是没有操作性。"蔡文姬咔嚓咔嚓嚼着脆生生的蔬菜沙拉，"首先呢，我要先炒了老板，然后呢，我再炒了老公，路径太长，不易操作，另外，我厨艺不佳，说不定炒着炒着就炒糊了！"

石浩楠被逗得哈哈大笑，便也不再揶揄蔡文姬，认真地翻看着蔡文姬带过来的计划书。

"流量购买部分还有操作空间，公关部分，我回去查一下利润表，可以再降一点！"

蔡文姬听石浩楠这么一说，立马来了精神，"公关部分是小钱，我也不好意思再杀你价了，流量购买部分怎么降？"

"阿奇纳那边我认识他们一个副总，他们的最低折扣价，我应该可以帮你拿到！"

蔡文姬激动地跳起来，差一点就冲着石浩楠高呼万岁了，"真的？"

石浩楠点了点头，"不过，就算谈下来，整体预算也不可能降那么多，不过，倒是还有一种方案可以操作。"

"什么方案？"

"好，我先问问你，预算降下来，和你升上去，是否是百分百挂钩的？"

蔡文姬不是太确定，但还是点了点头，"差不多！"

"如果，预算是你升迁的关键因素，那么也可以铤而走险！"

蔡文姬拧眉，"还要铤而走险？"

"一分价钱一分货，阿奇纳的价钱之所以贵，是因为转化率高，对吧？"

蔡文姬点头，"然后呢？"

"换一家新公司。"

"换新公司？"

"只有新公司，才会做赔本的买卖！"

"Why？（为什么？）"

"因为他们要开单，要累积客户啊，如果按照市场价，他们没有一点胜算，所以低价才是他们的优势！"石浩楠笑了笑，"而你最大的优势是什么？杀价，对吧？所以，凭你的谈判能力，一定可以把价钱杀到最低……他山之石，可以攻玉，明白吗？"

"但是，新公司，转化率不能保证啊！"

"有这种可能性，但是验证转化率，需要一个时间周期，对吧？"石浩楠往后靠了靠身子，"就算最后转化率有问题，你和庄梓晨的责任也是五五开，因为你已经提前和他讲过阿奇纳的 ROI（投资回报率）了，他不满意导致你换供应商，你换供应商导致效果不佳，So（所以）……最后，他可能拿你也没什么办法！"

"哇塞，石浩楠，看不出来啊，城府不浅啊！"蔡文姬满目崇拜地看着石浩楠。

石浩楠淡淡一笑。

蔡文姬转念一想："哎，不对啊，为什么，我和你打交道，总觉得你很面，很好欺负呢？"蔡文姬说完，又忽觉不妥，讪讪一笑。

"你是我们的长期合作伙伴，财神爷，怎么能一样！"石浩楠慢悠悠地说道。

蔡文姬低头喝了一口果汁，轻声道："如果，这次我真能升上去，我请你吃大餐！"

石浩楠眼神灼灼地看了一眼蔡文姬："哎，还是来点实际的吧……"石浩楠故意拖长了语调。

蔡文姬一愣，有些紧张地问道："什么？"

石浩楠缓缓道："你升做总监后，是否可以'以权谋私'一回，别再杀我们价了，怎么着，也得让我们赚点，不是？"

蔡文姬抬头，嘿嘿一笑，"这个可以有，成交！"

❀ 追查真相，竟南辕北辙 ❀

周末，李琦浑身都夹带着欲求不满的戾气，风驰电掣般冲进了"木有秘密"私人侦探社。

"还木有秘密，就他妈的这点小事都办不了，还木有秘密？"李琦怒火中烧，拿起门口的高尔夫球杆，就冲到门外，冲着"木有秘密"的水牌，大砸特砸起来。

张力刚从洗手间出来，被李琦的举动吓到，赶忙上前，点头哈腰，"李总，贵客啊！"

"贵他妈的贵，去叫万金油，让那个王八蛋，赶紧给我滚出来！"李琦大声喝道。

还没等张力去叫，万金油就从办公室里走了出来，朝李琦谄媚一笑，"哥！"

"你还知道我是你哥啊，哥这一辈子也就求你一件事，对吧？"

"哥，那哪能说求，小弟给哥办事，荣幸！"

"少说废话，事情查得怎么样了？"李琦从口袋里拿出一支烟。

万金油赶忙把火递过去，"刚从陈小雨老家回来，全村人差不多都问遍了，这两年，就没回去过！"

"过年也没回去过？"

"没！去年，她奶奶走了，她也没回去，她那叔叔，一提起陈小雨，张嘴就骂！"

"你说一个大活人，怎么就会凭空消失了呢？"

"我们也纳闷！"万金油答道。

"你纳闷？万金油，当初接这个 Case（项目）的时候，你怎么不说你纳闷啊？靠，你忘了你怎么说的，是不？你说，只要人还在地球上，你就能掘地三尺，把人给我找出来！万金油，你什么意思啊，是不是过一段时间，你要告诉我，他妈的，陈小雨被外星人掠走了啊！"李琦双目欲裂。

"哥，别急，人只要还没变成鬼，嘿，主要是我们不会抓鬼……嗯，我保证，保证能查出来，只是时间问题！"

"时间问题？！对啊，就是时间问题啊，说得一点都没错，这个，我也敢保证啊，我保证，十年之内，只要她还没变成鬼，她铁定会回天城，或者回老家……可是那个时候，他妈的什么都晚了，我早就孤家寡人，妻离女散了，明白吗？"李琦满脸涨红道："万金油，都两年了，我他妈的都给你扔了多少钱了啊，你自己算算，你就这样拖着我，是吧？我拿你没办法是吧？我拿谁都没办法，是吧？你牛，你们都牛！"李琦被气得声音发颤。

"哥，我怎么敢拖你啊？我做梦都想把陈小雨给找出来。"万金油哀求道。

"那哥求你，醒醒，别做梦了，好嘛？抓紧点，把她给弄回来。"

"哥，不是我们不给力，是真的找不到线索啊，陈小雨就跟人间蒸发了一般，所有交通购票系统，都没有出现过这个人，我们也找了关系，查了她名下所有银行卡的交易记录，这两年，没有任何存取款记录！"

李琦拧眉，满脸犹疑。

"一种可能，就是这个人，可能挂了！"万金油叹气道。

"挂了？那警察局总要有信息啊！有吗？"

"没有！"万金油摇头，"我们怀疑，这一切都和高登有关系！"

李琦再次暴跳起来，"我他妈的早就知道有关，现在我要的是证人，证据！"

"哥，别急，你看这个，我正要传给你。"万金油从手机里调出来几张照片，递给李琦。

李琦接过照片，低头看了看，是高登和陈小雨，站在一间咖啡厅门口。

"哥，以前你只是怀疑高登，这个就是实锤，他们认识，而且事发前，他们见过！"

"高登这个龟孙子，之前我问他，他妈的他死活不承认，发给我！"李琦大声骂道。

万金油把几张照片发到李琦的手机上，"哥，如果确定高登是幕后的指使者，那么就是第二种可能，陈小雨换了身份出国了，所以我们在国内才找不到她。"

"跑了？"

"基本可以确定。因为换身份、出国，这两件事，不只是需要钱，还需要关系，凭陈小雨一个人，她做不到，还有……"

"还有什么？"李琦问道。

"嗯……有件事，我想问问你，你别生气！"

"说！"李琦不耐烦道。

万金油咳嗽了一声，"陈小雨喜欢你，这个可以肯定，对吧？那你，你喜欢不喜欢她？"

李琦怒目圆睁，"你啥意思啊？你也以为我就是一个大色狼？胡作非为，酒后乱性？啊！"

万金油小声嘟囔着，"怎么说，你也是一个正常男人啊……再说了，那陈小雨长得也不差……"

"哎，不是，万金油，我有点蒙圈了啊，你说着说着，怎么忽然又扯到这个问题上来了？"

万金油把腰板挺直，"哥，假如啊，假如你也喜欢她，那么就算把她抓回来，嫂子也还是不会原谅你，反而可能招来更多的麻烦！"

"万金油，你别不是因为找不到陈小雨，给自己找一个台阶下吧？"

"真不是！那，哥，咱们再假如一下啊，假如你真的从头到尾，对陈小雨一点意思都没有……"万金油再次看向李琦。

李琦被万金油搞得有点不耐烦，"没一点意思，一点意思都不可能有！"

"那完了！"

"咋就完了？"李琦浑身紧张起来。

"哥，我给你分析分析这女人啊，假设你对她也多少有点意思，那么这事发生后，她保证不会跑，按照正常的套路，她保证粘着你，要不讹你点钱，要不就用尽心思谋求上位，但是她跑了，证明什么？证明，她绝望了！"

"咋就绝望了？"

"她对你暗送秋波，投怀送抱，各种方法都试了，可你还是不解风情，横眉冷对，你想想，换谁谁不绝望啊！"

李琦点头，觉得有点道理，"嗯，继续。"

"哥，这女人啊，爱你，可以为你去死，如果恨你，她可以让你去死！"万金油顿了顿，"所以，我猜，最开始，是她去找高登的，她是你秘书，她对你了解，对你们公司的股权结构也了解，然后对你的竞争对手也了解，对吧，所以是她先找了高登，给高登献了一计！"

"是她去找的高登？"

"差不多是这样，如果最开始是高登准备用美人计害你，那么他不见得会找陈小雨，他拿不准，陈小雨到底是不是你心腹！"

"嗯，有道理，这损招，高登能想到，但是配合实施这个计划的，不会是陈小雨！"

"所以啊！"万金油叹了口气。

"所以什么？"

"所以，哥，我估计，陈小雨从离境那天起，她就没打算回来！"万金油继续道："这笔交易，对高登来说，太值了，所以，他应该给了陈小雨不少钱。"

李琦苦笑着，"你的意思是说，没有人能证明，我是被陷害的，对吗？"

整个办公室忽然静谧下来，空气里开始弥漫着绝望的气息。

"陈小雨恨我，高登恨我，他们可以冲我来啊，马晓鸥是无辜的啊，那时候，她还怀着孕，他们凭什么啊？"李琦语气逐渐哽咽。

前尘往事一幕幕浮现在眼前。

两年前，马晓鸥已经有了四个多月的身孕。

然后有一天，马晓鸥收到了一封邮件，同时收到那封邮件的还有丝路网科的主要股东们。

之后，马晓鸥和李琦去民政局办了离婚手续。

之后，有股东要求撤资，丝路网科海外 IPO（首次公开募股）的主承销商给出高风险评估报告，并及时撤销 IPO 计划。

这一切都源于李琦与陈小雨的一系列艳照。

而作为当事人，这一系列艳照到底是怎么发生的，李琦竟然毫无记忆，就像一个什么坏事都没有做过的好人，忽然被判了死刑，死刑临近，申诉无门。

"哥……"万金油拍了一下李琦的肩膀。

李琦回过神来，擦了一下眼角。

"哥，咱们这么久，怕是南辕北辙了，一直追着陈小雨不放……"

"呵呵……"李琦傻笑出来。

"所以，要想找到真相，或许只能从高登那边下手了！"万金油盯着李琦，慢吞吞道。

"我知道了！"李琦整了整衣服，"外面的水牌，球杆，一起算到账上，我安排会计给你打过来！"

李琦说完，转身向外走去。

万金油站在原地，大声喊着："哥，不用了！"

李琦走了几步，又停下，转身对着万金油，"高登那边，我也一起想办法，不管是高登还是陈小雨，证据，在果果两周岁生日之前，你必须得给我拿到证据，好嘛？算哥求你！"

万金油眼角有些湿润，没说话，朝李琦打了一个"OK"的手势。

❀ 只有拼郎才女貌这一招了！ ❀

没有买卖，就没有杀害，这是一则著名的保护野生动物的公益广告。

"可是，谁来保护我呢？哎，没有比较，就没有伤害！"蔡文姬唉声叹气道："拼家世，家世破败不堪；拼成就，成也毫无胜算。哎，留给我的，也就只有拼郎才女貌了！"

百般纠结之后，蔡文姬最后还是决定去一趟世贸大厦，为自己和陈怀远购置参加尹美娜婚礼的装备。

"姐，你快把太阳镜摘下来！干嘛啊，你又不是明星，装什么神秘感啊！"蔡文姬边说边抬手就勾了过去。

靳雪菲灵巧地躲闪了一下，"小文，这是世贸，不是菜市场，真的，差不多就行了，别再砍了！"

"哎，姐，说得好听点，你这叫良善，不好听点，就是人傻钱多。就那件衣服，我刚才拎了一下，一两都不到，Oh my god（噢，我的天）！五千？比黄金都贵！你知道这叫什么吗？抢劫！"蔡文姬表情夸张道。

靳雪菲皱着眉头，"一两？买衣服也能按斤论两算？那你知道一款卡地亚的豹形镶钻手镯，多少钱吗？"

"多少钱？"

"六十几万，在二三线城市都能买一套房子了，那按你的理论，他们是不是就应该叫做侵略了？"

"有才！"

"好，你去卡地亚店里，然后，你这样和售货员说，'Hi，来一栋——手镯！'……啊？"靳雪菲惟妙惟肖地说道。

"姐，最近，小品看多了吧？"蔡文姬笑得前仰后合。

靳雪菲瞪了蔡文姬一眼，然后拉起蔡文姬就要往大门口走。

"干嘛？"蔡文姬急急甩开靳雪菲的手。

"去斜对面的乐嘉！"

"No，坚决No！"蔡文姬嘟着小嘴，回头，"姐，你看那个裙摆的褶皱设计，还有那个，那个斜肩，你刚才看到没，我穿上后，整个人的气场都靓到爆炸！"蔡文姬表情夸张，语态娇弱，"姐，有一句话——兄弟爱手足，女人爱衣服，你听说过没？所以，现在，就算你把陈怀远和那件衣服放一起，我也还是选衣服！"

"好好好，你喜欢，我们就回去买，差的钱，姐给你填上！"靳雪菲妥协道。

蔡文姬立马双眼朦胧，"姐，从小到大，就你对我好！"

靳雪菲摇了摇头，"德行！"说着拉起蔡文姬往店里走。

蔡文姬故意拿捏着步子，不疾不徐，却又早已心急如焚，"姐，我说你，你就是阔太太当久了，不知人间疾苦，就那件礼服，顶多三千！"

"那是LISA WONG！"靳雪菲故意拖长了尾音。

蔡文姬拖住靳雪菲，直直地问："姐，你去过莞城没？"

"啊？我去莞城干嘛？我，我又不是男的！"靳雪菲一本正经反驳道。

"姐，想什么呢啊？去莞城就是找公主啊，思想不简单啊……你不知道吧，好多大牌的服装，其实都是那边的工厂出的，成本也就几十上百，可是一旦被摆到漂亮的橱窗里，售价就要翻几十上百倍！But（但是），我们为什么要为这漂亮的橱窗花那么多冤枉钱呀？就因为这橱窗漂亮？这橱窗再漂亮也不能穿在身上，是不是？"

靳雪菲被问得哑口无言，蔡文姬继续得意地补充道："姐，你忘了，我就是负责市场和品牌的，我平时的工作，说得专业点，叫引导用户消费，说得通俗点就是，忽悠消费者埋单。哎，套路深着呢，你一个家庭主妇，无法理解！！"

靳雪菲的心有点被戳痛，呆愣了几秒钟，又紧紧拉着蔡文姬，快走几步回了LISA WONG的专卖店里。

"美女，能不能再便宜点？三千怎么样？其实三千都多了，又不是当季的新品！"蔡文姬一进店就朝售货小姐贴了过去。

"五千最低了，这款礼服，应季的时候是两万五，现在天城所有的店里，估计就这一件了！上午一个顾客，也看上了这件，可惜，她身材稍微丰腴了一些穿不下，不过，她说她下午会再过来看看，说不定一咬牙就先买回去，摆着呢！临走，她还回头对我说'肉嘛，是可以减下去的，但是，中意的衣服，没了，就真的没了，就和好男人一样，转瞬即逝！'"售货小姐拿捏着腔调，不快不慢，说得蔡文姬心里痒痒的，可是又不想轻易妥协，便也端着姿态，左看看右看看，巴不得挑出点毛病来。

"不过，要便宜的，也有！"店员回头去侍弄其他的衣服，丢下了这一句话。

"你拿出来，我看看！"蔡文姬语气迫切。

"不好意思，我们这里没有，要不您去动物园看看？那里或许有A货！"

"动物园"三个字一出，蔡文姬的脸色哗啦一下就泥沙俱下。

不过最终在美衣的诱惑下，蔡文姬还是强忍怒火，转怒为笑，"不好意思啊，浪费了你这么长时间。那要不这样，你们再送点东西，我，马上去刷卡！"蔡文姬决定诱敌深入，故意晃了晃手里的信用卡。

"我叫乔安娜，这里的店长，我做主了，这条链子就送你了！"

蔡文姬一转头，就见一个高个美女婀娜多姿地走了过来，顺手拿起一条项链，直接递到蔡文姬的手里。

乔安娜走到操作台，一边熟练地打着包装，一边温婉地对着蔡文姬说道："美女真是有眼光，这条链子，是今年的主款配饰，喏，专门配那条裙子的，那条裙子呢，是今年LISA SHOW的压轴款，上过 *COSMO*，今天，算是我借花献美女，交一个朋友！"乔安娜对着蔡文姬嫣然而笑，"我刚才一回店，就远远看到您了，无论是身材还是气质，和我们尊贵的LISA WONG简直是太match（般配）了。美女，您以后可千万要常来啊，多照顾照顾我生意！"乔安娜把话说得滴水不漏，但是蔡文姬却听出了绵里藏针。

乔安娜话刚说完，小店员已经把票开好了，递给蔡文姬，"款台，前走右转！"

蔡文姬一路小跑冲向收款台，心里却早已翻江倒海，五味杂陈。

❦ 床头吵架床尾和 ❦

按照蔡文姬设计的桥段，她要先用美人计，把陈怀远穿着的那一身衣服扒下来，等到他欲罢不能的时候，再拉着他去到卧室，然后把那身帅呆了的西装给他换上。

蔡文姬一边咬着指甲，一边嗤嗤地笑，一个下午的阴霾因此一扫而散。

可是，还没等蔡文姬展开手臂、准备近身呢，陈怀远就疲惫地甩过来一句："文姬，明天的婚礼，我去不了！"

"Why？"蔡文姬就似被接通了几千伏高压电一般，立马原地爆炸起来。

陈怀远脱下背包，放在玄关的柜子上，"明天要见投资人！"

蔡文姬像一枚执着的红外导弹一样跟在陈怀远屁股后，"是女投资人吗？"

陈怀远转头，皱眉，"什么意思？"

"如果不是女投资人，那么就不是真的要见投资人！"蔡文姬眼神笃定地看着陈怀远。

陈怀远也眼神笃定地看着蔡文姬，一时半会有些无法理解蔡文姬的逻辑。

"难道不是只有女人才会这么随意吗？昨天没有通知你们，前天没有通知你们……恰恰是今天，而且还是在休息日约见？"蔡文姬心想，"你是骗鬼还是骗小孩呢！"

陈怀远叹了一口气，"约了很久，对方才腾出时间，他在天城只待两天，然后周一去香港。"

"陈怀远……"蔡文姬大声喊道。

陈怀远回头，给了蔡文姬一个无奈的表情。

"下次，你能不能换个借口，要不然太侮辱你的智商了！"

"什么借口？"陈怀远对于蔡文姬的阴晴不定有些摸不到头脑。

蔡文姬狠狠地掰着手指头说道："上次王玫举行 Party，你说你要封闭开发；再上次，十一，马晓鸥组织去坝上玩，你说要去响众科技交流学习；这次，又是见投资人……陈怀远，陈怀远，要不，你别做工程师了，你去竞选美国总统怎么样？我怎么感觉你比奥巴马还忙啊！"

陈怀远感觉到自己的胸腔里有一枚小火箭正蓄势待发，但是瞬间又忍住，转身把蔡文姬拉进怀里，"其他事，可以推掉，可是这个不能推，是我们求人家见一面，不是人家求我们，你明白吗？"陈怀远一边说，一边抬手摸了摸蔡文姬的一头炸毛。

蔡文姬忽然大叫起来："怎么着？就是宠物，那主人也要陪一下吧！何况，我还不是宠物呢！陈怀远，我看我是连宠物都不如！"蔡文姬一使性子，狠狠推开陈怀远，陈怀远一个趔趄，差点就撞到茶几上。

陈怀远咬了咬牙，转头去了洗手间，啪嗒一声，把门锁上了。

蔡文姬站在门口，啪啪啪拍门，"陈怀远，你是不是有病啊，你说要是有外人在，你讲文明懂礼貌，你把门锁上，也行！可我是你媳妇，一个屋檐下打嗝放屁，一个被窝里肌肤相亲，还有什么秘密可言？啊，你为什么把门锁上？"

陈怀远小声嘟囔着："我是怕被你吓出病来！"

见陈怀远没有回应，蔡文姬卯足了力气，大喊道："陈怀远，你出来，别像个乌龟王八蛋一样，把自己锁起来！"

陈怀远开门把头探出来，"蔡文姬，你还有完没完？！"

蔡文姬没料到陈怀远会居高临下杀个回马枪，被吓了一跳，往后退了一步，大声叫道："没完！"

陈怀远瞬间就被怼了回去，嘟囔了一句："无聊！"遂又把门锁上，所谓人有三急，嘘嘘为大。

陈怀远一句无聊，把蔡文姬的战斗热情又激发出来，"陈怀远，别以为我不知道你的想法，什么加班啊，开会啊，都是借口。你是不是觉得，混得不好，有点自卑啊！"

陈怀远哗啦一下子又把门打开了，声音也一下子暴跳起来，"蔡文姬，我一没啃父母，二没傍富婆，我靠我自己的双手吃饭，干干净净，清清白白，你告诉我，我有什么好自卑的？！"

蔡文姬又被吓了一跳，眼泪窝在眼圈里，顽强地抵抗着地心引力，"那为什么每次我的同学聚会，你都找借口不去参加？知情的人知道我是已婚妇女，不知道的还以为我是失婚少妇！"

此时此刻，陈怀远特别想给蔡文姬拍个脑部CT，好彻底研究一下蔡文姬的脑回路，到底是有多曲折、多浮想联翩、多不切实际、多不可理喻……

"好，你听清楚了：一、浪费时间；二、没有营养；三、我很累；四、演技不好；五、我以前也不喜欢。所以，我去不去，和爱不爱你，没一毛钱关系，半毛钱都没有！"陈怀远被气得脸色发青。

蔡文姬咬了咬嘴唇，点了点头，似笑非笑，转身，回了卧室，吧嗒一声，把门锁上了。

对于强者来说，谁伤害我，我伤害谁；对于弱者来说，谁伤害我，我也伤害我；蔡文姬属于中间的一类，谁伤害我，我就折磨陈怀远。

陈怀远躺在书房的沙发上，感觉脑子就像被几百辆塔克碾压过一样，嗡嗡作响。

"刚才就应该忍一忍！"陈怀远一边后悔，一边叹气，更多的则是迷茫，"如果再拿不到投资，即使公司不倒闭，那么这个家也会提前破产了。"

女人向来是联想力丰富的物种。
蔡文姬蜷缩在大床上，哭哭啼啼中就把对陈怀远的怨恨转移到了对尹美娜的嫉妒上。

B大中文系同窗四年，蔡文姬把满脑门子的心思都用在学习上，还曾一度好不傲娇，"比我蔡文姬漂亮的，没我学习好，比我蔡文姬学习好的，没我漂亮！"
结果怎么着？比蔡文姬漂亮的，嫁得一个比一个好，比蔡文姬学习好的，却也是越来越漂亮。
就比如尹美娜，挂的科可以写满十指了，处的男朋友，恐怕连脚趾都要算上，可最后怎么着，还不是嫁入豪门，当上阔太！
Ok，这辈子嫁入豪门是没戏了，可是怎么着，在这婚礼上，我蔡文姬也要以郎才女貌、恩爱夫妻扳回一局吧！
蔡文姬噻地又坐起来，嘟着小嘴，念叨着："陈怀远，你是诚心逼我孤军奋战、艳压群芳啊，可是，尼玛，凭姐现在的姿色，姐是真心压不住啊！"

哭累了，骂够了，蔡文姬轻手轻脚下床，打开门，伸出小脑袋，往外看了一下。
陈怀远正站在门口，一手端着面，一手拿着筷子。
"廉者不受嗟来之食……哼……"蔡文姬犹豫了一下，最后还是把碗接了过去。

吃完面，蔡文姬就有了更多的力气继续搞冷战，进进出出、洗洗涮涮，任凭陈怀远怎么逗弄，就是横眉冷对，闭口不言。

十点多，陈怀远如做贼似的爬上床。
蔡文姬弓着身子，像一只被煮熟了的大虾，怨气侧漏。
陈怀远轻轻扳了一下蔡文姬，蔡文姬狠狠往床边挪了挪。
陈怀远又试探着加重了力道，蔡文姬非但没把脸转过来，还给了一个回旋踢，狠狠蹬了陈怀远一脚。
参照膝跳反射原理，陈怀远被踢急了，一个用力麻利儿地就把蔡文姬放平，身子旋即就狠狠压了上去。

蔡文姬手脚并用，连推带踢，垂死挣扎。
哪里有压迫，哪里就有反抗，同理，哪里有反抗，哪里就有镇压。

在遭遇了诸如缩头乌龟之类的"轻视"之后，陈怀远准备以牙还牙。他必须要用行动告诉蔡文姬，自己不是乌龟，更不会缩头。

面对陈怀远的强取豪夺，蔡文姬也早已忘了一个知性美女该有的矜持和温柔，在陈怀远的身子下放浪形骸，大喊大叫。

陈怀远赶忙一口上去，把蔡文姬的叫喊声吞进去，但好像是受了刺激似的，陈怀远越拦追堵截，蔡文姬就越挣扎反抗……

经历过前所未有的异样高潮，蔡文姬的身子像筛了糠似的不断颤抖，陈怀远侧头看了一眼蔡文姬，忽然就觉得画面很美，像是晚风中抖动的荷叶，露珠滚滚，月华无限。

陈怀远又重重地在蔡文姬的樱唇上，亲了一口，"一切都会好起来的，Trust Me（相信我）！"

蔡文姬一双柔臂就挂了上去，狠狠回咬了一口，"陈怀远，你要是敢骗我，我就咬死你！"

陈怀远疼得呲牙咧嘴，蔡文姬笑得花枝乱颤。

休整片刻，蔡文姬便像一条鲶鱼一般，翻身跨坐在陈怀远的身上，扭动起来。

"你要干嘛？"陈怀远惊觉不妙。

蔡文姬也不回答，只顾嗤嗤地笑。

窗外，月光细密地落了一树、一地、一山、一水。

娇小的蔡文姬窝在宽阔的陈怀远的怀里，一前一后，像两尾鱼，在沙滩上搁浅。

"为什么，我们的身体在高潮，而我们的心灵，却布满忧伤？"夜色渐凉，有一串温热的泪水，落在蔡文姬的枕边。

Chapter 2

蝴蝶效应

他知道，或许一放手，便是永失我爱。

就像一滴水，沉入大海，明明还在，却咫尺天涯！

❀ 婚礼喜乐，各有伤悲 ❀

第二天，拉斐尔古堡。

蔡文姬提着她那件紫金色礼服侧摆，故作姿态地从靳雪菲的宝马跑车中钻了出来。

"姐，你确定咱们没来错地方？OMG（我的天），我的小心脏又遭到暴击了，五千点！"蔡文姬抚胸四顾，满眼都是劳斯莱斯、宾利、美洲豹……"姐，要不咱们停到边上去吧！"蔡文姬小声嘟囔着。

"一路开过来，那么多路标海报——胡润＆尹美娜新婚盛典，跟戛纳电影节似的，怎么可能错？"

"哇塞……一水儿的香奈儿、普拉达、阿玛尼……哎，姐，知道我就不来了！你说我这一身儿是不是都不值人家的一副胸针钱啊！"蔡文姬叹气道。

"你忘啦，人家新郎是天城四少！"

"也是，人家嘴里吐出来的可能都不是吐沫……"蔡文姬摇了摇头，"是金渣！"

靳雪菲掩唇而笑。

"姐，我要是有这样一场婚礼，我跟你说，我每天做梦都能笑醒！"蔡文姬的羡慕之情就像是湖里的涟漪，一圈圈不断地放大！

"那你笑点也太低了吧！"

"姐，你这是饱汉子不知饿汉子饥，到现在为止，我连婚纱都还没穿过呢，别说婚礼了！"

"那还不简单，有时间去补一套婚纱照去！"

"等把新郎换了再说吧！"蔡文姬嘿嘿笑着。

靳雪菲站定，替陈怀远伸冤，"当初人家陈怀远是死活要办婚礼，最后还不是你抠门，说得好听，把钱留下来过日子，怎么现在又怪上人家啦？"

蔡文姬狡辩道："姐，多亏那时候我智商开化、心眼多，保留下一些革命火种，要不然，你就说按照陈怀远这个折腾法，真的，我们现在说不定真的要露宿街头呢！"

"陈怀远怎么折腾啦？人家那叫创业！"

"姐，别人是创业，他是撞墙，还拖家带口地撞墙！"蔡文姬强调道。

"怎么着都是你有理，继续夸张吧，说得比非洲难民还惨！"

蔡文姬拉着靳雪菲，顺着台阶拾级而上，嘴上叽叽喳喳不停地辩论着。

走着走着，在一处平台上，就看见李琦正环着马晓鸥的细腰，迎风而立。

蔡文姬立马窜了过去，攀住马晓鸥的胳膊："鸟姐，怎么样，是不是被这场面镇住了？"转头又朝李琦挤眉弄眼，"李叔，人外有人，天外有天哦，比你有钱吧！"

"蔡文姬，别没大没小啊，你再叫我李叔，我和你急眼啊！"李琦把马晓鸥的身子又向自己一侧拉了拉。

"还急眼？哈哈，你眼睛够大吗？"还没等别人起什么反应，蔡文姬自己倒笑得不行！

"你等着啊，看我让陈怀远怎么收拾你！"

"今天谁也别和我提这个名字，谁提我和谁急！"蔡文姬警告道。

"人家又怎么惹你了啊？"李琦和陈怀远有着深厚的革命友谊，所以自然为陈怀远说话。

"说了不许提！"蔡文姬硬生生把马晓鸥拉过来，又转身拉着靳雪菲，一手一个，大步向前走去。

三个人手挽着手刚入内场，就看到徐芮挽着范姜，如弱柳扶风般飘了过来。

"哇塞，我们的大校草终于出现了！"蔡文姬跑过去拉住范姜，左看看右看看，就差用防伪灯照一照了。

验明正身之后，蔡文姬赶忙拉过来靳雪菲，冲范姜努努嘴，"我姐，靳雪菲！"

范姜礼貌性地朝靳雪菲点了点头，"你好，靳小姐！"

蔡文姬侧身指了指范姜，"姐，这是范贱！"

靳雪菲刚想开口，却一下子被这么奇葩的名字给弄纠结了，玉树临风，月朗星稀的一个美男子怎么会叫这样一个名字呢？

范姜似乎觉察到了靳雪菲的尴尬，伸出一只修长的大手，"范姜！"

靳雪菲的小脸一下子红了起来，伸出一只柔弱无骨的小手，"你好！"

拉斐尔古堡的主楼纵深，目测有八九十米。

门厅中，矗立着 12 个高高的玫瑰花台，再往里，一条直直的玫瑰花廊伸向尽头。

玫瑰，据说全部是从保加利亚空运过来的，粉白相间，偶尔被蓝色点缀，香气溢满整个大厅。

奢华无二的水晶吊灯，有两三米长，一共十盏，与玫瑰花互相辉映，煞是好看，一切如梦似幻，仿若欧式皇廷一般。

神父对着宾客道，下面有请新郎宣读他的誓词。

席间掌声雷动。

胡润接过话筒，还未开口，声音已是哽咽，几度抬头，最后还是断断续续说道："我，我曾经一直以为，老天彻底把我遗忘了，过去，我遇到很多事，每一次，我都对老天抱怨，为什么，为什么独独待我如此不公……"

胡润放下话筒抽泣起来，尹美娜站在身侧，一直安慰着胡润。

胡润遂又拿起话筒，转头对着尹美娜，"直到，我遇见了美娜，我才觉得，一切的苦难都值得！因为，美好的事物，一定会留到最后！"

尹美娜接过话筒，对着胡润，笑中带泪，"我这个人，不太会说话，以后不管遇到什么，我都会陪着你，不会再让你一个人，孤单！"

说完，两个人紧紧地拥抱在一起，肩头不停地抖动着。

蔡文姬将周围扫了一圈，看到好多女人都被此番此景感动得稀里哗啦，悄悄抹泪。

蔡文姬拧眉，内心暗忖："为什么所有的婚礼都要设计同样的桥段啊，哭得撕心裂肺，昏天暗地？！"

蔡文姬一边嗑着瓜子，一边抬头问徐芮："新郎怎么哭成那个样子啊？"

徐芮停下从纸巾盒里抽纸巾的动作，"听说，胡润之前被他前妻骗过，骗得很惨，他为此想不开，还自杀过！"

"怪不得，那和美娜还真是同病相怜！"蔡文姬随口应着。

马晓鸥听蔡文姬这一说，赶紧用胳膊肘拐了一下蔡文姬，使了一个眼色过来，"不要哪壶不开提哪壶！"

蔡文姬撇撇嘴，打住。

一会儿，蔡文姬又忽然想起什么，"老徐，不是说好了，你做伴娘的吗？你怎么没上台？"

徐芮白了蔡文姬一眼，"蔡文姬，你什么意思啊，你们都成双入对，就处处挤兑我不是？"

蔡文姬睁大眼睛，耸耸肩，"没有啊，我就随口问问！"

范姜坐在徐芮身边，朝着主婚台，努着嘴道："小蔡，你说你都毕业多少年了，怎么脑袋还那么木？"

蔡文姬小声争辩："老范，我怎么木了？"

范姜说道："咱们班男生，该结婚的也都结了吧，你见过有人找我做伴郎的吗？"

"你毕业后就跑到国外去了，神龙见首不见尾的，谁请得动你啊？"

"我看你不止脑子木，忘性也大，咱们班同学结婚，我哪次没到场？"

"别说，还真都到了，啊！"

"那他们为什么不让我做伴郎呢？主要是怕，我往新郎身边一站，新郎压不住场啊！"范姜一边说，一边给蔡文姬递眼色。

蔡文姬狠狠踢了范姜一脚，"哎，有你这样夸自己的吗？"

田杞然人长得机灵，反应也快，立马接话道："文姬，咱们芮芮的身高好像和新郎差不多，这要是再穿上高跟鞋……哎，不和谐！"

蔡文姬恍然大悟，看着徐芮黑沉的脸，也立马奉承道："老徐，怎么着，不听老人言，吃亏在眼前吧。你还记得吗，大一的时候，我给你报了春蕾模特大赛，你说什么都不去……你说，你要是去了，现在国际 T 台上，还有刘雯什么事？那种维密大秀，上场的铁定是你！"

大家闻言，也都七嘴八舌地映衬着，徐芮的脸上终于多云转晴。

马晓鸥担心蔡文姬口不择言，再和徐芮杠上，赶忙转移话题，问王玫："戴维回来还走吗？"

王玫脸上难掩幸福，"暂时不走了，他爸妈都已经准备回江城定居了！"

"你们准备去江城？"

王玫笑笑，"我们不去，我们还在天城，你没有听说过，距离产生美？"

"之前，你不是一直想出去？"马晓鸥问道。

王玫叹了口气，"出去当然还是要出去，不过，我想先结完婚，感情稳定了，再走！所以……戴维是人暂时回来，绿卡还在！"

田杞然转头看着王玫，"啧啧，哎，这论沉稳，还是咱们玫玫想得周到，先在自己熟悉的战场上把敌人拿下，就算出去了，那戴维估计也翻不了天了！"

王玫转头，对着田杞然嗤嗤笑道："还说我，那个 John（约翰），你还准备捂到什么时候？放心，现在大家都名花有主了，没有人和你抢！"

田杞然一下子红了脸，满目娇俏，"是我的，终将是我的，我才不怕别人抢！"

王玫继续道："那还不带出来给我们见见？"

田杞然哀叹着："再等等，他在东南亚那边的生意，局面刚刚打开，这个时候，我总不能让他放弃一切，回来吧？我可不想拖他后腿，男人拼事业，女人就要有牺牲，这点，我们都要和雪菲姐学习！"

自从结婚后，靳雪菲就成了专职家庭主妇，圈子越来越小，也越来越不善于应酬，听田杞然念叨起自己的名字，竟然一时不知道该怎么接话，只是羞涩地摇了摇头，"我哪里有什么地方值得学习，我羡慕你们还来不及呢！"

他们的话题，非富即贵，蔡文姬听着有点刺耳，便随手拿起一杯酒，对着所有人，喊着："来来来，祝新郎新娘白头偕老，祝姐妹们都能恩爱幸福！"说罢，一仰脖，半杯红酒就下了肚，酒下得有点急，脸色瞬间就红了起来。

蔡文姬见徐芮迟迟还不端杯，便也借着酒劲，对着徐芮推心置腹道："老徐，真的，你是我亲姐，我今天劝你几句，我觉得，你也别再挑了，差不多就行了！"然后忽然好像发现新大陆一般，冲着范姜道："对了，对了，这一桌，就你们俩孤男寡女了，要实在不行，你们俩凑合凑合过，得了！"

徐芮的脸哗一下就涨红了，啪嗒一声，把酒杯往桌子上一放，"蔡文姬，我告诉你，不是谁都会像你一样，什么事儿都凑合，这一桌，谁都有资格看不起我，就你没有。你以为你早早结婚，就比我优越了吗？你那样的婚姻，我要是想过，分分钟早就结了！"

马晓鸥知道大事不好，赶忙站起身去拉徐芮。

徐芮一边说，一边掉眼泪，"人家戴维在美国，John 在泰国，回不来，情有可原。陈怀远呢？陈怀远在做什么大生意？结婚好几年了，你们还要租房子住，你说你有什么资格嘲笑我！你以为你现在的生活叫幸福吗？你自己的生活都过不好，你有什么资格让我去凑合？"徐芮越说越激动，越说越伤心！

蔡文姬也嚯地一下站起来，恶狠狠地说道："徐芮，你知道为什么没人要你吗？"蔡文姬边说边使劲往徐芮那边冲。
靳雪菲赶紧拉住蔡文姬，低声说道："小文，这是婚礼！"
蔡文姬满腔怒火，冲着徐芮喊道："就是因为，你这张破嘴！没有一个男人能受得了你这张破嘴！"
马晓鸥怕事态升级，狠命拖着徐芮往外走。

看着徐芮一边往外走，一边不停地抖动着的肩膀，蔡文姬忽然有些于心不忍起来。
"我哪句话说错了？我也是一片好心啊！"说着，蔡文姬又倒了半杯酒，一饮而下，眼泪再也控制不住，哗哗啦啦往下掉！

蔡文姬抽了一张纸，抹了一把眼泪，拉着靳雪菲道："姐，咱们走！"
靳雪菲不敢停留，赶紧拎起小包跟了出去。

还没走到门口，范姜就追了出来。

"小蔡，你的袋子！"一边说，一边把一个卡地亚的袋子递给蔡文姬。

蔡文姬接过袋子，对着范姜道："老范，一会儿，你和美娜说一下，我还有点事，先走一步了！"

范姜拉住蔡文姬，"小蔡，你别和徐芮一般见识，她有些过于敏感，你不是不知道！"

"她，那叫敏感？那叫神经，好不好？"

"行啦，别生气啦，今天是美娜大喜的日子，你们这都走了，一会美娜看到，不免伤心……要不再等会儿，等他们敬完酒，你再走！"

靳雪菲也拖着蔡文姬道："文文，你听话，我陪你去补个妆，等他们敬完酒，再走……我一会儿就说，就说小宝在家里……嗯，反正是说我的原因，美娜就不会多想，你看这样，好不好？"

蔡文姬有些幽怨地看看靳雪菲，最后还是点了点头，拉着靳雪菲往洗手间走去。

❦ 友谊的小船，怎么说翻就翻啊？ ❦

由于新郎新娘安排了环球蜜月，所以不到下午五点，婚宴就结束了。

一辆辆豪车，又开始成群结队地往城里赶。

李琦一只手打着方向盘，一只手夹着烟，伸到车窗外，回头道："徐芮没事吧？"

"早就到家了，应该没事！"

"我真搞不懂你们女人啊，你说这友谊的小船，怎么说翻就翻呀？刚一会儿还风和日丽，一转眼，就狂风暴雨了！"

马晓鸥倚在车后座上，闭着眼打盹，无心应答。

"那个徐芮，嘴也太毒了吧，刚才小蔡明明是好心，却遭她一顿狂怼，跟机关枪似的！"

"你不是女人，你当然无法理解徐芮的心情！"

"不就是单身吗？有什么的啊？现在，单身的多着呢！"

"这个社会，对女人，总是过于苛刻。没有结婚的，被叫做剩女；结了婚再离婚的，被认证贬值；爱上了别人的男人，是狐狸精；事业顺遂了，又被叫做女强人，甚至老巫婆……可是，男人呢？不管男人怎么折腾，那也只有好男人和坏男人之分而已，就算是坏男人，怎么着，不是有一句话嘛，男人不坏，女人不爱，反正怎么着，都是男人有理！"

李琦扯了扯嘴角，笑了一下，"晓鸥，最近是不是有点太累了？怎么……这么负面啊？"

马晓鸥也淡淡地笑了笑，没有回答，又闭上眼睛。

沉默了几分钟，马晓鸥又开口道："九华里那边的房子，装了吗？"

李琦忍不住问道："怎么想起那套房子了？"

"那边的房子不比这边小，设计加装修，少不了半年的时间！"

李琦回头，"什么意思？"

"装好了，你就住到那边去，正好也离你公司近！"

猛的一个急刹车，把马晓鸥吓了一大跳，遂睁开眼睛，有些气恼地看着李琦。

"马晓鸥，你来真的呀？"

马晓鸥没有正面回答，继续道："你周末回来，陪陪果果，平时你就安心忙工作，都不耽误，另外，对我爸妈也好交代！"

李琦砰的一声拉开车门，下了车，背着马晓鸥，又抽出一支烟点着，狠狠地吸了一口。

一会儿，李琦把烟头扔到地上，用力踩了一下，钻回车里："马晓鸥，你说吧，这事儿，怎么样才能算过去？"

马晓鸥不置可否地笑了笑，反问道："已经过去了，不是吗？"

李琦狠狠拍了一下方向盘，踩了一脚油门，车子继续向前驶去。

李琦从来没有遇到过这样一道人生难题，到底是该过去，还是不该过去？

他希望马晓鸥能从那道坎儿过去，但是他不希望马晓鸥从他的人生里过去。

他知道，或许一放手，便是永失我爱。

就像一滴水，沉入大海，明明还在，却咫尺天涯！

离婚之后，为了留住马晓鸥，李琦软磨硬泡，与马晓鸥订下了隐离的约定。

即果果长到两岁的时候，两个人正式分开，而现在离果果两岁，还有半年之久。

❀ 他爱她，却隔着千山万水 ❀

别人的婚礼，永远都是一面镜子：一面是鲜花，一面是悲凉。

田杺然把鲜花转向了自己，把悲凉丢在了身后。

好多人都信奉，我若盛开，蝴蝶自来。

但是田杺然却觉得，蝴蝶不来又如何，我且向蝶而生！

田杺然披散着头发站在浴室门口，看上去有些失神。

站了一会儿，田杺然好像忽然想起了什么，便转身去阳台的储物柜里翻出了一个纸盒子，随即又返回客厅，然后撅着屁股，用尽全力把烤漆餐桌拉到了顶灯下面。

田杺然踮了踮脚，把电闸拉掉，然后打开手机手电筒，踩着沙发，爬上了桌子。

　　熟练地把灯罩拆开，把旧灯泡拧下来，把崭新的节能灯换上去，灯罩复原。然后又顺着沙发跳下来，光着脚，去玄关处把灯重新打开。

　　屋子，像变了魔术一般，哗的一下，亮如白昼!

　　田杺然拍拍手，满意地笑了。

　　回家之前，田杺然特意去了一趟徐芮家。

　　敲了半天门，徐芮才打开一道门缝。

　　"鸡汤米线，小福家的，你最喜欢的口味!"田杺然一手把米线递过去，一手在门口的墙壁上摸着开关。

　　昏黄的灯光晕染开来，打在徐芮的脸上，哭皱的一张脸，憔悴无比。

　　田杺然走过去，抱了抱徐芮，没再提上午的事，"吃吧，热的! 今天他们店里人特别多，我排了半天的队呢!"

　　徐芮没有回声。

　　一会儿功夫，田杺然又从厨房里转出来，递给徐芮一双筷子，把一瓶老干妈辣椒酱放到桌子上。

　　"没胃口!"徐芮应了一句，又窝进沙发里。

　　田杺然站起身跑出洗手间，打湿了一条毛巾，递过去，"一个女人，如果连自己都不爱自己，那么还能指望谁来爱她呢? 这句话，你听过吧? 我觉得这句话说得特别有道理。其实论讲道理，你比我懂得多得多，但是有一点，你不如我，我爱我自己，我宝贝我自己! 芮芮，你要爱惜你自己，懂吗?"

　　田杺然把辣椒酱瓶子打开，推到徐芮跟前，"你是个好女孩，你比我漂亮，你比我有才华，最重要的是，你善良……对了，你还记得今天胡润在台上说的那句话吗? 美好的事物都会留到最后，所以，你一定会拥有属于你自己的幸福，而且很快，相信我!"

　　听田杺然这么一说，徐芮的眼泪又噼里啪啦往下掉。

　　田杺然抿了一口酒，拿起电话犹豫再三，还是拨了出去。

　　电话响了三声，断了。

　　田杺然笑了笑，没有再拨过去，不一会儿，苹果手机里响起了一阵木琴声。

　　田杺然解了锁，按了免提。

　　"刚才，有些忙!"一个充满磁性的男低音传来。田杺然的不悦，就和一个喷嚏似的，瞬间就没了!

　　田杺然巧笑嫣然，"嗯，我知道，仓库那边的事情处理得怎么样了?"

"哎……依旧焦头烂额！"

"假货的原因还没查出来？"

"查得差不多了，是内鬼！"

田杺然赶紧把身子坐直，"内鬼？"

"前一段时间，负责采购部的 VP 无故辞退了一个采购，闹得很不愉快。当时大家都不知道，他女朋友也在采购部……所以那批手表，当时验货的时候，那个女孩已经看出来有问题，但是，最终，她还是签了进货单！"

"把人找出来，是不是事情就结束了？"

"没那么简单，其他的货也要排查，不然流通出去，乐秀的牌子就彻底砸了！"

"损失大吗？"

"假一罚十，目前确定赔偿的金额已经超过了三百万！"

"John，嗯……"田杺然有些迟疑，"本来，我想过几天告诉你！"

"怎么了？"

"美惠，同意签约了！"

电话里的声音一下子提高了好几度，"真的？"

"嗯，下周，他们会派代表过来，具体细节你要派个人对接！"

电话里忽然沉默。

"John？"田杺然急急地问道。

"嗯，我只是太激动了！谢谢你，Tina（蒂娜）！"

田杺然把电话放在胸口上，"听说，KASOL 的负责人下个月来天城，我已经托人帮你约了！"

"太好了！"

田杺然忽然沉默，电话里的男人唤了好几声："Tina，怎么了？"

田杺然不知该如何开口，最终还是艰难地吐出几个字："你能过来吗？"

"好，我半个小时后到！"男人爽快地答应了。

有半个多月的时间，田杺然没有见到 John，两个人一见面，自然是干柴烈火，情难自禁。

就如斗兽一般，两个人从玄关处一路撕扯到沙发上。

田杺然光洁紧致的身子紧紧贴着 John 的胸膛，两条细腿跨坐在 John 的身上。

男人一边在田杺然的胸前撕咬，一边用浸着情欲的声音问道："美惠，怎么会这么快答应签约？"

田杺然早已娇喘不断，两条胳膊无力地攀着男人的脖子。

"美惠和 KASOL 是死对头……我让人传话……说 KASOL 已经打算和乐秀合作了……所以……没过几天，他们就和我说，愿意合作……合同，他们也看了……修改的地方不多！"

田杺然的身子被移到了餐桌上，然后是一阵狂风暴雨，在暴雨的间隙里，男人低声对着田杺然说着："你就是个小妖精！"

田杺然两只手攀着桌沿，脸上是一层妖媚无敌的笑意，仿若真就是一只幻化了人形的小妖精一般！

男人的压力越大，在床笫之间就会越凶猛。

几个回合下来，田杺然已然知道，这个男人已经快被压力压垮了，不免一阵心疼！

田杺然把细长的手指插进男人的碎发里，男人也同样紧紧地圈住田杺然，把头抵在田杺然的肩窝，"这段时间，如果没有你，我可能都撑不过去！"

田杺然灵巧地把身子抽出来："那我去乐秀，帮你吧？"

"你现在刚升做灵思的中国区代表，你舍得？"

"我人都是你的，有什么舍不得？我不想你这么辛苦！"田杺然秋瞳含水，语气温柔。

John 抬手刮了刮田杺然的鼻尖："傻瓜，乐秀总有一天要 IPO，那时自然要看高管团队的履历，你都不知道，你灵思的工作经验对乐秀有多值钱！"

"真的？"

"当然！说到时尚、奢侈品，大家第一时间就会想到法国。所以，法国企业中国区总代表，自然会给乐秀加分。为了将来，你怎么也要在灵思做够两年。还有，你要抓住机会和你的Boss 提一下。"

"提什么？"

"Title（职称）！"

"什么 Title？"

"当然是总经理，中国区总经理——田杺然！"

"想不到，姜还是老的辣！"田杺然娇笑道。

男人故作不满道："你敢说我老！你敢……"说着，一翻身，又狠狠地把身子压了上去。

田杺然，曲膝奉承，嘴里吟喔，心里却百般不是滋味。

她，终究还是无法揣测他的心意。他爱她，却又隔着千山万水，他不爱她，却又为她情陷痴迷。

或许，他也爱她，只是他缺乏勇气，而勇气却是自己最不缺的东西！

她忽然觉得，揣测一个人的心意，太过伤神，与其战战兢兢，不如主动迎战！

❀ 一条鱼的挣扎 ❀

是夜，靳雪菲穿着一件米黄色的宽大睡袍，伏在贵妃榻上，像一只可爱的沙皮狗。

空旷的房子里，只开了壁灯，屋子里暗漆漆的。靳雪菲觉得，这夜色就像无垠的大海，而自己的身子，却不知漂泊到了哪里，无法靠岸。

突然，手机发出蓝盈盈的光，靳雪菲就像看到了救援船，急忙爬起来，"怎么样，处理完了吗？"靳雪菲急切地问道。

"雪菲，是我，晓鸥！"

"晓鸥，有事吗？"

"文文在你那儿吗？"

靳雪菲坐直了身子，"没有啊，我下午先把她送回去的！"

"嗯……她，她好像没在家！"

"那，会不会和怀远吵架了？"

"回来的路上，她有没有说什么？"

"没有，一路都没说话！到她家楼下的时候，我怕她心情不好，回去迁怒怀远，还特意劝了几句，让她多理解理解怀远，男人创业不容易，这个时候最需要家人的支持！"

"那她怎么说？"

"她说，她知道，她比谁都理解陈怀远，心疼陈怀远！"

"嗯，那估计……或许没事！好了，你也别担心了，早点睡吧！"

靳雪菲正要挂电话，却忽然想起了什么："晓鸥！"

"嗯，怎么了？"

"晓鸥，不好意思，我可能暂时去不了你的工作室了！"靳雪菲满怀歉疚地说道。

"小宝不是已经上幼儿园了吗？"

"嗯！去了两个多月了！"

"那是……待遇的问题？"马晓鸥追问道。

"不，不是，真不是……其实，你今天和我说的时候，你不知道我有多开心！"靳雪菲把一只手掩在唇边，极力想把哽咽压回去，"我毕业后做了几年编辑，和服装设计都不沾边……我以为，这辈子都没有机会了……你邀请我过去，真的……虽然先从文案做起……我就觉得，怎么说呢，就像一条鱼，被冲到了岸上，马上快要死掉了，然后，忽然就涨潮了……虽然，我也不确定，我还能不能画出来一张设计图，可是，我真的非常开心……"靳雪菲极力压制，眼泪还是不争气地滴落下来。

对于靳雪菲来说，工作就是那股救命的海水，可是，张君，她的丈夫，再一次把她留在了沙滩上。

"说吧，什么事？"张君开口问道。

靳雪菲支支吾吾就像做了什么错事一样，"晓鸥邀请我去炫彩上班。"

张君抬头看了看靳雪菲，把筷子放下，"雪菲，我不反对你出去上班，可是，你能不能再缓缓？"

"现在，小宝不是已经上了幼儿园了嘛！"靳雪菲说得委委屈屈。

"小宝是上幼儿园了，可是才几个月啊？他现在还没完全适应呢，换了新环境难免不适应，万一他闹个情绪，生个小病，要找你，怎么办？你天天请假？"

靳雪菲小声辩解道："小宝身体一直都很好啊！"

张君没理，继续道："大部分的公司都是一个萝卜顶一个坑，老板总不能为了应付你请假这件事，再多请一个人，对吧？如果老板不是熟人，还好办，最后大不了一拍两散。可是，如果对方是熟人，朋友，那么问题就来了，你请假请多了，人家心里肯定不舒服，你也会觉得欠了人家一个大大的人情，长此以往，彼此都尴尬，反而伤了和气。"

"可是，晓鸥的孩子比小宝还小呢，人家不是照样开公司？"

"哪个马晓鸥，去年圣诞节来过的那个？"

"对啊！人家孩子刚满月，就回去上班了！"

张君抬头望了靳雪菲一眼，又低头，"你们不一样！"

靳雪菲有些气恼起来，"怎么不一样？我比她还大几岁呢？"

"你开个车都能迷路，迷个路都会哭鼻子，怎么能一样！？"

靳雪菲忽然委屈地想哭，心想："在你眼里，我就这么一无是处吗？"

张君又道："雪菲，我们不是天城人，小宝将来的成长之路，没有一点特权可享，所以，我们要给小宝拼出一条路来，明白吗？我们现在自由了，小宝未来就不自由了！"

靳雪菲低头思考着，觉得张君说的也不无道理。可是内心里还想为自己争取一下，"那——我也不能天天在家呆着啊！"

张君似乎是猜透了靳雪菲的心思，吃完饭，去皮包里又取出一张银行卡，递给靳雪菲，"你既然喜欢首饰，改天去多买点回来。自己在家研究，不也一样？"

靳雪菲正要反驳，张君的电话却忽然响了。

张君拿起电话，脸色一下子暗沉起来。"Eric（艾力克），客户催款，你能不能先把电话打到你们老大那里？Benson（本森）会解决，你们的老大是Benson，明白吗？"

电话里传来焦急的声音："可是Benson说，这件事，最后还要您敲定！"

张君眉头紧锁，"明天上班再说！就这样！"便直接挂断了电话。

靳雪菲不敢再接话，低着头吃饭。

没几分钟，张君的电话又响起来，张君拧着眉，没接，直接按断了。

不一会儿，张君站起身子，对靳雪菲说道："你先吃吧，我有事要处理！"

靳雪菲跟到门口，想嘱咐张君开车小心之类的，话还没出口，就见张君转过身来，表情怪异地说道："雪菲，我妈过几天还要过来看病，需要你陪着……我最近很累，我不想家里再出了问题！"

靳雪菲赶忙点头，"我知道了！"

"是张君那边不 Ok 吗？"马晓鸥冰雪聪明，一下子便猜到了症结所在。

"他最近公司事情比较多，希望我可以全心全意照顾家里，所以……"

"嗯，理解，不过你也别难过，你先忙家里的事，炫彩的大门永远为你敞开，你随时都可以过来！"

"谢谢你……晓鸥！"

靳雪菲挂断电话，坐直了身子，感觉就像坐在了自己三十岁的年轮上。

过往，一圈一圈的枯萎，而未来，却依旧显得一片迷茫！

Chapter 3
分手快乐

再深厚的爱情也有底线，而女人的底线就是，你可以不陪我，但是你不能骗我！

再坚强的男人也有脆弱，而男人的脆弱就是，你可以不理解我，但是你不能不相信我！

❀ 再深厚的爱情也有底线 ❀

朦朦胧胧中，马晓鸥被一阵电话铃唤醒。

"喂，哪位？"马晓鸥半闭着眼，把手机从床头柜上捞过来，放在耳边。

"鸟姐，你找我？"蔡文姬的眼睛肿得像两只烂桃子，一听马晓鸥的声音，眼泪又开始稀里哗啦顺着脸颊滑落。

马晓鸥一个激灵，赶忙坐起来，"小文，怎么了？我昨晚一直联系不上你！"

"没事！"蔡文姬一边咬着嘴唇，一边故作轻松地回答道。

"你哭了？"马晓鸥急得不行，一边拿着电话，一边下床。"到底怎么了，快和我说说？"

"我，和陈怀远，走到头了？"蔡文姬哽咽着道。

"你们吵架了？"

蔡文姬闭上眼睛，心里又泛起一阵揪痛，"我昨天回去的早……"

马晓鸥侧着耳朵，认真聆听。

"他……他竟然在家里……"

马晓鸥的心咯噔一下，"怀远在家里，然后呢？"

蔡文姬哭得撕心裂肺，"他，竟然在家里……他骗我？他一直在骗我？"

他，竟然，在家里，玩游戏，在，他本应该见投资人的，时间里……

蔡文姬从婚礼现场回到家，刚刚推开书房门，就看见陈怀远兴奋而激动的背影。

蔡文姬甩掉高跟鞋，咬牙切齿地冲陈怀远喊道："陈怀远，你不是说去见投资人吗？"

陈怀远在游戏里厮杀得太过疯狂，根本就没有听到蔡文姬的怒吼。

蔡文姬哐当一声，又把手包甩到了地板上，"陈怀远，你没听到我在和你说话吗？"

陈怀远头也没回，随口应着："航班延误，投资人把会议取消了！"

蔡文姬好像是会轻功似的，一个箭步窜到电脑前，按了关机键。

陈怀远面对着电脑没有转过身来，语气不善地说道："蔡文姬，你到底想干嘛？"

"陈怀远，你到底想干嘛？"

"我不就是玩玩游戏吗？放松一下大脑。你现在和一个泼妇似的，犯得着吗？"

蔡文姬涨红了脸，使劲把陈怀远的电脑椅转过来，"我像个泼妇，你说我像个泼妇，是吗？"蔡文姬浑身颤抖，"泼妇？大错特错，我看我不是像个泼妇，我倒是像个寡妇！寡妇！"

陈怀远被气得青筋暴跳，一下子站起来，"蔡文姬，我还没死！"

蔡文姬变得歇斯底里起来，"差不多了！"蔡文姬一下子泪雨涟涟，"你知道别人是怎么看我的吗？你知道徐芮当着那么多人的面是怎么说我的吗？徐芮说，我这样的婚姻，给她都不要！"上午的事件，经过持续的发酵，现在已经变成了一把弯刀，在蔡文姬的心里不停地做着分列式。

陈怀远像看着一个陌生人一样看着蔡文姬，"蔡文姬，对你来说，别人，永远是最重要的，对吗？"陈怀远喃喃着，转身往玄关处走出，还没等蔡文姬追出去，就听到了防盗门关上的声音。

蔡文姬站在客厅里，像是自言自语道："陈怀远，我昨晚才和你说过，你敢骗我，我就咬死你，我舍不得咬死你，但是，我可以离开你！"

再深厚的爱情也有底线，而蔡文姬的底线就是，你可以不陪我，但是你不能骗我！

再坚强的男人也有脆弱，而陈怀远的脆弱就是，你可以不理解我，但是你不能不相信我！

在几个小时前，陈怀远接到王凯的电话，被告知投资人临时取消约见。

陈怀远追问道："有没有说下次见面的时间！"

王凯沉默了一会儿，"没有！对方说，半年之内，可能都没有机会来中国！"

挂断了电话，陈怀远忽然有一点想哭。

创业，就像坐过山车，需要不停地在希望和绝望中穿梭，24小时还没到，他就再次经历了希望的覆灭。

陈怀远就像被一种莫名的惯性甩到了一个深深的湖底，除了冰冷，还没有光！

❀ 幸福有妖气！ ❀

拨了好几次，马晓鸥才再次打通蔡文姬的电话，"吵架就吵架，你一个人去山里干嘛？"

"我想一个人静静！"

马晓鸥抚了抚胸口，"小文，你听我说，我理解你现在的心情，可是你千万不要做傻事，Ok？你给我共享一个位置，我去接你！"

蔡文姬披头散发从床上爬起来，光着脚下床，走到窗户前，把遮光窗帘拉上，又坐回床上。

"我能做什么傻事，我现在清醒着呢，特别清醒，我想了一个晚上，越来越清醒！"

就像喝醉了酒的人，嘴里念叨的一定都是，我没喝醉。蔡文姬越是这样说，马晓鸥越是担心不已。

"好好好，你清醒，那你到底想清楚了什么？"

"离婚！"

"你要离婚，也应该去民政局，你跑山里去干吗？"

蔡文姬内心鄙视道，你傻啊，周末，民政局不上班你都不知道："这里很冷，我可以冷静地思考这个问题！"

在冷的地方就可以冷静地思考问题，那爱斯基摩人不都是圣贤了吗？马晓鸥再次被蔡文姬的奇思怪想打败，"别胡闹了，快回来，冰箱里更冷，回家去冰箱里呆着，还省钱！"

"不回去！"蔡文姬差一点就笑出来。

"那我过去找你！"

"Stop，鸟姐，别过来，千万别过来，我求你不要再刺激我了，给我留半条命！"

"我过去找你，就要了你半条命？"马晓鸥越发担心，蔡文姬的脑子在昨晚一定是遭受了什么巨大的打击，坏掉了。

"当然，你浑身都是妖气，我平日里还能抵挡半分，我现在有点小脆弱，连你一掌都接不了！"

"什么妖气？"马晓鸥拧着眉问道。

"幸福的妖气……啊……啊……你的身上，从头到脚，连头发丝，都写着幸福，所以，姐，此时此刻，千万别来刺激我，Ok？高抬贵手！"

马晓鸥回头，用一种奇怪的眼神看着李琦。

果果看到妈妈回头，噼里扑腾就往这边跑，李琦也歪歪扭扭追过来，"哈哈，小叛徒，看我不抓到你……"

果果的笑声和银铃儿一般，一会儿，就扑到了马晓鸥的腿上，缠着不放。

"鸟姐，我怎么觉得，妖气在靠近？"

马晓鸥赶忙给李琦递了一个眼色，让他把果果带走。

李琦看着马晓鸥的样子，回头叫了一声梅姨："梅姨，你带果果去院子里玩一会儿！"

梅姨心领神会，快走几步过来，接过了果果。

见一老一少出了门，李琦才站到马晓鸥的对面，急切地问道："怎么了？"

马晓鸥摇了摇手机，"小文和怀远闹着要离婚！"

"怎么又要离婚？"

马晓鸥瞪了李琦一眼，"昨天，小文回去早，她看到，陈怀远在家里……"

"不可能，陈怀远不可能……"

马晓鸥故意问道："什么不可能？"

"就是，小陈不可能做出对不起小蔡的事……"

马晓鸥笑笑，"你想象力还挺丰富，是的，陈怀远和你不一样，他不可能！"

李琦忽然反过味儿来，马晓鸥感情是故意挖了一个大坑，让自己往里跳。

"嘿……马晓鸥，怎么又拐到我身上来啦，我也不是那样的人！"

"不是？呵呵，李琦，你是不是要告诉我，那些照片只是剧照，摆拍的对吗？奥斯卡怎么没通知你去领奖啊？"

李琦知道引火上身，但是为时已晚，"晓鸥，你怎么就是不相信我呢，我是被陷害的！"

马晓鸥理也没理，转身往楼上跑。

"喂，你这是干嘛去？"李琦急得直跺脚。

"小文一个人跑到山里去了，我去找她！"

没一会儿功夫，马晓鸥换了一身运动装，急急地往门口走。

李琦腾腾腾又跟下楼，"等我一会儿！"

马晓鸥回头，"你在家看果果，我自己一个人去就行！"

李琦拉住马晓鸥，"你知道小蔡去哪儿了吗？"

马晓鸥把胳膊挣脱出来，"好像叫什么听泉山吧！"

李琦拿出手机，搜索起来，不一会儿，把手机举给马晓鸥，"哪个听泉山吧？"

马晓鸥一看，傻眼了，天城周边，有不下十个"听泉山吧"，这从何找起？

"你问问小蔡，她到底在哪个山吧？"

"她说她要冷静冷静，我再问，她铁定会关机。可是，我真的不放心，她性子太冲动，真不知会做出什么傻事！"

李琦看了一会儿手机，"要不先去这里看看？这个点评的人数最多，而且距离也最近，她那么懒的人，想跑，估计也不会跑太远！"

马晓鸥点点头，"好！"转身便走。

李琦跟在身后，也进了车库。

"我用导航，自己去就行！"

李琦打开车门，坐进驾驶室，"你确定，你进了山里，还能分辨出方向？拐几个弯，就把你拐蒙了，上车！"

马晓鸥和大部分的女人一样，只分前后左右，不分东西南北。

开到听泉山吧的时候，已经接近中午。

马晓鸥赶忙跑到山吧的接待处，让对方帮查查有没有一个叫蔡文姬的女士入住。

这个季节的山吧，每日接待的住客不多，几分钟的功夫，前台就告诉马晓鸥，No！

李琦从大老远，看着马晓鸥的神情，就知道可能扑空了，"没有？"

马晓鸥摇了摇头。

"你有没有蔡文姬的照片？"

马晓鸥眯着眼，问道："要照片干嘛？"

"这种浪漫的地方，我怀疑，大部分人都不会用真名入住，你拿张照片，再去问问！"

马晓鸥笑了笑，"经验还蛮丰富的。"

李琦欲言又止，被噎得差点吐血。

一会儿工夫，马晓鸥就出来了，依旧一脸愁云。

"还没有？"

"没有！"马晓鸥无精打采地坐进车里。

"那怎么办？找下一个目标？"

马晓鸥举目四眺，"这些地方都在郊区，我们车开得再快，一天就两三个地方，还有，文姬从来不按套路出牌，她如果真的来了山里，我怀疑她也是随意找了一个地方！"

"要不这样，我们先回去，然后找电话，一个个电话打过去，这样排查得快一些！"李琦指着手机里的一款应用，"这个手机软件里，大部分的店家都留了电话！"

马晓鸥想了想，也只能这样，便应着："好！"

还没等马晓鸥到家，蔡文姬的朋友圈就更新了好几张烟火丰盛的照片。

马晓鸥举着手机，摇了摇头，"我真是被她打败了！"

"怎么了？"李琦追问道。

马晓鸥把手机递给李琦。

在十几分钟之前，蔡文姬在朋友圈发了九宫格……香椿炒鸡蛋、小鸡炖蘑菇、虹鳟鱼……八道山村野味，还有一张佯装潇洒的脸。

脸上挂着一个硕大的黑超太阳镜。

配文道，新的开始，心的开始!

李琦看完，贼贼地笑着，"你说陈怀远，上辈子是造了什么孽了啊，这辈子怎么就摊上这么一个……"李琦本想说，二货，可是话到嘴边，还是收了回去!

"这怀远也是奇怪了，怎么一直关机?"马晓鸥问道。

"哎，别人家的事，你还是少操点心，你没看，刚才，八个菜，小蔡一个人能吃完? 这夫妻之间，都是床头打架床尾和，说不定，怀远早就赶过去了，人家两人现在正享受二人世界呢。咱们就别掺和了! "

马晓鸥没接这个话题，却忽然说道："李琦，你知道蔡文姬为什么死活都不让我去找她吗? "

"为什么? "

"她说，我有妖气，我问她，我怎么有妖气了，她说幸福的妖气，她说我浑身上下，就连头发丝，都透着幸福的妖气! "

李琦扭头，嘿嘿地笑，"幸福的妖气，小蔡挺会用词啊! "

"李琦，我就问问你，我身上有这种妖气吗? "

李琦预知山雨欲来，不敢随意回应。

"李琦，你知道为什么好多女孩最后都成了剩女吗? "

"嗯? "

马晓鸥笑了笑，"是因为偶像剧看多了! "马晓鸥顿了顿，继续道："这部剧，该剧终了，我不想再让小文他们看到我们这种幸福的假象! "

李琦伸手拉住马晓鸥的胳膊，却被马晓鸥甩开，"如果，你不愿意搬出去，那我……先出去找个房子! "

李琦不知道该说什么，又狠狠地把马晓鸥的手攥进自己的大手里。马晓鸥的手，一片温凉，如羊脂玉一般。

李琦的喉结抖动，挣扎了一番，对马晓鸥说道："晓鸥，假如我不爱你，你觉得，这场戏，我能演这么久吗? "

马晓鸥低着头，用力想抽出自己的手。

"我知道，你很痛苦，我知道，我宁愿这些痛苦都降临在我身上，晓鸥，相信我，我一定可以找出真相! "李琦把马晓鸥紧紧地拥在怀里，怎么也不愿意放开，"晓鸥，这两年，我们不都过来了吗? 这几天，你是怎么了? "李琦心中暗自纠结。

没有女人可以抵挡对于美好婚姻的向往，而婚礼，就像是一块魔镜，我们飞蛾扑火，我们不顾一切，可是谁知道，穿过魔镜，我们是将升入天堂，还是跌入地狱呢?

李琦不知道，尹美娜的婚礼，对于马晓鸥来说，就像是一个巨大的、刺骨般的提醒！她曾经为爱扑火，她终将因火焚身！

❀ 我只想飞过你每一天的晨曦 ❀

"打车三百，住一晚上三百，吃饭三百，再住一晚上……啊？"蔡文姬掰着手指头喃喃自语道。

俗话说，有钱任性。看来这句话还真是一点不假，没钱，没钱你还敢离家出走？

蔡文姬没钱，所以纠结再三，还是决定先打道回府。

周六的晚上，家里没有陈怀远，周日的晚上，家里没有陈怀远，周一的早上，民政局的门口，依然也没有陈怀远。

因为在蔡文姬离家出走之后，陈怀远也"离家出走"了。家里的茶几上放着陈怀远留下的一张纸条：我去公司住几天！

"开始躲着我了是吧，以为躲着我，就可以不离婚了，是吧！"蔡文姬一边从网上下载离婚协议书模板，一边愤恨地想着。

周一晚上，在一间小巧精致的意大利餐厅，马晓鸥揶揄道："你可真有出息，就这么芝麻绿豆点大的事儿，就离婚？"

蔡文姬一边往嘴里塞美味的千层面，一边瞪了马晓鸥一眼，"鸟姐，饭是你请的，但是心情是我的，可否让我在吃饭的时候，保持心情的完整！"

马晓鸥也没接话，摆了摆手，对着 Waiter（服务员）说道："这个红酒，来一瓶！"

蔡文姬抢过酒水单，惊叫着："哇塞，我以后改口叫你款姐吧！"

马晓鸥抬头看了一眼，"那现在的心情如何？"

蔡文姬点了点头，嘿嘿笑着，"嗯，局部，已经多云，转晴。"

"德行，还假模假式，弄了一份离婚协议书！"马晓鸥指了指桌子上的一份打印文件。

"鸟姐，这次我是两手准备，除了这份协议书之外，我还准备向法院提出分居申请，我查过资料了，只要分居六个月，法院会自动判离婚。"

马晓鸥笑了笑，撇着嘴道："申请理由呢？不陪你去参加婚礼还是打游戏？假如打游戏算是申请分居的理由，那我看百分之八十的家庭都得解体！"

蔡文姬撅着小嘴，"欺骗，他的罪行是欺骗，你说不想去就说不想去呗，干嘛骗我说是去见投资人？"

马晓鸥耸了耸肩，"那也许真是去见投资人，然后投资人真是爽约了呢？"

蔡文姬低头不语，只顾胡吃海喝。

"你还在生徐芮的气？还是，还有其他的事情？"马晓鸥追问道。

蔡文姬哽咽着："鸟姐，最近是不是水逆啊？人家形容一个人走背运，叫喝口凉水都塞牙，你看，我这是，喝口红酒都能弄出眼泪来，鸟姐，你看看，我的眼泪是不是红色的？"蔡文姬抹了抹眼泪，打笑道。

如果说生活是一场台球赛，那么蔡文姬绝对是花式台球的绝世高手。

马晓鸥猜的没错，蔡文姬之所以爆发，是因为最近被一堆错综复杂的烂事缠绕，缠着缠着就成了TNT（一种烈性炸药）了，被徐芮一点火，就瞬间爆炸了。

马晓鸥听完一桩桩烂事，义愤填膺道："这件事，你怎么早不和我说啊？"

"其实，对付庄梓晨，我一点都不担心！"

"这样的老板，你早就该炒他鱿鱼了！"

"我也想过离开，可是，我在这里做了三年了，如果我现在走了，再换一家，职位还是经理，工资也差不了太多，如果能升到总监，再做满一年，那时候再跳，待遇会差很多！"

马晓鸥听完，一阵心疼，"怀远不知道，对吧？"

蔡文姬仰起头，眼泪便顺着面颊往下流，"如果他还一直留在天易，不算奖金，现在最低的月工资估计也有两三万，可是现在，不到四千！"

"怎么差这么多？"

"他自愿的，而且还理直气壮，他说另外一个合伙人连工资都没拿，他拿了这四千，还不好意思呢，呵呵！"蔡文姬抬头看了一眼马晓鸥，"可是他不知道，生活在天城，每天一睁开眼，就要花钱，租房要花钱，吃饭要花钱，坐车要花钱，人情交际要花钱，就连喝口干净的水，都要花钱……"蔡文姬揉了揉眼睛，"所以我，我不能失去这份工作！"

"小文，我觉得你应该好好和怀远谈一谈，别什么事都一个人撑着！"马晓鸥紧紧拉住蔡文姬的手。

蔡文姬摇了摇头，"没用的，他现在就和一个赌徒似的，丢的筹码越多，越不想抽身……可是这些并不是让我绝望的原因。"

"那是什么？"马晓鸥追问道。

蔡文姬抬眸，"存在感，我在他的生活里，越来越没有存在的价值了，甚至还不如他写的那些代码！"蔡文姬把剩下的半杯酒一饮而尽。

泰戈尔说过："天空不曾留下鸟的痕迹，但鸟已飞过！"

谁不是呢，蔡文姬想飞过的无非是陈怀远生命里每一天的晨曦。

而陈怀远想飞过的却是一身身汗水，一夜夜焦灼之后，那些对于一个男人的肯定、价值、荣耀还有财富!

这一切才是一个男人最璀璨的礼物,他想把礼物摘下来,送给他心爱的女人,可是他不曾知道,他送给她的,除了钻石之外,还有一路荆棘!

❧ 我疼你,一辈子! ❧

蔡文姬这厢,刚对生活发送了一条怨念,上天就在另一处惩罚了陈怀远,这或许就是每一段爱情里的量子纠缠。

晚上十点多的街道,就见一个披头散发的女子正在不顾一切地向前狂奔。

女子穿着小碎花的棉布睡衣,脚上蹬着一双同款图案的翻毛拖鞋。

女子一边跑,一边嚎啕大哭,一边嚎啕大哭,一边跑,场面壮观,情绪感人!

十几分钟后,蔡文姬横冲直撞地跑进了医院的急诊室大厅,远远地看到王凯正在缴费窗口。

蔡文姬气喘吁吁地拉住王凯,"怀远怎么了?怀远是不是出车祸了?怀远在哪里?"

王凯被这风一样的身影吓了一跳,呆愣了几秒钟,定神一看,发现是蔡文姬,于是伸出手,拍了拍蔡文姬的肩膀,安慰道:"在酒吧喝酒,忽然晕过去了,打你电话打不通,酒吧老板就把电话打到我手机上来了!"

蔡文姬大声哭起来:"怎么会晕过去了呢?怎么会晕了呢?他醒了没?啊?"

"医生正在检查,你先把我手放开,我交完费,咱们一起上去!"王凯劝慰道。

此时此刻,蔡文姬就觉得自己的心好像正被一支剑挑着,旋转着颤颤地疼。

蔡文姬依旧紧紧拉着王凯的胳膊不放,就像拉住了一丝希望。

三十分钟,像三十年那么长。

蔡文姬焦急地转着圈,忽然控制不住轻笑起来,自言自语道:"不就是吵了一架吗?我怎么会想到要离婚?我怎么舍得和这个傻男人离婚?怀远一定是想不开了……我说要离婚,是气你的,你这个大傻子……"

王凯被蔡文姬转得有点晕,赶紧躲到走廊的角落里去打电话。

大三的那年夏天,蔡文姬得了胃炎。

正在搞封闭开发的陈怀远不知道从哪里知道了消息,偷偷地跑出酒店,赶到了蔡文姬的学校。

女生宿舍不允许男生进入，任凭陈怀远好说歹说，宿管大爷就是不放行，最后，陈怀远没办法，硬是翻了墙，偷偷潜了进去，把蔡文姬给背了出来。

　　那一天，赶巧校门口一辆出租车都没有，陈怀远就一路小跑，硬是跑了五六站地，把蔡文姬送到了最近的医院。

　　当陈怀远把蔡文姬放到病床上的时候，蔡文姬看到，陈怀远的 T 恤已经汗湿到可以拧出水来，一向不苟言笑的医生看到了这一幕，也不禁感动，脸上带着笑，说道："男朋友吧？"

　　蔡文姬自豪地点了点头。

　　"这小伙子不错，结婚之后，保准知道疼你！"

　　蔡文姬从小丧母，父亲另娶，所以，在蔡文姬大部分的童年和少女岁月里，她并不知道被别人疼，到底是一种什么样的滋味。

　　听医生这么一说，蔡文姬竟然哇的一声哭出来，陈怀远措手不及，赶紧伸出手，替蔡文姬擦眼泪。

　　蔡文姬一边哭，一边对着陈怀远说道："陈怀远，我一毕业，你就娶我好不好？"

　　陈怀远不住地点头，"好！"

　　蔡文姬笑笑，"那结婚之后，你也要一直疼我，好不好？"

　　陈怀远，七尺男儿，一边点头，一边流泪，"嗯！一辈子疼你！"

　　蔡文姬傻笑着，然后抓起陈怀远的手指放到嘴里就狠狠咬了一口，流泪道："我也疼你！"

　　陈怀远抬起另一只手，放在嘴边，然后趁着医生转身，快速地又按在蔡文姬的嘴唇上。

　　那样的青葱岁月，青涩无比，那样的青葱岁月，幸福满溢！

　　就在蔡文姬深陷回忆的时候，急诊医生推门出来，蔡文姬赶紧跑过去，"医生，我先生的病情怎么样？"

　　"贫血性昏厥加上酒精中毒！"

　　"什么？"蔡文姬紧张万分，一下子也没有听清楚医生的话。

　　"贫血性昏厥加上酒精中毒！"医生又重重地重复了一遍。

　　"严重吗？"

　　"严重倒不是很严重，但是病人需要多休息，并且需要加强营养，他的这些症状很可能是因为长期的超负荷工作和营养不良造成的。如果再继续下去，很可能会引发其他的病症！"

　　蔡文姬立马打了一个激灵，追问道："是不是，过劳死，都是这么发生的？"

　　医生看了蔡文姬一眼，也没点头也没摇头，"总之要注意休息，劳逸结合！"

医生刚走，蔡文姬就毫不掩饰地瞪了一眼王凯，"Corey（科里），医生的话，你听到了？"

王凯自知理亏，不断地点头，"你放心，这部分医药费，公司会出，怀远只要安心养病就可以了！"

"医药费？你还是用医药费的钱，去多招几个人吧，不能所有的工作都压给他一个人！"说完，蔡文姬头也不回地走进病房。

陈怀远一米八的大个子，让病床显得稍微有些窄小，蔡文姬轻轻抚着陈怀远布满胡茬的下巴，悔恨不已。

此时此刻，蔡文姬忽然就觉得，在陈怀远那壮硕的身体里，其实一直住着一个小孩，那个小孩和自己一样，也同样楚楚可怜，孤苦无依……

"陈怀远，就算你不再疼我了，我也会疼你，知道吗？"蔡文姬把脸贴过去，低声自喃道。

当你足够爱一个男人，你就会自觉自愿扮演起他生命中的所有女性角色，母亲、妻子、情人、女儿……

陈怀远的脆弱，让蔡文姬在一瞬间就把他所有的过错，一笔勾销，与生死相比，过错简直是一文不值，轻若鸿毛！

Chapter 4

峰 回 路 转

这世间所有的爱情都是你情我愿，这世间所有的关系都是你来我往。她知道，有些事，一旦开口，就再也没有办法回头。

❦ 母后驾到，感觉不妙！ ❦

离婚后的这两年，李琦和马晓鸥的关系有点像如来佛和孙悟空，一个不停辗转腾挪，四处逃窜，一个泰然自若，道法超然。

马明启在 K 市一所重点大学教书，物理系教授、博士生导师、系副主任，顶多两年，就会晋升为系主任，他竟然真的可以忍痛提前退休？

就算他可以忍痛，一生追名逐利的钱淑芬，又怎么会允许？除非还有更大的诱惑……李琦!

"喂!"一个醇厚低沉的男中音从话筒里传来。

马晓鸥把耳朵贴在房门上，听了一下，没有声响，然后才开口说话："你几点回?"

"怎么着，想我了?"难得马晓鸥主动给自己打电话，李琦竟然一下子忘乎所以，在办公室里嘿嘿傻笑起来。

"正经点!"马晓鸥语带愠怒。

"嗯，好，正经点!"李琦倚在办公桌边，正了正身子，说道："正经点就是，一会儿，还有个小会，虽说是小会，但时间不可估计。如果让我自己说，噼里啪啦，十分钟就能搞定。可是你也知道我们是互联网公司，奶奶的，不知道是谁规定的，互联网公司必须得搞民主，可一搞民主就全乱套了，就非得听他们情绪激昂瞎扯，非得争个脸红脖子粗才能 Over（结束），一人十分钟，轮流坐庄，最少也得俩小时，总结陈词的时候，其实结论早就在我的十分钟里了，所以，我和你说，民主就是浪费时间，然后，对，嘿嘿，结论，结论就是，最少俩小时，搞不好三四个小时都正常，所以……你别等我吃饭了!"

"到了下班的时间，还安排了会议，那说明李琦也根本不知道钱淑芬他们要来……"马晓鸥脑子里飞速运转着，嘴上却说道："你别自作多情了，没人等你吃饭，就是我爸妈来了，先通知你一声！"

然后就听见听筒里传来一串爆笑声："啊？！！哈哈，爸妈来了，你怎么不早说，行，行，我现在就走！"李琦兴奋得眉开眼笑、手舞足蹈。

马晓鸥刚刚撤销的怀疑，又袭上心头，"怎么着，不开会了？"

"真逗，那还开啥啊，爸妈来了！天大地大，爸妈最大，会改到明天！你怎么也不提前说声儿，我好去给爸弄两瓶好酒！"

"我爸心脏不好，不能喝酒！"马晓鸥语气坚定，心里却暗忖，"不提前说声？也没人跟我提前说声啊？我比你知道早不了几分钟。"

"大醉伤身，小酌怡情，爸是教授，不喝酒，能显出风雅来吗？"李琦一会儿爸，一会儿妈，叫得马晓鸥心里说不出的别扭。

电话那头，一阵忙乱，马晓鸥听得真切，忽又疑窦顿生，又问道："李琦！"

"嗯？"

"我爸妈忽然袭击，是不是你搞的鬼？！"

"晓鸥，我跟你说，你浑身上下哪儿都好，就有一个缺点，只有一个缺点啊，你怎么总是习惯性把我想得太坏啊？你为啥就总觉得我诡计多端、十恶不赦呢？我跟你说，我现在代表外交部义正辞严地向你提出抗议！"

还没等马晓鸥再继续盘问，电话那边便传来滴滴滴的忙音。

没几分钟，一辆灰色阿斯顿马丁急速地驶出地下车库。李琦戴好蓝牙耳机，马上又给马晓鸥回拨过去。

马晓鸥从衣柜里拿出一套淡蓝色家居服，扔到床上。一边褪去包裹一身的职业套装、首饰，一边梳理思路，生怕一个不留神儿，就再被李琦算计了。

果然，衣服脱到只剩内衣内裤的时候，熟悉的手机铃声再次响起。

马晓鸥滑了一下开锁键，把手机夹在耳朵和肩甲之间。

"喂？"马晓鸥喂了几声，李琦没有回音，刚要挂，电话里传来李琦的应答："老婆！"

"谁是你老婆？"马晓鸥愠怒道。

"看吧，看吧，我跟你说，我就知道你是这个反应，等一会儿，要是我在老头老太太面前这么喊你，你这么怼我，我跟你说，咱妈一定会让咱俩反复论证一晚上，到底谁是我老婆这个命题！嘿嘿，别忘了，咱芬姐是谁，大名鼎鼎的K市组织部部长，一辈子和人打交道，明察秋毫，火眼金睛，厉害着呢！"李琦在电话那头，一脸得意，"所以说，我们必须要提前演练一下！"

马晓鸥恨不得就顺着电话钻过去，拿起一块胶布，把李琦的嘴给封上。

"知道了！没事挂了！"

"别挂，有事！"

"说！"身上毫无寸缕，马晓鸥觉得有点冷。

"老婆！"

马晓鸥懒得再和李琦扯皮，点了红色按钮，挂断，随手抓起家居服，套上。

衣服刚穿上，电话又锲而不舍地打进来。

"我说了，要先演练，我喊老婆，你就得回答'嗯！'，明白吗？"

"有病！"

"得'嗯！'，不能说有病！"李琦故作正经道。

"嗯！"

"这就对了，老婆！"

"嗯！"马晓鸥的回答虽然满满地不耐烦，但是足以让李琦得意得花枝乱颤。

"丫丫！"

"嗯！"马晓鸥嗓门提高了三度。

"宝宝！"李琦得寸进尺。

"嗯！"马晓鸥紧绷的洪荒之怒，差点就爆发了。

"嘿嘿，乖，不过一会儿，记得，温柔一点，就和之前一样！"

"知道了！"

李琦听出了马晓鸥的不耐烦，但是这点小情绪和李琦的厚脸皮比起来，就像是花拳绣腿打在了无敌金刚的肚子上，不痛不痒，反而情趣无限。

马晓鸥挂掉电话的速度还是慢了一点，然后就听到了话筒里传来了一声重重的"啵"的声音。

马晓鸥脸上染了绯色，不知是气是羞，"流氓！"

李琦浑身名牌，开着名车，可是骨子里，就是一个俗人。

李琦打开车载音响，切换到解晓东曾经享誉大江南北的一首口水歌——《今儿个真高兴》，然后跟着哼起来："咱们老百姓啊，今儿个真高兴，高兴，高兴……"

李琦是真高兴，比过年还高兴！

❀ 屋都进了，爬上床还会远吗？ ❀

电话打完还不到半个小时，李琦就如一阵欢快的龙卷风般，呼啸而来。

与马晓鸥的出场完全不一样，李琦一进家门，就拖长了他那迷死人的嗓音，一口一个爸，一口一个妈，叫得钱淑芬心花怒放，乐得嘴角都快挂到眉梢上去了，马明启也一改平日的生人勿近姿态，接过李琦递过来的两瓶 1979 年的茅台，珍贵得和宝贝似的，瞬间，气节全无！

眼见着，梅姨已经做好了一桌子丰盛菜饭，李琦却非要撸胳膊挽袖子，几万块的阿玛尼西装都不脱，就呼啦啦地冲进厨房，嚷嚷着要给爸妈再添两个拿手菜，十全十美，多好！

马晓鸥盯着李琦虚张声势的背影，一扭头，抱着果果，坐回了沙发，心里哼哼着："这演技，都能拿金马影帝了！"

一顿稀松平常的家宴，被李琦一搅和，吃出了年夜饭的味道。

马明启，小口地嘬着酒，不停地发出感叹："嗯，香，年头久的就是不一样！"

李琦不忘一边吃，一边捧着哏，"爸，香吧？！"雪白的小瓷杯立马就跟着言语的尾声碰了上去。

"嗯，确实香，绵而柔滑。"马明启的眼睛都快眯成了一条缝，再给把扇子，估计就要摇头晃脑、吟诗作对了。

"爸，我看过一个高手，写过一篇酒评，我说给您听听，您感受一下啊！"

马明启又赶紧嘬了一小口，闭眼。

"入口即升华成一团气状物，一边在口腔滚动，一边进入鼻腔，一边升腾进头颅，与此同时毫无灼烧感的像一条火线，滚入胃里的感觉无物可及，不可名状。就像你的身体里绽放了一朵烟花，绚烂夺目，却不会烫到你，伤到你。从来没喝到过这样一种液体。它在你的口腔里呈现出来的是球状的感觉，像含着一颗珠子，液体穿肠而过，闭上眼睛，就觉得，七窍生香！"

马明启，仿佛被催眠般，嗯嗯啊啊不停，李琦停下，马明启才缓缓睁开眼睛。

李琦迫不及待："爸，是不是那个感觉？"

"嗯，真是神了，神了，神酒！"马明启不知是兴奋还是醉意袭来，脸上渐渐呈现出粉红的气韵。

马明启有心脏病，当年因马晓鸥执意要和李琦结婚，受不了刺激，心脏停搏，进了急救室，自此，非逢年过节，钱淑芬一滴酒都不会给马明启。

可今天不知怎的，非但破了例，看着爷俩你来我往，喝得不亦乐乎，也不免好奇，抢过马明启手里的杯子，抿了一口，学着马明启的样子，闭眼，吞咽。

"嗯，确实不一样！香！"

钱淑芬身在官场，酒量不错，但是只会喝，不会品。在她的眼里，所有的酒，不管中西，都是一个味道，那就是辣。茅台之前也喝过，也没觉得有什么不一样。现在被李琦一忽悠，就也真的觉得，整个人都仙气飘飘，再喝下去，估计一会儿，三个人真要吟诗作对了。

为了保持身形，马晓鸥晚上本来就吃得少，今天更少，动了几下筷子就放下，不时地偷偷用目光射杀一桌子上的老老小小。

李琦一手抱着果果，一手给大家布菜，老头、老太太、果果、马晓鸥，一字排开，一个不落。

老头老太太被李琦哄得眉开眼笑，花枝乱颤。

果果吃几口就唤一声"爸爸！"父女俩，心有灵犀，配合默契，果果一喊，李琦就一偏头，果果吧嗒就亲了上去，李琦也不管贴上去的是口水还是菜汁，照单全收，美得眼睛都快眯成一条缝儿了。

马晓鸥自叹命不好，怎么一不小心，就生在了这个奸人窝里。

李琦坐在马晓鸥对面，一边哄着两老一小，一边对着马晓鸥含情脉脉。

可是看在马晓鸥眼里，就是一种提醒，装，一起装！

马晓鸥偶尔硬生生挤出几款笑脸，内心却反复叫嚷着："哼，无事献殷勤，非奸即盗！"

看着马晓鸥，一脸惆怅，毫无演技，敢怒不敢言，李琦的心里却早就乐开了花。

"哼，就算我暂时还收不了你，我也有法治你，我把如来佛祖给搬来了，看你还能不能跳腾出五指山！"

李琦深谙此道，几句甜言蜜语，两瓶典藏好酒，钱淑芬和马明启早就把李琦当成亲儿子了，除此之外，福利正财源滚滚，呼啸而来！

晚饭后，皇太后钱淑芬英明地下了一道懿旨，李琦终于可以名正言顺地回到楼上的主卧了。

但是门一锁，李琦还是被马晓鸥一脚踢回到了地板上。

无奈，人高马大的李琦，只能在瑜伽垫上窝了一个晚上，可即使睡在地板上，李琦也无比开心，比长征胜利还开心。

李琦侧着身，支棱着耳朵，仔细数着马晓鸥在大床上的辗转反侧。

冬天来了，春天还会远吗？

"嘿嘿，屋都进来了，爬上床还会远吗？"李琦不时地用手捂住嘴，就怕笑出了声来。

❀ 兔子到底吃不吃窝边草？ ❀

"要！"

"啊……不要！"

"不要……"

"要……！"

一枚锃亮的硬币被抛向空中，又随即旋转落下，跌入一双雪白玉手。朝上，若为字面，是要，若为花面，则完全相反。

马晓鸥坐在设计简明、线条清朗的办公室里，不厌其烦，从开始的三局两胜不断自我安慰成五局三胜。

如果不是助理安小安敲门，估计要持续到七局五胜，九局七胜……往复到九九八十一局，也说不定！

听到敲门声，马晓鸥慌乱地把身子从真皮椅背上拉起，瞬间恢复到笔直的九十度角，平缓了一下气息，清了清喉咙，压低声线，应道："进！"

"晓鸥姐，YOKA（约卡）那边给回复了！"小安拿着一沓设计稿，推门而入。

"怎么说？"马晓鸥问得有些迫切，虽然早已对结果心知肚明。

"方案，继续修改。"小安抽出几张设计稿，递给马晓鸥，"主要是星空系列，Johnny（约翰尼）说，比起其他的设计师作品，这已经是上佳水准，但是比起您之前的设计，却差了一些，缺乏亮点，喏，具体的意见，我都在图上做了标注！"

缺乏亮点？本应由蓝宝石为主材的星空系列，被 Johnny 换成了人工锆石，还怎么亮？这简直是明显得不能再明显的逻辑硬伤。就好比是用村姑冒充公主，其实也不难，垫鼻、隆胸、开眼角、拉皮、注射、光子嫩肤，给足全套，绝对是盛世美颜，艳压群芳，可是，最后"公主"一开口，还是满嘴方言俗语……这个时候你又说，不行，样子还不错，就是没内涵。要内涵，您早干嘛去啦？

马晓鸥头脑中电光火石，早已问候了 Johnny 几十次。颜面上却依旧云淡风轻，优雅自如，对着安小安道："好，我会再修改一下，他们的 Deadline（截止日）到哪天？"

"我和 Johnny 争取到下周三！"

"好，我周二晚上发给你，你转给 Johnny。"

"依旧不准备直接和 Johnny 对话？"

"我把话已经和他说清楚了，我一向公私分明，于私，没有感情，更不会有私情，于公，也请他公事公办！"

"既然如此，Johnny 还这样故意刁难，这个 Case，不如，索性我们退出？"

"Give up（放弃）？不行，合约还没到期！我们在业界刚刚打开一些口碑，我们放弃了，Johnny 不知要如何编排我们，人言可畏！"马晓鸥的态度很是坚决。

"您的设计，放到一线品牌里，都毫不逊色，可 YOKA 却一而再再而三挑剔，晓鸥姐，他们这是赤裸裸地骗稿！"

"被利用，不也正说明我们有被利用的价值嘛！"马晓鸥轻笑，Johnny 的意图很明显，她又何尝不知。

"我听说，Johnny 在力推玄色和 YOKA 合作，而玄色的主设计师瑞琪，被拍到和 Johnny 已经出入成双了。晓鸥姐，如果再继续供稿，您就是在为瑞琪做嫁衣，助长她的抄袭，喏，我找人拍到瑞琪提交给 YOKA 的设计稿，您看！"安小安又急速走回到马晓鸥办公桌前，打开手机相册，一张张照片滑动，马晓鸥一打眼，每一张都似曾相识。

三个月前，炫彩被大面积退稿，马晓鸥就料到迟早会有这一天。和 Johnny 几次交手下来，马晓鸥便判定，合约没到期之前，Johnny 绝对不会轻易终止和炫彩的合作，当然，也绝对不会轻易通过马晓鸥的设计。

一千个读者，就有一千个哈姆雷特。

同一件事情，安小安看到了绯闻八卦，义愤难平；而马晓鸥却看到了炫彩的缺陷，百般纠结。

即使不被 YOKA，也会被天华、晶思……这个行业里的众多大小品牌戏弄。这就是作为乙方的命运，这种日夜不停的刁难，不是因为 YOKA 的设计主理从 Carl（卡尔）换成了 Johnny，而是因为炫彩的商业模式，从开始就决定了，想生存，就必须低三下四，任人宰割。

马晓鸥不是专业的珠宝设计师，所以炫彩工作室从成立之初，马晓鸥便选择了安全路线，不做品牌，只承接设计分包，马晓鸥相信凭借着自己的天分和勤奋，养一个工作室应该不成问题。

三四年打拼下来，炫彩在业界也算是小有名气，不少同行劝马晓鸥，趁热打铁，推出自己的设计师品牌，马晓鸥每次都被说得心头痒痒，但是冷静下来，又劝慰自己，时机未到！

原材料、工厂、门店，这些硬成本不说，只团队，就起码要扩大不止十倍，没有几百上千万的初期投入，结果只有一个，那就是悄无声息地来，灰头土脸地走。

马晓鸥试着找过几家投资机构洽谈，最后都无疾而终，投资人们看中马晓鸥的才华，却不看好马晓鸥的经验，另外随着互联网产业的蓬勃发展，传统产业的投资被持续看衰，再加上经济危机，出口贸易受到很大影响，若主打国内市场，竞争又太惨烈，条条路都被堵死。

当然还有一个选择，就是和李琦开口，不需要 BP（商业计划书）、不需要路演、甚至不需要财务报表，不要利息，不求回报，只要稍微表达一下意图，几百万瞬间就会到账，而且李琦一定还死皮赖脸追着问："够不够？够不够？不够，再划过去点！"

马晓鸥习惯了理性思考，但是只要脑子里闪过李琦那张永远贱兮兮的脸，就会觉得呼吸急促，神思涣散。

"哼，炫彩就是关门，也绝对不会再要你的臭钱，坚决不要！"马晓鸥打开抽屉，把硬币划拉到抽屉里，一脸气恼。

"我要了你的钱，你又会要我什么呢？再一次，身体被摧毁，灵魂被践踏？"马晓鸥越想越忧伤。

这世间所有的爱情都是你情我愿，这世间所有的关系都是你来我往。

马晓鸥知道，有些事，一旦开口，就再也没有办法回头。

晚上，一间日式料理。

马晓鸥赶到的时候，蔡文姬已经把菜都按着马晓鸥的口味点好了。

"呦，美女，有人请吃饭，还这么满脸愁云？你也太不把鸟姐当干部了！"马晓鸥一边逗弄着蔡文姬，一边拉开椅子，坐下去，"市场计划还没过？"

蔡文姬叹了口气，"算是过了！"

"那不是好事？"

"好得有些阴森森的。"蔡文姬支着下巴，郁闷地说道。

"怎么了？"

"上次开会，庄梓晨竟然直接把林婉的计划 Pass（否决）了，是无视，连讨论都没讨论，你明白吗？"

"那算不算是他表态了啊，把你升上来？"

"我升上来，那也是靠本事啊。你不知道，为了降成本，我都快累吐血了，天天和供应商 PK（斗）……可是……哎，庄梓晨这么一弄，反而让人觉得我胜之不武了，你不知道，林婉最近看我都是怪怪的……"

"林婉估计是觉得你用了非常手段！"

"所以，我才郁闷啊，我什么都没做，却好像做了什么什么什么……哎！"

"别想了，不管怎么样，算是暂时过关了。不过，我觉得你还是要防着那个庄梓晨，实在不行，走为上策！"

"放心吧，我有很多法治他，他还不敢拿我怎么样，不过他那个秘书可就惨了，早就被吃干抹净了，人家都说兔子不吃窝边草，我觉得，现在的兔子都是从窝边草下手！"蔡文姬自顾自吃着，"你说，离得这么近，草又那么鲜美，怎么能不想吃呢？不只是鲜美啊，还有，这草好多都成精了，你不吃还不行，主动往你嘴边送，所以我严重怀疑，当初说出这句话的人，非但不了解兔子，也不了解草……对了，上次发季度奖金，你猜怎么着，一个小秘书，也拿到了好几千，比我还要多，你说说，奖金奖金，是不是要先有贡献，才能有奖励，你说她一个小秘书，能有什么贡献？喔，不对，人家也有贡献，还是特殊贡献！"蔡文姬一边说，一边嘿嘿笑着。

马晓鸥心有所思，低语道："天下的乌鸦一般黑！"

"可不是，人家说，男人有钱就变坏，看来真是至理名言啊，所以，鸟姐，我又纠结了，怎么办？我既希望陈怀远飞黄腾达，又担心他晚节不保，哎，现在没钱都能飞上天，要是真有钱了，还不去火星啊？"

蔡文姬越说越妙语连珠，马晓鸥却越听越心事重重。

❧ 对，我是鬼，色鬼! ❧

李琦怎么也想不到，一顿饭，又让自己这个逐渐成型的"可爱小鹦鹉"一下子变成了令人厌烦鄙视的黑乌鸦。

"春天是播种的季节，撒下一粒种子，便种下一份希望；夏天是生长的季节，洒下一滴汗水，便付出一份辛劳；秋天是收割的季节，收起一株庄稼，便收起一份财富。嘿嘿，秋天是收获的季节……"今夜，夜黑风高，适合起事，李琦，摩拳擦掌，跃跃欲试。

吃完饭，李琦抱着果果，窝在楼下的客厅里，看了一会儿电视，有一句没一句地应承着钱淑芬和马明启，但却早已身在曹营心在汉。

果果睡得早，八点刚过，就被钱淑芬抢过去，抱走了。

李琦迫不及待，一转身，立马蹬蹬蹬上了楼。

刚推开卧室门，就听到浴室里传来水流哗哗啦啦的声音，听得李琦心惊肉跳、血脉偾张，一闭眼都是马晓鸥那雪白如凝脂的娇躯。

马晓鸥从浴室出来，一边走，一边用毛巾擦头发，一不留神，就撞到李琦的胸口上。

马晓鸥抬头，理都没理，又侧身绕过李琦，径直朝梳妆台走去。可还没走两步，就被李琦一个大力，狠狠拽了回来，禁锢进自己宽厚的怀抱里。

马晓鸥抬眼，怒目而视，"松开! "

"不松! "

"松开! "

"嘿嘿，就不松! "李琦满脸得意。

"不松，是吗? "马晓鸥眼神凌厉。

李琦又加紧了力道。

马晓鸥说时迟那时快，一低头，就朝着李琦的胳膊上狠狠咬了下去。

李琦大叫一声，赶忙跳起来，"哎呀呀，马晓鸥，你属狗的啊! "

马晓鸥冲出包围圈，泰然自若地在梳妆台前坐下，拿起吹风机开始吹起头发来。

李琦继续赴汤蹈火、前仆后继地贴了上去，麻利地抢过吹风机，一只手拿着吹风机，一只手插进马晓鸥浓密的长发。

马晓鸥知道再拒绝，必定又是一番撕扯，便也就默认作罢。

吹了一会儿，马晓鸥嚷道："行了! "

"不行，得吹干，不吹干容易头疼! "

马晓鸥只能任凭他一双大手在她的头发里轮番作恶，耳朵和脖子，被热风扫着，被李琦的大手撩弄着，痒痒的，浑身都不舒服起来。

吹完了头发，马晓鸥打开床头灯，又转身关了顶灯。掀开被子，钻了进去。

洗漱完毕的李琦回到卧室，一阵窸窸窣窣之后，马晓鸥就感觉到，背后的另一半床，深深沉了下去。

马晓鸥翻身，怒喝："下去！"

"不下！"李琦理直气壮，无赖又可爱。

马晓鸥二话不说，一条长腿就踢了过去，可没想到偷袭不成，反而被李琦的大掌一下子接住。

马晓鸥死命挣脱，却挣脱不得。忽然不知道哪里来了力气，腰身一挺，上前，脚底用力，就听哐铛一声，人高马大的李琦，当当正正地连人带被子，落在了地板上。

李琦攀着床沿，露出脑袋，一点点站起来，龇牙咧嘴，"马晓鸥，你够狠！"

马晓鸥见大仇已报，也不恋战，一扭头又躺回去。

可是还没等马晓鸥躺稳，就听老太太蹬蹬蹬上楼梯的声音。

马晓鸥一个激灵赶忙爬起来，抓了抓头发，把头发弄乱，又在鸡心领的衣衫上扯了扯，故意弄成衣衫不整的样子，还特意拍了两下脸，绯色泛起。

还没等老太太敲门，马晓鸥就跳下床，一把拉开房门，"妈！"

老太太就和判官似的，一眼就看到了地上的瑜伽垫。

马晓鸥顺势回头，"我睡前要做瑜伽，减肥！"

"都快瘦成精了，还减肥！刚才怎么了？怎么和地震了似的！"

"妈，没事，我关灯，把台灯弄地上去了！"李琦不知何时又爬上了床。

老太太也不好多问，带着犹疑又转身下楼。

马晓鸥如释重负松了一口气，目送老太太下楼，关好门，一回头，又撞进了李琦怀里。

"你鬼啊？"

"对，我是鬼，色鬼！"

马晓鸥就没有遇到过这么厚颜无耻的人，几记白眼就飞了出去。

"干嘛？"马晓鸥狠命挣扎，李琦拼命不放。

"你刚才是不是故意的？"

"嗯？什么故意的？"马晓鸥被李琦箍的不舒服，热烘烘的，有些大脑缺氧。

"故意制造犯罪现场！"

"什么犯罪现场？"

"就故意弄成，我刚欺负完你！"李琦脸上浮起一层贼笑，"可是事实是，我没欺负你！所以……"

"所以什么？"

"所以，你的潜意识里，希望我欺负你！"

这都是什么和什么啊？

"有病！"被李琦偷袭加揶揄，马晓鸥脸色更红。

"丫丫，你终于说对了，有病！真的，再这样憋下去，我保证，我没病也会憋出病。这病，还不好治！"

马晓鸥忽然想起一个成语，铜墙铁壁，用这个词形容李琦的脸皮之厚，最恰当不过。

李琦动之以情晓之以理，都快准备给马晓鸥上一堂活色生香的生理课了。

"废了才好，活该！"马晓鸥自知李琦话里话外的意思。

"废了，怎么能好呢，你没听说过，完蛋、完蛋，完蛋就是不行了，彻底不行了，可是你想想，你现在还在气头上，不想这事，那万一哪一天，你想开了，想的时候，完蛋了，彻底不行了，然后慢慢的，你也会有病的……"

马晓鸥拧眉，差点信以为真。

李琦得尺进尺，继续恐吓："内分泌失调，脾气暴躁，还会满脸长痘痘，早更，说不定还会长胡子……"

马晓鸥知道，李琦已经开始进入胡说八道模式了，面对李琦的厚颜无耻，马晓鸥知道不能恋战，再恋战很容易被绕进去，对待这样的敌人，只能速战速决。

"李琦，我和你说过了，这一辈子，你都甭想再碰我，你别死性不改！"马晓鸥恨得咬牙切齿。

"行，行，我不碰你。那你碰我，总行吧，怎么碰都行！"李琦把马晓鸥的玉手放在胸口摩擦起来，气得马晓鸥差点吐血。

"卑鄙无耻下流恶心！"

"老婆，我错了，不管事实到底是什么，不管谁对谁错，啥也不管，都是我错了，好不好？我认错，我罪该万死。可咱们家搓衣板我都跪几百条了，你再去看看，你天天踹我，你腿不疼，可是咱家地板都疼了……你就原谅我好不好？你让我做牛做马，做什么都行！"李琦死缠烂打的功夫愈来愈炉火纯青。

面对李琦只能简单生硬，马晓鸥喝道："放开！"

"不放！"李琦仰着一张眉开眼笑的脸。

马晓鸥气得满脸娇红不堪，引得李琦更是步步紧逼，几番交战下来，恶性循环，马晓鸥一番挣扎倒像是欲拒还迎。

李琦也管不得其他，一低头，稳准狠，一口就含住了马晓鸥的一双樱唇。反正老头老太太都在，出不了人命，这时不占便宜更待何时？！

李琦对马晓鸥是相思入骨，辗转反侧，没一会儿功夫就吻得马晓鸥开始意乱情迷，娇喘连连。

不知不觉间，一双大手，再也顾不得，就附上马晓鸥胸前的娇嫩，揉捏起来，粗糙的触感，让马晓鸥忽地一激灵，瞬间便清醒过来，拼了命般，狠狠在李琦的嘴唇上咬了一口，李琦就觉得血腥味一下子在口腔里翻滚开来，再不松口，以马晓鸥的脾气，咬掉半个嘴唇都不在话下。

马晓鸥怒视着李琦，"李琦，你信不信，我去告你，你不怕满城风雨，就走着瞧！"

李琦盯着马晓鸥潮红的粉脸，起伏的胸脯，觉得自己整个身体都快炸裂了。焦灼的情绪无处寄放，懊恼、委屈、郁闷、无辜、渴望。

马晓鸥一转身，上床，蒙头。在被子里，胸口灼热的气息依旧难以平复。

李琦站在原地，就像一个五六岁的小孩，本来只是想吃一根棒棒糖而已，大人非但没给买，还被噼里啪啦削了一顿。

李琦呆愣了一会儿，马晓鸥还如鸵鸟般窝在被子里，再不离开，马晓鸥估计会憋死，便一扭头，转身去了浴室

把水温调至冷水，可是李琦觉得，再冷的水似乎也无法浇熄身体里的热情。

梁湛看着一身煞气的李琦，一边吃酒一边笑，"老李，你何必这么钻牛角尖呢？你说这婚都离了，你何苦还揪着这事儿不放？"

李琦瞪了梁湛一眼，"站着说话不腰疼！"

"最近运动量有点大，别说，腰还真有点疼！"梁湛嘿嘿笑着。

"咋地，得了便宜还卖乖了啊？"李琦知道梁湛话里有话。

梁湛把李琦的酒倒满，"哥们，抬头看看，一水水的大美女，你就轻轻地勾勾小手，绝对前赴后继。行，你品位高，这里的莺歌燕舞你都看不上，那漂亮的气质好的，也一抓一大把啊，你说你这么折腾，何必呢？"

"哥们没你那么博爱，见一个爱一个，改明个儿，你别做投资人了，去联合国做爱心大使吧，那工作适合你，钻木取火，用爱发电！"

"这和博爱不博爱有个鸟毛关系？人不为己天诛地灭，听说过吗？你说说，你就这么干耗着，有什么意思？要是换了其他女人，就是劳改犯，也早就被你感化了，你这两年做的，就算是将功补过，那也早就补回来了啊！"

梁湛是李琦的股东，也算是朋友。不管从哪个方面讲，梁湛都希望李琦可以重新振作，把精力都放在公司的业绩和IPO上，而不是满世界地找寻那个陈小雨。

梁湛自己拿起酒杯和李琦碰了一下。

"你做了这么多牺牲，马晓鸥还不原谅你，只有两种情况，一个是这个女人太铁石心肠，再一个就是，人家心里可能早就有了别人！"

李琦把杯子狠狠地往桌子上一摔，"马晓鸥是什么样的人，我最清楚，以后，别在我

面前说马晓鸥！"

李琦站起身，准备往外走。

梁湛也噌地站起来，"李琦，你站住！"

李琦回头。

梁湛语气弱了下来："你的心情我理解，但是，我希望对待这件事，你能理智一些，从大局出发，当年，这事一出来，很多人跑了，而我，一直坚决挺你。"

当年，如果不是梁湛的力挺，丝路网科很可能就此崩溃。对此，李琦心里很是感激。

梁湛接着说："你前几天把高登打了这件事，圈子里已经传开了，假设高登以此做文章，势必又会将丝路置于危险境地……李琦，算我求你，这事能不能先放下，你别忘了，你除了要对马晓鸥负责，还要对所有的股东负责！"

一直低着头的李琦抬起头："对，我要对所有股东负责，可是，如果我的家都没了，我还怎么有心思为股东负责啊。另外，你也知道，高登这么做，算是犯罪，商业犯罪，那找到真相，把高登打垮，是不是也是为丝路的上市扫清障碍了呢？"

梁湛点头，"你说得没错，但是，你可否换一个方法，而不是以身涉险？就比如打人这招儿，你雇些人削他一顿，我都没意见，你能不能控制好你自己，我求你，别再出现在社会新闻里，好吗？"

李琦的脸上又换上一副痞痞的坏笑，"你不说，我还忘了，社会新闻，免费的活广告啊，我这广告费，能不能给我算了！"

Chapter 5
救命稻草

陈怀远出院之后，蔡文姬忽然神经错乱，迫切地想要个孩子。"我治不了你，是吧，好，我让你儿子治你！"蔡文姬的小算盘，打得啪啪响。

❧ 夫妻双双把"药"下 ❧

李琦预感到，再找不到自证清白的证据，自己很可能会"家破人亡"。而陈怀远也好不到哪里去，因为他差一点就精尽人亡。

陈怀远出院之后，蔡文姬忽然神经错乱，迫切地想要个孩子。
"我治不了你，是吧，好，我让你儿子治你！"蔡文姬的小算盘，打得啪啪响。

对此，陈怀远坚决反对。
到底是先有鸡还是先有蛋？这是一个永恒的哲学问题。
在蔡文姬看来，孩子会让陈怀远现实起来，这也是拯救"误入迷途"的陈怀远的唯一办法。
"现在，我们养活自己都成问题，再要个孩子，喝西北风去吗？"陈怀远疑惑道。
"如果你再执迷不悟，那就只能喝西北风了，不过，假如你去 BAT 随便哪一家，或者再回天易，养个孩子绝对不成问题！"蔡文姬扑闪着大眼睛，看着陈怀远。

接下来的日子，俨如一部惊心动魄的警匪大片。

对于生产孩子的"枪支弹药"，蔡文姬心急火燎、巧取豪夺，陈怀远绞尽脑汁，严防死守。
在蔡文姬尝试了制服诱惑、钢管女郎、艳舞皇后等等桥段之后，依然没有降服陈怀远，最后，就只有"酒后乱性"这一招了。
又是一个月黑风高的晚上。

陈怀远望着在厨房进进出出的蔡文姬，忽然有一种恍惚感，"这是要改邪归正，弃恶从良了吗？"他差一点就忘了，其实在蔡文姬那宽松慵懒的家居服下面，还包藏着一颗如花荡漾的春心。

随手挽起来的乱发，没有浓妆艳抹，没有护士服，没有兔耳朵，有的只是厨房里噼里咣当的煎炒烹炸声，有的只是蔡文姬进进出出的脚步声……内心愉悦的陈怀远难得吃着小菜，喝着小酒，然后就醉眼迷离，好像来到一个画壁的世界，而那个在自己眼前晃荡着的女人咋就那么美，那么美，美得陈怀远不禁心旌荡漾。

晨光挥洒，陈怀远轻轻地掀开被子，然后嚯地坐起来，哀怨地看了一眼满地零落的衣物，叹气道："日防夜防，家贼难防！"

陈怀远恨不得夺路而逃，而就在他起身的刹那，有一条胳膊，像八爪鱼那样攀了上来。

陈怀远慢慢回头，正对上那一副妖孽蛊惑，舍我其谁，笑里藏刀的眼神。

接下来的几天，蔡文姬的脸上都挂着一副"小样，斗得过我"式的微笑。

可是垃圾袋里忽然发现的，一个已经拆过的紧急避孕药的包装盒，却让蔡文姬的得意瞬间塌陷。

她忽然想起来，在行完周公之礼的第二天晚上，临睡前，陈怀远特别殷勤地去给自己倒了一杯牛奶。

蔡文姬气急败坏地冲到书房去，把包装盒拍到电脑桌上，气得一句话都说不出来。

陈怀远知趣地转过来，"以前你也吃过的！"

"我是吃过，那是我自己主动吃的，这次不这样，你给我下药！"蔡文姬没有想到，陈怀远不想要孩子会不想要得这么彻底，竟然偷偷给自己吃紧急避孕药。一想到这，眼泪就噼里啪啦往下掉。

"别哭，好不好！"陈怀远拉起蔡文姬的手。

"要是，我死了，我可能都不知道自己是怎么死的！"蔡文姬越哭越厉害。

"避孕药而已！"

"这次敢下避孕药，下次就会是安眠药，接下来就会是毒药，陈怀远，你就这么恨我吗？啊？"蔡文姬浑身颤抖着说道。

"好了，别哭了，你不是也给我下药了吗？"陈怀远很少做坏事，所以也不免心虚起来。

"我什么时候给你下药了？"蔡文姬理直气壮地说道，就怕陈怀远发现，她早早就把什么包装啊等蛛丝马迹清除得一干二净。

"你看一下你的网上购物记录就知道了！"陈怀远希望以此扯平，尽快结束这场战争。

蔡文姬支吾了半天说道："那我还不是为了要孩子吗？我有错吗？"

"我们不是说好了吗？再等一年的时间？"陈怀远央求着蔡文姬。

"你怎么不说等我过了更年期再要！"

"你看你，又来了！"

"你只是不想和我要而已！"蔡文姬委屈地嘟囔着。

陈怀远瞪大了眼睛，双手扶额，"文姬，你的想象力不要那么发达好不好？我真的快要疯掉了！"

❀ 祭出杀手锏 ❀

一日，陈怀远刚刚出了会议室，就被李琦直接拉到了楼下，塞进了车里。

王凯在后面一个劲喊着李琦："Hi，到底怎么了？还有一个会！"

李琦也顾不得其他，冲着王凯喊："我找小陈，急事，你们自己开！"

王凯站在办公室门口，内心 OS："技术的会议，CTO（首席技术官）不在，还开个鸟！"

陈怀远差不多是被五花大绑绑到饭店的。

刚一落座，陈怀远就伸手摸了摸李琦的额头，关切道："老李，有病了吧？"

李琦郑重其事地点头："嗯，行啊，料事如神！"

"真的？怎么了？"陈怀远竟一时信以为真。

"这儿疼！"李琦指了指心口。

"心脏病！？"

"你才心脏病，我心脏病，我能登珠峰？"李琦一脸傲娇道。

"不是心脏病，你心疼什么？"

"你大爷的，你有个媳妇在身边，不能抱，不能亲，你不疼？我不但心疼，我浑身都疼！饱汉子不知饿汉子饥！"

陈怀远心里想着公司的事，一时没有转过弯儿来，直奔主题，"说吧，你抓我过来，到底干嘛？"

"黑人！"李琦也干脆直接道。

"什么黑人？？？？"

"就是黑别人啊！"李琦理直气壮。

"抹黑别人？"陈怀远一边喝着酒，一边沉思着，有些为难道："可是，这个我不擅长啊！"

"不是抹黑别人，是黑客，通过互联网黑别人！"

陈怀远指着自己，"我？你让我当黑客，帮你黑别人？"

"对啊，不然我绑你干嘛？我认识的人里面，就数你，技术最厉害！嘿嘿，在我的心目中，你就是神一样的存在！"

陈怀远知道李琦的肚子里一定没装什么好水，白了一眼，"谢谢夸奖，那神现在告诉你，黑别人，属于网络犯罪！"

"还犯罪，犯啥罪？我又不偷人家，又不抢人家，我犯什么罪，正相反，我是要把别人犯罪的证据搞到手！"

"谁犯罪了？"陈怀远追问。

至此，李琦才把自己如何遭受陈小雨、高登陷害，导致自己和马晓鸥离婚的事情一一道来。

听完，陈怀远一拍桌子，直接跳了起来，"你大爷的，你离婚了？你离婚了，你怎么不早说？"

李琦被陈怀远的举动吓了一跳，也跟着站了起来，"哥们，我离婚了，你激动什么？难不成，你对我们家马晓鸥，有非分之想？"李琦紧张地问道。

"老李，你他妈的差点就没害死我！"

李琦瞪着呆萌的细长眼睛，"等等，让我稍微理清一下思路，我离婚了，我离婚了，差点害死你……可是，我离婚了，和你有几毛钱关系啊？"

"你特么离婚就离婚……"陈怀远激动得语无伦次，"那你说说你，你离婚了为啥还要秀恩爱啊，你知道不知道，在蔡文姬的眼里，你就是好男人的典范啊，三句话不来，蔡文姬就叫嚷起来，'啊，你看人家李琦如何如何……'我靠，你高大，你完美，你多金，你风度翩翩……"陈怀远呷了一口酒，"你知道吗？你就是一座无法跨越的高山，我就在你的山脚下，我……一直生活在你的阴影里，啊，老李……"

认识陈怀远这么多年，李琦第一次见识了陈怀远的滔滔不绝。

陈怀远举起一杯酒，一饮而尽。

李琦不满道："怎么着，我离婚了，你爽了啊，还是不是难兄难弟了啊！"

"哈哈活该，你天天虐狗，哈哈，想不到吧，也有被狗虐的时候……"

"陈怀远，你别幸灾乐祸啊，我跟你说，等你哪天发达了，说不定也会被人盯上，给你下药，然后给你拍艳照，我告诉你，你一定会有那一天，俗话说，笑话人，不如人！"

陈怀远一想到，李琦天天被马晓鸥踢下床的情景，就差点笑出内伤。

"不用等到那一天，我已经被下过药了！"

李琦的眼光一下子噼里啪啦闪射出好奇的光芒，"真的啊，讲讲！"

"讲个屁，我是被蔡文姬下了药，她着急想要个孩子，我不想要！"

"不会吧，蔡文姬啊，哈哈，我太佩服她了，奇女子，这个世界上，估计也只有蔡文姬能干出这种事来！"这次换成李琦笑出内伤。

"我跟你说，这几天，我天天在外面吃饭，回家，我连水都不敢喝！"

"何必呢，你们年龄也不小了，是该要个孩子了！"李琦劝解道。

"还不是时候！"陈怀远意图转移话题，"对了，你确定，你被别人下过药后，没有做坏事？"

"确定啊，怎么可能，我只稀罕马晓鸥！"

"哥，这话骗马晓鸥还行，骗我，不信！"

"我骗你干嘛？"

"靠，那药，我又不是没有吃过，知道吃过之后是啥样！"

被陈怀远这么一说，李琦立马蔫了，叹气道："哎，你说，那个谁，前一段时间不是出轨了，被拍到了吗？你看人家老婆，且行且珍惜。我再咋地也是被动出轨吧，你看我老婆，没把我阉了，我都烧高香了，哎，真是同人不同命！"

看着李琦，一脸落魄，着实可怜，陈怀远决定还是帮帮他。"我技术不错，但是算不上专业黑客，黑进个人系统，勉强 ok，企业的不行，企业的防火墙设置不太一样。要不我帮你介绍一个人，顶级高手，但是，你得保证，你只找线索，商业机密啥的，别动，不怕一万就怕万一，万一被抓到了，直接定刑！"

"放心吧，我这么弄，不就是为了重见天日，过上好生活嘛。你说，谁会放着好生活不过，去犯罪，对不对？"

对待高登这样的小人，李琦不惧以身涉险，不给他一个杀手锏，是不是就觉得老子是病猫啊！

李琦祭出黑客做杀手锏，而蔡文姬在色诱无果之后，直接祭出了陈怀远他妈。

陈怀远，你可以不要儿子，但是你妈总不会不要孙子吧？！

果不其然，陈老太太在接到蔡文姬电话的第二天晚上就把电话打了过来。

陈老太太从陈家的家谱说起，一直说到自己如何辛辛苦苦生了五个孩子，真是受尽千般罪，遭受万般难，现在人是风烛残年，唯一的念想就是儿孙满堂。

陈怀远一边恭恭敬敬听着陈老太太在电话里声泪俱下，一边抬头，恶狠狠地看着蔡文姬。

蔡文姬大气也不敢出，低头狠命往嘴里巴拉饭，就怕一口气憋不住，大笑出来。

但正所谓，魔高一尺道高一丈。

在接下来的日子里，在行动上，陈怀远超级配合，但是从结果来看，陈怀远的配合基本是无用功。

因为测孕试纸上的一道杠依旧是一道杠，并没有因为陈怀远的配合而变成"中队长"。

蔡文姬手里拿着化验单，再一次和医生确认道："您确定，我真的没问题吗？"

五十多岁的女医生抬了抬眼睛，疑惑地看着蔡文姬，"你是想有问题吗？"

蔡文姬失魂落魄地回到家。

一正一负等于零，如果自己没问题，那么出问题的那个人就是陈怀远。

对于陈怀远不孕不育这个消息，蔡文姬不知道该以什么样的方式告知陈怀远，怨恨、可怜、同情……？

蔡文姬一口一口往肚里灌啤酒，没一会儿功夫，小脸就红彤彤一片。

陈怀远一把将杯子抢过去，把剩下的酒，一饮而尽。

蔡文姬竭尽全力想安慰安慰陈怀远，但是却找不出合适的语言，眼泪就稀里哗啦往下掉。

陈怀远绕过桌子，紧紧把蔡文姬抱在怀里，蔡文姬的身子柔柔软软，好像失去了所有的力气。

陈怀远百般纠结，要不要告诉蔡文姬，之所以出现这个结果，是因为自己吃了男士避孕药。

但是话到嘴边，还是吞了回去，上一次下药的"余震"还未消，他可不想再次引火上身。

❧ 不怕贼偷就怕贼惦记 ❧

生子无望的蔡文姬只能及时调转船头，把全部心思又重新铺在工作上。

她必须要尽快"搞定"庄梓晨，避免夜长梦多。而搞定庄梓晨，则必须"投其所好"，所以面对徐芮的邀请，蔡文姬虽然故作姿态，但还是很爽快地答应了。

闺蜜之间的战争向来不会长久，要不就老死不相往来，要不就江湖一笑泯恩仇，更何况，徐芮和蔡文姬之间，又哪来的什么深仇大恨呢？无非就是大刺猬遇到小刺猬，互相伤害，又互相怜惜而已。

几个月的时间，终于让徐芮后知后觉到蔡文姬的一片好心，"蔡文姬，我告诉你，我保证这是最后一次，你再拒绝我，咱俩就绝交！"徐芮故意把语调提高了好几度。

"怎么着，幡然醒悟啦，改过自新啦？"

"别给脸不要脸啊，我又没睡，我醒什么醒，说吧，到底有没有时间？"徐芮佯装强硬。

蔡文姬想了想，"喝酒！"

"喝酒不行，我下午还有一个采访。"

"徐芮，这就是你的诚意？噢噢……"

徐芮忽然反应过来，"喝酒？你不是在要孩子吗？别急，等你生完了，我天天找你喝大酒、吃大肉！"

"不生了！"

"怎么又不生了？"

"心情不好，所以不生了！"

徐芮差点被噎回去，"好吧，过几天，你别告诉我，天气好，我想生个孩子玩玩！"

蔡文姬不耐烦道："好了，我还有会，先不说了，那就明天中午，慢品咖啡，离我近。"

"好，我提前订位置，点你最喜欢吃的牛排。"

"算你有良心！"蔡文姬挂断电话，赶紧转身进了会议室。

徐芮小声嘟囔着："姐，我是热心青年，好伐！"

第二天，徐芮早早就来了慢品咖啡西餐厅，一边写稿子一边等着蔡文姬。

十二点刚过，蔡文姬就像一阵风一样，呼啸而来，但是这阵风，并没有为徐芮而停留，而是继续往后走去。

"文姬？"徐芮喊道。

蔡文姬把食指放在嘴边，"嘘！"并示意徐芮往后看。

"神秘的军先生？"徐芮问道。

蔡文姬点点头，拉着徐芮继续往最后一排卡座走去。

为了不打草惊蛇，两个人猫着腰，差一点就要匍匐前进了。

"嘿嘿，终于让我们抓了一个现行！"离最后排的卡座还有一两米的距离，两个人站住。

就见"军先生"抬起一只手，正温柔地帮田杺然擦拭着嘴角的咖啡沫，"哇，流鼻血！"

徐芮赶紧拿出手机，拍了一张照片。

"不愧是大记者，够职业！"蔡文姬嘿嘿笑着。

拍完照，徐芮终于忍不住喊道："Hi，小甜甜！"

田杺然抬头，愣了一下，赶忙收起笑容，接着又一脸蜜笑道："两位大小姐，今天怎么这么闲啊，是不是太想我了啊？"

蔡文姬觉察到了田杺然笑容的变化，还没来得及细想，"军先生"的脸就映在了面前。

"姐夫？"

"姐夫！"徐芮惊得也跟着一起喊出来。

张君侧身看着蔡文姬，一脸不自然："文姬！"

还没等蔡文姬回答，田杺然立马站起身，对着张君道："张总，您看，要不？我们今天就谈到这里，我们的条件就是这些，您可以再考虑考虑！"

张君又是一愣，不过立马就恢复镇定，"好，我回去和公司具体的负责人沟通一下，你再等等，一有消息，我马上通知你，你们几个小姐妹好不容易聚一次，你们先聊！"

"真不好意思，不过我们也确实很久没见了，希望咱们能合作成功，也不枉张总今天跑这么远。"

张君离席，走了几步又回身，摆了摆手，蔡文姬呆愣了一会儿，却总觉得，那眼神好像怪怪的。

张君一走，蔡文姬就立马坐到刚才张君的位置："说吧，到底怎么回事？"

田杺然面不改色，推过去一个卡牌，笑着道："喏，蔡总，惊堂木！"

蔡文姬一脸严肃，拧眉道："别嘻嘻哈哈的，快说，到底怎么回事，刚才走的那位可不是别人，是我姐夫，知道吗？"

"就因为是你姐夫，我才见他的！"田杺然坦然自若。

见蔡文姬的脸色马上就要晴转多云了，田杺然噗嗤一声笑了，"好啦，好啦，我找你表姐夫是谈合作的事！"

"你们有什么合作？"

"灵思旗下也有好几个奢侈品品牌，你不会不知道吧？你姐夫的公司本身就是做奢侈品电商的，他想拿我们的网络代理权。"

"Ok，那谈合作怎么不去办公室，来咖啡厅干嘛？"

"不来咖啡厅难道去饭店啊？亏你还是做市场的。"

"哼，都是你有理，谈个合作，还搞得那么暧昧！"

"嗨，蔡文姬，你狗咬吕洞宾不识好人心，如果不是看在你的面子上，我们真还看不上他的公司，我们的品牌知名度你也是知道的，选择合作公司很慎重。你表姐夫的公司虽然规模还不错，但是在这个行业也算不得顶级的吧？！"田杺然一脸清高。

"那你怎么也不提前和我说一声！"

"嘿，姐，你给我发工资，我就天天和你汇报工作动向。"

见两个人剑拔弩张，徐芮赶忙插话道："好啦，好啦，好不容易，大家才聚一次，就不要争啦，文姬，杺然也是好心，对吧，她怎么没去找别人谈，还不是看在你的面子上，所以你就原谅她的先斩后奏吧！"

"杺然，我可告诉你，你看上谁，都不能看上他，他可是我表姐夫，我亲表姐的老公，知道吗？"

田杺然打开手机，亮出一张照片来，"和你表姐夫相比，这个男人如何？"

徐芮抢过手机，大叫起来："哇，好像明星啊！"

田杺然露出得意的表情："John，等他下次回来，看情况，让你们见见！"

"好吧，那姐先原谅你，给姐笑一个！"见田杺然这么一说，蔡文姬便也觉得自己有点神经过敏。

徐芮立马转移话题，"对了，你电话里说给你弄个采访，具体说说，你蔡大小姐好不容易开一次金口。"

蔡文姬赶紧拉起徐芮的手，就像见了大救星，"你能不能给我们老板，做一个采访？"

"辰丰集团的薛家辰吗？IT新贵，问题不大，不过版面不会太多！"

"不是薛家辰，是我们事业部的老大，庄梓晨。"

徐芮为难地摇了摇头，"那恐怕不行，我们的周刊规格在那里摆着呢！"

"哎！"蔡文姬叹气道。

"这事，对你很重要吗？"

"当然啦，直接关乎姐姐的乌纱帽。"

"还是升职的事，这都拖了多久了啊？"

"是啊，前段时间，这事基本都见分晓了，但是庄梓晨还迟迟不对外宣布，就把我架在这儿，你不知道我有多难受，下属依旧不知道该听谁的，哎！林婉，我那个死对头，每天看我的眼神，你不知道多可怕，就像要把我吃了似的，所以我怕这事夜长梦多，哎，我们老大爱出风头，所以……我这也是没办法。"

"文姬，你别着急，要不我去访访他，让他高兴高兴先，但是你也知道，周刊或者杂志的周期长，距离印出来，还需要一个时间，最后实在发不出来，我们再想办法！"

蔡文姬抓过徐芮，狠狠亲了一口，举起一杯柠檬水，"亲姐，先干为敬！"

蔡文姬放下杯子，嘿嘿笑道："对了，我想到办法了，你就先去装装样子，毕竟你名气大，你写完稿，我让石浩楠去发，他门路子多。"

"暗恋你的那个大帅哥？"

"去，去，哥们而已！"蔡文姬辩解道。

"哥们？哥们送你那么贵重的礼物啊，卡地亚的啊！"

蔡文姬立马辩解道："你怎么知道？"

"我怎么知道？在美娜的婚礼上，他亲手交给你的，HOHO，那个含情脉脉啊！"

"含情脉脉什么啊，顶多算行贿受贿，美娜婚礼的公关，是我推给他们的，人家那是感谢！"

徐芮嘟囔着："也就你吧，神经大条，看不出人家对你有意思。"

"姐，我是有夫之妇，他能有什么意思？你的脑回路太深不可测！"

"行，那你把石浩楠的联系方式给我，让他也同时定媒体，差不多了，我就过去，这事事关Money，宜早不宜晚。"

"徐芮，你善良得让我忐忑不安！"

"哈哈，你又一次洞悉了我的贪婪本色，涨了工资，大餐一顿，不然……"

"必须的啊，每个月一次都没问题！"

蔡文姬兴奋地摩拳擦掌，小脸涨得通红。"那我赶紧回去，我先模棱两可隐隐约约地和庄梓晨透透话，说不定他一开心，就提前宣布了呢？"

蔡文姬狼吞虎咽把牛排吃完，就火急火燎地离开了。

徐芮低头吃了一会，忽然抬起头，对着田杺然道："别说，张君还不错！"

田杺然也抬头，"什么意思？"

"有钱的男人很多，在天城，一抓一大把，但是，哎，有钱的好男人并不多，张君算是一个吧！"

田杺然没接话。

徐芮继续道："知道为什么吗？因为不是所有的男人都能遇到好女人，靳雪菲是一个好女人。俗话说，女人是男人的学校，好男人一定是从好女人那里毕业的！"

"嗯，确实很漂亮！"田杺然胡乱地搪塞着。

徐芮玩味异常地看着田杺然，"漂亮的女人也很多，但是不是所有的漂亮女人都是好女人，雪菲很温柔，很善良，也很有才，我记得，她好像之前也是做编辑的，和我还算是半个同行呢！我和她倒是有些惺惺相惜！"

"徐大记者，你今天是怎么了啊，这么多感慨？"

徐芮呵呵一笑，"羡慕呗，其实我挺羡慕雪菲的，有一个事业有成、风度翩翩的老公，有一个那么漂亮聪明的儿子……"徐芮定定地看着田杺然，又叹了口气，"哎，你说，这世间，真的有纯粹的爱情吗？一个男人永远爱一个女人，一个女人永远爱一个男人？"

"有吧！"

"哎，怎么忽然觉得，我的希望越来越渺茫了呢？"

"芮芮，你会遇到的！"

"遇到之后呢，谁能保证，天长地久啊？遇到不好的，不想将就，遇到好的呢，别人也惦记！"

田杺然知道徐芮话里有话，"事在人为！"

"杺然，难怪，你爱情事业双丰收，是啊，事在人为，这一点，我不行，我习惯了，顺其自然，听天由命！"

田杺然吃完饭，借口还要见一个客户，便也匆匆离开了。

"田杺然明明知道，自己今天约了蔡文姬，怎么就这么巧合，她也把张君约到这里来？"徐芮望着田杺然的背影，忽然有一种不好的预感涌上心头。

她犹豫着要不要提醒一下蔡文姬，想一想还是算了，以蔡文姬那风风火火的个性，假设人家两个人本来没事，被蔡文姬一搅和，备不住就弄成满城风雨了。

俗话说得好，宁拆十座庙不拆一桩婚，对于这种隐隐的预感，最好还是大事化小，小事化了！

❧ 哈，我用胸罩罩着你！❧

不在沉默中死亡，就在沉默中爆发，在 YOKA 的再三刁难下，马晓鸥终于决定推出自己的自创品牌。

之前，因为缺乏现金和经验不足，马晓鸥对于自创品牌始终裹足不前，而玄色瑞琪明目张胆的抄袭成了她揭竿起义的一条引信。

这一次，马晓鸥的设计稿被刊登在《设计师》杂志上，但是署名却是玄色的瑞琪。

安小安被气得直掉眼泪，"晓鸥姐，他们也太过分了，这次连改都没改！"

马晓鸥低头，小口喝着咖啡，唇角微微笑着，"因为有着和 YOKA 的合同，我们连告他们都没有办法。"

"晓鸥姐，你不生气吗？"安小安抹了抹眼角。

"生气有什么用，如果有用的话，我早就气贯长虹了，好啦，别哭了！"马晓鸥故作轻松，安慰着安小安。

"晓鸥姐，你知道吗？我刚才差点就冲出去，找瑞琪打一架！"

马晓鸥起身，把安小安拉坐到沙发上，"她抄我们的作品，我们没办法告她，你打了她，她却铁定会告你，何苦？"

"那怎么办？"

"YOKA 的合同还差几个月，解约会承担高额赔付，只能拖着，再交稿，我糊弄糊弄即可。"

"那接下来的资金怎么办？毕竟他们是大客户？"安小安纠结地问道。

"挺几个月还是没问题的，另外，咱们也要着手做自己的品牌了，接下来会很忙！"

安小安立马破涕而笑，"真的？"

"真的，虽然困难很多，但是车到山前必有路，遇到了再说，咱们先抓紧设计新品，宣传也要搞起来！"

安小安一边抹眼泪，一边点头，"放心吧，我暂时还不打算找男朋友，住在公司都行！"

马晓鸥拍了拍安小安的肩膀，开玩笑道："那可不行，你这万一要是被耽误了，你老了，我还要养你！"

安小安害羞地笑了笑，"姐，你没听说过吗？你现在对我爱搭不理，我早晚会让你高攀不起，咱们炫彩要是做起来了，估计会有好多高富帅上门提亲，我等着那一天！"

马晓鸥觉得内心有一股暖流涌动，但是表面上还是淡定从容，"对了，最近比较忙，等过段时间，我叫律师过来，把承诺给大家的股份落实了！"

安小安的眼泪又涌出来，"姐，我不急！"

马晓鸥明眸皓齿地笑着，"你不急，我还急呢，你们都成了老板，那我就能好好歇歇了！

安小安站起身，"姐，你放心吧，我先去忙了！"

马晓鸥也站起身，"好！"

确定了新方向之后，炫彩上下都开始忙碌起来。

事情越来越多，人手自然是越来越不够，几经权衡，马晓鸥再次向靳雪菲抛出了橄榄枝，既然全职做不了，那就做兼职，这样既可以照顾家庭，又可以发挥自己的才能。

靳雪菲自然是一百个高兴，随口就答应下来。

> 有一种想要不敢要的伤痛
>
> 有一种爱还埋藏在我心中
>
> 我只能把你放在我的心中
>
> 这一种想要不能要的伤痛
>
> 让我对你的思念越来越浓
>
> ……

蔡文姬一边唱，一边举杯，满脸红晕道："姐，这首歌送给你，你说，不就是一份工作吗？至于这么偷偷摸摸的吗？啊，你是赚钱回家，又不是花钱败家，至于吗？"蔡文姬愤愤不平道。

靳雪菲低头不语，马晓鸥接话道："不管怎么说，这都是往前迈了一大步，再说了，这份工作也就写写画画，对工作环境、时间啊什么的，都没那么高要求，等你适应了，我相信张君一定会支持你的。"

靳雪菲点头。

许是为靳雪菲抱不平，许是自己心事满满，喝了一会儿，蔡文姬又转向马晓鸥，"鸟姐，你说说，这人，是不是也分正负极啊？"

马晓鸥起身为大家布菜，不解地问："什么正负极？"

蔡文姬醉眼朦胧，"就比如咱俩，咱俩就是正负极，你是正极，我是负极。你比如说，李琦，温柔体贴，陈怀远，木讷倔强，你再比如说，你有钱，我没钱，再比如，我想要孩子，我拼命想要孩子，你呢？哈哈，你拼命不想要孩子……你说说，咱俩是不是就是正负极，嘻嘻，你说，你是不是一见到我就波涛汹涌，心潮澎湃，小鹿乱跑，魂不守舍，哈哈，真的，要不，咱俩过，得了，我喜欢你，I love u, and You love me, too（我爱你，你也爱我不）？"蔡文姬说着说着，就把身子贴了过去。

眼见着蔡文姬快倒过来，马晓鸥马上伸出手，扶住了蔡文姬，"还too不？再这样喝下去，我看你是真的要吐了，你说，这都多少年了啊，脾气渐长，这酒量怎么一点也没渐长呢！"马晓鸥一边说，一边把椅子拉了过去，让蔡文姬靠在自己身上，免得一不留神，一头栽到桌子底下去。

吃完饭，马晓鸥和靳雪菲拖着蔡文姬，回到工作室。

马晓鸥把整理好的一袋子资料递给靳雪菲。

"这是炫彩这几年来的一些资料，你先回去看看，然后考虑一下炫彩下一步的定位。有什么想法，我们随时沟通！"

拿着沉甸甸的资料，靳雪菲有些紧张，"急不急？我可能要先熟悉一下！"

蔡文姬颤颤巍巍走过来，把红彤彤的小脸搁在靳雪菲的肩膀："姐，你别有压力！"

因为实在站不稳，蔡文姬一屁股坐到沙发上，冲着靳雪菲拍着胸脯道："姐，你看过古惑仔没？山鸡哥，听说过没？就是陈小春演的，应采儿她老公，眼睛也小小的，和李琦差不多，我跟你说，山鸡哥，特别仗义，嘿嘿，你没有山鸡哥，但是你有蔡鸡姐，别怕，鸡姐罩着你！"

马晓鸥被蔡文姬逗得前仰后合，笑得眼泪差点都流出来，"还鸡姐罩着你，灯罩吗？"

蔡文姬摇了摇头，竖起手指头，"No，No，No，不是灯罩，是胸罩……哈哈，是胸罩，姐，我用胸罩罩着你……"

靳雪菲又笑又气道："好，那你以后好好罩着我！"

马晓鸥嘟囔了一句："小疯子！"又转头对靳雪菲说道："不用担心，你本身就学设计，一点问题都没有，再说了，你的时尚品位摆在这呢，其实做文案是亏了你，等你上手后，可以考虑帮我做设计……"

还没等马晓鸥说完，肩膀就被拍了一下，马晓鸥回头，就见蔡文姬嘟着小嘴，一本正经地说道："鸟姐，你说错了！"

马晓鸥拧了拧眉，不知何意。

蔡文姬嘿嘿笑着，又哼唱起来，"我是风儿，你是啥啊？缠缠绵绵到天涯啊……啊……你看，是风儿，不是疯子！"

马晓鸥哭笑不得，拍了拍蔡文姬的小脸蛋，然后伸出三只手指："这是几根？"

"三啊，鸟姐，我会数，一、二、三！"蔡文姬掰着手指头，认真地数起来。

"好，那我问你，上次，范姜不是让你给他找场地办影展吗？你落实得如何了？"

蔡文姬嘿嘿笑着："鸡姐出马，一个顶俩，我一个电话，石浩楠就给办了，老范特满意，合同都签了！"

"那就好，这么一说，范姜欠了你一个人情！"

"一个人情！"蔡文姬竖起一根手指头。

"那正好，你也欠了我很多人情，所以你赶紧和范姜约个时间，给炫彩拍宣传册！"

蔡文姬认真道："很多个人情，那是多少个啊？"

"两只手，加两只脚！"

蔡文姬不好意思道："那，那怎么还啊？"

"你只要约到范姜，就不用还了！"

蔡文姬稀里糊涂，赶紧抓起电话打给范姜，没想到，范姜连问都没问，就答应了。

过了半天，蔡文姬才忽然反过味儿来，抓起马晓鸥追问道："范姜，不也是你童鞋吗？你怎么不请？"

马晓鸥一边整理文件，一边说："主要是我不愿意欠人家人情。范姜身价高，我也请不起，可是随便请一个摄影师呢，我感觉又无法突显出炫彩的品质。"

蔡文姬回头看了看靳雪菲，又摇头晃脑起来，"姐，你帮我算算，这算不算是三角债啊！"

马晓鸥赶忙哄着蔡文姬，"好吧，这次算我欠你的，我日后必当涌泉相报！"

蔡文姬一把搂住马晓鸥，"嘻嘻，那我也涌泉相抱！"

马晓鸥和靳雪菲一人拉着一只胳膊，又把蔡文姬架到沙发上去。

一个星期后，蔡文姬又作为"陪嫁丫鬟"，随着靳雪菲去了拍摄现场。

蔡文姬和靳雪菲到达的时候，范姜带着一行人已经选好了适合拍摄的几处地点，灯光设备一应俱全。

马晓鸥也带着安小安等，把新一季的产品，依次摆好。

"俗话说，工作的男人最有魅力，还真是啊，老范，我还是第一次见你干活！"蔡文姬见范姜在调试灯光，立马围了上去。

"大学的时候，我又没少给你们拍！"范姜头也没抬。

"那个感觉不一样，设备没这么全！对了，老范，你就说说，你天赋异禀，你怎么不去学摄影，跑去学中文，是不是脑子有病！"

"你都说了，摄影是天赋，还用学？"

"傲娇！"蔡文姬竖起一个大拇指。

"我喜欢文字，特别是中国的古典文化，如果说摄影是形，文化就是神。形好学，神不好悟。"

"哇塞！果真是大才子，大学的时候，我怎么就没发现，你这么有思想呢！"

范姜抬头瞥了一眼蔡文姬，"比较而言，还过得去！"

"是和我比较，对吗？哼！"蔡文姬抬起小手，朝范姜的头上敲了敲。

范姜的嘴角扯了扯，露出一丝笑意。

两人斗了一会儿嘴，一切拍摄工作准备完毕。

然后就看见闪光灯，不断地闪烁，范姜完全沉浸到了拍摄中去。

大约花费了一个多小时的时间，马晓鸥带来的新品静物全部拍摄完毕。

范姜把相机里的存储卡取出来，放到电脑里查看。不管是背景选择，还是摆放角度，都堪称完美，不愧是大摄影师。马晓鸥也不住感叹。

可是范姜却眉头紧拧，满脸挑剔，看了一会儿后，回头对马晓鸥说。

"晓鸥，这批照片是做宣传册，对吧？"

马晓鸥点头。

"只放静物，会很死板，怎么不找几个模特？"

"以前都是静物！"

"给品牌商看，静物足够了，他们只看设计细节，但是你要做自己的品牌，就要赋予产品更多的情境，要能刺激用户的购买欲，静物太单调，效果不好！"

"可是，你就这一天的时间，我再去选模特，估计也来不及了啊？"马晓鸥暗自懊恼，自己还是经验不足啊。

范姜回头，依次看了看马晓鸥、靳雪菲、蔡文姬，开口道："你这一系列产品，主要是中国元素，靳小姐的气质很符合，不如……"

靳雪菲被范姜这个提议吓了一大跳，用手指了指自己的鼻子，"我？？？"

范姜郑重地点了点头。

马晓鸥和蔡文姬的目光也禁不住投向靳雪菲，两个人也不约而同地点头。

还没等靳雪菲答应，范姜就安排道："小梁，这里离梅琳的店不远，你马上过去，按照靳小姐的尺寸，挑几套衣服，既要体现中国的古典美，又要有时尚感！"说罢，又转头看了看天鹅绒上摆放的饰品，又道："要浅色系，你用手机拍一下，让梅琳给选就可以了，她知道我要的东西！"

小梁爽快地答应，随手用手机拍了几张照片，就驱车离开。

靳雪菲一脸错愕，"我没有做过模特。"

范姜依旧沉浸在电脑前，"我听小蔡说，你学的是服装设计，没当过模特，但是指导过模特，使用过模特，所以没有问题！"

靳雪菲依旧不太自信，感觉自己上大学学的那点东西，早就就饭吃了。

蔡文姬赶紧给靳雪菲打气，"姐，你行的，你看看你平时的打扮，比很多模特都好看！"

"可是……"

"没可是啦，你刚才不是也听晓鸥说了，范姜下周就没时间了，影展要开幕，好多事要准备呢，你先拍着，如果不行，再想办法就好！"

没一会儿，小梁带着几大包衣服回来，后面跟了一个风韵妖娆的美女。

"梅琳！"范姜为大家介绍道："华服的老板，晓鸥你们的客户群体差不多，正好认识一下！"

马晓鸥和梅琳相互打了一个招呼。

没等说几句话，靳雪菲换好了衣服，稍微补了一下妆，拍摄又开始了。

靳雪菲性子本就腼腆，又一下子面对这个阵仗，开始的时候，始终放不开，表情僵硬，也不知道范姜说了什么，靳雪菲倒是越来越放松自如。

拍了一款之后，范姜没有再继续，而是再次返回电脑前，把照片导了出来，选了两张，吩咐身边另一位工作人员，"乐乐，这两张，简修一下，修好，叫我！"

乐乐打开自己的电脑，把图片传了过去。

范姜又补了几个镜头，然后便叫靳雪菲进去换装，等靳雪菲再次出来的时候，就见一群人围在乐乐的电脑前，惊呼不已。

靳雪菲禁不住也好奇起来，挤了过去。

范姜见状，把其他人拨开，对着靳雪菲道："你自己看看！效果如何？"

靳雪菲一眼扫了过去，也不禁惊住，图片上的女人，眉眼如画，仿佛从画里走出来一般，一对玫瑰型红玛瑙耳坠把整个人都衬得熠熠生辉。

靳雪菲不自觉捂住了嘴巴，范姜脸上绽开了笑容，鼓励道："这只是简修，会加一些后期，乐乐，你把成片图的样子，调出来几张。"

乐乐随手打开几张以前给一些明星拍摄过的古风人物照片。每个人都如同在画里，但是又异常真实，美不胜收。

看到最后的效果示意图，最开心的当然属马晓鸥，"对，对，就是这个效果，范姜，你也太神了，你怎么知道我想要这个效果，没想到，今天你帮我实现了，我和你说，如果炫彩自己的品牌打出去，我邀请你做我的股东！"

范姜摇了摇相机，"一言为定啊！"

马晓鸥回道："必须啊，你就是炫彩的活招牌啊！"

范姜转头对着靳雪菲，"相信自己，你再放开一些，效果会更好，你们老师一定讲过，好的模特会赋予产品灵魂，喏，炫彩能不能打开局面，今天要靠你了！"

说得靳雪菲又是一阵不好意思，不过却还是点头道："好，我尽力！"

拍摄又重新开始。在范姜团队专业协作氛围的感染下，靳雪菲自然是越发投入，状态也越来越好。

拍完了背景图，又辗转回摄影棚，重新拍摄了一组纯背景人物，才收工！

马晓鸥说什么都要请大家吃饭，靳雪菲着急回家，蔡文姬便也跟着一起走了。

范姜因为要忙着策展的事，便也回绝了，最后马晓鸥从"俏江南"叫了饭菜，送到了范姜的工作室，才满怀欣喜地离开。

一个星期后，第一批修好的照片分别被发给了马晓鸥、靳雪菲、蔡文姬。

三个人都不约而同在电脑里播放了不下几十遍。

就连靳雪菲都不敢相信，照片上的那个眉眼如画的女人是自己。

"哇塞，晓鸥，我以前一直就觉得范姜无非就是一个徒有虚名的浪荡公子，我姐，嗯，我姐，也就是一个软弱良善的温室花朵。神了，真的神了，这些照片刷新了我的这种印象，老范，真的有一种化腐朽为神奇的力量！"

马晓鸥也高兴得合不拢嘴，"你的意思是，你姐是腐朽？"

"怎么能，我姐是神奇！！"

日后很久，靳雪菲才意识到，正是这一次完美的拍摄经历，把她那几乎是降到零点的自信又重新激发出来，但是在那个时候，她依然不相信自己。

因为，在几乎所有人的眼里，她只是一个温顺的漂亮的花瓶。

蔡文姬说："哎，你就是一个家庭主妇，和你说了也不懂！"

张君说："马晓鸥，你们不一样，你开个车都能迷路，迷个路都能哭！"

李桂琴说："雪菲，你就知足吧，毕竟，相夫教子，才是女人的本分！"

她所在乎的人里面，从来没有一个人给予过她肯定，只有那个还不算熟识的男人对她说："今天，就靠你了！"

原来，被人信赖和依靠，竟然是这么一种万分美妙的事情！

Chapter 6

暖昧盛行

俗话说，女人都是天生的大侦探，特别是对于男女之间那错综复杂的荷尔蒙纠缠，女人的嗅觉绝对比警犬还厉害。

❀ 女人都是天生的大侦探 ❀

自信心复苏的靳雪菲，整个人也活络起来，就像一个好奇又懵懂的少年，既想出去看世界，又对即将的远行忐忑不安。

周五的下午，蔡文姬接到了靳雪菲的电话。

"小文，明天晚上来家里吃饭！"靳雪菲在电话里说道。

"姐，要不出去吃吧，我请你们！"

"去外面吃，多破费！难道有什么高兴的事儿？"

"职位的事情，终于定下来了！"

"真的？太好了！"靳雪菲就像中了彩票般，高兴地说道。

"不过，不是总监，是副的！"

"副的，就副的，总算往前进了一步，恭喜你，还是来家里吃吧，我给你做几个家乡菜，叫上怀远！"

"算了，他新产品上线，不知道什么时候回家呢！"

"怎么忙到连吃饭的时间都没有了？"

"别说没时间吃饭了，有的时候连睡觉的时间都没有，上个星期，他每天基本都是三四点睡觉，六七点就又起来了。"

"这样下去，身体能吃得消？"

"好了，姐，先不说了，明天见！"

"好，你过来，带几个餐盒，回去给怀远带点。"

"姐，不用了！"

"人是铁饭是钢，他工作强度那么大，更该补补，等你不忙了，你周末都过来，我教你做菜。"

还没等蔡文姬回答，靳雪菲就挂断了电话。

蔡文姬站在玻璃窗前望着办公楼下的车水马龙，喃喃自语道："我这个太太，不知道能不能过及格线。"

蔡文姬忽然想起上次陈怀远进医院的事，医生好像说，醉酒只是一个引子，主要的原因是营养不良。

蔡文姬把桌子上的东西一股脑划拉进包包里，然后飞速跑出办公室，一边等电梯，一边给陈怀远发信息，"晚上回家吃饭，我给你做好吃的！"

一会儿，陈怀远就回了过来，"可以，不下药吗？"

蔡文姬没憋住，一边打字，一边念叨出声，"放心吃吧，以后都不给你下药了！"

同电梯的同事们，纷纷向蔡文姬侧目。

蔡文姬讪讪一笑，"我养的花，生病了，所以要……嗯，对！"

同事王丹玲瞪大了眼睛，"头儿，你们家的花儿，会说话？"

电梯里，一阵哄堂大笑。

对于蔡文姬的升迁，靳雪菲表现得比蔡文姬还高兴。

"哎，折腾了这么久，总算尘埃落定了！"靳雪菲一边往桌子上摆菜，一边说着。

"这次多亏了徐芮，不愧是名记，真是妙笔生花，庄梓晨看了报道，一个星期，嘴都乐开了花。我和你说，他平时特别抠门，这次，一下子买了一百本杂志。见谁和谁炫耀，这篇文章要是能刊登在徐芮他们周刊上，我跟你说，这估计就是他这辈子最大的亮点了，不过人家周刊没看上他，最后还是石浩楠帮的忙，给找了一个三流媒体！"

靳雪菲听得津津有味："文文，虽然办公室里到处明争暗斗，尔虞我诈，但是，我觉得，还真是有意思！"

"姐，你慢慢来，等你做好了，就去做全职，等炫彩做大了，够你忙的了！"

说起徐芮，蔡文姬忽然想起来上次在咖啡厅见到张君和田岹然的情景，便试探着问道："姐，大周末的，姐夫怎么还去公司啊？"

"前段时间，乐秀遇到点问题，所以最近很忙。"

"那严重吗？"

"他没和我说，不过看起来很严重。"

蔡文姬从果盘里拿起一个苹果，一边嚼着一边问："姐，他公司的事，你一点都不知道？"

靳雪菲转过身来，有些落寞地说道："开始的时候，知道一点，后来，他就不说了，可能是害怕我担心？"

"那你也不问？"

靳雪菲把葱白一样的玉手在围裙上擦了擦，淡然一笑，"我也想问问，可是，我什么也不懂，这几年，我感觉自己都变傻了！"

"姐，你才不傻，你给晓鸥的文案我看了，真的，我自愧不如！"

"真的？"

"当然啊，晓鸥很满意！"蔡文姬肯定地答道。

"是吗？"靳雪菲的眼睛里散发着异样的光彩。

"什么叫是吗，姐，你太不自信了，对了，晓鸥和你说了吗？前天，一个客户，去他们工作室，看了宣传册，直接就定了一批货，虽然不多，但这是他们 SHINE 系列第一单，她说要给你包一个大红包！"

"真的？"靳雪菲想笑，又紧绷着，脸上绯红。

"真的，晓鸥没和你说，估计是要给你一个惊喜，还有，他们新的系列，也要出来了，工厂过几天送过来，到时，模特还是你。"

"我不行！"靳雪菲绞着手，既兴奋又不敢太过得意忘形。

"怎么不行？那个客户还问，哪里请的模特，气质这么好！"

"是摄影师拍得好！"

"那当然，别说，老范还真是有才华，怪不得拿了那么多大奖！"

"所以，晓鸥的红包，我不能收，功劳又不是我的。"

"老范有钱，他才不在乎。对了，大事我差点忘了。"蔡文姬说着跑到客厅，拿起沙发上的包，拿出一张邀请函，又跑过来，"老范邀请你去参加他的影展，还有，这次展览的照片中，他想用你几张照片。"

"什么？"

"他挑了几张上次给你拍的照片，他让我问问你的意见，你同意，他就拿出来，不同意，就算了，不过，嘿嘿，我替你答应了，我说，'我姐 DO！'他高兴坏了，嘿嘿……"

"我？我怎么行？"靳雪菲急急地喊道。

蔡文姬扶额道："姐，亲姐，你要不要考虑改个名？"

"嗯？"

"你别叫靳雪菲了，以后，你就叫靳不行吧，怎么样，你怎么啥都觉得自己不行啊？"

靳雪菲低着头，"我也就会收拾收拾家里，做做饭，然后买买衣服……"

蔡文姬翻了翻白眼，不再理靳雪菲，咬着苹果，窝进沙发里，打开电视，"姐，你不是不行，你是不知道自己行，我看你就是在家呆的，嘻嘻，人家是呆萌呆萌，越呆越萌，你是呆傻呆傻，越呆越傻……"

靳雪菲和蔡文姬虽然是表姐妹，从小到大生活在一起，但是性子却截然不同，一个温婉如水，一个火爆热烈。

大部分的时间里，都是靳雪菲包容着蔡文姬的任性。

但是遇到大事，一般还都是蔡文姬为靳雪菲两肋插刀。

靳雪菲的生活，自从结婚后，变得愈发简单，所以能为靳雪菲两肋插刀的事，真心不多，而调查田杺然，算是难得的一件。

俗话说，女人都是天生的大侦探，特别是对于男女之间那错综复杂的荷尔蒙纠缠，女人的嗅觉绝对比警犬还厉害。

上次咖啡厅之后，蔡文姬几次对张君旁敲侧击，都被回答得滴水不漏，这让蔡文姬几乎就打消了继续追查的念头，但是第六感告诉她，他们之间一定有事。

既然张君不开口，那么就再从田杺然身上下手，为了表姐的幸福生活，蔡文姬决定深入虎穴，打探敌情。

但是，很显然，蔡文姬并不是好的侦察员，一顿明察暗访，非但没有找到有力的证据，反而把自己给喝得酩酊大醉。

❦ 人人都可能成为"隔壁老王"！ ❦

蔡文姬不胜酒力，所以宿醉后，便感觉所有的关于昨天的记忆都呈卡顿状态。

蔡文姬一边刷着牙，一边开始梳理。

怎么会喝这么多？

差不多有半瓶红酒的量……

然后，是和田杺然一起喝的……

为什么和田杺然喝酒？

嗯，是为了套田杺然的话，结果最后把自己套进去了。

对，田杺然，田杺然和张君，暧昧。

蔡文姬怔了一下，对，张君有可能出轨了！！！

蔡文姬转过身，倚靠着盥洗台，喃喃自语道："出轨到底是什么样子？"

"嘻嘻，有问题问度娘。"蔡文姬赶忙抓起手机，百度了一下，然后低声念道：

1. 心不在焉

2. 懒于性事

3. 经常加班

4. 应酬太多

5. 容易动怒

6. 开销增大

"啊，陈怀远！"蔡文姬惊得大叫起来，一口把牙膏沫吞进了肚子里。

陈怀远，严丝合缝，符合出轨的六大迹象。"最重要的是，还不要孩子，他不想要我的孩子！"蔡文姬忽然惊出一身冷汗。

客厅墙上的钟，显示时间已经是九点十分，陈怀远早就上班去了。

客厅的餐桌上，有一碗粥，一小盘包子，还有一张纸条，"今天晚上加班，晚回，你自己吃饭。"

蔡文姬举着纸条，醉意全无，"哈哈经常加班，又是加班……真是可笑，自己的老公出了问题都不知道？还满世界调查别人的老公有没有出轨。"

经此顿悟，蔡文姬迅速把调查的重点从张君身上转移到陈怀远身上，"加班，对吧，看我今天不抓你个现行！"

做贼心虚，其实捉奸也心虚，百般纠结，蔡文姬还是决定自带人证，奔赴现场。

马晓鸥赶到的时候，蔡文姬正在楼下徘徊。

"石浩楠，他们公司在这里？"马晓鸥指着一栋破旧的写字楼。

"不在！一会你先把资料给我就行！"

马晓鸥四下看了看，"不在，那来这里，干嘛？"

"先上去办点事，然后请你吃饭！"蔡文姬又左右看了看，心不在焉地答道。

"去哪？"

蔡文姬拉着马晓鸥，也没回答，急匆匆朝旋转门里走去，手心里已经是一层细汗。

蔡文姬拉着马晓鸥，轻手轻脚地靠向 1802。

"你到底是想干什么？怎么神秘兮兮的？"

蔡文姬竖起右手食指，提醒马晓鸥别出声。

站在 1802 号门口的时候，蔡文姬有一种上天助我的感觉，房门没有关，远远地就可以看到陈怀远坐在靠窗的工位上，正劈里啪啦地敲打着键盘。

"陈怀远？"马晓鸥跟在蔡文姬身后，向里面看去。

蔡文姬转身，抚了抚胸口，大喘了一口气："还真是在加班！"

"你来找怀远？干嘛偷偷摸摸的？"马晓鸥拧眉，追问道。

"送饭！"蔡文姬提了提手里的一个便当盒。

"那你赶紧把怀远叫出来！"

"嘻嘻，我刚才忘了，他好像说过了，在公司吃，嗯，估计吃过了！"蔡文姬讪讪一笑，拉着马晓鸥就要往楼梯口走。

马晓鸥正对着办公室，一抬头，就看到一个长腿女孩正坐在陈怀远旁边的桌子上，一边晃荡着大长腿，一边用牙签正挑着一瓣苹果，递给陈怀远。

马晓鸥呆愣的几秒钟，正巧就被蔡文姬发现了，一回头，就看到陈怀远正扭头，用嘴叼起那瓣苹果。

蔡文姬转身，大口喘了一口气，再次抚了抚胸口，啊，怎么感觉和做梦似的啊，这场景转换得也太快了，蔡文姬强装镇定，然后回头，冲着门里喊道："陈怀远！"

满屋子的人都停了下来，纷纷回头看着蔡文姬，陈怀远起身，快步走过来，差点就被一个插线板绊倒。

"你怎么来了？"陈怀远犹疑地问道。

蔡文姬不说话，把一个便当盒递到陈怀远手里。

"我不是打电话告诉你，我在公司吃了吗？"

蔡文姬仰着一张怒气冲冲的小脸，"陈怀远，我一直在纳闷，该是有多大的动力让你天天来加班啊，原来如此！"蔡文姬咬牙切齿，低语道。

陈怀远回头指了指那个美女，"那是我同事，Amy（艾米）！"

"对，同事，我知道是同事，可是，我不知道同没同过室？先同事，再同室，对吗？"

玩文字游戏，十个陈怀远也顶不过一个蔡文姬，就在陈怀远还陷在蔡文姬的绕口令里不明所以的时候，蔡文姬却拉着马晓鸥跑向了电梯口。

还没到电梯，也不知道什么时候，王凯就窜到了蔡文姬的面前，"Yumiko（由美子）？"

蔡文姬闻声停下，朝王凯点了点头，余怨未消。

"刚才我正在接电话，Amy跑过来告诉我，你来了，and（并且），你可能误会了！"

"没什么误会，不好意思耽误你工作了！"蔡文姬一脸倔强，继续去按电梯的下行按钮。

"我想，你还是误会了，你先等一下，我给大家正式介绍一下，Hi，Amy过来一下！"

Amy怯生生地走过来，"Hi，Yumiko，我是Amy，听怀远经常提起你，Nice to see you（很高兴见到你）！"

蔡文姬轻描淡写地应和，"你好！"心里却暗忖，"Nice个屁！"

王凯继续道："Amy，我妹妹，从小在美国生活，今年年初刚过来，负责公司的产品规划！"

蔡文姬抬头看了一眼王凯，意思明显，"这又不是面试，介绍这么详细干嘛？"

王凯自觉对蔡文姬有愧，所以在气势上有些害怕蔡文姬，便讪讪一笑，道："嗯，她刚刚学会削苹果，很薄，嗯，然后，苹果皮，最后变成一个大长条，就是那种，她觉得很炫酷，是 kongfu（功夫），所以她经常炫耀一番，嗯，这里的每个人，都被她逼着吃苹果，饱受摧残！"王凯的中文不是很利索，一着急，就说得更是断断续续，"So（所以），我们都叫她'苹果女侠'！"

"Hi，苹果女侠！"王凯冲着 Amy 喊道。

Amy 乖巧地答道："诺，小的在！"便转身跑进去，边跑边说，"Yumiko，你等我，我给你看看我的功夫！"

"她最近在追一部古装剧，叫什么《美人心计》，所以经常会穿越到汉代去！"王凯紧张得看着蔡文姬。

蔡文姬忽然就觉得自己有点无地自容，赶忙说道："哦，你们好像都在加班，那我就不打扰了，你们先忙，我回去了！"蔡文姬说着，转头又去按电梯。

王凯刚想说话，一转头，就看到隐在暗处的马晓鸥，王凯差不多是惊叫出来："晓鸥？？"

马晓鸥硬着头皮，走上前，"Hi，Corey！"

王凯一时紧张，竟然不知道说什么才好，"你怎么来了？"

马晓鸥指了指蔡文姬，"嗯，我和文姬约着，一起吃饭！"

蔡文姬看着两个人，插话道："咦，你们认识？"

"王凯和李琦是哈佛的同学！"

"啊，地球好小！"蔡文姬惊叹道。

陈怀远担心再聊下去，蔡文姬一定会顺藤摸瓜，找到煽动自己出来创业的罪魁祸首——李琦，便赶忙拉蔡文姬，对着王凯挤眉弄眼道："Corey，那我先回去，你把我的电脑关掉！"

王凯答道："好！"

"记得保存！"陈怀远不忘嘱咐道。

王凯打着手势，Ok。

马晓鸥也一时无措，冲王凯点了点头，"改天去家里吃饭，好好聚聚！"

"好，好！一定去！"王凯开心地差点叫出来。

"王凯怎么来了中国，什么时候来的，原来和陈怀远一起创业的人是王凯，一个从来没有创业经验而且对中国不甚了解的'黄香蕉'，怪不得，创了这么久，还没有一点眉目……"马晓鸥心里一边暗忖，一边抬头快速扫了一眼蔡文姬，心怀内疚，"哎，不用问，把陈怀远推入火坑的那个人，一定是李琦！"

电梯里，气氛怪异。

"蔡文姬，你下次再搞突然袭击，能不能提前打个招呼？"陈怀远气恼地盯着蔡文姬。

蔡文姬白了一眼陈怀远，"提前打招呼？好给你时间毁灭证据吗？"

"蔡文姬，你下次再搞突然袭击，能不能别拉上我？"马晓鸥佯装郁闷道。

蔡文姬嘿嘿一笑，"人家说要人证物证，俱在……然后，你是人证！"

马晓鸥指了指陈怀远，"办公室里那么多人，人证，还不够吗？"

蔡文姬讪讪一笑，道："也是哦，我忘了，办公室好像不太具备干坏事的条件！"

陈怀远狠狠攥着拳头，差一点就气绝身亡。

一路上，陈怀远和蔡文姬两人，谁也不理谁，一个心虚，一个气恼。

直到洗漱完了上了床，陈怀远才打破沉默，"怎么样，又扬名立万了，是不是？"

"送盒饭也有错吗？"蔡文姬理直气壮，准备死磕到底。

"你确定你送的是盒饭，不是醋？"

"不是醋，是毒药！"蔡文姬一脸倔强。

"你也就这点能耐！"陈怀远想起前尘往事，哐当一声，躺在床上。

蔡文姬又拿起手机，小声自语道："这上面写得很清楚啊，严丝合缝。"

陈怀远一把夺过手机，逐条看完，差一点被气得吐血，"出轨？你怀疑我出轨？"

"那你说说，哪一条不符合？"蔡文姬追问道。

陈怀远嚯的一下，又坐起来，"蔡文姬，其他事儿，我不敢对你保证，但是这事儿，我可以对天发誓，我，陈怀远，这辈子都不会做背叛你的事情！"

蔡文姬看着陈怀远信誓旦旦的样子，身体和心灵一下子都软下来。

"好吧，我相信你！"蔡文姬小声嘟囔着，"你也就只剩下这一个优点了！"

"你知足吧，好多人连这个优点都不剩了！"

蔡文姬叹了一口气，内心暗忖，"是啊，这个年代，出个轨，就和出个门一样，推开门，可能还没走出去五步，就会遇到一个诱惑，哎，人人都可能成为'隔壁老王'！"

❀ 干柴遇到烈火 ❀

本来，马晓鸥好说歹说，还是把父皇母后给支走了，但是王凯的出现，再一次让李琦觉得"风声鹤唳"起来！

当年，马晓鸥作为交换生，在美国生活过三个月，一次偶然的机会，王凯对马晓鸥一见钟情，但是还没等到王凯鼓起勇气去表白的时候，马晓鸥就回国了。

李琦从美国回来后，便肩负着帮王凯找寻马晓鸥的艰巨使命，苍天不负，很快，李琦就在B大找到了马晓鸥，但命运捉弄，李琦也对马晓鸥一见钟情了，最后，李琦百般纠结之下，还是决定把马晓鸥"窝藏"起来，然后的然后就是，几年之后，马晓鸥成了李琦的妻子。

这段前史，马晓鸥并不知晓，马晓鸥只知道李琦在哈佛有一个同学叫王凯。

当然，王凯更不知道，自己当年暗恋上的那个女孩，现在却成了李琦的太太。

王凯曾经拿着李琦和马晓鸥的照片，困惑地问道："咦，怎么和我让你找的那个女孩，这么像啊？"

李琦说谎说得理直气壮，"哪里像？我跟你说吧，你在美国呆得太久了，所以看我们中国人，都觉得像，就像我们看你们美国人，也几乎一模一样，都是金头发白皮肤。你再仔细看看，那差别大着呢，你之前认识的那个女孩有马晓鸥这么高吗？有这么白吗？漂亮就更不用说，至于气质，云泥之别！所以，不是！明白吗？"

忽悠人，李琦是高手，何况王凯和马晓鸥也就是一面之缘，哪里能有什么刻骨铭心的印象，所以对于李琦的说辞，王凯自然是信以为真。

王凯来中国之后，李琦本着把历史深埋，永不见天日的原则，只安排过两人吃了一顿饭。

可没有想到，千防万防，还是被蔡文姬的一次胡闹给搞砸了。两个人竟然在那样尴尬的情况下给接上头了，而且王凯那个假洋鬼子还真的就分不清什么是客套话，竟大摇大摆地登堂入室，来造访了。

若是以往，马晓鸥这块宝，有自己镇压着，他李琦会怕谁？

可现如今不一样了，对于马晓鸥来说，他顶多算个独立董事，他又哪能管得了谁喜欢马晓鸥，马晓鸥喜欢谁呢？

他对马晓鸥的独占，只能流于形式，缺乏实质管控效力，所以万般无奈，思考再三，李琦还是用计把马明启和钱淑芬这两道"符纸"给骗回来了，能镇压一段时间，就先镇压一段时间内吧！

"爸妈，你们怎么又回来了？"这不是刚刚才走一天吗？估计连河北都还没出去呢，怎么就又回来了？

钱淑芬，理也不理，把衣服又一件件挂回去，就和一个没事人一样。

"爸？"

马明启也是一副泰然自若的样子，泡起了功夫茶。

"回来不好？我们刚下火车，就接到了一个更重要的任务！"马明启神秘地一笑，让马晓鸥觉得毛骨悚然。

一回身就看到李琦一脸坏笑。一边笑，一边挠着头，好像刚刚被王凯刺激出来的阴霾一下子烟消云散。

待到钱淑芬和马明启又重新安顿好，把果果抱进房间，马晓鸥才追上楼，把李琦逼到了墙角，"李琦，你到底又耍了什么花招？"

李琦一脸得意，"也没耍什么花招啊，我就和爸妈说，爸妈，你看，果果也大了，你们也退休了，你说，我们再要一个孩子怎么样？然后，就没有然后了啊，真的，我没让他们回来，不信，你去问爸妈！"

马晓鸥就觉得被一掌击中天灵盖，气得眼冒金星。

有一句话，特别符合李琦现在的心境，那就是"我就喜欢你看我不爽，又拿我没办法的样子！"

李琦继续得意，"爸妈说要回来，然后我说，爸妈，不行，你看你们忙了大半辈子了，就该趁着现在身体好，享受生活！可是他们说，享受什么生活，没有孩子的生活那还能叫生活！"

"孩子？要生，那你自己去生吧！"马晓鸥转头，一屁股坐在床角，大喘着粗气，俗话说，请佛容易送佛难，看来，钱淑芬和马明启这两尊大佛，还真是送不走了。

他们俩往这一坐镇，就相当于给自己上了一个紧箍咒，自己每天都深怕一个不小心，让老两口知道自己离婚的事，一想到当年，马明启被送进急诊室的事儿，马晓鸥就后怕不已。

见马晓鸥不说话，李琦死皮赖脸地贴了过来，"不行，这事得两个人配合！"

"这辈子，你都没机会了，知道吗？"马晓鸥恨得咬牙切齿，噌地又站起来。

"不见得，只要我能一直在这屋里待着，我就不信，没机会，要不，这样，丫丫，你，试试，把我撵出去？怎么样？"李琦一脸傲娇地看着马晓鸥。

"你以为，我不敢吗？"

李琦坐正，态度诚恳，"你敢啊！不过，我敢保证，妈知道了，基本会哭七天七夜，说不定还能水漫金山呢，至于爸呢，哎，爸心脏不好，会发生什么，真就不好说了！"

马晓鸥被逼迫得无言以对，气狠狠地，转身去洗手间刷牙，牙都快刷出血了，刷完，噼里啪啦，把牙刷硬生生地扔到了浴缸里。李琦就因着马明启的身体经不起折腾这一招，就把自己拿得死死的。

磨蹭了半天，回到卧室，见李琦已经乖乖地躺在地上了，狠狠瞪了一眼，这才放心上床。关灯，翻转了一会儿，这才迷迷糊糊睡去。

还没睡透，就觉察有一双大手在身上游弋，一翻身，正对上李琦一双饿狼一样的眼睛。

"李琦，你流氓！"

"对自己的老婆这样，不能算流氓，这叫恩爱！"

"恩爱你大爷，再说谁是你老婆了，我们都离了！"

"可是在老人眼里，还没有。"见马晓鸥义愤难平，盯着自己，"你不会想说，又要去告我吧，行，我明天和你一起去！"

病毒是会变异升级的，李琦的无耻也会，他竟然不怕这招了。

"你下来！"马晓鸥手脚并用不断挣扎，可是越挣扎，就觉得李琦的力道越大。

"不下来！"

"信不信，我废了你！"

"你不舍得！"李琦把马晓鸥的双手铐在一起。

马晓鸥的心思被人说中，眼泪哗哗啦啦落下来，别说废了他的命根子自己舍不得，就是把他赶出自己的视线，自己竟然也舍不得，可是只要留李琦在自己的眼前晃悠一天，就越发觉得自己的卑微。

"老婆，你相信我，我真没有！我没有做对不起你的事！"

"你是被催眠了吗？"马晓鸥哽咽着。

"我就是没有，真的，我对别的女人没感觉，我就对你有感觉，我可以对灯发誓！"

李琦的手指都快把灯捅破了，马晓鸥也无法停止哭泣。

李琦一阵心疼，也没有其他的办法，便一口吻上去。

许是哭得太悲切失去了力气，也或许是李琦的发誓多少起了点迷情的作用，抑或是其他，这一次，马晓鸥虽也反抗，但是反抗得竟然没有那么彻底。

就像干柴遇到烈火，就像 S 极遇到 N 极，两具身体，以迫不及待的热切交缠在一起。

事后，李琦就像被打通了任督二脉，舒爽得不行。特别有一种农奴翻身得解放的快感。

而马晓鸥却连一刻都没有停留，就急匆匆地冲进了浴室，李琦半掩着身子，把自己半吊在床沿上，盯着浴室的方向。

忽然有一种意识升起，自己更爱马晓鸥了，咦，难道自己之前不爱吗？李琦思考不了那么多，就是觉得，自己更爱了，这种深爱的感觉让李琦觉得浑身都暖暖的，被一种满足感充盈。

❧ 去家里谈工作，你是修理工吗？ ❧

"人生的奇妙际遇无非就是，别人推了我一下，而我遇到你了。而唯一的区别就是，我成了卫星，而你只是助推器！"李琦得意地想。

在李琦的人生里，王凯稀里糊涂地成了李琦的助推器。

而蔡文姬也没有好到哪里去，她竟然也神不知鬼不觉地被当成了田杺然的助推器，而且还是火力更猛的三级火箭！

蔡文姬盯着靳雪菲卧室床头的一张照片，看得出神。

靳雪菲站在门口，端着两杯果茶，"小文！"

蔡文姬吓了一跳，转身看着靳雪菲，"姐，你走路怎么也不出声？"

"你，怎么了？最近，我看你，好像有心事？"靳雪菲抬着一副水眸看着蔡文姬。

"我？没怎么啊？我就是觉得那条领带很漂亮，哪儿买的？"

靳雪菲把一杯果茶递给蔡文姬，轻轻答道："好像是在泰国买的，定制款。"

蔡文姬试探着问道："能不能让我看看？"

靳雪菲犹疑了一下，遂又点头。

一会儿，靳雪菲从卧室出来，自语道："奇怪了，我平时都是把张君的领带收在一个格子里……可能他戴到公司忘记带回来了！"

蔡文姬淡淡一笑，试探着问道："姐，那上面真的是用金丝绣的吗？"

靳雪菲双手握着玻璃杯，犹疑地问道："嗯，你见过？"

蔡文姬支吾着，"应该吧，或许哪次姐夫戴过……我就是觉得很特别，想问问，给陈怀远也买一条，哎，还是算了，就是喜欢，估计我也买不起！"

靳雪菲拧了拧眉，"怀远，平时戴领带吗？"

蔡文姬不自然地搓着手，"嗯，平时不戴，但是偶尔也会出席一些正式场合，你也知道，他最近也要经常参加一些路演！"

靳雪菲犹豫了一下，还是问了一句："你和怀远，最近还好吧？"

"还那样！"蔡文姬低头。

"那，他和那个王凯的妹妹，没事吧？"

蔡文姬笑了笑，"没事！"

靳雪菲语重心长道："小文，夫妻过日子，最重要的是，互相理解，沟通。"

蔡文姬内心暗忖，"我的傻姐姐啊，我和怀远起码还有架可以吵，这怎么也算是一种沟通吧，你呢，和张君有沟通吗？有理解吗？甚至，你了解他吗？"

见蔡文姬又在恍神，靳雪菲继续道："怀远是个好男人，你要珍惜！"

蔡文姬满腹心事，胡乱应和："嗯，我知道！"

说完，蔡文姬就火急火燎地借口离开了。

蔡文姬的转身太迅速，迅速到留给靳雪菲无尽的猜想，她总是隐隐约约觉得，蔡文姬和张君之间，最近好像发生了什么事，很显然，他们都在刻意隐瞒自己！

而蔡文姬之所以匆匆离开，是因为，她忽然明白，靳雪菲是不可能在家里找到那条红底金丝的领带的，因为，那条领带，在田杺然家里。

如果换成任何一条领带，或许都不会引起蔡文姬的注意，可是是金丝的啊，这自然会让小财迷蔡文姬格外关注。上次在田杺然家的卧室里发现了那条领带的时候，她还特意拿在手里，摩挲了半天，彻底感受了一下金丝领带的质感！

偷走领带的当晚，蔡文姬就直接杀到了张君家的楼下。

"我在楼下，有事，请速速下来！"

张君看到短信，对靳雪菲谎称公司有事，要去处理一下，便赶忙下了楼。

以他对蔡文姬的了解，如果自己不下去，蔡文姬就会杀上来，那时局面就不好控制了。

张君见到蔡文姬，立马就拖着她走到一处树荫下，以避免被靳雪菲看到，引起猜疑。

"蔡文姬，三更半夜的，你到底想干什么？"

"我想干什么，我还想问，你要干什么呢？"

"我要干什么，我要回去睡觉！"

"那你先回答我一个问题，你照片中那条领带哪里去了？"

"你大半夜不睡觉，跑过来，就是为了问我，我的领带哪里去了？你是不是有病啊？"张君不耐烦地说道。

蔡文姬双手插在口袋里，指着自己："我有病？我看是你有病吧！"

"我有什么病？"

"如果道德败坏算是一种病，你已经病入膏肓！"

张君咬牙切齿，"蔡文姬，有事就说，没事就回吧！"说完，转身就走。

蔡文姬狠命拉住张君的胳膊，"你快说，那条领带到底哪里去了？"

张君迟疑了一下，"我好几十条领带，如果每一条都记得它们在哪里，我岂不是会被领带累死了！"

"好，你不说是不是，我们现在就上楼去找？"

"蔡文姬，你神经病是不是？你是不是自己不幸福就见不得别人幸福！"

"幸福？你也配谈幸福？还是，你们男人定义的幸福就是家里红旗不倒，外面彩旗飘飘啊？"

"蔡文姬，你的精力是不是放错地方了？"

"张君，我姐好糊弄，不代表我也好糊弄，那么贵的一条领带，到底能丢在哪里呢？会不会丢在某个女人的床上啊？把领带找出来，不然没完！"

"我找到了会快递给你，让你验明正身，这下行了吧，快，赶紧回去睡觉吧！"

"记得，你们家里没有！"

张君忽然意识到事情的严重性，眯着眼睛威胁道："蔡文姬，你自己的婚姻，你怎么折腾我不管，但是，如果你胆敢在我们家搬弄是非，我和你没完！"

蔡文姬仰头，大笑，"搬弄是非？我？我再说一次，领带找出来，这事翻篇，找不出来……"

张君抢话道："找不出来，你想怎样？给我定个什么罪？"

蔡文姬缓缓道："假如，让我知道，你对不起我姐，除了杀人，其他的招儿，或许都可以试试！"

张君轻蔑地笑道："如果，你真的有那么多的招儿，还是用在自己的日子里吧，别经常自怨自艾，像个怨妇似的。假如，雪菲和你没有那么一点亲戚关系，我是绝对不会允许雪菲和你这样的女人交往的。所以，以后，请你也自觉点，尽量少来我们家，我不欢迎，也不希望雪菲受到你的影响！"

蔡文姬凝视着张君，良久，"张君，这就是你的本来面目吗？我真是呵呵了，枉我姐对你死心塌地，田杺然，那么高傲的一个主儿，呵呵……"

张君拉住蔡文姬的胳膊，警告道："蔡文姬，不要总自诩你对你雪菲好，如果你真对她好，就请不要再提田杺然这三个字，我和田杺然什么关系都没有，她也不过就是你的一个同学而已，上次我说过了，也是因为你的关系，我们才有合作，除此之外，什么都没有。你不要总是神经兮兮，听说，你前段时间刚刚去怀远公司闹了一通……"张君顿了顿，"或许，怀远不怕丢人，但是我怕！"

蔡文姬表情怪异地笑了笑，"我姐说的？"

"不然呢？我再强调一次，我爱雪菲，她也爱我，我们这个家，很幸福，如果，你少搅和，我们会更幸福！"

蔡文姬叹了口气，"但愿！但是别忘了，领带！"蔡文姬说完转身就走。

虽然经常见面，但是张君对于蔡文姬还是所知甚少，他以为吓唬几下，蔡文姬就会知难而退，却没有想到的是，蔡文姬非但没退，还步步紧逼起来。

很快，蔡文姬就收到了张君快递过来的领带，几番对比，一模一样。

"哎……"蔡文姬摸了摸自己的脑袋，"最近这神经发大了。"

蔡文姬气馁地放下两条领带，把其中一条放进快递袋里，准备给张君寄回去，田杺然那条，就等着什么时候有机会再神不知鬼不觉地放回去。

就在蔡文姬折叠两条领带的时候，忽然发现了两条领带微妙的不同。

在田杺然家找到的那条领带，背后的标卡上，竟然绣着一行字母——ZJ.ILY.JXF。

很显然，张君，作为领带的主人，忽略了这个细节。

下班之后，蔡文姬直接去了张君的公司。

张君来到楼下咖啡厅的时候，远远地就看到蔡文姬手里拿着两条领带。

张君迟疑了一下，还是往前走去。

"蔡文姬，你知不知道，我在开会！"

"好啊，那你继续回去开吧！"蔡文姬又摇了摇手中的领带。

"说吧，到底什么事！"

"就是这两条领带的事儿，你不想解释解释吗？"

"你想让我解释什么啊？"

"我想知道，你的领带为什么在田杺然的卧室里？"

"神经病啊，我不是说在办公室了吗？这不也快递给你了吗？"

蔡文姬从包里掏出一张纸，上面打印着一些领带的图片，"吉祥如意，泰国的一家高级服装定制公司，因为手工精良，所以很受欢迎，光顾的很多都是明星名人。他们开通了VIP 订购服务，从曼谷到天城，只需要 24 个小时的时间！"

张君拧着眉，"然后呢？"

"我见过你之后，你立马就上网订购了一款，领带到了你公司，你换了一个包装又快递给我！前后正好是两天的时间。如果你真的是清白的，你到公司之后就可以找到领带，也就是说我在第二天中午的时候就可以收到！"

张君不耐烦道："蔡文姬，你以为你是谁啊，福尔摩斯？就算是我又订购了一条，又能代表什么？"

蔡文姬仰着头，"代表什么？代表你的领带丢在了田杺然家啊？有妇之夫，去一个单身女孩家里，啊，你不会又说去谈工作吧？什么工作啊，要去家里谈？你是修理工吗？不是吧！"

"你胡说什么？"

"我胡说？喏，这条领带就是我从田杺然家拿来的，看你还认不认得？"

张君接过领带，颠了颠，"你从人家拿了一条领带，就非要说是我的？"张君顿了顿，"就不能是同款吗？你们女人不总喜欢穿明星同款吗？"

蔡文姬笑了笑，"你确定，是一模一样的吗？"

张君接过另外一条领带，看了看，"你是想玩找茬游戏吗？不过我没时间！没事，我先走了！"

蔡文姬一激动，拍了一下桌子，"张君，以前我认为你是个正人君子，现在我才知道，你就是一个道貌岸然的伪君子，枉我表姐这么多年对你死心塌地，为了你，她放弃了工作，你知道吗？一个女人把她最好的年华都给了你，你却背叛她，你还是人吗？"蔡文姬激动地哭了起来，深感为表姐不值。

张君惊诧地看着蔡文姬，"我怎么就背叛你姐了？"

蔡文姬哽咽着道："张君，你怎么会知道，这条领带和其他所有领带的区别，所有的领带摆在橱窗里，也就只是一条领带，但是这条，是那个叫做靳雪菲的傻女人对你的爱！你好好看看！"蔡文姬把那条绣着 ZJ.ILY.JXF 的领带扯过来，拍在桌子上。

张君盯着蔡文姬呆愣了半天，忽然坐直了身体，声音怪异："说吧，蔡文姬，你到底有什么目的？"

"目的？"蔡文姬指了指自己。

张君清了清嗓子，"你什么时候，去我家，把这条领带偷出来的？"

"我？你家？"

"不然呢？你除了能从我家把领带偷出来，还能从哪里？田杺然家？"张君拿起电话，眼神阴厉地看着蔡文姬，"不然，我们给田杺然打个电话问问她？"

"张君！"蔡文姬知道上当，歇斯底里地喊道。

"你以为，你把我和雪菲拆散了，我就会喜欢你吗？"

蔡文姬完全能被张君的逻辑和表演搞糊涂了，"我，喜欢你？你有病吧？"

张君没有直接回答，继续道："我知道，你和怀远的感情出了点问题，但是我再重申一次，我对你没感觉，我这辈子爱的人，只有雪菲一个人。"

蔡文姬辩解道："张君你是在说梦话吗？怎么扯到这块来了？我问你，你和田杺然，到底怎么回事？"

"蔡文姬，是，因为你是雪菲的表妹，我平时是对你多有照顾，但那不是爱情，你也不要期望日久生情，没事，我先走了！"张君起身欲往外走，被蔡文姬一把拉住。

"张君，你以为你是在演谍战剧吗？你今天不把话说清楚，休想离开！"

"我说清楚了，我不爱你，以后你也别去我们家了！"

蔡文姬被气得嘴唇哆嗦，咬牙切齿："你不说，是吗？不知道田杺然会不会愿意说一点什么？哈哈，我忽然想起来了！"蔡文姬反倒悠然地坐下，抬头看着张君道："会不会是你便宜占完了，但是没给人什么承诺啊，人家等急了，所以……怎么就那么巧，让我在咖啡厅里看到你们……"蔡文姬抿了一口咖啡，"我没记错的话，那天我去田杺然家，她的床单是乳白色的，一尘不染，整整齐齐，你说，她怎么就那么不小心，把领带放在了床上……"

张君沉思片刻，开口道："蔡文姬，我不知道你在胡说什么？不过有件事，我想提醒你。前几天，雪菲问我，怎么感觉，你最近很奇怪，我想，她应该是在怀疑你了？"

蔡文姬指了指自己，"怀疑我！"

张君摇了摇手机，探过头来，低语道："如果你再纠缠，我就告诉你姐，你喜欢我。"

蔡文姬站起来，刚伸手，想甩张君一巴掌，手就被张君抓到，"你猜雪菲会相信你，还是相信我！"

"张君，你卑鄙！"蔡文姬声嘶力竭道。

张君把身子逼过来，"如果，你能听明白我说的话，那么我再说一次，我爱雪菲，我会好好和她过日子，我不容许任何人破坏我们，包括你，还有，我，和田杺然没有任何关系，以后也不会有任何关系！"

蔡文姬把手拽出来，"你这算是保证嘛？"

张君脸色暗沉，"我不需要对你保证什么，但是，如果，你真为你姐好，我请你不要再搬弄是非！"

说罢，起身，就往外走！

和陈怀远的每一次交锋，蔡文姬基本都可以占尽风头，但是在张君面前，蔡文姬的智商简直就被 Diss（轻视）成渣。

　　张君的意思已经非常明显，他和田杕然会一刀两断，如果蔡文姬再不依不饶，那么就会引火焚身。

　　蔡文姬一口气吊在胸腔里，不上不下，郁结难当。

　　"怎么了？满腹心事的样子？"马晓鸥风风火火地赶过来，还没落座，就开口问道。

　　"马晓鸥，我们几个认识快十年了吧，你说你完全了解我吗？"

　　马晓鸥伸手去摸蔡文姬的额头，"没发烧啊，怎么说的都是胡话！？"

　　"你了解我吗？了解王玫吗？了解田杕然吗？甚至，你了解李琦吗？"

　　"别人呢，我不敢说，但是我对你还是挺了解的，一副世俗的外表下，隐藏着一颗单纯脆弱的小心脏！"

　　蔡文姬叹了口气，"单纯，就是傻呗，人傻就会被欺负不是？"是啊，人傻就会被欺负，就比如靳雪菲，曾经那么死心塌地地待田杕然，差不多把她当成了亲妹妹。

　　"别耽误我宝贵的生命，快说，到底怎么了？"

　　"你说，假设，一个男人出轨了，这婚姻是否还应该继续下去？"

　　"上次那事儿，还没翻篇吗？"

　　"翻篇了啊，所以我说假如啊！"

　　马晓鸥苦笑着，内心抽痛，不知如何回答，"你又不是编剧，那么多假如？"

　　"防患于未然嘛！"

　　马晓鸥也窝在沙发里，若有所思，"我忘记是在哪部小说里看到的，上面说，男人无论犯了什么样的错误，都要打死不承认！"

　　"不承认？"

　　"对，然后甜言蜜语地对女人说，I only love you（我只爱你）！这个时候，大部分的女人都会被催眠，信以为真！知道为什么吗？"

　　"Why？"

　　"因为，大多数女人都活在一个幻想的世界中，幻想着世界上真的有一个男人会一生一世甚至生生世世，只对自己好，只爱自己。可是大部分男人并不这么想，也很难做到一辈子的忠贞。"

　　蔡文姬点了点头。

　　"所以，假设出轨是事实，对于女人来说，不知道，爱情依旧很美好，知道了，爱情观可能会塌陷，永无宁日！"

　　"你的意思是，就算男人出轨了，也可以被原谅？姐姐，你的三观呢？！"

　　马晓鸥抿了一口卡布奇诺，"不管我们的三观是多么的正确，但是生活是现实的，现实就是如此！"

"现实太恐怖，我还是回火星去吧！"蔡文姬白了马晓鸥一眼。

"其实，我始终觉得，男人和女人根本就是两个物种，所以让男人和女人对同一问题发表相同的看法，那就相当于让一个蚂蚁去生一个大象，是绝对不可能的！特别是在出轨这件事情上，男人认为那充其量就是一次体育运动，我在这里是运动，我在那里也是运动，出出汗而已嘛，但是对于女人呢，就是整个人生的毁灭，因为爱就是很多女人一生的全部！"

"几日不见，我当刮目相看啊，一下子成了哲学家了！"

马晓鸥继续："在这个社会，背叛无处不在，比如说，你本来答应我一起吃饭，但是你不来了，你说这是不是背叛？背叛没有大小之分。重要的是，出轨的一方是因为一时糊涂，还是因爱生厌，如果那个男人还爱着这个女人，那么或许，原谅别人也是宽恕自己！"

看着蔡文姬呆愣的样子，"假设有一天，我知道，陈怀远和某人暧昧了，只是暧昧啊，假设他还爱着你，我可能会选择不让你知道。"

"友尽！"蔡文姬气哼哼说道。

"我不告诉你，不是不爱你，而是因为在你们俩中间，我更爱你！"

很显然，在张君和靳雪菲中间，蔡文姬更爱靳雪菲，所以她决定暂时不告诉靳雪菲真相。

而这个真相，就像是一个定时炸弹，这个炸弹此时此刻就在蔡文姬的手里，她扔掉不是，引爆不是，因为她不知道，一旦真相被引爆，将会引爆什么样的后果。

Chapter 7

疑点重重

每一个误会，都有一个窗口期，错过了解释，错过了追问，就会演变成猜忌，滋生出伤痕。

❀ 酒店房间里的另一双拖鞋 ❀

人有隐忧，便有怒火，而偏偏这一天，蔡文姬又接到了一个催款电话，是房东打来的，本来上个月应该交的房租，房东还没有收到。

"陈怀远，上个月的房租没交，到底怎么回事？"蔡文姬尽量压低了声音，小声说道。
"你不用管了，我会处理，我在开会，晚上回家再说！"
"陈怀远，我告诉你，天底下，不是只有你有会要开，我也在开会，但是请你务必把这点仅有的你能承担的责任承担起来，好不好？！"挂了电话，蔡文姬气得还手脚直抖。

晚上回家，才知道，陈怀远之所以没按时给房东打款，是因为公司的工资发得晚了，结果发工资那几天又太忙，自己就忘记去交了。

"陈怀远，你的公司都落魄到发不起工资的程度了，你干脆把工作辞了得了！"说这几句话的时候，蔡文姬的语气很平静。

接着蔡文姬的嗓门一下子提高到 180 分贝，好像希望全小区的人都能听到似的。"你，回家来，姐，我养你！"蔡文姬也不等陈怀远接话，回到卧室，把门锁上了。

陈怀远就觉得自己的五脏六腑都隐隐作痛，像一个快要爆炸的气球，愤怒马上就要喷薄而出。

当这股愤怒的委屈的气体慢慢散去的时候，陈怀远，第一次觉得，活着，真他妈的挺累的。

趁着陈怀远下楼透气的功夫，蔡文姬抓起一个背包，胡乱塞了几件衣服，就也急匆匆下楼了，开始的时候，蔡文姬没有想到离家出走，只是想摆摆姿态，一生气，你不就知道走吗？姐也给你走走看。

所以下了楼，蔡文姬开始是在小区里转了几圈，期望着和陈怀远来个偶遇，然后再吵一架，就上楼洗洗睡觉了。

可是转了半天，也没见到陈怀远的影子，再一抬头，家里的灯已经亮了，陈怀远已经回去了，再抬手看看手机，陈怀远没有来电。

然后蔡文姬就大步流星地朝着小区门口走去，奶奶的，我还真就不回去了。

蔡文姬在小区附近转了一圈，挑了一家便捷酒店。刚办理完入住手续，就接到马晓鸥的电话。

然后不到一个小时的功夫，马晓鸥就也提着一个箱子，跑过来了。

"你也准备离家出走？"

"我这叫出差，你这叫出走！你看，我连电脑都带来了！"

"你来陪我？"

"嗯！不过千万别告诉李琦，我说我临时出差！"

"够意思！"

马晓鸥把衣服掏了一半，又都塞回去，"还是换一家吧，这家不舒服！"

蔡文姬脸皮也够厚，"行，你说住哪儿就住哪儿，我带着你，你带着卡！"

两个人折腾了半天，终于找到了一家五星级酒店，刚舒舒服服泡完澡，陈怀远就杀了过来了，硬生生把蔡文姬给逮了回去。

"你怎么找到我的？"蔡文姬跟在陈怀远的身后，就像一个受气的小媳妇。

陈怀远狠狠剜了蔡文姬一眼，然后摇了摇手机，"你不知道，手机里有一项功能叫定位吗？"

哦，好吧，对于蔡文姬这种技术白痴，手机的作用只有三个，打电话，收邮件，然后拍照片。

陈怀远阴沉着脸，满腔怒气地走在前面，蔡文姬跟在身后，内心里还是有一点小欢喜，被一个人在乎，这种感觉，对于蔡文姬来说，还是满受用的。

但是，殊不知，此时此刻，陈怀远的心境却完全相反，酒店房间里，另外一双显然已经拆开的一次性拖鞋，让他的心里有些堵得慌，很显然，那个房间里，还有一个人，那个人是谁，是男是女？

难道，真的是贫贱夫妻百事哀吗？！

❧ "放大器"与"减震器"的世纪对决 ❧

大部分的灵魂是因为生而不同,才会相遇相吸,蔡文姬和陈怀远就是如此,完全相反,截然不同。

在两个人的生活里,蔡文姬是放大器,任何的喜怒哀乐,都会被自动放大,高兴就高兴得天旋地转,悲伤就悲伤得地动山摇。

而陈怀远,却恰恰相反,陈怀远是减震器,一切悲喜到达他这里,都会自动衰减,被深深掩埋。

高兴了,举杯相庆,难过了,借酒浇愁。

一瓶啤酒下肚,陈怀远终于艰难开口:"文姬,你卡上还有多少积蓄?"

蔡文姬异常警觉,"怎么了?"

陈怀远抬头,"还够支撑几个月吗?"

蔡文姬站起来,"你是要急死我吗?"

陈怀远无奈才告知,"公司账面资金还够支撑三个月,王凯已经决定把他爸妈留给他的房子卖了,但是,没那么快!"

蔡文姬颓然地坐在椅子上,"终于走到这一步了!"

陈怀远看着蔡文姬的样子,安慰道:"会挺过去的!"

蔡文姬噌地坐直,质问道:"陈怀远,你什么意思?我听你这话,你还准备继续坚持?一条道跑到黑?!"

陈怀远低头吃饭,不言不语,至于为什么要坚持,坚持的意义到底是什么?这个话题太宏大,任凭他怎么解释,她都不会相信,只有结果,只有结果可以让她相信他!

蔡文姬声音悲怆,"你是真的准备将来让孩子喝西北风去吗?"

陈怀远虽然曾经是学霸,但毕竟还不是天才,他无法同时解好几道难题,并且一道来自经济学,一道来自生理学。

陈怀远急迫道:"不是说了,等稳定了,再要孩子吗?"

蔡文姬也针锋相对,"稳定,沉到人生的谷底,才算是稳定吗?"

陈怀远被怼得哑口无言,只能气狠狠地看着蔡文姬。

蔡文姬绝望地看着也差不多绝望的陈怀远,转身进了卧室。

时间都往回倒拨一点点。对于蔡文姬和陈怀远的人生,可谓是冰火两重天。

周一的例会刚开完,蔡文姬就快速地跑到洗手间,呕吐起来。

同事王丹玲见状，赶紧把蔡文姬拉到一边，"头儿，你这种症状多少天了？"

"啊？一个多星期了吧！"

"你该不会是中奖了吧？"

"不可能，绝对不可能！我可能是吃东西，吃坏了……"蔡文姬语气坚决地说道："而且，保护措施很到位！"她总不能告诉王丹玲，陈怀远都不孕不育了吧？

王丹玲嘿嘿一笑，"那说不定也有漏网之鱼呢？一条鱼就够了！"

蔡文姬脸色渐红，"可能吗？"

王丹玲大摆过来人身姿，"查一下不就知道了，我们家花花就是这么来的，人家说，这样的孩子，和爸妈都是缘分太深重！"

第二天上午，蔡文姬果真请了半天假，去医院检查了一番。

依旧还是上次那个五十多岁的女医生，"你确定，我是真的有了吗？"蔡文姬不可置信地问道。

女医生点头，然后酷酷地甩回来一句："不过，我不太确定 B 超机有没有坏，如果没有坏，那么就是这个结果！"

蔡文姬被幸福冲昏了头脑，呆愣了几秒钟，忽然大笑道："那就是真的，对吧？"

女医生阅人无数，但是遇到奇葩的机会不多，蔡文姬是一个，所以她印象深刻，"快四周了，有花生米那么大！"

花生米那么大，这个具象的表述，就像一杯"深水炸弹"鸡尾酒，让蔡文姬幸福到炸裂，慌乱到张狂。

蔡文姬站起来，想也没想，就在女医生的脸上亲了一口，女医生嫌弃地拿起一张纸，擦下了鲜红的口红印，又低头看了看蔡文姬脚上的高跟鞋。

蔡文姬心领神会，"放心，我绝对会洗心革面！"然后急搓搓转身离开了诊室。

严肃的女医生，难得地露出一丝温和的笑容。

中午吃饭的时候，王凯特意把陈怀远和 Amy 叫到了公司附近的一个小饭店。

陈怀远一边吃，一边纳闷，"下午不是还有会吗？Corey，怎么想起来喝酒？"

王凯把杯底的白酒一饮而尽。

陈怀远拧眉，"怎么了？"

王凯看了一眼 Amy，"公司账面的资金，估计还够撑三个月，只包括员工工资，其他的宣传费用可能都要停了！"

陈怀远不以为然，安慰道："这种情况，我们之前也经历过几次，应该能挺过去的！"

王凯又给自己倒了一杯，轻声开口："怀远，你觉得，这个项目能成吗？"

陈怀远抬头，忽然觉得事态严重，"你开始怀疑了？"

王凯也没有否认，"我们的用户增长很快，可是一直不受投资商青睐，会不会是我们自己出了问题？"

陈怀远停下筷子，安慰道："虽然不是增长最快的，但是进前五名也绝对没问题，用户粘性也很高，还拿了不少的行业评奖……或许，只是机缘的问题……"

王凯端起杯子和陈怀远碰了一下："好，那就好！我们总能挺过去，我已经把我在洛杉矶的房子挂牌了，如果能卖出去，起码我们还可以撑到年底！"

"什么？"Amy 霍地站起来，"哥，你说什么？"

王凯忧伤地看着 Amy，"Amy，对不起！"

Amy 一直是一个乐观的女孩，但是这一刻却忽然抽噎起来："哥，你把爸妈，你自己的所有积蓄投进来了，你把车卖了，现在你还要卖房子，哥，如果没有我，那么到现在为止，你在这个世界上真的就一无所有了！"

王凯眼角发红，"Amy，挺过去，我会再给你买个大房子！"

"大房子，大房子里，有爸爸妈妈曾经的气息吗？大房子里有我们童年的记忆吗？大房子会有一段坏掉的楼梯吗？"Amy 指了指自己额角的一道浅浅的疤痕，"哥，会不会，接下来，你把我也卖了？！"

Amy 一转身，哭着离开了餐厅。

陈怀远一向后知后觉，所以当王凯说出公司的资金还够撑三个月的时候，他并没有觉得什么，一整个下午他照样开会，照样写代码，照样和运营的人一起研究数据，他知道，只要自己不停下来，就总会接近成功一厘米。

可是，当他下班回家，用钥匙开门的时候，他的心里也被投进了一杯"深水炸弹"，让陈怀远痛苦到炸裂。

妻离子散、家破人亡、一无所有……等所有人生最负面悲怆的字眼都在像弹幕一样朝他喷射而来。

最后，蔡文姬推开了书房的门，陈怀远倚靠着沙发，坐在地板上。

烟雾缭绕，醉眼迷离。

蔡文姬自认自己就是那个最蹩脚的人生编剧，总想把自己弄成喜剧之王，最后却是以悲伤收场。

蔡文姬把化验单递给陈怀远。

陈怀远低头看了看，然后指了指自己，"我的？"

人的意识一旦开始混乱，潜意识就会浮出水面，或许这就是酒后吐真言的心理学解释。

"不然呢？"这一刻，蔡文姬才知道，上午的那杯深水炸弹，后劲才刚刚开始，一半是火焰，一半是海水！

陈怀远摇了摇头，扯动了一下嘴角，竟然睡了过去。

或许，断了片的陈怀远还以为自己还在服用避孕药；

或许，陈怀远觉得，这无非就是蔡文姬逼迫自己离开凯远的升级了的把戏；

或许，他真的开始联想，那个卡地亚手镯背后的主人；

还有，五星级酒店里，那另外一双拖鞋到底是谁的？

每一个误会，都有一个窗口期，错过了，就会演变成猜忌，滋生出伤痕。

但是，很无奈，身为长子，身为丈夫，身为创始人等种种身份，早已让陈怀远失去了发出疑问、找到解释的本能。疑问，如果不浮出水面，那么就会沉入大海，成为我们潜意识里的困惑。

陈怀远的困惑伤害了自己，最后也深深伤害了蔡文姬。

"好，你既然怀疑孩子不是你的，那么就真的不会是你的了。"蔡文姬纠结了一晚，最后还是决定去医院。

蔡文姬看了看手里的挂号单，又抬头看了看对面的女医生。

"怎么又是你？"蔡文姬差一点就要喊出来，"我现在都开始怀疑你就是我妈了。"

女医生依旧一脸冰冷，"昨天刚来过？"

蔡文姬哼了一下，"嗯！"。

"你确定，你不应该先去看个精神科？"女医生问道。

蔡文姬正了正身子，"你，你到底什么意思啊？"

女医生的脸上明显带着不悦，"废了那么大的力气要了一个孩子，难道就是为了以这种方式把他送走？"

蔡文姬的面前就像炸开一枚催泪弹，眼泪瞬间滴落。

抽噎了一会儿，蔡文姬开口道："就是不想耽误他再托生！"

女医生白了蔡文姬一眼，"先去做一些常规性检查，然后下午再过来？"

蔡文姬追问道："昨天不是刚检查过了吗？还有到中午有两个多小时呢！"

女医生把病历本合上，递到蔡文姬手里，头也没抬，按了一下叫号器。

蔡文姬站在医院楼下的院子里，瑟瑟发抖。

从小一起长大的表姐怀疑自己抢了她的丈夫，而自己的丈夫却怀疑自己怀了别人的孩子！

于是，此时此刻，蔡文姬开始怀疑人生，人家说什么双喜临门，好事成双，为什么到了自己这里就是厄运连连，买一送一了呢……

想着想着，蔡文姬拿起手机给靳雪菲发了一条短信。

一个小时后，靳雪菲出现在医院里。

蔡文姬目光如炬地看着靳雪菲，靳雪菲反而像做了坏事一样，心惊胆战。

"姐，在我和张君之间，你已经做出了选择是吗？"

靳雪菲眼泪瞬间就滑落，"我……"

蔡文姬情绪激动起来，"你是用你哪一极的大脑皮层判断出来的，我中意他啊？"

"你们，你，前一段时间……"靳雪菲言语哽咽，她没办法说出来，她早就知道了，她曾经在大半夜过来找他，她和他拉拉扯扯，她和他在咖啡厅，她忽然关心起他的领带……

蔡文姬就差那么一点点，就大声把田杺然的名字喊出来。

可是在最后几秒钟，还是忍住了。

这样弱不禁风的一种人生，太多的黑暗和残酷，还是不让她来领悟了吧。

从小到大都是如此，她是温室花朵，而她，是路边杂草。

蔡文姬看了一会儿天："好了，我不怪你，怀疑我，但是，姐，我和他什么都没有，你愿意信就信，不愿意信就不信，好了，没事了，你走吧，你们好好过日子！"

蔡文姬说完，便转身朝医院里走去。

靳雪菲在身后弱弱喊了几声："小文！"

蔡文姬没有回头，依旧向前走去，眼泪终于控制不住，肆意而出。

她为所有她在乎的人，路见不平拔刀相助，她为所有她爱的人，伸展开尚且脆弱的翅膀，她试图保护所有人，可是又有谁知道，那一次次的振臂高呼、奋不顾身，只是一次次的演习，她只是想告诉他们啊，她才是最需要保护的那个人。

她需要的无非就是在她疲惫时，他宽容的怀抱；

她需要的无非就是在她力竭时，她无畏的信任。

我拼了所有的力气来爱你们，你们呢？

靳雪菲一路跟随，当看到蔡文姬站在手术室门口的时候，就和发疯了一样，冲过去。

大叫起来："小文，你到底要干什么？"

蔡文姬回头，"我说了，让你走吧，你走吧，去好好过你的好日子……"

靳雪菲使出了所有的力气一边哭一边喊："我不走，都是我不好，小文，我求你，跟我回去！"

回哪儿，回家吗？

陈怀远竟然怀疑孩子不是他的，她还要回去吗？

对于靳雪菲的眼泪，蔡文姬向来是心软的，所以最后还是被靳雪菲拖回了家。

一路的挣扎和纠缠，也差不多是把蔡文姬的委屈都消耗殆尽了，便也不再坚持。

靳雪菲刚刚把蔡文姬按到沙发上，就接到了一个电话。

靳雪菲接完电话，回头，对着蔡文姬道："别再胡闹了！"

蔡文姬以为靳雪菲已经放开怀疑了，便点了点头，"嗯！"

靳雪菲看了看厨房，好像也没有什么蔬菜，"你先歇一会儿，然后下楼去吃点好吃的，注意营养！"

蔡文姬向来如此，悲伤走得迅速，幸福来得突然，被靳雪菲关心了一下，整个心灵就重新被春天溢满。

蔡文姬重重点了一下头，"嗯！知道了！"

靳雪菲转身离开，刚到门口被蔡文姬叫住，"姐，你考虑一下，转做全职吧，晓鸥那边最近都忙不过来了！"

大部分人都无法快速Follow（跟）上蔡文姬的节奏，靳雪菲更是。

她不明白蔡文姬忽然说出这句话的意思。

等到晚上的时候，所有的奇思妙想和怪神乱力忽然一下子统统涌现。

自卑是一种病，自卑久了就会病入膏肓，自卑的靳雪菲自编自导地以为，蔡文姬的那个孩子是张君的，而蔡文姬之所以让她出去工作，是给她留一条后路吗？

如果说陈怀远的怀疑是一枚炸弹，伤人伤己，那么靳雪菲的怀疑就是一本意识流小说，高深莫测，不明所以。

❀ 她是唯一，可以陪他对抗一无所有 ❀

所有的故事都不会一成不变，只要时间推移，就会呈现出让人拍案叫绝、啼笑皆非的反转。

这个世界上有太多不想要孩子的男女，但是每一个男女在得知即将为人父母时，都会被一种叫做幸福的感觉所击中。

击中陈怀远的这颗子弹飞行得有点远，直到第二天下午，陈怀远才隐约记得昨晚发生的一切，他的眼前有两团黑乎乎的东西在闪耀，他狠狠地眨了几下眼睛，虽然在记忆里还是无法辨认出那两团黑东西到底是什么，但是他知道，那里面一定有一个小黑点，就是他正在盈盈生长的孩子。

孩子？！！！

忽然他又隐约记起来，早上的时候，蔡文姬在床前低低地说了几句话："既然你不想要这个孩子，那么就是永远！"

陈怀远惊出了一身冷汗，连衣服也顾不得穿，就往外跑。

忘记摘掉的耳机把电脑拉到了地板上。

开始很多人以为是地震，纷纷站起，准备往外跑。

但是他们不知道，在陈怀远的心里，也正在经历着一场十级的地震。

足以毁灭心灵、摧毁身体。

陈怀远不知道是怎么从公司被移动到家里的，奔跑、坐车，或者量子移动……

当陈怀远冲进家门的时候，就见蔡文姬正坐在沙发上，两眼红肿。

陈怀远转身，差一点就想再跑回原点，重来一次，是谁说的，只要你跑得足够快，就可以穿越时空，回到过去！

蔡文姬在背后叫了一声："陈怀远！"

声音依旧是委屈，但是已经没有愤怒。

陈怀远一步步往蔡文姬身边移去，蹲下，把一双冰凉的大手附在蔡文姬的腹部。

张了几次嘴，却无法开口。

蔡文姬的眼泪又落下来，"医生说，要四个月，才能感受到他在里面动！"

陈怀远一屁股坐到地上，双手抱头，"对不起！对不起！"

蔡文姬把陈怀远的头抱到怀里，"我以为，你不在乎！"

陈怀远久久没有抬头，谁说他不在乎？只是他更在乎，她是唯一，可以陪他对抗一无所有，未来还有孩子，他已经拥有一切！

孩子，就像是植物大作战里的向日葵，在蔡文姬和陈怀远的未来里，茁壮成长，生产阳光！

而在张君和靳雪菲的时空里，故事却呈现出另外一种不可思议。

中午还没到下班的时间，蔡文姬被张君叫到楼下。

张君的脚下，杂乱无序地排列了一堆烟头。

蔡文姬拧了拧眉，"你找我干嘛？"

张君捻灭一支烟，"我还想问问你，到底想干嘛？"

蔡文姬回头指了指办公楼，"我想回去上班！"

张君忍不住暴怒，"蔡文姬，你到底想干嘛？你一定要把我和雪菲拆散了，你才高兴吗？你到底和她说了什么？为什么她会悄悄带着小宝离开！啊？"

"什么？你说我姐带着小宝走了？"

张君摊开手掌，露出一张纸条："我和小宝走了，祝你们幸福……"

"你告诉我，祝谁幸福？"张君双目欲裂。

张君不提还罢，这么一提，一下子激起蔡文姬一肚子新仇旧恨："要不就是祝福我们幸福，要不就是祝你和田杺然幸福！"

张君呆愣了半天，"你到底还是把我和田杺然的事儿说了？"

蔡文姬摇了摇头，"那就是祝我们幸福喽，这叫什么？引火烧身，哎，张君，我就纳闷了，你什么智商啊，掩盖罪行有无数种方法，为什么偏要拉上我？诬陷我？！"

张君狠狠说道："不是我诬陷你，是雪菲已经开始怀疑你，我……"

"哈哈，你做贼心虚，就自导自演了一出好戏……"

张君无奈地摆了摆手，"好了，好了，你帮我想想，雪菲到底会去哪里？"

蔡文姬歪着头，"啊，会不会想不开，跳海之类的？前段时间新闻里好像报过……或者，报复你，跟人跑了，不可否认，我姐还是很漂亮的……或者……你媳妇，丢了，你跑来问我，我不知道！"

看到张君急得跳脚，蔡文姬反而是云淡风轻。

张君绞着双手，"不会的，雪菲不会想不开的，可是我昨晚都找了一晚了，她到底会去哪里呢？"

蔡文姬玩味地看着张君，"哎，你不是已经厌烦我姐了吗？我姐终于大彻大悟，主动给田杺然挪窝呢，别找了，借坡下驴吧！"

张君抬起一只手，伸出食指，不停地点着，"蔡文姬，我警告你，如果，雪菲真的出点什么事？如果我们真分了，我不会轻饶你的！"

蔡文姬挺了挺身子，"你出轨，我承担责任，你的法律课是体育老师教的吗？"

张君又点了一会儿手指，咬牙切齿道："雪菲有消息，第一时间告诉我！"

转身离开，走几步，便小跑起来。

望着张君的背影，蔡文姬忽然觉得，或许，他还是真的爱靳雪菲吧，那或许，有些过错，在深爱面前，也是可以被原谅的吧，她不是靳雪菲，她不知道。

蔡文姬对着背影大喊道："你给大姨打个电话，问问吧！"

张君回头看了一眼，掏出电话，把电话贴在耳朵边。

蔡文姬看到，张君的手好像有些颤抖。

蔡文姬感叹道，失去才懂得珍惜，或许这就是上天要和张君上的一堂人生课吧。

❀ 巴黎没去过，但是爹蹲过篱笆 ❀

痛苦，不过是一份包装丑陋的礼物，如果你有勇气拆开它，或许里面是一道惊喜，但是，再接着往下拆呢？惊喜过后，会不会是惊吓，继而激发更大的痛苦？！

一开始，所有人都以为，张君和靳雪菲拆到这一层，已经是结局了，从此夫妻恩爱，幸福美满。

人生太长，不可预见，但是在微观的世界里，在靳雪菲从老家回来的那一段时间里，日子，确实被过成如此。

张君答应靳雪菲，等李桂琴在这边住习惯了，就让靳雪菲出去上班，做她想做的事情。

靳雪菲眼睛里的光芒开始一点点升腾，越来越亮，就在这种光芒差不多可以点亮靳雪菲自己的夜空时，她收到了一个陌生的短信。

然后，她鬼使神差地出现在了，田杺然的家门口。

勇气从来都是向前，有的时候也是转身。

靳雪菲挣扎了几次，想转身，离开，可是手最终还是向门伸去。

然后，靳雪菲听到门里传来一声模模糊糊的男声："谁？"

靳雪菲捏着嗓子，"物业！"这一点常识还多亏她平时无事，看了不少的家庭伦理剧。

然后她听到里面有开锁的声音，门被推开，探出了一个脑袋，男人的脑袋。

男人抬头！

然后一瞬间，两个人同时被一种力量击中，都不自觉地向后弹跳开，瞬间石化。

然后就听到一个娇弱的声音传过来，"John，怎么了？"

张君没有回答，然后靳雪菲越来越模糊的画面里就飘出来一个穿着红色性感睡衣的女人，女人的长发披散在胸前，男人的白衬衫竟然系错了扣子，一半的衣角掖在裤子里，一半的衣角耷拉在外面，然后是什么气味扑面而来，香水味，汗味，男女运动后的糜烂的荷尔蒙味道……

所有的画面，所有的味道，变成了一枚枚钉子，在一瞬间钉入靳雪菲的大脑，然后，爆炸……

思想被剥离，灵魂被抽干，靳雪菲如行尸走肉一般，挪着步子往前。

"雪菲，你听我说！"张君紧紧地拉着靳雪菲。

靳雪菲的嘴唇一片青紫，手抖得厉害，就连抬起手，给张君一巴掌的力气都没有。

靳雪菲试图闭上眼睛，可是眼睛一闭上，泪水就控制不住往外流，心碎了，泪腺也碎了……一切都如末日般破碎！

"雪菲，对不起，对不起！"看着靳雪菲的样子，张君也心痛不已，眼泪也情不自禁往外流。

"对不起？"靳雪菲发出微弱的笑声，凄惨可怕。

"雪菲，我真的，真的是……"张君哽咽不止，后悔不止。

下班的时候，张君带了一张支票，去找田杺然。

张君约的地方本来是咖啡厅，但是最后田杺然说，自己身体不舒服，能不能来家里。

在张君看来，这是最后一次。就像一架迷航的飞机，飞过惊险，飞过刺激，飞过迷惘，但是他终要降落，而他的机场，只有一个，那就是靳雪菲。

他不知道，他是如何偏离了正途，就像他不记得，当年是如何拿起第一根香烟。

"我是去告别的，对不起，我错了，对不起！"张君狠狠抓着靳雪菲。

靳雪菲盯着张君，用尽所有的力气，然后就感觉，眼前有一片光，越来越亮，越来越亮，直到淹没自己，万籁俱寂……一片虚无……

"雪菲……"张君撕心裂肺地叫道。

当蔡文姬赶到医院的时候，她终于信了，到底是他妈的哪个王八蛋说的，这个世上没有拆不散的家庭，只有不努力的小三！

蔡文姬咬着牙，牙齿都快被咬碎了一般。

"田杺然，还有一句话，你可能没听完，那就是小三都没有好下场！"

蔡文姬连张君看都没看一眼，拉起陈怀远就走。

到了医院楼下，陈怀远狠狠抱住蔡文姬："先回去，好不好？"

蔡文姬甩开陈怀远，指了指医院门口："陈怀远，你知道，躺在病床上的那个女人是谁吗？我姐，我亲姐！"

蔡文姬忽然哇的一声哭出来，"从小到大，只有我可以欺负她，你明白吗？没人可以欺负她！"

陈怀远本来语言就迟钝，一时也不知道该如何劝解，"你现在身体不好，不能激动！"

蔡文姬打量了一眼陈怀远，"我身体不好，你好就行，跟我走！"

天大地大，孕妇最大，陈怀远无计可施，只得乖乖地跟着蔡文姬到了田杺然家门口。

"田杺然，你给我开门！"蔡文姬扯着嗓子大喊道。

喊了半天，也没有见一点动静。

"躲，是吧！"蔡文姬举目四望，然后忽然对着陈怀远道："陈怀远，我这辈子有没有求过你什么？"

陈怀远拉住蔡文姬，"文姬，我们先回去吧，里面没人！"

"十年，我和她认识十年了，陈怀远，你还记得你每年从老家带回来的特产吗？我有一半都分给了她，我惨，我从小无母，可是她比我还惨，她无父无母，所以我可怜她，可是，你看看她对我姐做了什么？"蔡文姬哽咽不止。

抽泣了一会儿，蔡文姬指着消防栓对陈怀远道："陈怀远，你帮我把门砸开，不然我咽不下这口气，我会憋死！"

陈怀远向来都是一个足够理智的人，但是被蔡文姬以自己和孩子威胁，无奈，陈怀远最后只能举起消防栓朝田杺然家的大门砸去。

李琦一边走，一边回头，对着陈怀远道："人生经历又丰富了是吧，以后，你可以骄傲地对你儿子说，巴黎没去过，但是爹蹲过笆篱！"

陈怀远抽出一支烟，点着，吸了一口，也没答话。

李琦忍不住，站定，"哎，陈怀远，你智商怎么也要 130 吧，你说蔡文姬现在怀孕，激素紊乱，你没有怀孕啊，你紊乱什么啊？她让你砸门，你就砸门，她让你杀人，然后你还真的就去杀人啊？我告诉你，这次，田杺然要是报复你，告你入室抢劫，我看看，你还能出来？"

陈怀远无奈地回道："你认识蔡文姬是一天还是两天了？如果我不砸，你信不信，她会自己砸！"

李琦打笑道："我告诉你，你儿子出来了，你可要好好管教，千万别和他妈一样，浑身暴力因子！"

陈怀远脸上也扯出一丝笑，"换个角度来看，她是个侠女！"

李琦一边拉开车门，一边提醒道："回去，赶紧把你们家门口的消防栓给弄远点！"

蔡文姬再次赶到医院的时候，靳雪菲已经醒了。

蔡文姬刚一进门，靳雪菲就把头转过来，声音小得和蚊子似的："小文！"

蔡文姬站定，抬头看了看天棚。

靳雪菲继续道："小文！"

"我已经原谅你了，靳雪菲，你怎么还可以得寸进尺，以为孩子是张君的，啊？你带着孩子跑了主动让贤是怎么的？你跑了，你又一次地跑了，在你见到那个狐狸精的时候，你不是上前去撕烂她的嘴脸，而是又跑了……姐……你怎么这么傻啊！"蔡文姬依旧没动，保持着一种坚硬，可是再坚硬的盔甲，面对亲人的呼唤，都将会瞬间地瓦解。

蔡文姬一步步向靳雪菲移去，直到可以拉起她的双手，"姐！"

靳雪菲忽然大声抽泣起来："小文，对不起，对不起，你原谅我好吗？"

蔡文姬也抽噎着："靳雪菲，你知道吗？你是这个世界上，最傻的姐姐，最坏的姐姐！"

靳雪菲依旧拼命拉着蔡文姬的手，"原谅我！"

蔡文姬伏在靳雪菲的怀里，"我早就原谅你了，姐！"

大千世界的浮华，什么都可以成为过眼的云烟，唯有亲情，血浓于水，情浓于酒。

Chapter 8
凤凰涅槃

越是深情不负的爱情，在破败时，越是会逼迫出人性的灰暗。这灰暗就像是撒哈拉沙漠的暴风，让你觉得每一口呼吸，都会感受到砂砾般的揪痛。

❧ 心脏在碎裂里却开出一束幽暗花朵 ❧

在无数个对灯枯坐的夜晚，靳雪菲都能真真切切地感受到，自己的身体就像是一艘船，被主人停在了一个荒败不堪、人迹罕至的港湾里，她想开出去，却没有充足的动力和勇气。

直到，她看到张君从门口探出脑袋的那一刻，那是一种复杂且奇妙的感觉，心脏在碎裂里却开出一束幽暗花朵，她要离婚！

"张君，我们离婚吧！"靳雪菲的声音小到差不多只有自己可以听到。

张君呆愣了半天，忽然，措不及防，扑通一声跪在靳雪菲的床前。

张君忽然声泪俱下，"雪菲对不起，我错了，可是我是真的爱你的，你知道的，对吗？"

靳雪菲望着窗外，没有回答。

张君继续道："雪菲，你打我，骂我，都可以，就是不要离开我，好嘛？"

窗外的阳光热辣刺眼，靳雪菲一时还无法适应，又把眼睛闭上。

过往的片段电石火花般快速流动起来。

他是爱她的，是吗？或许吧。

在这样一段外表光鲜风平浪静的婚姻里，他给了她爱，同时也给了她寂寞。

如果某一天，寂寞大于爱的时候，那还会是爱吗？

她算不清，也不想算。

见靳雪菲还不说话，张君哀求道："雪菲，我知道，你恨我，可是，我们要是离了，小宝，怎么办？他才那么小？"

靳雪菲忽然回头，直直地盯着张君，眼神里不知道是爱还是恨，是恐惧还是嘲讽，总之是一种莫名而又神秘的表情。

她终于知道，他为什么越来越忽视她，因为他早已知道了她的死穴，藏起了她的锚。

她是那么渴望，把船开出去，现在她终于知道，锚就在张君的手里，是小宝。

靳雪菲怪异一笑，点了点头，"好！"

靳雪菲忽然意识到，只要她选择原谅，世界，一切都好，小宝好，爸妈好，一切都好，阳光还会是那片阳光，慵懒而绚烂，但是阳光里的人，却是一身冰冷。

是谁说的，退一步海阔天空，对于靳雪菲来说，这一退却是沉入海底！

蔡文姬如凶神恶煞般冲进靳雪菲的卧室，一边走一边冲着床上叫喊："姐，你疯了，都这样了，你还原谅他？"

李桂琴从盥洗间里出来，一把拉住了蔡文姬，"小文，你小声点，你让你姐再多睡一会儿！"

蔡文姬转过头来，狠狠盯着李桂琴，"大姨，你糊涂啦！"

李桂琴还没有开口，一把老泪就落下来，"大姨没糊涂，可是，这真要是离了，小宝怎么办？一个没有爸爸的孩子，得受多少欺负啊！"

蔡文姬再也忍不住，眼泪也扑簌扑簌往下落，"小宝受欺负怎么办？大姨，现在受欺负的是我姐！这口气，你让她怎么咽下去？"

李桂琴抹了抹眼泪，"那个狐狸精跑了？"

蔡文姬咬了咬嘴唇，"走了，我觉得一时半会不会回来！"

李桂琴黯然伤神了一会儿，"走了也好！不回来最好！"

蔡文姬拉着李桂琴的胳膊，"大姨，你就那么相信张君说的？"

李桂琴可怜巴巴地看着蔡文姬，"雪菲一醒，张君就跪下了，跪了半天，他说他是真心爱雪菲，和小田好，也是因为前段时间压力太大，他后悔了！"

蔡文姬嗤笑了一声，"大姨……压力太大了？用出轨解压吗？哪个人压力不大？要都是这样，那……满世界不都是车祸现场吗？"

李桂琴一时不想和蔡文姬争辩，脸上有些不耐烦道："小文，这事儿，就先这样吧，浪子回头金不换，张君既然知道错了，这一次就原谅他一次，你也不用太纠结了，雪菲同意了！"

蔡文姬只能放弃，举起双手，点头道："好，好，是我，多管闲事了！"说完便走出病房。

李桂琴在背后喊了一声："小文！"

蔡文姬回头，"陈怀远砸了田杺然家的门，刚从派出所回来，我去接他，大姨，我不会再多管闲事了！"

靳雪菲早就醒了，自然把两个人的对话听了进去。

靳雪菲抽动了一下嘴角，笑比哭还难看。

出院后的靳雪菲，快速消瘦下去，准确地说是枯萎下去。

就像一束花朵，被放在惨白的阳光下，所有的生气都在一点点流失。

身子里的管道好像常年失修一般，任何一个小小的震动，都能引发泪水涟涟。

收拾桌子的时候，忽然就愣住，哭一会，刚好，去洗手间的时候，又停下来，坐在马桶上，眼泪滴答滴答往下掉，每天早上起来，枕头也经常是潮湿一片。

水分快速地从靳雪菲的身体里流失，而食物却很难再进入这个看上去安然，但是却城门关闭的身体。

有一种瘦，可以瘦到没有灵魂，变成一具行尸走肉。

或许，潜意识里靳雪菲倔强地认为，我到底要看看，我还能退到哪里去。

李桂琴看着靳雪菲，心痛不已，她知道再这样耗下去，靳雪菲的小命，很可能就没了，虽然，她还是希望女儿的婚姻可以圆满，但是最终她还是选择不能让靳雪菲再"委曲求全"。

"雪菲，你要是实在觉得，过不下去了，就离了吧。"

靳雪菲坐在马桶盖上，看着李桂琴，有气无力，"妈，我用力了，用尽了所有的力气，可是，我感觉我喘不过气来，我一点力气都没有了……"

李桂琴把靳雪菲的身子揽在怀里。

"其实，这么多年，我就知道，我的力气在一点点地，像沙子一样，在流走，可是，你告诉我，家和万事兴，你教我，什么事都要往好处想，你也告诉我，这全天下的婚姻，都一样，总有一个要忍让的。妈，对不起，我坚持不下去了，我就像一朵花一样，一点点地，没了水分，枯萎了，可是，再看看好多人，我觉得，这日子，都差不多的，安安稳稳过下去就算了，可是，妈，我现在过不下去了……"靳雪菲的手抖得就像一片随时可以飘走的云。

李桂琴哭得和一个泪人似的，哽咽着道："这些年，你受了多少委屈，怎么就不和妈说呢？"

靳雪菲挣扎着抬头，艰难地欢笑，"妈，我没受委屈，我就是感觉越来越没力气，可是，这最后一口气，他竟然也不给我！"

俗话说，男儿膝下有黄金。

如果靳雪菲早知道这一点，她是怎么都不会让张君来那千金一跪的。

大部分的人都是如此，下跪的时候越虔诚，反悔的时候就越惨烈。

在张君看来，他赌上了他的尊严，却依然没有换回靳雪菲的谅解，更确切说是感激。

在他那不太宽阔的内心里，他或许觉得，他爱她不顾尊严，而她呢，弃他如敝屣……

他表情受伤，态度狠厉地说道："你想离就离吧，但是除了房子，什么也没有，房子还是留给小宝的！"

靳雪菲的坚决就像是一枚打翻硬币的石子，从此爱恨反转，正邪两立。

蔡文姬拿着张君律师送过来的离婚协议书，气得双手发抖。

"姐，你是不是傻了！这字不能签，签了之后，你怎么办？小宝怎么办？"

"我自己能养活小宝。"靳雪菲倔强地说道。

"姐，你醒醒好嘛？他这明显是欺负你！"蔡文姬终于知道，患难见真情，分手见秉性。

面对这样的局面，蔡文姬也一时没了主意，只能打电话求助马晓鸥，没一会儿功夫，马晓鸥就带着李琦过来了。

李琦拿起离婚协议书看了看，直接开口大骂："这孙子，枉我以前还高看他一眼，这字，你不能签，你要是签了，过几年，怕是小宝的抚养权也会被要走！"

蔡文姬急急地问："怎么说？"

李琦扬了扬手里的协议书："他是断定了靳雪菲离开他活不了，靳雪菲一直没怎么上班，怎么养房子？养孩子？过几年他一定以经济条件不佳为由，争夺孩子的抚养权！"

"那该怎么办？"蔡文姬急得眼泪也一边说，一边掉。

李琦递了一个眼色给蔡文姬，三个人转到餐厅。

"小蔡，很多事都是当局者迷，雪菲现在的样子，根本就没办法做出正确的判断，现在这事，得你拿主意。"

"你说！"

"现在看起来，这婚铁定是离定了，但是不能签这份协议书，我的建议是打官司，走司法程序，这事责任不在你姐，所以稳赢，但是，打官司的弊端就是周期长，另外，最后搞得人身心疲惫，这要看你姐能不能承受得了！"

蔡文姬抬眼看了看马晓鸥，马晓鸥拉着蔡文姬的手，"我真没想到，张君会是这样的人，小文，为了雪菲未来着想，我也同意走司法程序，另外，张君属于婚内出轨，先走司法程序，或许不用等到法院判决，他就会做出让步！"

马晓鸥抬头看了李琦一眼。

李琦应承道："这样吧，你先做决定，如果你同意，这事就交给我了，我正好认识一个律师，专门打离婚官司的。"

"那你就费心，打吧，如果不是念着他好歹还是小宝亲爹，真的，让他身败名裂，我才觉得痛快！"

越是深情不负的爱情，在破败时，越是会逼迫出人性的灰暗。

这灰暗就像是撒哈拉沙漠的暴风，让你觉得每一口呼吸，都会感受到砂砾般的揪痛。

❧ 小三这顶桂冠，你值得拥有！ ❧

假如，田杺然能懂得见好就收，那么在这场小三攻坚战中，她是注定会完胜靳雪菲的，可是她最后还是有些急不可耐了，还没等到大局已定，就故意提前出来耀武扬威了，无奈最后落了一个名誉扫地的下场，不过，对于她来说，既然一开始就知道这是一场有违良心的争夺，或许，在现世安稳面前，名节和声誉，早就不算什么了吧！

论谋略，蔡文姬自然是甘拜下风，但是论战斗力，蔡文姬足以傲视群雄，田杺然得意忘形之下，似乎是忘记了这一点！

本着家丑不可外扬的原则，靳雪菲的离婚进程虽然进行得肝肠寸断，但是还好，被有效控制在小范围内传播，在蔡文姬的一众闺蜜里，马晓鸥是唯一知情者。

对于王玫的邀请，蔡文姬一开始还有些纠结，但是最终还是被马晓鸥说服，"你总不能因为一个人，就断了和世界的联系吧，得不偿失，况且，这次的派对，田杺然来不了，她在法国！"

蔡文姬扯了扯嘴角，气狠狠道："亏她躲到法国去了，不然，我早就把她的狐狸脸给弄花了！"

马晓鸥拍了拍蔡文姬的后背，安慰道："行了，你现在天大地大，宝宝最大，头几个月，千万注意，不能动怒，更不能喊打喊杀！"

"我就不信，她能一直躲在法国不回来，河蚌相争，渔翁得利，她想得倒美！"蔡文姬咬牙切齿道。

或许是感应到蔡文姬的召唤，田杺然竟然悄悄地从法国回来了，而且还高调地出现在了派对现场！

因为有孕在身，不便走动，蔡文姬索性自觉地坐在靠近舞台的高脚凳上，看着一群人狂魔乱舞。百无聊赖之中，蔡文姬正要起身去找靳雪菲一起离开，就在转身的瞬间，她就看到了满面春风的田杺然。

蔡文姬回头看了一眼满目幸福、娇美欲滴的王玫，决定还是先忍一时，毕竟这是人家的婚前派对，在这样的场合手撕小三，说不定会给一些人留下心理阴影，君子报仇十年不晚。可谁知，她刚把洪荒之怒压下去，就见到田杺然故意地走到靳雪菲面前，晃了晃手，蔡文姬猜，那应该是一枚戒指，而且价值不菲。

靳雪菲的性子温婉惯了，从来就不会和人争，和人抢，像是温室里的花朵。但是蔡文姬不一样，她从小就是一个野孩子，是在打架斗殴中长大的，"身经百战"。

蔡文姬跳下高脚凳，几步走上舞台，夺过一支麦克风，然后冲着台下大声地说道："田杺然，我听说过不要脸的，可是我还真没见过你这么不要脸的，在你的人生观里，是不是觉得小三光荣啊，怎么着，火急火燎地赶回来，准备来领奖啊！"

田杺然没有想到蔡文姬会突然出现在她的面前，她本来以为蔡文姬有孕在身，是不会在这样的场合出现的，所以才下了飞机就特意赶了过来，为王玫送上祝福和礼物。

听蔡文姬这么一说，田杺然的面子多少也有些挂不住，便也冲着蔡文姬喊道："蔡文姬，你胡说八道什么？"

蔡文姬不应，继续气定神闲道："田杺然，你做 Sales（销售）真是亏了，你知道吗？有另外一个职业更适合你，大家猜猜，知道是什么吗？"

所有人，不管认识的不认识的都齐刷刷把目光射向田杺然。

蔡文姬大声喊道："鸡！你不去做鸡，真是浪费了你这个四处爬床的习惯了！"

田杺然被气红了眼睛，也不顾穿着高跟鞋就要往舞台上冲，却忽然被不知道从哪里窜出来的徐芮给拉住了。

"田杺然，你敬我一尺，我敬你一丈，本来呢，王八配绿豆，张君那个渣男，有你接收，我们也就不计较了，你的这点破事，我觉得还真没必要在这样的场合里给抖出来，但是，你不应该得了便宜还卖乖，当着我的面，在那里耀武扬威，欺负我姐。"

人群中开始有人交头接耳，小声嘀咕起来，议论声越来越大。

田杺然被徐芮等拉着，气得眼泪哗哗往下掉："蔡文姬，你血口喷人！"

"血口喷人？你确定你是人吗？我就是血再多，我也不会往你身上喷，知道为什么吗？因为，你，太脏！"

田杺然疯了一样挣脱徐芮的钳制，往舞台这边冲。马晓鸥眼疾手快，赶紧冲上舞台，护住蔡文姬。

"田杺然，你赶紧去给我姐道歉，不然，我不在乎把你的丑事，在这里全都给抖落出来！"

靳雪菲不知何时已经跑上舞台，狠命拉着蔡文姬。蔡文姬看了泪水涟涟的靳雪菲，越发激动道："田杺然，你看好了，就是这个傻女人，看你可怜，处处帮你，就是这个傻女人，把你当亲妹妹一样对待，而你呢？你干了什么好事？知恩图报还是以身相许？可是你报错地方了！"蔡文姬顿了顿，双目如火，"可最后又如何啊？人家不还是想拿几十万把你打发了吗？看到没，你顶多也就是一个高级鸡而已……可是，你干嘛发短信给我姐，你干嘛让我姐去看你们的龌龊好事？啊……"

蔡文姬一边说，一边抹眼泪，"田杺然，你是不是觉得，你赢了啊？好，那恭喜你，小三这顶桂冠，你值得拥有！哈哈，而今天就是你的颁奖礼，观众不少，你满意了？！要不要也要上来发表获奖感言？"蔡文姬双目欲裂，声嘶力竭，"这辈子，你都不会幸福，我诅咒你！"

田杺然几乎就要挤到蔡文姬身边了，却还是硬生生被人墙给隔开了，在大是大非面前，大部分人虽然选择沉默，但是却用行动做出了自己的选择！

❀ 茫茫人海，苍天不负，祝你娶到"绿茶婊" ❀

范姜和靳雪菲一路架着蔡文姬，走出巷口。

蔡文姬站定，转身，看着浑身颤抖的靳雪菲，忽然仰起头，拼命把眼泪又吞回去。

蔡文姬抬起手，擦拭了一下眼角，然后对着靳雪菲嘶吼起来，"姐，我都怀疑，你不是我大姨亲生的，刚才，你为什么不扇她？"

靳雪菲抬手，给蔡文姬擦眼泪，"都是我不好！"

蔡文姬一把把靳雪菲的手打开，"你有点骨气好不好，你哪里错了？你哪里不好？你醒一醒，好嘛？你知道，张君为什么能被田杺然勾搭上吗？"

范姜拉了蔡文姬一下，示意她打住，蔡文姬甩开范姜的胳膊，继续道："因为他断定了，即使你知道了，也不会怎么样，知道田杺然为什么不敢勾搭李琦吗？知道吗？因为她不敢！"

蔡文姬嚎啕大哭起来，"姐，我求你了，你不要再这样了，好嘛？这个世界，好人不吃香了，不是每一次我都能保护你！你醒醒吧！"

蔡文姬一转身，招了一下手，正好一辆出租车停下，蔡文姬招呼也没打，就钻进了车里。

蔡文姬知道，再留下，或许她会说更加狠厉的话，她不是有意伤害靳雪菲，她只是想把她唤醒。

在这一刻，蔡文姬忽然意识到，或许，靳雪菲今天的一切都不怪别人，如果要怪的话，就怪靳雪菲自己的善良和软弱！

如果说善良是一把剑，那么软弱，就是把剑刺向自己！

靳雪菲呆愣地站在路边，看着早已疾驰而去的出租车，内心痛苦不堪。

"我真的就是这个世界上最好欺负的女人吗？"靳雪菲自语着。

"或许，是你本来就不想争！"

靳雪菲闻声回头，范姜声音温柔，继续道："不争，并不一定是好欺负，有得必有失，有失也必有得！不要太难过了！"

靳雪菲依旧止不住抽泣，"我让小文失望了！"

范姜拍了拍靳雪菲的肩膀，"她只是担心你！你还不了解她，所有的情绪都是来得快，去得也快，走吧，我送你回去！"

靳雪菲往旁边挪了一下身子，"不用了，我自己打车回去就行！"

范姜摇了摇手机，笑了笑，"我敢保证，不出十分钟，小蔡就会打电话给我，如果知道我把你一个人放在路边不管，她估计又要叫喊着和我绝交了。到目前为止，我还没怕过什么人，小蔡，算是一个！"

靳雪菲不好意思地笑笑，"那麻烦你了！"

范姜又露出一个好看的笑容，"那要不，我也麻烦你一回，这样你心理平衡一些！"

"我？"靳雪菲抹干眼泪，有些神态不自然地问道。

"我最近要拍一组中国古典乐器的片子，正愁找不到合适的模特呢！"

"我不行！"靳雪菲赶忙摆手道。

范姜也没有坚持，直接朝停车场走去，走了一会儿，忽然回头，站住，露出有些为难的神情。

"我是真的不行，我最近状态，你看？"

范姜犹豫了半天，开口道："我能问一下……你为什么离婚吗？"

靳雪菲绞着衣襟，"你不是也知道了吗？"

"我知道，田杺然是一个导火索，但是，刚才小蔡也说了，嗯，张君并没有打算离婚，所以，还有什么原因？"

靳雪菲拧了拧眉，完全听不懂范姜到底想说什么。

"我说得简单点，你之所以选择离婚，是因为，你想比以前好一点，对吗？我指的不只是物质生活……是一种人生的状态！"

靳雪菲仰起头，看着范姜，止住的眼泪又汩汩流出来。

她到底想要什么样的生活呢？到现在为止，她还不知道，但是，她知道，她想稍微喘口气，虽然，她已经三十岁了，但是她想，或许还来得及！

如果下半辈子，依旧是夜夜孤灯枯坐，那么就算是每天锦衣玉食，又有什么意思呢？

看着年华流逝，看着热情消沉，看着日出日落，看着盛世繁华，可是，这一切和自己又有什么关系呢？

我在空气里，我又不在空气里，我在时光里，我又不在时光里。

或许，她的内心深处，还是有些感激田杺然的吧，没有她的贪婪，她要如何才能聚集起足够的勇气，组织出得当的理由，才能逃离这看似繁花似锦却又寡然无味的婚姻呢？

靳雪菲呆愣了一会儿，又转头朝前走去。

范姜跟在身后，声音温厚，"所以，没有什么行不行的，无非就是往前迈一步而已！"

靳雪菲依旧没有回头，范姜继续道："你哭，世界就是哭的，你笑，世界就是笑的。"

靳雪菲依旧没有回头，但是还是挣扎了一下，扯动了一下唇角，露出一个艰难的笑容。

一个失婚无业有子茫然的三十岁女人，人生，真的，还有值得欢喜的事情吗？

范姜放慢了脚步，跟在后面，自语道："谁说她不会争了啊，她只是在和自己争而已！"

靳雪菲又艰难地尝试了一下，慢慢地扯出一丝笑容。

范姜跟在后面，笑容越变越大，像涟漪在春日的湖面，一点点炸开！

蔡文姬坐在咖啡厅里，拿着电话，语气严肃地问道："姐，最后确认一下，你真的想好了吗？"

靳雪菲郑重地点了点头，回道："嗯！"

"姐，我再说一次啊，所有的破镜重圆，都是重蹈覆辙，所以，你如果真的下了决心，就要做好，永不回头的打算，你明白吗？"

靳雪菲没有回答，而是追问道："小文，你在哪里？"

"我在张君公司的楼下。"

"你想干什么？"

"谈判啊！"

"你现在怀着孕呢，别满世界乱跑，你先回来，我自己会谈！"

蔡文姬呵呵了一声，"姐，你知道，所有的破镜重圆都是怎么开始的吗？就你这么开始的，谈什么啊？还有什么好谈的啊，你以为你哭两下，张君就能大发慈悲了吗？做坏人，这种事，不能速成，以后我再慢慢教你！"

靳雪菲犹豫了半天道："还是让律师处理吧，你回来，我担心你！"

蔡文姬轻笑了一声，"律师？你没有听过吗？秀才遇到兵，有理说不清，在张君面前，再好的律师，也只是一个酸腐秀才！对付小人，只能恶人出马！"

蔡文姬一抬头，就看见，张君正推门而入，蔡文姬对着话筒道："姐，先这样，我谈完了，过去找你！"

蔡文姬挂断电话，挑衅地看了张君一眼，然后点了点头。

张君不耐烦地落座，"说吧，什么事？"

蔡文姬故意把身子往后靠了靠，"我找你能有什么事啊？"

张君看了蔡文姬一眼，"蔡文姬，我离婚，和你有什么关系，要谈，也是我和雪菲谈，如果还没有其他的事，我先走了！"说罢起身。

"我代表我姐，通知你，这婚，不离了！"

张君显得有些激动，语气迫切，"真的？"

蔡文姬盯着张君也不回答，充满玩味地看着对方。

张君站起的身子又坐下，"雪菲真的想通了？小文，我从来都没有想过要和雪菲离婚，我之所以……我只是想吓唬吓唬雪菲，让她知难而退，放弃离婚的念头。"

蔡文姬呵呵道："从来没想过和我姐离婚？然后呢，我姐对你感恩戴德？"蔡文姬慢慢吞下一口果汁，"你和田杩然男盗女娼的时候，你想过我姐吗？你递出离婚协议书的时候，你想过我姐吗？哦，你黯然销魂，我姐就要忍气吞声，你吓唬吓唬，我姐就要知难而退，你追逐事业，我姐就要放弃自我，你心情不好，我姐，就要笑脸相迎，张君，这么多年，你把我姐，到底当成什么啦？宠物？还是花瓶？"

张君支吾了半天，"我知道，我错了，我以后，会对雪菲好！"

蔡文姬扯了扯嘴角，"没有以后了！"

张君怒目圆睁，"你到底什么意思？"

蔡文姬大喘了一口气，"我刚才的话，还没说完，我代表我姐，通知你，这婚，不离，是不可能的！"

张君拍了一下桌子，站起欲走，"蔡文姬，我没时间陪你胡闹！"

"张君，聪明反被聪明误，这句话，你听过吧？"蔡文姬气定神闲地说道。

张君回头，"你到底什么意思？"

蔡文姬指了指对面的沙发，"你就不想真正了解一下田杺然吗？"

张君挣扎了一番，还是选择坐下。

"睡了几觉而已，你就开给她一百万的支票，啧啧，比明星还贵！"

张君脸色涨红，声音颤抖，"蔡文姬，你到底想说什么？"

"你是不是到现在，还觉得愧对田杺然啊？对啊，这就是她要的效果，婊子立牌坊，形容她最合适不过。"

张君双手青筋凸起，怒不可遏。

"你知道，为什么是我发现了你们的奸情吗？你从来就没有想过，对吗？你做贼心虚，以为一切都是巧合，对吧？开始，我也这么以为的，我怎么都不会想到……然后，你也超级恨我吧，以为没有我，你就可以神不知鬼不觉地玩完了再把她甩掉，是我坏了你的好事，拆散了你的家庭，对吧！"蔡文姬抬头，正视着张君。

张君攥紧了拳头，扯了一下嘴角，"你说的没错，没有你，我和雪菲不会走到今天这一步，我警告过你，如果为雪菲好，就不要瞎搅和！"

"乐秀的 CEO，啧啧，我简直是高估了你的智商了，你以为没有我，今天的结果就不会发生吗？怎么就那么巧，我在咖啡厅里看到你们，怎么就那么巧，我在田杺然家里看到那条领带，怎么就那么巧，你们刚办完好事，我姐就出现在田杺然家门口？我不得不承认，在做小三这件事上，田杺然很有天分，智商出众，情商了得！高！"

张君忽然觉得头疼欲裂，田杺然不会这样，她说过，她爱他，最好的爱就是放手，为了成全他，她甚至把自己驱逐，她申请去了法国总部……

"然后，她去了法国，你以为，她为爱放手？对吧？那或许，人家是准备等你收拾完战场，再回来接盘大好河山呢？"

"你胡说！"

蔡文姬差一点就仰天长啸了，"你知道吗？当你说出这句话的时候，基本就代表你相信了！"

　　"我告诉你了，我不会和雪菲离婚的，所以，至于田杺然到底是怎么想的，已经没有意义了！"

　　蔡文姬瞪大了眼睛，惊呼道："张君，拔屌无情，说的就是你这种人吧，我靠，田杺然要是知道了，不知道会不会动了胎气，闹出点人命呢！"

　　张君忽然汗毛竖立，惊出一身汗，"你说什么？"

　　蔡文姬大笑道："哈哈，我就知道，她不会把这个杀手锏告诉你！你不知道她怀孕了吧，你更不知道她已经回来了吧？"

　　张君紧盯着蔡文姬："怎么可能？"

　　"要不，你现在就给她打个电话，问问她？"

　　张君把电话紧紧攥在手里，表情呆滞。

　　蔡文姬把身子往前倾了倾，"所以，这婚到底离不离，现在已经不是由你决定的了，我姐良善，但是不代表田杺然也良善，你再这么拖着，或许最后，你会输得更惨，身败名裂！嗯，想想都愉快！"

　　蔡文姬站起身，"所以，离婚条件，你可真要好好想一想，我姐，是想离婚，但是，也没那么着急，不在乎再拖个一年半载，等你的私生子生出来，只是不知道，到那个时候，法院会怎么判，婚内出轨，哎……"

　　蔡文姬说完，站起来，转身离开。

　　走了几步，蔡文姬又回转身，掏出手机，翻出一张照片来，递给张君，"这个人，认识吧，KASOL 的负责人，挺帅的吧，现在你知道，KASOL 的单子是怎么来的吧？还是你们俩一起商量好的啊，美人计，哇，看起来，她还是真心爱你啊，为爱献身！所以，张君，别再留恋我姐啦，在这一点上，我姐不行，甘拜下风……哈，对了，忘了告诉你了，在拆散别人家庭这件事上，田杺然真可谓是驾轻就熟、经验丰富啊，我记得没错的话，大学的时候，人家就被金屋藏娇了呢，哎，你说，这事儿，你要是早点问问我，或许我会帮你把关，哎，但事已至此，所以啊，恭喜你，茫茫人海，苍天不负，终将娶到一个绿茶婊，还有，在你有生之年，希望你能数得过来，你最后到底戴了多少顶绿帽子，说不定，等你老了的时候，还可以开个帽子店呢！"

　　张君早已被气得肝肠寸断，大脑短路，只是狠狠地攥着拳头，脸色由红变紫，由紫变黑。

　　蔡文姬歪着头，嘻嘻地笑着，"我姐，待她，有情，我待她，有义。用这样一个无情无义的女人来终结你这样一个人渣，真是苍天有眼，我心甚慰啊！"

　　蔡文姬转身，大步离开。

　　其实最后这段话，完全就是蔡文姬胡编乱造的，照片也是她让石浩楠给 P 的，至于 KASOL 的负责人，也是从新闻里查到的，前一段时间，KASOL 与乐秀合作，网上发了不少的新闻。

蔡文姬也知道，造谣诽谤是犯法，可是和田杺然与张君的罪大恶极比起来，造谣也就算是正当防卫吧。

蔡文姬一边走，一边安慰着自己。

人，一旦放弃道德，那么就用道德来惩罚她。

人，一旦选择背叛，那么就用背叛来羞辱他!

走到门口，蔡文姬又回头看了看，自语道:"哎，田杺然，既然你选择了恶心别人的生活，那么你就要做好被别人恶心的准备，希望在经历过这一切之后，你们还有足够的宽容和勇气去经营自己的幸福，哈……"

天下没有免费的午餐，有，或许午餐里有毒，世上更没有现成的幸福，不劳而获的爱情，就像被剪下的玫瑰，只有七天的美好，却终将会走向永恒的枯萎……

很快，张君妥协，将房子的贷款全部还清之后，登记到靳雪菲名下，并支付一百万现金及每个月三千的赡养费，但是，相比于张君的全部资产来说，这简直就是九牛一毛。

李琦和蔡文姬都坚持继续打官司，以争取更大的利益。

但是靳雪菲还是坚持在离婚协议书上签字。

"姐，你以为你这样高风亮节，就会有人感激你吗?"蔡文姬对靳雪菲是恨铁不成钢。

靳雪菲依旧是一副弱不禁风的样子，"这些，正好可以人情两清，再多了，对我来说，反而是负累!"

蔡文姬一把按住离婚协议书，"姐，你知道为什么倒卖儿童，屡禁不止吗?"

众人齐刷刷把目光都转向蔡文姬，不明所以。

"犯罪成本太低!"蔡文姬重重地说道:"你如果嫌钱多烧手，你也可以先要过来，然后再捐给什么儿童基金会之类的啊，这也算是除暴安良，替天行道了啊!"

听蔡文姬这么一说，靳雪菲开始百般纠结起来。

这时，范姜从角落里走过来，"还是算了吧，那些股票之类的，要过来，也不见得能兑现，还有……官司要真是打下去，最后难免会直面更多人性的不堪，得不偿失!"

蔡文姬拍了一下桌子，对着范姜怒视道:"老范，你闭嘴，你是站着说话不腰疼，你知道，一百万，在天城，能花多久，几年之后呢?几年之后，我姐怎么办?小宝怎么办?"

范姜不怒反笑，"你怎么知道，几年之后，你姐不会有更多的一百万?"

蔡文姬狠命瞪了范姜一眼，"去，去，你一个资产阶级没权利代表无产阶级说话!"

靳雪菲抬头，看着蔡文姬，哀求道:"我不想，在这件事上，再耗下去!"

蔡文姬看了马晓鸥一眼，马晓鸥点了点头，"小文，钱一定没有快乐重要，对吧?这事早办完，在精神上也算是解脱了，雪菲如果想过以前的生活，那么她也不可能做出离婚的决定。你还是听雪菲的吧，以后的事儿，谁也说不清，车到山前必有路！”

蔡文姬最后看向李琦，“老李，你看怎么办？”

李琦伸了伸腰，“怎么办，凉拌呗，那就一起祈祷，乐秀早日破产吧！嘿嘿！”

蔡文姬认真起来，“有这种可能吗？你是不是想到了什么妙计？”

李琦看着蔡文姬如狼一般的眼光，吓得往后退了一步，“没妙计，不过，心术不正的人，一般都没什么好下场！”

“哎，那就只能让他们互相伤害去吧！”蔡文姬遂又窝进沙发里。

靳雪菲把协议书拉过来，重新拧开笔，在上面签上了自己的名字。

清清秀秀的三个字，可是在靳雪菲的眼里，这三个字却像是一把钥匙，终于，她自己把钥匙攥在了自己的手里。

从此，或许她会一无所有，从此，也或许她会展翅高飞。

但是，不管未来到底会是什么样，她都要学会，努力让自己的明天，比今天更好那么一点点！

Chapter 9

重新启程

> 柔弱，不见得就代表不坚强；沉默，不见得就代表没思想。

❀ 论"Gay 蜜"的正确使用方法 ❀

柔弱，不见得就代表不坚强；沉默，不见得就代表没思想。

但是，靳雪菲的坚强和思想还是把蔡文姬吓坏了。

按照蔡文姬对靳雪菲的了解，光是治疗情伤就最少需要半年的时间，但是怎么样，人家刚把离婚手续办完，就要大展拳脚，开始创业了!

这个决定，让所有人跌破眼镜。

"姐，你疯了吗？"蔡文姬晃着手里的合同，气得喘不过气来。

靳雪菲坐在蔡文姬对面，手足无措，"我总要有点事做。"

"Ok，你可以有事做啊，你去炫彩，晓鸥还等着你呢啊。"

靳雪菲抬头看了看马晓鸥，又低下头。

马晓鸥清了清嗓子，"行了，小文，既然合同都签了，你就别再埋怨雪菲了。"

"我之前一直在这里做护理，我觉得挺不错的。"靳雪菲低声说道。

蔡文姬把合同摔在桌子上，"姐，你来做美容，和开一家美容店，是两码事，好嘛？"

"老板急着出国，现在盘下来，很便宜的。"

"那你也要提前和我商量一下啊？"蔡文姬气急。

"行啦，以前，什么事都要和张君商量，现在怎么又换成你啦，雪菲就不能自己做自己的主啊。"

蔡文姬望了一眼马晓鸥，叹了口气，"那好吧，不过，姐，你把身家性命都压在这上面了，你一定得坚持住，弄好了!"

靳雪菲怯生生地点头，"嗯!"

靳雪菲的事业在所有人的质疑声中，扬帆起航。

周末，马晓鸥被蔡文姬一个电话叫到美丽春天。

进了门，换了拖鞋，马晓鸥就直奔前台，"帮我办张年卡！"

蔡文姬闻声赶了出来，"鸟姐！不用办卡，说好了，免费体验！"

马晓鸥没理，刷刷刷填单子，填完了，抬起一双凤眸，瞟过去，"你知道，你这叫什么吗？"

蔡文姬心虚地笑笑，"什么？"

马晓鸥刷完卡，小声对蔡文姬说："脱裤子放屁，多此一举！你不这么诓我，我也会来支持雪菲的，假惺惺！"

"鸟姐，注意用词，文明，要讲文明！"蔡文姬嘿嘿一笑，就转头对前台说，"小蕊，去叫你们最好的师傅！"

小蕊吴侬软语："马小姐，已经准备好了，V2！"

"小蕊，下次记得，给马小姐，准备V5！鸟姐威武！"蔡文姬一边说笑着，一边扯着马晓鸥往里走，把马晓鸥安顿好，才返身出来。

在厅里检查了一会儿，蔡文姬就又跑到靳雪菲的办公室，给认识的人都打了一遍电话。

在电话上泡了一个多小时，估摸着马晓鸥那边差不多了，又推门进到V2，马晓鸥正好做完，在穿衣服。

"鸟姐，怎么样？"

"不错！一套做下去，很舒服！"当着技师的面，马晓鸥只能装作很满意的样子。

"我就说吧，我姐弄得保证差不了！没诓你吧！"

马晓鸥笑笑，"诓没诓我，你比我更清楚，杀熟这种事，也就你能干得出来！"

蔡文姬对诓骗马晓鸥也于心不忍，说什么都要请马晓鸥喝杯咖啡。

马晓鸥虽然急着回去，但是也难得出来放风，就半推半就被拖着，在美丽春天对面的蓝色火焰咖啡厅落座。

还没坐一会儿，就见街对面，范姜的悍马停在美丽春天的门口，范姜从车上下来，又快速转到副驾，绅士地打开车门。

靳雪菲下车，两个人又从车后座大包小包地往下搬东西，也看不真切，到底是在折腾什么。

马晓鸥惊得张大了嘴巴，"不会吧，你是准备把你表姐介绍给范姜，姐弟恋？"

"恋个屁啊。范姜一看就是个gay（同性恋）。"

马晓鸥赶紧拉了拉蔡文姬袖口，"蔡文姬，你别瞎说啊，范姜怎么会是个gay？"

"怎么会瞎说呢？首先，你看，你观察一下，范姜是不是很帅，岂止是帅，简直太帅，为啥帅啊，雌性荷尔蒙分泌旺盛啊，所以帅的男人一般都比较危险。"

蔡文姬小口嘬了一口果汁，又道："还有，大学的时候，你还记得吗？追他的女生从我们系都排到土木工程系了，你见过他有和谁来往吗？"

马晓鸥托腮回忆，摇头。

"他不会就那么老实，说什么严格遵守大学不能早恋的校规吧。好，就算遵守，你说毕业这么多年，你孩子都快两岁了吧。你听过他有过女朋友吗？"

马晓鸥再次摇头，但是也不太敢确定。毕竟这几年见面的机会少了很多。

"你再看看他认识的那些人，什么明星、大模，一个比一个漂亮，他就算没正儿八经交往过，绯闻总要搞过吧。没有，我特意百度了一下，什么都没有，除了那些获奖信息之外。"

蔡文姬把果汁一饮而尽，异常坚定，"所以，百分百的，gay！"

马晓鸥，揪揪眉毛，还是不太敢确定，"gay？"

"你知道现在都流行什么吗？gay 蜜！"

"Gay 蜜？"

"对啊，就是找个 gay 做闺蜜，安全、可靠，主要是拉风、时髦，有时偶尔还可以当个备胎，挡饿狼！"

"原来，你是想用范姜挡着张君？"马晓鸥恍然大悟，也就蔡文姬这种鬼马型选手才可以想到这样的招儿。

"这只是功用之一。功用之二，就是还可以多陪陪表姐，她从结了婚就一直在家，基本没啥朋友，上个街，都是拉着我，我现在自己都忙得脚打后脑勺，哪有时间陪她啊。"

"不止如此吧？"

"对，最重要的作用就是……"

"果然，还有？"

蔡文姬白了马晓鸥一眼，"当然啊，你说吧，我这个老姐，看起来文文弱弱的，可是有的时候倔得和一牛头似的。本来我还以为，如果她想工作了，去你那里，也挺好的，可谁知道，她悄没声息地花了几十万，盘下这样一家美容院，你说，就以她这点人脉，能把这个店盘活了？我看顶多也就撑个半年，还说靠这个店养活一家人呢，我看早晚要喝西北风去！"

蔡文姬越说越惆怅。

马晓鸥问道："所以，你想让范姜当皮条客！"

"鸟姐，你文绉绉的一个人，怎么能这么说玉树临风的范姜呢？"蔡文姬一脸正色道："我就听说，好多明星啊，大模啊，不是追着他，拍照吗？假如他们知道范姜天天在这呆着，你说是不是都会往这里跑？所以说范姜不能叫皮条客，应该叫梧桐树！"

马晓鸥极其正式地怼蔡文姬："蔡文姬，你是怎么做到的，可以这么理所当然地利用朋友，利用完还脸不红心不跳呢？"

"怎么不跳了啊，不跳不就是僵尸了。我这，谈不上利用，是有回报的，是共赢。你就说范姜那尊佛，每天在哪里呆着不是呆着。等到年底了，美容院效益好了，我让我老姐给他包个大红包。你也有份，所以，你把你认识的那些 VIP，什么贵妇啊，名流啊，也多往这里带带。"

马晓鸥脸都快气绿了，"蔡文姬，你今天敲了我一笔还不够! 得寸进尺! "

"周瑜打黄盖，一个愿打一个愿挨，我说了免费体验，真是想让你体验好了，传传口碑，谁让你死乞白赖要办卡啊! "

"也就是你这么无耻了，得了便宜还卖乖! "

"亏吗? 几千块，有专人伺候着你，还有蔡美女陪你免费聊天，还附带请你喝咖啡，偷着乐去吧! "

"还乐，我刚刚在我们那边的五星级美容院——美亚，办了 VIP，你非把我扯到这里来，多亏我爸妈在! "

"行，言归正传，你该带人还要带，我表姐，真不是做生意的料，我真怕她赔了，没了老公，没了家，再没了事业，想想，我头都大! "

"放心吧，有合适的，我保证带。可是那些人啊，人家都去五星级会所。"

马晓鸥又抬头看了一眼对面，没了底气。一个小小的社区店，很难拉来大客户，虽然小区的档次还不错，可是毕竟门面还是小了些。

"哎呀，我知道。可是保不齐，就有追求朴实无华的啊。你别把这事忘了就行。俗话说，百尺，啊，俗话说什么来着? "蔡文姬就觉得忽然间大脑缺氧。

"对，千里之行始于足下，百尺竿头更进一步，还有，千里之堤溃于蚁穴! "

"你这都什么和什么啊? "马晓鸥笑得眼泪都要出来了。

"总之呢，就是这个意思。万丈高楼平地起。我姐的婚姻，多少也是因为我给整没了，所以我对我姐的后半生负点责任。我现在勉强养我自己还行，可是，我姐，小宝，我大姨，我大姨夫，天啊，我想想脑袋都炸了。苍天啊，赶紧收了我吧! "

马晓鸥赶紧拉了拉蔡文姬，免得她以头戗地。

"别急了，放心吧，我一定尽力! 我那边虽然不对终端用户，可是这几年，也有不少人去做定制，都是有钱人，改天你让靳雪菲做一个小册子，放我那，谁去了我都发发，众人拾柴火焰高! "

"小册子，有，范姜前几天给拍的照片，设计他也包了，刚才他们大包小裹的，估计就是去印刷厂刚回来! "

马晓鸥再次生出疑问，"范姜他们俩真的没事? 我怎么觉得好像不止是什么 gay 蜜呢? "

"好像也是啊，范姜从来也没对咱们这么好过，对伐? ! "

"嗯! "马晓鸥严重同意。

俩人赶紧付款结账，又杀回美丽春天!

❀ 在我的生命里，你迟到太多次了 ❀

十一月的天城，忽然下起雨来，凉意袭人。蔡文姬裹了一件短款大衣，昏昏沉沉地往外走。

王丹玲迎面走了过来，"头儿，下雨了，你带伞没？"

蔡文姬摇了摇手里的雨伞。

"你要不等我一会儿，我老公来接我，我送你回去，我刚才在楼下，看到等车的人很多。"

蔡文姬笑笑，"没事，我是孕妇，孕妇优先。"

"那你记得把肚子腆起来，不然没人看得出来。"

蔡文姬扯了扯自己的防辐射服，"这还不明显？"

王丹玲也笑笑，"那行，你小心点，我估计还要等一个小时，他那边也堵车，不知道什么时候能开过来。"

"好，我办公室里，还有半盒曲奇，饿了你自己过去拿，门没锁。"蔡文姬说着，便挤进电梯。

果不其然，写字楼门前的路上，已经挤了好多准备打车的人。

过来一辆，被前面的人劫走了，又过来一辆，又被劫走了。

蔡文姬站了半个小时，还是没有等到一辆属于自己的车。

这让蔡文姬顿时心灰意冷，觉得无比的绝望，在一个下雨天，打不到一辆车。也没有一个人愿意为这个孕妇让一辆车。

这时，陈怀远的电话打了过来，"文姬，今天下雨，你早点回家，别加班了！"

"我已经等了半个小时车了，还没打到车！"

"别急！"

这一句别急，让蔡文姬一下火冒三丈，"别急，你别急试试，哥哥，这是在下雨，是秋雨，你来试试在雨里站半个小时的滋味！"蔡文姬的嘴唇开始有些哆嗦，不知道是因为生气还是被这寒冷的秋雨冻得！

"如果我们要是有自己的车，我会受这样的苦吗？你为什么就不能听我的呢？"蔡文姬越说越激动，"对，听我的也白费，因为摇不了号，为什么摇不了号，因为你去凯远，就没交过保险，陈怀远，你说说，假如将来宝宝病了，也是赶上这样的天，你是准备就这样在雨里等着吗？"怀孕之后，由于激素的变化，蔡文姬的情绪更加不稳定。陈怀远知道，在这个时候，沉默是最好的办法。

蔡文姬看着远处一辆车红灯闪烁，有一辆出租车正朝自己这个方向开过来，再不能坐以待毙了，不然自己会在这场冰雨里冻死。说时迟那时快，蔡文姬就朝着出租车的方向冲过去。

在离蔡文姬不到两米的距离，有一个水坑。在三秒钟之后，蔡文姬手中的一把花伞飞了出去，蔡文姬摔在了水坑里。重重的。像有一吨那么重。

在雨中匆匆赶路的人有的继续赶路，有的停了下来望着水坑里这个狼狈的女人，有一个戴眼镜的背着斜挎包的男人在蔡文姬的身边停了下来，去扶了蔡文姬一把，蔡文姬挣扎着从水坑里爬起来，赶忙理了理自己的头发，对戴眼镜的男人报以充满谢意的微笑。

出租车司机也被刚才惊险的一幕吓到了，赶紧在蔡文姬的身边停了下来。

这时有其他的人去拉车门，被司机喝住了，"没看到吗？都摔成这样了，你还好意思和人家抢啊！"

说的人家不好意思地又把车门关上。

司机伸头冲蔡文姬喊了一嘴，"姑娘，上车吧，以后抢车可不能这样，不能只要车不要命啊！"

蔡文姬不好意思地笑了笑，打开车门坐上车，报了目的地。

车还没有开出一公里，蔡文姬就感到一股撕心裂肺的疼痛，从下腹部传来。

蔡文姬下意识地低头一看，血已经顺着腿流到脚踏了，蔡文姬伸手一摸，屁股下已经汩汩一片。

这惊人的一幕，又一下子加深了蔡文姬的疼痛，蔡文姬咬着已经惨白的嘴唇，提着一口气，和司机说："去最近的医院！"

陈怀远接到电话后，连招呼也没打，就冲出办公室。

马上路，人头攒动，却没有一辆车朝这边开来。

陈怀远恨不得自己可以长出一双翅膀，可以马上飞过去，但是任凭他怎么挥手仍然没有一辆车开过来。

容不得再想，陈怀远撒腿跑起来，再这样下去不是个办法，可以去坐地铁。

跑了有两站地，马上到地铁站了，陈怀远忽然想起来，司机师傅说的那个医院，离地铁还很远，出了地铁，还是打不到车。

陈怀远急急忙忙掏出手机，打给王凯，"王凯，我老婆出事了，我要去医院，你能不能来送我一下？"

"怀远，我下午一直在外面，我马上 Call Amy（打给艾米），让她送你，车在公司！"

"好！快点！"陈怀远觉得，好像是有些什么东西，正在自己的身体里流逝。

一台清宫手术，大约是三十分钟的时间。

陈怀远赶到的时候，已经是两个小时之后。

蔡文姬异常安静地躺在病床上，不知道从哪里来的泪水，已经浸湿了枕头。

蔡文姬的手还是不自主地去抚摸自己平坦的小腹，胎儿马上三个月了，已经有拳头大小，孕产书上说，再过几周，就可以第一次感受到胎动了，她从描述中看到，每个母亲感受到宝宝的胎动都是一次非常美妙的让人感动的经历。

可是她再也感受不到那种美妙了。

Over了，或许这个孩子也不愿意选择这样一对父母，所以她悄悄地，在一场大雨中，像一条鱼儿那样溜走了。

蔡文姬好像看见了那条溜走的鱼儿，越游越远，直到她再也看不见了，她下意识地又望了望，是真的不见了。

而随之消失的，好像也有着几年来，和陈怀远的吵吵闹闹。

陈怀远浑身冰凉，推开蔡文姬病房的门，狭小的病床上，更瘦小的蔡文姬躺在上面，也一脸冰凉惨白。

陈怀远走上去，握住蔡文姬的手，冰得让陈怀远一阵激灵。

"文姬！"

蔡文姬睁开泪眼，看了陈怀远一眼，就好像看陌生人那样，看了一眼，又闭上眼睛，眼泪又顺着眼角流下来。

陈怀远好想上去抱一下蔡文姬，但是他明显感觉到了蔡文姬的拒绝，所以也一下子无措起来。

"文姬，对不起！我来晚了！"其实他还想说更多，但是却又一下子不知道说什么。

陈怀远的眼泪也顺着眼角流下来。

错了，是他错了，今天的结局是他造成的，如果他早按照她的想法去做就好了，他爱她，他早就该听她的，那样，他们就不会是今天这个样子，也许他们的孩子就能保住。

"是，确实晚了！你在我的生命中晚了太多次了！"蔡文姬话含在嘴里没有说出来，只有无尽的眼泪。

第二天，蔡文姬醒了的时候，陈怀远还没有醒来，坐在椅子上，就伏在自己的床头。

蔡文姬看着眼前这个男子，又一阵眼泪涌出来，这个样子的陈怀远像极了当年那个高高大大的男学生，每到周末，就骑着一辆飞鸽自行车，走半个天城，过来看自己。

那时候的那个男孩也是这样，灰头土脸的。

现如今，这个男孩长成了一个男人。

蔡文姬不知道，到底是什么，让他们之间变成了现在这个样子。

难道，真的如别人所言，婚姻是爱情的坟墓？

抑或，他们在一起本身就是一个错误的结合？

许是感受到了蔡文姬的气息，陈怀远在下一秒也醒了过来。

摇了摇，已经压麻的胳膊，赶紧站起来，像一个做错事的孩子，"文姬，你等着，我去给你打水洗脸！"

蔡文姬拉了陈怀远一把，"怀远！"

"嗯，你说！"

蔡文姬抬起头，看着陈怀远，蓬乱的头发，紧张的表情。

本来她想过，她不要再哭了，可是真正话到嘴边，眼泪还是不争气地流了出来。

"怎么了，老婆！"

"怀远，我们离婚吧！"

陈怀远没有辩解，也无力辩解，他一下子不知道该说什么了，"我去打水去！"

陈怀远再次回到病房的时候，蔡文姬也没有再追问什么，就好像一切都没有发生过一样。

❧ 恩断义绝，两不相欠 ❧

休息了两个星期，蔡文姬就火急火燎地去上班了。

没成想，上班第一天，蔡文姬又淋了雨，整整发了三天的高烧。

陈怀远在家里陪了蔡文姬三天，烧才退去。

第二天就是周五，所以陈怀远又帮蔡文姬请了一天假。

"中午别做饭了，我帮你叫了外卖，快到了，我给你电话，你去开门。"

蔡文姬点点头，陈怀远摸了摸蔡文姬的脑袋，大病初愈的蔡文姬好像乖了很多。

陈怀远下班回家，蔡文姬正在里里外外收拾东西，起初陈怀远觉得可能是蔡文姬觉得家里很乱，看不过眼，所以还劝蔡文姬，"身体还没有完全恢复，别弄了，周末我收拾。"

蔡文姬也不说什么，就是淡淡地笑笑。

可是，逐渐地，陈怀远就看出了眉目，以前混在一起的衣物都被蔡文姬分开了，先是衣物，然后是书籍，甚至是洗漱用品。

直到周六的上午，陈怀远终于反应过来。

"文姬，你这是干什么？"

蔡文姬听到陈怀远的声音，放下手里的活，转过头来，异常平静地说道："还记得我前些天和你说的话吗？"

陈怀远好像心有灵犀，知道蔡文姬是提离婚的事，但是嘴上却没有说出来，陈怀远好像觉得，就当自己什么都不知道，这样，蔡文姬才会就此忘怀。

蔡文姬缓缓地在沙发上坐下，从茶几上拿出两份合同。

封面上赫然写着"离婚协议书"！

"怀远，我们离婚吧，我想换一种方式生活，希望你给我自由！"

陈怀远什么也没说，转身，去了厨房，然后又钻进了书房。

一个晚上，两个人什么都没说。

早上，蔡文姬来敲书房的门，书房里，烟雾缭绕，陈怀远倚靠在一个懒人沙发上。

蔡文姬站在门口，不知道该说什么。就那样倚着门看着陈怀远，爱恨难分。

陈怀远站起来，拿着桌子上的文档，"我签字了，或许，这是我现在唯一能为你做的！"

陈怀远把离婚协议书递给蔡文姬，蔡文姬本来绷紧的一张疲惫的脸上，忽然滑下一串泪珠，"谢谢！"

泪珠打到纸面上，滴答滴答，像秋后的夜雨。

陈怀远上前一下子抱住了蔡文姬，"文姬，一定要幸福！"

陈怀远边哭，边用手擦着眼泪。

最后把头埋在了蔡文姬的肩膀里。

"如果人生可以重来，我们要是不结婚该有多好！"蔡文姬在陈怀远的怀里嘤嘤啜泣。

离婚后的陈怀远搬到了公司去，本来蔡文姬打算搬走，但是陈怀远坚决不让，最近房价飞涨，再想租到这样一个价钱合理，装修又不错的两居室已经不是很容易，再加上蔡文姬刚刚小产，身体不好，陈怀远也不忍心蔡文姬再东奔西跑去找房子。

"我一个大男人，住不出好地方，我搬到公司去就行了！"陈怀远转身去打包自己的行李，"哦，对了，我还有一些东西可能没办法一时带走，我能放在这儿吗？"

蔡文姬点点头，眼泪含在眼圈里，强忍着。

"如果你要把书房租出去，或者是……你有了男朋友，你打电话给我，我来取！"

陈怀远低头，正给一箱书打包，头也没抬，蔡文姬的任何一种表情都让他无法应对。

"好！"

"那我先走了，王凯的车还在楼下等我！"

"好！"蔡文姬走到门前，为陈怀远开门，开门的时候，手犹豫了一下。但最后还是坚决地打开。

陈怀远背着一个登山包，手里拎了一只旅行箱，走到门口。

"对了，房租我交到了年底，这张卡，我从 Corey 那里拿了十万，密码是你的生日。"陈怀远把银行卡放在玄关的柜子上。

"房租，我会还你，卡你拿回去。"

蔡文姬把银行卡塞进陈怀远的登山包里。

陈怀远把背包拿下来，去拉拉链。

蔡文姬挡住，"怀远，我们离了，就彻底离了，好嘛？"

陈怀远嘴唇动了动，点头，心如刀绞。

蔡文姬看着陈怀远从自己的身边走过，忽然想起了 8 年前的那个夏天，在火车上，也是一个手提箱，也是一个背包，青春羞涩的大男孩站在自己的旁边，那是他们的第一次相见，而在今天，离别的情景竟然如此相似，虽不至于是最后一次见面，但是对于蔡文姬来讲，就像是诀别，和自己的青春诀别。

　　蔡文姬想再礼貌地打声招呼，走好，但是话到嘴边，竟无语凝噎。

　　陈怀远走得很缓慢，像一只背着巨大贝壳的蜗牛。

　　电梯还没来，另一辆电梯也没来，这给了陈怀远巨大的勇气，他放下旅行箱，折返回来，猛地抱住蔡文姬，狠狠地，狠狠地，就像要在自己的身体里，深深地烙刻一个蔡文姬的痕迹，蔡文姬就那么放任地被陈怀远抱着，既没有挣扎也没有做出拥抱的姿势，她怕，她稍微一个动作就会让自己反悔，她不想再回去了，一个每天争吵的日子，一个陈怀远不会改变的日子。那样的日子已经活活葬送了她的爱情，所以她不恨陈怀远，她恨那样的日子。

　　陈怀远紧紧地抱着蔡文姬，舍不得放手，但是他知道他必须放手，他忽然想起一首歌，好像有一句歌词这么唱着："如果爱我，就请放开我！"

　　虽然放开这个动作是那么那么难，但或许这是他唯一能为蔡文姬做的。

　　"保重！"千言万语，汇成一句话。

　　"保重！"蔡文姬从陈怀远的怀抱里挣脱出来，只消再多那么一秒，或许她就会不忍心，所以只能放手，或许分开，对彼此都是一个似锦的未来。

　　陈怀远再次缓慢地走向电梯间，电梯门关上，瞬间，陈怀远的眼泪再次夺眶而出，不为离别，只为自己的一无所有。

　　蔡文姬关上门，急转身跑到窗前，眼泪就像断了线的珠子，就像一场永别。蔡文姬急切地寻找着陈怀远的身影，过了三分钟，还没见陈怀远，蔡文姬又折返到门口，推开门，如果她推开门，看到陈怀远站在门前，那么她就把陈怀远拉进来，就像以前很多次，她嚷嚷着要离婚，结果过了几天又重归于好一样。

　　可是，打开门，只有风，没有陈怀远。她再次跑回阳台，还是没见陈怀远。她又跑到门口。

　　当她再回到阳台的时候，终于看到陈怀远的身影，背着包从楼宇门出来，就见从楼下门口停着的别克商务车里出来一个高高大大的男子，一个窈窕灵巧的女孩，女孩率先冲上去，伸手抱住了陈怀远，六楼不算高，蔡文姬看得出来，那个窈窕灵巧的女孩正是 Amy，那个伸着长腿坐在陈怀远身边的女孩，陈怀远放下箱子，伸出手，拍了拍女孩的后背，女孩恋恋不舍地从陈怀远的怀抱里出来，伸手去抢陈怀远的背包，旁边的旅行箱已经被王凯放进了后备箱，放好东西的王凯走过来，抱了抱陈怀远，然后为陈怀远打开了副驾驶的门，而 Amy 已经提前为陈怀远开了后排座的门，陈怀远刚想坐上副驾驶，就被 Amy 拉着推进了后排座，王凯无奈地耸耸肩，便钻进了车里，别克车风驰电掣般从小区里消失了。

　　蔡文姬哭坐到地上，她感觉刚才好像有一座宇宙飞船来过，把陈怀远接走了，接到一个没有蔡文姬的未来。

本来，婚是蔡文姬要离的，但是陈怀远走了之后，蔡文姬却感觉好像自己才是被抛弃的那个人。

打我干嘛! 我不"断袖"啊!

马晓鸥做完护理，穿上衣服，走进靳雪菲的办公室。"雪菲，小文最近忙什么呢? 都没看她过来。"

靳雪菲端了一杯温热的现磨咖啡给马晓鸥，"也不知道她在忙什么，每次打电话都说在忙，她怀着孩子，我也不忍心让她总往这儿跑，所以也没细问。"

"真是奇怪了，明天下午，你有时间吗? 咱们过去看看她。"

"行!"

两个人刚说完，就见蔡文姬像一阵风一样冲进来。

马晓鸥起身，看着风风火火的蔡文姬，呆愣了好几秒。

头发剪短了，描眉画眼，脚上蹬着八公分的高跟鞋。

马晓鸥赶紧绕过茶几，走到蔡文姬身边，扶住蔡文姬，"不要命了。"眼睛却盯着蔡文姬的高跟鞋。

榨汁机发出轰轰的声音，一会儿靳雪菲端过来一杯浓浓的橙汁，"喏，给你这个。"

蔡文姬坐在沙发，端起一杯咖啡，小嘬了一口。

靳雪菲赶紧去夺。

马晓鸥率先反应过来，"怎么了? "

蔡文姬抬起左手，晃荡了两下。

靳雪菲抓住蔡文姬的手，"小文，你胡闹什么? "

蔡文姬不以为然道："姐，以后咱俩一起过。"

靳雪菲转过身子，眼泪噼里啪啦就下来了。

"蔡文姬，你太儿戏了。就是想离婚，孩子，你怎么忍心……"马晓鸥也瞬间眼泪在眼圈。

流产之后，蔡文姬在家休息了两个星期，便去上班了。

"你们都去过我家对不对，我在那里住了四年，可是那天好奇怪，我竟然迷路了，我在附近转了好久，就是找不到小区的大门，每一次都觉得快到家了，结果走了一段，才发现，就走到了完全陌生的地方。"

最后，蔡文姬，实在没办法，才打了电话给陈怀远。

陈怀远在电话里喊着："别急，你把手机里的定位打开，站在路边，一动别动，听到了吗? "

陈怀远拿起手机，穿着拖鞋就往楼下跑。

刚挂断电话，天空就开始下雨。

湿冷湿冷的，一会儿，就像一座牢笼，把蔡文姬的身子包裹在雨幕里。

蔡文姬看着远处有一个身影，疯狂地向这边跑来，越来越近，可是不知道为什么，瞬间，她又觉得那个身影越来越远。

陈怀远把蔡文姬虚弱的身子紧紧地抱在怀里，"我来了。"

蔡文姬闭上眼睛，一边流泪，一边吐出虚弱到几乎听不见的几个字，"我好冷！"

冷得就像失去孩子的那天。

回去之后，蔡文姬又烧了三天。

醒来之后，她忽然记起好像有什么特别重要的事情没办，想了半天才想起来。

"小文，你怎么能因为一次意外，就连婚姻都不要了？"靳雪菲抽抽噎噎道。

蔡文姬转头，看着靳雪菲。

"姐，我迷路了，我找不到家了，你明白吗？"

靳雪菲拧了拧眉头。

马晓鸥揽着蔡文姬的肩膀，蔡文姬看向马晓鸥，"鸟姐，你明白，对吧！"

马晓鸥点点头。

"孩子是我最后的路，孩子没了，所以我也没路了。"

靳雪菲的哭声越来越大，"妈要是知道了，可怎么办？"

想到前一段时间，因为靳雪菲的事，李桂琴是病了一场又一场，蔡文姬的心也不免一阵揪痛。

"好啦，好啦，离婚也没什么大不了的，只不过是对自己人生的一次修正！"马晓鸥道。

蔡文姬瞪了马晓鸥一眼，"哼，得了便宜还卖乖。"

马晓鸥挣扎了半天，终于说道："其实，我两年前，就和李琦分了。"

蔡文姬和靳雪菲赶忙止住眼泪，瞪大了眼睛看着马晓鸥。

"果果还在我肚子里，已经四个多月了。"

蔡文姬霍地站起来，向后退了几步，看着马晓鸥和靳雪菲。

"马晓鸥你知道吗？……"蔡文姬摇头晃脑，搜肠刮肚，在组织着语言。

"我知道什么？"

"你们俩，我把你们俩都当成我的偶像啊，幸福标杆，特别是你，羡慕嫉妒恨！"

蔡文姬又颓然地坐回到两人中间，"有李琦和张君在，我怎么看陈怀远都不顺眼，对，陈怀远说得没错，我就是一个虚荣的大混蛋。"

"后悔了？"

蔡文姬摇了摇头。

"我觉得，咱们应该义结金兰，你说吧……"

"说什么？"马晓鸥对于蔡文姬的跳跃式思维已经习以为然。

"我姐，如果没有我，或许我姐这婚离不了，没有你这边天天装，我也不见得天天和陈怀远闹。知道这叫什么吗？蝴蝶效应！"

"怪我喽！"马晓鸥耸了耸肩。

"鸥姐，你说，这两年，你们咋装的？"

马晓鸥起身，去酒柜给自己倒了一杯红酒。

"在中国，很多时候，结婚是为了父母，隐离，也是为了父母。"

蔡文姬也跳起来，给自己倒了一杯，一杯递给靳雪菲。

"哎，人家说，女人在一起久了，大姨妈都会成群结队，咱们这连离婚都前赴后继的，所以啊，估计前几辈子咱们不是情人，就是亲戚！"

在一个普普通通的下午，三个女人，哭一会儿，笑一会儿，闹一会儿，醉一会儿。

似乎日子就是这样，真实而又虚无，恍惚而又清醒，痛苦而又快乐，短暂而又漫长。

靳雪菲从储物间验货回来，看着微醺的马晓鸥，正倚在沙发上，对着酒杯发愣。

"小文呢？"

"好像出去了，应该是有急事！"

半个小时后，马晓鸥接到了李琦的电话。

等马晓鸥和靳雪菲赶到的时候，看到李琦右手捂着额头，满脸是血。

马晓鸥赶忙跑上前去，急切地问道："怎么了？"

李琦气得牙痒痒，"蔡文姬，那个小蔡到底受啥刺激啦，上来就打我啊，跟疯了似的！"

靳雪菲站在旁边，低声道："你们的事，小文知道了！"

"我们什么事？"李琦扭头。

"你和小鸥离婚的事。"

"那和她有什么关系？"

"她和怀远也刚办完。"

李琦一边捂着额头，一边仰起脸，"我靠，办了？哎，不对啊，她和陈怀远离婚，她应该去打陈怀远啊，她打我干嘛？"

李琦百思不得其解，想了半天，忽然大叫道："我知道了，她是不是怀疑我和陈怀远啊？我是经常和他在一起，可是，可是我不断袖啊……真的！"李琦一脸懵逼，实在想不通，蔡文姬和陈怀远离婚，为啥最后挨削的是自己！

靳雪菲站在一边战战兢兢，"她打你，不是因为陈怀远，是因为晓鸥！"

"我靠，这事儿，多亏我瞒着，要是当年让她知道了，说不定还能宰了我，简直了，怀远这婚该离，太吓人了啊！"

马晓鸥瞪了李琦一眼，李琦立马闭嘴。

"好姐妹，真是好姐妹，离婚都成群结队的，谁都没落下……"李琦小声嘟囔着。

马晓鸥扔下纸巾，转身就走，"自己去医院。"

"哎，不要见死不救啊，我现在是伤员！"李琦在身后大喊。

马晓鸥拉着靳雪菲，走到路边，叫了一辆车，绝迹而去。

Chapter 10

危机四伏

电脑需要格式化，生活又何尝不是？

❦ 换个体位，我不适应！ ❦

电脑需要格式化，生活又何尝不是？

这一天，蔡文姬终于下定决心，把自己的老板也革掉！

"听说，你把老庄炒了？"还没等到下班，石浩南的电话就打了进来。

蔡文姬拧眉，都说这世上没有不透风的墙，可是这风也太快了吧？

"不会吧，浩南，你在我们公司安插眼线了？"

"嘿嘿，才知道吧，每个客户公司里不安排几个亲信，最后怎么死的都不知道！"

"您到底听谁说的啊？"

"你别问了，总之，老庄明天就会让人事催你办手续！"

"我靠！他今天被我怼得脸都绿了！心里恨死我了！不过我真恨不得现在就走呢！"

"下一步有什么打算！"

"没打算啊，姐今天真是临时起义，就图个酸爽！"

"要不，你直接来我这吧！股份，你说拿多少？我给多少！"

"得了吧！"

"怎么着，嫌我庙小啊！？"

"怎么会？你还记得咱们第一次见面，在川达，我怎么虐你的你忘了啊？几万块的单子，没把你虐哭吧！哈哈…"

"记忆犹新，印象深刻！"

"所以啊，你的庙再大，我也不去，体位一换，我不适应！"

石浩南一愣，心一紧，不知说什么好。

"用词不当，不是体位，是位置，不过我觉得体位还真是挺准确，做甲方做惯了，做乙方，不适应，就我这暴脾气，不出半年，客户估计都会被我气跑了！"

"哈哈，算你还有自知之明！"

"所以，你的好意，谢啦！"

"咱们不用这么外道！"

"对了，浩楠，你对我真的挺好的，总是雪中送炭，真的，真的，感谢！"

"哪有，我对甲方一贯如此啊，上帝啊，衣食父母啊，得供着！哈哈！"

"不说我倒是忘了，我走了，这里的业务不会出问题吧？我还真挺担心庄梓晨迁怒你们呢！合同还差多久到期啊？三个月？哎，我再挺三个月就好啦，把合同续上再走啊！"

"放心吧，不会受影响！"

"真的？"

"老庄小气，而我们是钱少活好，满天城都不见得能再找到我们这样的供应商！"

"哎，这也怪我当初和你砍价，你说我是不是傻呀，这钱也没到我钱包里！早知道庄梓晨如此小人，就不该坑你！"

"行啦，不提他啦，恭喜你农奴翻身得解放，庆祝一下，今晚，云海，请你吃火锅！"

"哈哈，真的，云海啊，好久没去啦，我口水都快流出来了！不见不散！"

"不见不散，正好我把我认识的甲方都给你念叨念叨，你选个，我给你推荐过去，总比你盲投强！"

"石浩南，我真怀疑你长了小翅膀！"

"怎么讲？"

"天使啊！"

石浩南在电话里哈哈大笑。蔡文姬的心情更是愉快得不得了。

蔡文姬喜欢云海，但是不喜欢云海的菜价，所以平时想得多，来得少。

今天是石浩南请客，蔡文姬便甩开膀子，大快朵颐，一会儿功夫就吃得小脸通红！

石浩南倒不怎么动筷子往嘴里送，只觉得给蔡文姬夹菜，就心满意足。

就如卞之琳的《断章》写的："你站在桥上看风景，看风景的人在楼上看你。"

而此时此刻，站在落地窗外看这一幕的还有，陈怀远。

说来也巧，大学同学魏强从江城来出差，几年没见，便约着陈怀远喝酒，喝酒的地点就在这同一栋大厦里。

最近，不管是走在街上，还是在餐厅里吃饭，陈怀远总是隐隐约约能看到蔡文姬的身影，过去一看，才发现只是身高发型类似而已。

站了半天，陈怀远才确定，那个人是真的蔡文姬，因为只有她，会把一顿饭吃得这么烟火、吃得这么生动。

以前，蔡文姬总会嚷着来吃火锅，可每次陈怀远拎起包准备出发的时候，蔡文姬就立马改主意了，哎，还是去吃呷浦吧! 想起往事，陈怀远一阵心痛。

坐在蔡文姬对面的那个男人，叫石浩南……陈怀远忽然想起那个卡地亚的手镯就是他送的，他还开着宝马车，送过蔡文姬回家……呵呵，几万块的手镯如果真的只是回扣，怎么会在暗处刻上她的名字呢?

或许，这么多年，真的是自己耽误她了，她值得更多的鲜活和美好!

蔡文姬正在里面，大吃特吃，畅快淋漓。
陈怀远站在窗外，心如刀绞，举目迷惘!

❀ "釜底抽薪"，你要抽我? ❀

还没有到中午吃饭的点，陈怀远就接到李琦的电话，"老李，什么事?"
"没事，下来吃饭!"
"什么? !"
"下来吃饭! 我在你楼下!"
"什么?" 陈怀远把手机夹在脖子上，两手配合着翻阅数据报表。
陈怀远移到窗口往下一看，果然，李琦的阿斯顿马丁拉风地停在楼下。
"老李，你不会转性看上我了吧，最近咱们的约会有点太频繁!"
"别说，还真看上你了，别废话，下来!"
"好! 等我! 皇爵!"
"你大爷!"
"要不我再开个会!"
"皇爵! 下来! 快! 别让人看到!"

阿斯顿马丁速度很快，本来二十多分钟的距离，感觉嗖的一下就到了。
在去的路上，李琦一边开车，一边电话，预定了包间。
刚进包间，李琦干净利索地招呼服务员，"再来一听啤酒!"
"你开车!"

"对，我开车，那算了，橙汁！"

"白水算啦。"

"行，白水！"

"说吧，啥事？"

李琦不答，反而一把抢过陈怀远手里的报表。

陈怀远立马又抢了过来，"公司机密。"

"就你们那小破公司，有什么机密啊？"

"你那公司也不是一夜之间就这么大，还不是从小破公司起来的！"

"有的能起来，有的就起不来，这主要看人品！"

"什么意思？我人品不行，还是王凯不行啊？"

"你，行啊！"

"王凯得罪你了？怎么感觉你最近怪怪的？"

"陈怀远，你听没听过，朋友妻不可欺！"

"不会吧，王凯把马晓鸥怎么了？"

"他倒是不敢，不过这家伙居心不良，在美国，你不知道，我怎么对他的，他现在恩将仇报！"

"怎么了？"

"他竟然背着我找马晓鸥吃饭，两个人有说有笑的，你说这孙子，自从知道我离婚后，胆儿一下肥了，没良心没底线，天天想着法儿往马晓鸥身边凑。"

陈怀远忽然想起，前几天蔡文姬和石浩南吃饭的事情。

不知道是谁说的，男人善变，简直大错特错，女人才善变好不，不管蔡文姬还是马晓鸥，这不都一转身就和别的男人有说有笑了？

遂就把前几日的事情和李琦念叨了一遍，算同病相怜吧。

"不会吧，石浩南，名字我记住了，改天哥哥会会他，给他点颜色看看！"

陈怀远没说好也没说不好，只顾吃饭。

"我帮你出头，你也帮我一回。"

"你不会是让我做卧底吧？"

"卧底？No，那不是我的风格，我直接釜底抽薪。"

"你怎么抽啊？"

"就直接抽啊。"李琦做出抽动的动作。

"你不会是想废了他吧？太监？"

"不会！那犯法！"

"那是？"

"你过来！你到我公司来！也是CTO，他给你多少我给多少！"

"不会吧？老李，说来说去，你想抽的是我？"陈怀远指着自己的鼻子。

"对啊，要不我请你吃饭干嘛？哎，要不是我撺掇你从天易出来创业，说不定你和小蔡不会闹到这个地步！"

"蔡文姬要是知道罪魁祸首是你，估计早就找你打架去了！"

"打过了，不过不是因为这事！"李琦指了指脑袋上刚刚结痂的疤痕。"不过，你们这事也不能全怪我，关键还是王凯不行，你看看你们弄的，节节败退啊，都窝到居民楼里去了。"

"老李，我怎么记得你前段时间说过，这个 Case 要是能遇到有气魄的投资商，说不定能做成独角兽呢！"

"我说的？我说过吗！"

"不会吧，四十岁还没到，老年痴呆症啦！"

"哎，就算我说过，你来也不亏你，你们就算拿到钱也只是 A 轮，可是大多数公司都死在 C 轮了。我们拿过 D 轮了，下一步直接 IPO，如果前几年不是被人耽误，我他妈的早就上了，你来吧！"

"我去，这里就散了啊？！"

"对啊，就让他散了，你一走，王凯没法玩！"

"你当我是哥们吗？"

"是啊"

"我不敢当了！"

"Why？"

"王凯不是你哥们吗？"

"不一样！"

"怎么不一样了？"

"他挖我墙角！"

"所以你就跑过来挖他墙角了！"

"那还不行啦？他挖我一锹，我也得挖他一锹啊！"

"老李，你就是太紧张马晓鸥了！"

"我靠，我紧张，你不紧张啊？刚才你还说，见了蔡文姬和别人吃饭，胃酸都快吐出来了，现在笑话我？我跟你说，王凯他奶奶的要是拿到钱了，保准开始臭屁，哎，明枪易躲暗箭难防，我不能放松警惕。"

"我真不是不帮你，我走不了，哥，这是我生的孩子，就是有一天王凯不干了，我都不能走，奶奶的，每一个代码都是我抠出来的，况且，为了他，我连家都没了，我更不能放弃！"

李琦再接再厉："这事，咱俩双赢，我绝了后患，你有钱了，立马把蔡文姬追回来！"

"不行！"

"陈怀远，我真是服了你了，怎么就这么一根筋呢，怪不得蔡文姬受不了你。"

李琦白请了一顿饭，一无所获，气冲冲往外走。

"老李，你信不信，我回头告诉王凯说马晓鸥也喜欢他。"

"陈怀远，你敢！你信不信，我把你脑袋拧下来当球踢。"

"你收收心吧，一个大企业家天天不干正事，满大街去抓人，然后又东防西防，你累不累啊？"

"累什么？我自得其乐。不过话说回来，就你，工作狂，满脑子工作，有女人喜欢你才怪！"

"你都快把马晓鸥宠上天了，And then？"

"行，陈怀远，友尽！你自己回去吧！"

李琦说着钻进阿斯顿马丁，真的就一脚油门，跑了。

恨得陈怀远牙痒痒的，追在后面骂道："李琦，我操你大爷！"

"我大爷十年前就挂了！"

李琦摘下太阳镜，眯着眼，一脸坏笑，扬长而去。

❧ 那算我占你便宜好了！ ❧

理想很丰满，现实很骨感。

美丽春天，虽然美丽，但是好像离春天还很远。

"小蕊，今天生意怎么样？"蔡文姬一下班就急匆匆赶过来。

小蕊左右看看，无人，便也挤出惨淡愁眉，"就来了两三个老顾客！"

蔡文姬叹了一口气，"再这样下去，可怎么办？"转头又问了小蕊，"范姜今天来了没？"

小蕊摇了摇头，蔡文姬便一下子跑进靳雪菲办公室，拿起电话就给范姜拨了过去，"老范，老范，你来美容院一趟！"

"怎么了？"范姜被蔡文姬这么一催，纳闷问道。

"你快过来，我在这儿呢？"

"好，那你等我，我从外面回来，马上要到家了，我马上掉头过去！"

范姜也担心，靳雪菲出了什么事。

没过一会儿，范姜推门进来，拧眉道："怎么了，这么急，雪菲怎么了？"

蔡文姬急急迎过去，"你还好意思问我我姐怎么了，这生意再这样做下去，怕是早晚要关门大吉，老范，你说怎么着，咱们俩也同窗四年，这情谊再过几年就十年了吧？"

"停停停，蔡文姬，你能否直接进入主题？"

"我就问问你，你认识的那些什么明星啊，网红啊，没有一千，也有几百吧，你就抖抖手，从你手指缝里漏出哪怕一丁点，也够我姐活了的啊，你说，这么多年，我也就正儿八经，求你这一件事吧，你……"

"小蔡，你先别激动，好吗？你怎么知道，我没推荐介绍啊？你问问小蕊，来的人多不多，可是最后选择留在这里的就少之又少！"

"你把关系铁的带来啊，就比如我和马晓鸥那样的！"

"这和铁不铁没有关系。现在是一个看脸的时代，知道吧！好多人，现在不在乎钱，而是要看档次，这里档次跟不上！"

蔡文姬心急火燎道："那总要想想办法啊，我姐离婚是留下点钱，可这个破店，只房租一年就几十万，这样耗下去，钱总有耗干净的时候，你说我姐这个人，看起来弱不禁风，可当初盘下这店怎么就不和我商量一下呢？这钱就是扔在股市里，虽然股市也不太好，但是也不至于赔成这样啊！真是急死我了！"

"也不是没有办法！"

蔡文姬眼前一亮，"什么办法，快说！"

"再增资扩建！重新装修！"

蔡文姬一下子跳了起来，"增资？范姜，你还是我亲同学吗？"

"难道我是假的吗？"

蔡文姬咬牙切齿："我姐，把养家的钱都拿出来了，还增资，我看他们离卖房子差不太多了！"

"这或许是唯一的机会！"范姜肯定地说。

"怎么说？"

"这附近都是高档小区，说明潜在客户不少，但是附近却没有高档的美容院，最近的也要去几条街外的那个高端商厦！假如我们把档次提起来，再换几个高级的美容师，估计会打开局面，大家都不愿意舍近求远不是，还有一个好处就是，旁边有几家饭店，有免费的停车位，这样方便了稍微远点的用户过来！"

蔡文姬左右盘算了一下，"别说，范姜你说得还挺对，刚才是我冤枉你了，你确实对我交代给你的任务很上心！"

范姜斜了一眼蔡文姬，"哼，狗咬吕洞宾不识好人心！"

蔡文姬拿起一本时尚杂志，就朝范姜身上打去，"嗨，你说谁是狗呢？"

"啊？我有说你是狗吗？"范姜大笑。

"范贱！"蔡文姬佯装生气，对范姜怒目而视。

"小狗！"

蔡文姬又拿起一本书飞过去，范姜急忙跳开。

"不过，就算你说得对，我姐估计也拿不出那么多钱了。我和你说，天下就没有比我姐更傻的女人了，张君那么大的家产，婚内出轨，怎么着也要平分吧，人家一忽悠她，她就心软了，虽然给了一百万，可倒好，一下子都压这上面了，说得好听是破釜沉舟，说得不好听就是，脑袋进水！"蔡文姬义愤填膺。

范姜笑了笑，"钱的事，我想办法！"

蔡文姬诺诺开口："需要多少钱？"

范姜抬头四顾看了看，"最少几十万！"

"我怎么感觉这像是在赌博呢？"

"做生意，本就是赌博啊！"

"那我这辈子估计就是打工的命了！"

"哈哈不见得！"

蔡文姬白了范姜一眼，满脸愁云惨淡。

很快，范姜凑了一百万过来，但是靳雪菲却死活不同意。

"你已经很帮我了，我都不知道怎么谢谢你！"靳雪菲一脸焦急，态度坚决。

范姜倒是不为所动，道："好，那就算我投资入股吧！"

靳雪菲睁大了眼睛，"你说什么？"

范姜笑笑，"你也说了，我已经在这里投入很多了，那我总要得到点回报吧？"

"回报！什么回报？"靳雪菲又双颊染红。

范姜知道以靳雪菲的小脑袋，估计又想歪了，"我看好这个项目，所以也希望，做好了，我能赚钱不是，如果做好了，咱们还可以做成连锁的！"

靳雪菲拧眉，简直不敢相信自己的耳朵，"你看好？！"对于范姜的看好，靳雪菲怎么也无法相信。

于是范姜又把对蔡文姬说的那套分析拿出来，娓娓道来："而且，既然决定要做了，就要快！你看，就在路口西，那个新盘，也马上要开盘了，人自然是越来越多，咱们不做，说不定其他人就做了，现在快速做起来，是机会！"

"可是？"

"怎么会有那么多可是呢？"范姜笑道。

"可是，就算你说的，是一个机会，可是我，我现在才知道，当初盘下这家店，就是脑子一热，我真的是，没什么经验！"

范姜鼓励道："没有谁，是天生什么都会的，就说我刚刚学摄影那会儿，还不知道打开镜头盖呢？现在，在世界上，你随便找出一台相机，我说明书都不用看，就能得心应手，这都需要一个时间！"

"真的吗？"靳雪菲依旧不确定。

"当然啊，而且我真心觉得你很适合做这块，你本来就对美学有一定研究，性格又好，有耐心，主要是会真心对客户，时间久了，自然就会有越来越多的人信任你！做服务业，最讲究专心，耐心，真心！你都具备了！"

靳雪菲眼睛睁得大大的，"真的吗？"随即又低下头，"我好像没你说的那样……好！！"

"或许比我说的还好呢，我现在就能看到，我这些钱在你这里，能利滚利，财源滚滚滚回来呢！"

"那要是赔了怎么办？"

"首先，我觉得，不会赔，只会越来越好，再说即使赔了，又有什么？人家不是说吃一堑长一智嘛，就当学习了！"

"只是，这学费是不是太高了？"靳雪菲诺诺道。

范姜一时看了失神，没有回应。

靳雪菲以为范姜有些动摇，"要我看，还是不要担这么大风险了！"

范姜回神，"怎么会高？不高，再说了，不会赔，我可以保证！"

"好吧，那……你拿这么多，比我当初盘下的钱还多，股份，你多占些，我一定会，好好做下去！"

"那怎么行？我又没时间天天在这里，况且，就是让我管，我又哪里懂这些？本意，这钱是先借给你，你有了便还，没有，便……"

靳雪菲被范姜看得不是很自在，低头，"那可不行！"

"既然，你不同意，那就算是入股，我占三即可！"范姜继续道。

"怎么算，也不该是你三！"

"按出资，咱们就算一样，可是你又负责技术，又负责管理，本来就理应多拿！这三，我都觉得沾光了，你要是觉得不可，那我二，好了！"

范姜刚说完，靳雪菲就笑起来，小声说道："哪有人自己说自己二的？"

靳雪菲一笑，范姜心头一紧，呼吸也变得不顺畅起来，急忙说道："不争了，就这么说定了！"

"那我找律师，起草入股协议！这几天弄好！"

"不急！"

"不行，不行！"

范姜大笑，"你怎么这么多不行啊？"

"我不喜欢占人家便宜，心里不安！"

"这哪里是占我便宜，我说过了，是我占你便宜才对！"

靳雪菲脸上又飞起红霞，一扭头，走了，"嗯，我去看看，小蕊那边，把上周的帐盘得如何了？"

范姜身子倚着办公桌，双手随意地交叉在胸前，好看的嘴唇上挂着满满的笑意，不一会，噗嗤笑了出来。

❀ 你形婚，也别形我姐，好伐！❀

"晓鸥，不好了！"当蔡文姬知道，范姜真的拿了一百万投在美丽春天这个无底洞上时，惊得嘴都合不上了。

她本来以为，当初范姜说，钱的事，我来想办法，就是随口说说而已。

没想到，范姜竟然还真的拿出了一百万，而且只占了三十的股份，"脑子进水了？"蔡文姬断定，但是随即又觉得不对，范姜那脑子，学什么都神速，怎么可能进水了呢？没进水，那一定有不可告人的目的。

"怎么了？"马晓鸥早已习惯了蔡文姬的急性子。

"你过来一趟，咱们得审审他，你不知道，他刚刚拿了一百万给我姐，重新装修美容院，一百万，而且只占三成！"

"审谁？"

"范姜！"

蔡文姬伙同马晓鸥把范姜拉到蓝色火焰咖啡厅。

刚一落座，蔡文姬就拿出一副威严大法官的姿态，"快说，范姜，你居心何在？"

"什么居心何在？"范姜被问得一头雾水。

"你真的拿了一百万给我姐？"

"协议都签完了！"

"你不怕我姐给你赔光了？"

"赔了就赔了啊，做生意，有赚自然有赔！"

"老范，你是不是卖白粉的，口气怎么这么大？"

"大吗？我刷过牙了！"范姜故意往蔡文姬身前凑了凑。

"正经点！"蔡文姬往后仰了仰。

"我一直很正经啊！"

蔡文姬不耐烦地瞪了范姜一眼，"那严肃点！"

范姜配合地正襟危坐。

"你快说，我知道你赚钱容易，但是也不是这么个败法啊，你目的何在，你是不是想骗婚？"

马晓鸥也被蔡文姬大开的脑洞吓了一跳。"骗婚！？"

"我为什么要骗婚？"

"你别以为我不了解你们那个圈子？"

"圈子，摄影圈，你了解？你知道景深、焦距、光圈、感光度、白平衡、相对孔径、快门深度……Ok，你随便回答一个，只要一个，我都算你了解！"范姜戏谑道。

蔡文姬被气得咬牙切齿，"不是这个圈子！"

"那是哪个圈子？"

"就是同志圈子！"蔡文姬理直气壮道。

"你哪只眼睛觉得我是同志？"

"就你长得这样，不是同志才怪！"

范姜故意把身子狠狠往前探了探，压低声音狠狠道："我哪样了？"

蔡文姬被范姜的气势逼退了几厘米，"你看你这妖孽样，说不是同志，谁信？"

范姜拉回身子，"蔡文姬，你不说我还忘了，在尹美娜婚礼，你就这么说过我，我当时以为你就是脑袋发烧说胡话，也没和你计较，今天你还敢说，胆子真够大的，不怕我告你诬陷、诽谤……"

"你别恼怒，其实同志也没什么不好，我们理解你，支持你，人间处处有真情，人间处处有真爱，但是我也知道，你们过得不是很容易，社会压力太大，所以好多 Gay，都找个人形婚！"

范姜皱眉，"形婚？你懂得还挺多！"

"你也不小了，估计你爸你妈，也会天天追你，你形婚，作为闺蜜，我表示理解，可是，求求你，别找我姐形，好嘛？我姐已经挺可怜的了，你要是再这样，那她下辈子的幸福和性福不就都毁了吗？"蔡文姬这边装得楚楚可怜，马晓鸥那边已经无法看，扭头看向窗口。

范姜的脸都被气得变形，几次欲言又止，忍了半天忽然说道："好吧，你不问，我本不打算说，既然你误会了，我今天就告诉你我投资的目的！"范姜气色恢复正常，语气淡定地说道。

"那你的目的是什么？"蔡文姬满眼好奇。

"文姬，你知道不知道，我一直喜欢你，当初被陈怀远捷足先登，所以我……现在我终于等来了这个机会！"

蔡文姬一口柠檬水，再也没忍住，悉数喷了出来，有一些溅到了范姜的脸上。

范姜继续道："文姬，你是不是太开心？今日把这些话说出来，我也觉得轻松了不少！"

蔡文姬早已被吓得站了起来，手忙脚乱，言语不清，"范姜，范姜……"

范姜一脸仰慕地看着蔡文姬，故作姿态，"姬姬……"

"啊，啊，我去洗手间！"蔡文姬转身，慌忙逃窜。

那边马晓鸥盯着蔡文姬狼狈的背影，早已笑惨。

范姜抽出一张纸巾擦了擦脸。

马晓鸥抬头，"你是来真的了？"

"什么真的假的？对她？逗她呢！"

马晓鸥继续，"对靳雪菲！"

"什么都瞒不过你！"范姜倒也大方承认。

"靳雪菲的性子，我也喜欢，不过……"

"不过什么？"

"你别看靳雪菲温温婉婉，但是我估计，你追上她，应该不太容易！"

"怎么讲？"

"我不讲，你自然也知道不是？"

范姜一派云淡风轻的样子，坦然道："日子长着呢，我又不急！"

"兜兜转转这么多年，真是想不到……缘分真是个奇怪的东西！"

"我还以为，这辈子，我就如此，孤家寡人一个了！"

"就你这颜值，你想孤家寡人，老天爷也不同意啊，我之前一直猜，你到底喜欢什么样的呢？"

"其实之前，我自己也不知道，我到底喜欢什么样的，但是见了她，我就知道，就是这个样子了！"范姜唇角轻扬，心满意足的笑意一层层晕染开来，"或许旁人看她，都是文文弱弱的样子，可是在我眼里，却感觉一笑一颦都是风景！"

"才子就是才子，果然不同凡响！"

"所以说啊，缘分这东西还真是奇妙，就比如小蔡那样的，放在我身边，我估计都要短寿！"

马晓鸥回头，"文姬如果听到你这么说，估计又要撞墙了！"

"所以，你看，她和怀远，就挺合适的，一个聒噪吵闹，一个惜字如金，还有你……"

马晓鸥警惕地问道："我怎么了？"

"你，自然就是高冷范儿，一脸的生人勿近，也就老李那种人适合你，脸皮厚，百毒不侵！"

"不要提他！"

"你和老李，保证有误会，这天下的误会哪有解不开的，无非就是你主动点，他主动点，老李是够主动的，可是，你也别总不搭理人家啊，天天一副横眉冷对的样子！"

"范姜，你是不是又被收买了啊？我和你说，这次你得注意站队问题，我和蔡文姬，那才是能帮你走上光明大道的贵人！"

"好，那小生这厢有……！"

还没等范姜说完，马晓鸥的手机就滴滴响起来，马晓鸥拿过来一看，嗤笑起来。

"怎么了？"

"蔡文姬，跑了！"

两人不约而同朝窗外看去，只见蔡文姬左右警惕地看着，快速奔到马路对面，躲进了美丽春天的门里。

所有没有燃烧完全的缘分，总是会在适当的时候找到一个非见不可的借口。

❧ 在刻骨的爱里，女人都会变成老母亲 ❧

所有没有燃烧完全的缘分，总是会在适当的时候遇到一个非见不可的借口。

离婚三个月后，蔡文姬为了转正提薪，犹豫再三，还是给陈怀远打了一个电话。

"喂，嗯…你还记得，我之前考过一个市场营销的证书吧？我在家翻了很久，没找到，是不是被你带走了？"

蔡文姬大大咧咧惯了，经常丢三落四，所以家里的重要文档资料，基本都是陈怀远负责掌管，分门别类，清清楚楚。

"大致什么样子？"陈怀远的声音低低沉沉，厚重了很多。

"暗红色的，和大学毕业证差不多！"

陈怀远脑子中一时没什么印象，便说："急吗？急的话，你晚点过来取一下，我一会儿还有个会，不急，我明天找找给你送过去！"

蔡文姬犹豫再三，还是决定过去取一下，这样明天上班就可以直接交给 HR，这个证书多少会影响转正后的工资。

"公司搬家了，我把短信发给你！"

蔡文姬左拐右拐，终于找到了陈怀远的公司所在地，是一处商住两用的小区。

蔡文姬站在 1303 门口，犹豫着是要敲一下门，还是直接进去？

蔡文姬左右张望了一下，忽然觉得自己像是走进了一个满目狼藉的战场，客厅里凌乱地摆了好几张大桌子，桌子上堆了不少的资料，而地上满地的电线、接线板……

散落在客厅里的十几个人，梳着奇形怪状的头发，像野人一样，一边敲打着键盘，一边讨论着什么，一派热火朝天的景象。

浓郁的方便面香味四处飘散，混合着烟味，盛年男子的荷尔蒙和臭汗味……

这一切，都让蔡文姬觉得，胆战心惊，就像末日。而一群疯子正在末日狂欢……有的人一边啃着面包，一边哼着歌，有的人在激烈争吵，有的人在开心打赌……

两面墙上都是白板贴，上面画着一条条弯弯曲曲的燃尽图，还有一些鬼画符一样的代码方程式。

一切的一切，看起来热闹，而又绝望，似乎，天下所有的创业公司都是如此！

有一个眼尖的胖子，抬头，一下子看到了蔡文姬，立马站起来，脸上露出毕恭毕敬的笑意，"嫂子！"

然后一帮老爷们，眼光就齐刷刷地转过来，表情各异，但是看得出来好像都很开心的样子，嫂子声此起彼伏，叫得蔡文姬很不自在。

胖子走过来，"嫂子，远哥在开会，要不你先到他办公室去坐一会儿！"

"嗯，好！"

胖子带着蔡文姬往里间走，回头冲着身后一个男生说："考拉，你去和远哥说一声！"

胖子为蔡文姬推开一扇玻璃门，是一间五平方米左右的狭长型小办公室，白色木纹的会议桌上，靠近右手边，有两台电脑，一盆仙人掌，一个烟灰缸。

一股浓烈的刺鼻的自杀式烟味扑面而来，蔡文姬忍不住咳嗽了一声。

胖子赶紧跑过去，把窗户打开，转身又去饮水机接了一杯水，放在蔡文姬面前的桌子上。

"嫂子，你先坐会儿，远哥一会儿就过来。"

"好，你先去忙！"

胖子看起来，明显比陈怀远还要大上几岁，一口一个嫂子，叫得蔡文姬异常尴尬。

胖子退去，蔡文姬坐下，四处打量了一下。

这哪里像是办公室，简直就是一个废品仓库。不过从摆放设备看，这确实是一个会议室兼陈怀远的办公室。

蔡文姬从来都不知道，陈怀远就是一直在这样一个环境里工作。

坐了一会儿，感觉背后有风，蔡文姬一回头，果然，陈怀远就站在身后。

快三个月不见，陈怀远好像变了一个人。头发长了很多，竟然也学人家，用一个卡梳把头发一股脑都背向脑后，满脸胡茬，人整整瘦了一大圈。

还是好久之前的一件墨绿色 T 恤，此刻穿在陈怀远身上，竟然显得那么空空荡荡。

蔡文姬忽然就觉得有一股异样的热流往上涌，直接就奔着喉咙和眼眶而来，拼了命镇定，才压了下去。

陈怀远多少有些紧张，一只手把着门，一只手插在口袋里，"你来了！"

"嗯！"。

"我给你找一下！"

办公室里，正对着窗户的另一端，有一扇玻璃双开门。

拉开，有一张行军床，床上是一套黑蓝黄相间的被褥，皱皱巴巴没叠。

床头一个带三层抽屉的白色木纹柜，一看就是从外面的办公桌下面挪来的。

陈怀远在三个抽屉里找了一遍，没找到。

床的里面，堆了一些杂物，估计是平时宣传用的废料。靠近一面墙的地方有一只箱子。

然后陈怀远就趴在床上，伸手，把箱子提过来。

这是陈怀远两个多月前从家里搬出来时，拿的那只褐色条纹箱，用了快五年了。表面早已磨得面目全非。

陈怀远低头把箱子拉链拉开，窸窸窣窣，查找起来。

蔡文姬终于还是抑制不住喉咙里那股热流，眼泪噼里啪啦往下掉，一转身，看向窗外。

陈怀远翻了一会儿，找出四五个档案袋，走到蔡文姬身后，"你看看，是不是在这里？"

蔡文姬抹了抹眼睛，回身，低头，也不说话。

"你再等我一会儿，十分钟，我开完会就回来！"陈怀远把档案袋递给蔡文姬，推门出去。

蔡文姬拿着文件袋一个个翻起来，很快找到了那个小红本。

好奇心作祟，蔡文姬又继续翻下去，第三个档案袋，厚厚的，蔡文姬把手探进去一摸，很多大大小小的碎纸片，还有一些好像是便利贴。

蔡文姬往门口看了一眼，遂又低头把东西一股脑倒在桌子上。原来是好多的杂志剪纸，有项链、包包、美食……背后写着日期和价格，所有的剪纸加起来，足足有十几厘米厚，便利贴上有一些标记，都记录着蔡文姬的喜好，以及买下这些物品所需要花费的金钱。

一张张翻过去，蔡文姬早已泪雨滂沱。

蔡文姬像做贼一样把这些悉数都倒进自己的包包里，然后又从桌子上抽了一些打印纸，折好，塞进档案袋，放到箱子里，然后便急匆匆地逃掉了。

等陈怀远再返回的时候，办公室里已经没有了蔡文姬一丝一毫的气息。

箱子已经被拉好了拉链，放在了原位。

陈怀远很是郁闷，自己紧赶慢赶终于把会开完了回来找她，而她竟然连他一面也不愿意等！

陈怀远又一阵惆怅袭来。

回去后，蔡文姬捧着一堆碎纸片，嚎啕大哭，折腾到半夜，心就像一块布，脑子里是缝纫机一样，哒哒哒的声响，每一针都扎在心尖上。

哭得太用力，脑袋缺氧，噩梦不断。

在刻骨的爱里，每一个女人都会变成一个老母亲。

蔡文姬为陈怀远心疼得死去活来，睡梦与清醒之间，蔡文姬好像想明白了，离婚，或许就是为了驱离这种刻骨的痛。

她不需要再为他提心吊胆，她不需要再为他委曲求全，她不需要再为他伤心落泪……她不需要再爱他！

沉睡的时候，蔡文姬知道，分离是因为爱得太沉痛；

清醒的时候，蔡文姬却把，分离迁怒于生活太琐碎！

❦ 高手对决，相互胁迫 ❦

作为丈夫，蔡文姬对陈怀远是恨之入骨，但是作为朋友，蔡文姬却决定为陈怀远两肋插刀！

蔡文姬第一次迫切地希望陈怀远能回到过去，不是他们过去的爱情里，而是属于陈怀远独自一人的荣耀里。

A大的高材生，去天易不久，就担任项目的首席架构师，第一年就获得了天易的年终特别贡献奖，如此这般的人物，怎么可以沦落到现在这个样子？

"咦，小蔡，你怎么忽然想起来，给我打电话了？"李琦接到蔡文姬的电话，呆愣了好一会儿。

"老李，周末有时间吗？找你有点事！"

"找我能有什么事？蔡文姬，你是不是后悔了啊？"李琦直白地问道，除此之外，还能有什么事？

"后悔的是你吧！"蔡文姬反唇相讥。

"蔡文姬，是你打电话找我，我这还没答应呢，你这就开始打击报复了啊！"

"得啦，到底有没有时间？"

"那要看啥事？"

"老李，你愿意来就来，不来就不来，反正马晓鸥最近总往我姐这跑，你要是想从我们这里捞点加分回去……"

李琦扒拉了几下百叶窗，往外看了看，"行啊，蔡文姬，士别三日当刮目相待，长本事啦，敢胁迫我啦！"

"到底有没有时间？老李，你知道不知道，你有点话痨，这是早衰的表现，怪不得马晓鸥不鸟你，我看也是，早点蹬了你，那可真是春光无限好，高富帅，暖男……哎，就怕挑花了眼！"

李琦瞬间绷直了身子，眨了几下小眼睛，严肃地说道："发地址，发地址！"遂，挂断了手机。

周末的下午，李琦虽然是准时准点到了蔡文姬指定的咖啡厅，但是依旧掩盖不了满身的戾气，他是谁啊，混世魔王李琦啊，今天竟然被一个小丫头片子胁迫了。

"说吧，啥事？神秘兮兮的！"李琦刚一落座就狠狠地冲蔡文姬抛去了一个不耐烦的白眼。

蔡文姬一脸得意，贼兮兮地笑道："老李，你说，你之前是不是就觉得老天第一，你第二啊，横行霸道，不可一世，可是，两年了，你还搞不定马晓鸥，会不会觉得特挫败啊！"说着，竟然咯咯笑了出来。

李琦两只大手放在餐台上，狠狠敲了一下，"蔡文姬，你别哪壶不开提哪壶，好不好？"

"怎么叫哪壶不开提哪壶啊，哎，真是聪明一世糊涂一时啊，你就没想想，你为啥搞不定马晓鸥吗？"

"为啥？"李琦正了正身子，两眼放光。

"你们男人在一起，不是讨论足球就是讨论女人对吧？我们女人在一起也一样，不是讨论买东西，就是讨论男人！"

"嗯，对！对！对！"李琦立马坐直了身子。

"首先，你道德败坏……对于像你和张君这种人，天理不容！"蔡文姬压了一口果汁。

"蔡文姬，你才道德败坏呢，我那是被冤枉的，我和张君不一样，我只喜欢马晓鸥！"

"好，就算你是被冤枉的，可是，你知道吗？没人相信！"蔡文姬伸出食指，摆了一个 No 的姿势。

"对，对，你说到点上了，现在就是马晓鸥宁愿相信那些照片，也不愿意相信我！"

"关键问题不是这个！"

"那是什么啊，急死我了！"

"关键问题是，我们也不相信啊，天下的男人哪个不偷腥啊，这是我们的故有观念，所以，女人在一起了，势必就会一起骂你这种负心汉！"蔡文姬斜了李琦一眼。心想，老娘都点拨你到这里了，还不开窍啊。

"所以说啊，女人就是头发长见识短，你们也不了解实际情况，你们凭什么骂我啊？"

"当然，也可以不骂啊，也可以劝劝马晓鸥，让她原谅你，这一来二去，时间长了，说不定晓鸥就心软了呢？"

"对啊，对！"李琦激动地满脸都发出光来。

"不得不说，你之前策略失当，你把这事捂着，把马晓鸥拴着，自己单枪匹马，孤军奋战，你追得越紧，马晓鸥越烦你！"

李琦把身子往蔡文姬身边靠了靠，一脸崇拜，直咽吐沫，"蔡文姬，牛，我以前真是小看你了！早知道，我找你当军师啊！"

蔡文姬得意地往沙发后背靠了靠，她担心下一秒，李琦一激动，就直接贴了上来。"嗯，现在也不晚啊！"

李琦一下子反过味来，蔡文姬主动给自己打电话，绝对不仅仅是自告奋勇给自己当军师这么简单。

"说吧，你用什么条件来交换？"李琦把身子也靠在沙发上。

换做蔡文姬靠前，把身子靠在餐台上，双手支着下巴，咽了几下吐沫，终于开口说道："嗯，你觉得，陈怀远那个创业项目，有戏吗？"

李琦的脸上换上一股诡异的笑容，"蔡文姬，你现在越来越现实了啊！"

"我怎么现实了？"蔡文姬拧了拧眉。

"你是不是拿不定注意，选陈怀远还是石浩楠，石浩楠我见过，还行，我听说你们现在打得火热！"

"什么叫我们打得火热？李琦，你脑洞是不是开得太大了？"

"你别以为我不知道，那个姓石的，之前就对你不怀好意，送过你那个什么卡地亚。"

"送一个卡地亚，那是业务回扣，这就叫打得火热了？"

"还回扣，回扣还刻了字，送给有夫之妇，简直是司马昭之心路人皆知！"

"他愿意刻字，和我有啥关系？"

"就算之前没关系，你敢说，现在没关系？我告诉你，你们俩约会，都被陈怀远给看到了！蔡文姬你行啊，才刚离婚，就投入新欢的怀抱！"李琦故意揶揄道。

"什么叫我们俩约会啊，就是一起吃个饭，陈怀远看到了？？"蔡文姬忽然觉得事态严重，一下子也忘了自己和陈怀远离了婚，看到又如何？

"我估计，小陈的心脏现在都碎成八瓣了？"

"他和你说的？"

"对啊？"

"你们经常在一起？！"

"对啊，小陈，一个大好青年，就这样被你狠心抛弃，还好，还有我，我们现在是同为天涯沦落人！"

"看来，我今天约你，还真是多此一举！"

"我被你搞蒙圈了，你到底找我想干嘛？"

蔡文姬把头发往后捋了捋，"我就是想请你帮陈怀远把把脉，他们那个项目到底行不行？"

"还不是，看谁以后更有钱途，你好选一个绩优股！"

"怎么又绕回来啦！"

"难道不是这样吗？"

"不是，亏你们还是什么同为天涯沦落人，你知道不知道，王凯他们现在都落魄到什么程度啦，你去看过他们的办公室没？陈怀远就住在公司里……"蔡文姬说着说着，眼泪在眼圈，不是强撑着，早就落了下来。

"咦，演得还挺像啊，这眼泪说来就来！"李琦戏谑道。

蔡文姬抽了一张纸巾擦了擦，"李琦，你能不能积点德，别挤兑我，好吗？"

"行，我就实话实说，他们那个项目不错，现在用户体量很大，未来很有前景，做好了，独角兽！！"

蔡文姬擦了擦眼睛，"什么是独角兽啊？他们不就是开发了一款手机产品吗？"

"得，和你说也说不清楚，就是很厉害的，可以独霸一方的意思！"

"那为什么，他们一直拿不到钱？"

说到专业问题，李琦一脸正经，"一是，目前融资环境不好，不如前几年，目前全球金融危机，这种投入型项目不吃香了；二是，产品成型不到一年，拿不到融资很正常，不是你想的那般，有个产品就能拿到钱；最后是，不是他们拿不到钱，是有的钱，他们不拿。"

"不拿？"蔡文姬瞪大了眼睛。

"对啊，想拿钱，他们早就拿到了！"

"那到底什么意思啊，他们这又不是演戏，故意演一出悲情戏？"

"就说你们女人是头发长见识短呢，不是什么钱都可以拿的！"

蔡文姬被说得一头雾水，"不拿，那不就是等死吗？"

"有的时候，或许拿了，死得更快！"

"啊？"蔡文姬开始自我怀疑，自己好歹也算是一家互联网公司的市场负责人，怎么忽然感觉他们的逻辑，自己有些不懂了呢？

"打个比方，有些投资人，钱进来了，要求控股，王凯和陈怀远或许就会失去公司的控制权，早晚有一天被踢出局，这种钱不能拿；还有就是，有的投资商借由经济危机，狠压估值，就和你们女人买女服一样，本来值一百块，你们非要给人家十块，你说人家卖不卖？还有，投资人根本啥都不懂，这样的投资人你要不要？在这点上，我觉得王凯和陈怀远还算清醒！"

李琦讲得虽然有道理，但是蔡文姬听完，还是叹了一口气，以前她一直以为，是产品不行，拿不到钱，原来是有钱他们不拿，"即使家破人亡，他也不拿？呵呵！"

"我就知道，你会这么想？到现在你还不明白，小陈没想和你离婚，你们俩离不离婚，和他拿不拿钱没关系，是你……"

蔡文姬抹抹眼睛，"好了，这个话题 Pass 过去，在这件事上，我不懂，也帮不上忙，你能不能帮帮他们！"蔡文姬忽然觉得情绪低落，内心酸楚。

在事业和自己之间，原来陈怀远早已做了选择。

见李琦一阵犹豫，蔡文姬有些愠怒，"你和陈怀远不是好哥们吗？你认识那么多投资人，你就不能给他们介绍一些吗？"

"我前些日子，想要陈怀远到我这边来，给他股份，主要是高薪，过来就立马兑现，可是，他不同意！"

"呵呵，他估计是被下了蛊了，家他都不要了，怎么还会去你那里！"

"小蔡，我再问你点事。"

"说！！"

"嗯，你帮我问问，马晓鸥和王凯是怎么回事？那个龟孙子，知道我和马晓鸥离了，总找借口接近马晓鸥！"

"所以，你不愿意帮凯远，是因为这个原因！王凯不是你同学吗？"蔡文姬拧眉，心想怪不得。

"我之前帮啦，我没少给他们介绍关系，你就说王凯那个假洋鬼子，他来天城才多久，他认识几个人，之前见的那些投资商，有一半是我介绍的，可是他恩将仇报！"李琦气愤难当。

"王凯和马晓鸥，没看出来什么啊？你是不是神经过敏啊，马晓鸥要是想找，这两年早就找了，你是不是不知道有多少人追马晓鸥啊？那个 YOKA 的总监，叫什么 Jonny 的，因爱成恨，把业务都转给了炫彩的竞争对手，这事儿你不会不知道吧？"

李琦坐直了身子，"奶奶的，我真的被高登害惨了，马晓鸥见到我就和见到仇人似的，怎么会告诉我这些！叫 Jonny，是吧！他是不是活得不耐烦了？"遂，狠狠把手机敲在大理石餐台上。

"估计，马晓鸥心里还是放不下你，至于那个王凯，我看晓鸥不会对他有什么想法，所以你也不用这样风声鹤唳！"

"蔡文姬，你是不是为了陈怀远，谎报军情啊？我和你说，你别小看了那个假洋鬼子，他对马晓鸥的感情不简单，我不能因小失大，不能养虎为患，你看他现在如此落魄，他都有胆子天天围着马晓鸥转，奶奶的，拿到钱了，后果不堪设想！"

"那你的意思就是，不帮！"

"不是不帮，你让小陈过来，保证比跟着王凯强！"

"你不也说过了吗？他现在就是走火入魔，他不会过去的，谁劝都白费！"

"那我也没办法了啊，你不能让我帮了王凯，然后让王凯把马晓鸥再抢过去吧！大姐，我不是雷锋啊！"

"那刚才说的，给你当军师的事，还是算了吧！没事我走了！"蔡文姬起身。

"要不换个条件吧！"

蔡文姬走了几步停下。

"我把我们公司今年的公关业务给石浩楠，利润部分，你们自己分！"

"陈怀远知道这事，不知道还会不会把你当兄弟！"

"蔡文姬，你还非逼我把话说明白，是不？我的意思是业务给你，你委托谁做，随你，你自己能做更好，但是你自己不行，我们公司对供应商要求还挺高的，重点是，你拿利润分成！"

"这算贿赂或者以权谋私吗？"

"反正你怎么想都行！这个事比较现实！"李琦拿定了蔡文姬，财迷一个，见钱眼开。

蔡文姬头也没回，继续向前走。

李琦喊了一声："另外，陈怀远的事，我会再考虑考虑！"

蔡文姬一颗心，这才落了定，掩饰不住，嘴角露出笑意。

❀ 我依旧贪恋着你的拥抱 ❀

蔡文姬以为自己拿住了李琦，没成想，李琦很快就反败为胜。

李琦的逻辑大致如此，自己要让陈怀远知道蔡文姬的一往情深，然后陈怀远追回蔡文姬，陈怀远又是自己兄弟，那蔡文姬就是兄弟家属了，兄弟家属怎么能胳膊肘往外拐呢？对，就这么干！

李琦本来就口才了得，这次更是添油加醋，"真的，蔡文姬都快给我跪下了，求我帮帮你！"李琦眯缝着眼睛，"怀远，我和你说，真的，我之前还总觉得，蔡文姬就是嫌贫爱富，今天，真的，我惊了，她真的太爱你了！"

陈怀远在电话那边，听得心尖一阵阵刺痛，无法说话。

"我跟你说，这事也怪你，你说女人，哄哄不就好了，那小蔡脑子一热要离婚，你怎么也答应啊？虽然现在离婚已经是既定事实，可是你得抓紧啊，趁着蔡文姬走得还不远，你得赶紧追回来，别人家一转弯，遇到合适的了，到时候，你哭都来不及！"

陈怀远还是不说话。

"喂，陈怀远，你听到没？"

"听到了！"

"听到了，你给个回应啊，你现在到底是啥态度啊，你不会就这么放弃了吧！你不会真的被王凯那个妹子勾搭上了吧？"李琦一阵紧张。

"我知道了！"

"你知道了，嗯，你知道了，可是知道不是态度啊，你到底什么态度？"

"我不会放手的！"

"对，对，就该这样！虽然蔡文姬整天叽叽喳喳的，也没啥优点……"

"她叽叽喳喳又怎么了，我喜欢！"

李琦本来是抱着同情之心，却一下子被怼了回来，热脸遇到了冷屁股，"嗯，你喜欢就行，或许别人也喜欢呢，所以，你还得速度点！"

"知道了！"马上进入会议，陈怀远挂断了电话。

这事要是换了李琦，早就立马冲了出去，跑到蔡文姬跟前献殷勤去了，可是陈怀远不是李琦，陈怀远就是李琦的另外一个极端。

所以，蔡文姬拿到陈怀远的邀请，已经是几天之后了。

蔡文姬犹豫再三，还是决定赴约，这几天蔡文姬也反复思考了李琦当初说的那些话，觉得有一定道理，所以，或许可以借着这次吃饭的机会，劝劝陈怀远，去李琦的公司，或者降低要求，先拿到一笔钱，陈怀远选哪一个都会比现在强。

陈怀远选了一个环境不错的餐厅，湘菜，蔡文姬的家乡菜。

蔡文姬本来是一个吃货，可是时至今日，却吃得小心谨慎，胃里不只是辣，简直五味杂陈。

这次见面，陈怀远比上次更加消瘦，原来高大厚壮的一个男人，现在却如此这般，形销骨立。

蔡文姬心里难受，却又觉得难受得不合身份。

陈怀远也难受，难受于蔡文姬难得的安静，这份安静让陈怀远觉得，自己已经成了外人。

一顿饭吃得气压极低，蔡文姬想说的话也不知道如何开口。

出了餐厅，两个人沿着马路往前走，就像大学的时候，每个周末，陈怀远大老远地跑过来，就是为了吃一顿饭，然后手拉着手压压马路，便觉得这接下来的一周，浑身都充满了动力。

如今，已经物是人非，她走在前，他走在后，没有拉手，也无话可说。

走了一会儿，蔡文姬见路边有一个小酒吧，便指了指，"如果你没事，进去坐坐！"

陈怀远也没说好，也没说不好，想都没想，脚就往小路拐去。

蔡文姬提了提气，"嗯，不喝酒，自己还真不知道怎么开口，就算只是朋友，劝劝他也好，人活着总要现实一些，不能总是如此，为那些虚无缥缈的事情活着！"

蔡文姬酒量不行，半瓶 RIO（一种果酒）下去，小脸就红彤彤一片。

陈怀远拿过酒瓶，"别喝了！"

蔡文姬酒壮贼人胆，借着酒劲，不吐不快，就把这两天头脑中，盘算的想法，一股脑吐了出来。

"陈怀远，我没有别的意思，就是，你现在过得太可怜了，你别执迷不悟好不好？！"

蔡文姬又要了一瓶，这次却被陈怀远牢牢把住，"我知道了，我会好好想想，你醉了，我送你回去！"

"我没醉，我自己回去，不用你送！！"说罢，蔡文姬摇摇晃晃站起来，就往外走。

还没走几步，就被陈怀远一把横抱了起来，大步朝外走去。

"陈怀远，你把我放下，我说了，我没醉，我清醒着呢？"

陈怀远也不回话，走到路边叫了一辆车，把蔡文姬塞了进去，还没等陈怀远坐进去，蔡文姬把门锁死了，叫师傅开车走人。

隔着玻璃，蔡文姬看到陈怀远一张暴怒的脸。

蔡文姬倚在后座上，双手紧紧交叠在一起，被风吹了一下，酒也醒了几分。

她不能让他送自己回去，她害怕一旦回去，就又将万劫不复。

因为她了解自己，她依然贪恋着陈怀远的怀抱，她更知道，自己定力太差，毫无原则，每次都是轻易原谅，用力伤害，周而复始，永不停歇。

如此这般更好，就此别过，你走你的阳关道，我走我的独立桥，不见得幸福，但也不会再卑微似尘埃。

可是当蔡文姬付完车费，上楼，正准备开门的时候，却被忽然出现的陈怀远吓了一跳。

"你！！"蔡文姬醉眼朦胧地指着陈怀远。

陈怀远过来抢过蔡文姬手里的钥匙，准备开门，蔡文姬一挪身子，挡住了锁孔。

"嗯！我到家了，没事了，你先回去吧！"

"里面，有人？"陈怀远，沉沉说道。

"什么人？"

"没人，怎么不让我进去？"

"陈怀远，我们现在连朋友都不算，我凭什么让你进去？"

"那就是，有人！"陈怀远故意激将道。

"没有！"蔡文姬急于辩白，小脸腾地红了起来，他怎么会如此这般想自己？

一抬头，便看到陈怀远红了眼般，紧紧盯着自己。

"真的没有，我累了，要休息了！！"

陈怀远一用力，把蔡文姬拉进怀里，一张薄唇就吻了上去。

蔡文姬被这突然的举动吓了一跳，睁大了眼睛，慌忙推脱。

就算此时的陈怀远再消瘦，力气也不知道大过蔡文姬几倍，陈怀远把蔡文姬往旁边一带，一只手把钥匙插进锁孔，麻利地把门打开，把蔡文姬带了进去。

然后就听到室内一片噼里啪啦的声响，然后是细碎的喘息声，还夹杂着一些低低的啜泣。

❧ 离婚后遗症，胡来 and 乱搞？ ❧

"姐，你说你到底什么事这么重要啊，电话里不能说，我下午还有会呢？"蔡文姬刚推开蓝色焰火咖啡厅的门，身体还没有落到位置上，话就飘了过来。

刚一坐定，就看到对面沙发靠里的位置，正坐着马晓鸥。

　　"当老板啊，就是不一样，想什么时候出来逛，就什么时候出来逛，可是我不一样啊，两位大姐，我还要上班呢，上班要打卡的，你们懂不懂，而且人脸识别，算了，说了你们也不懂！"

　　"还人脸识别？那一会儿，结账的时候，你刷一下脸，看看管不管用！"马晓鸥揶揄道。

　　蔡文姬指着对面的两位，"废话少说，今天你们俩谁结账？"

　　"反正今天你是不打算结了吧，那我们俩谁结还有区别吗？"

　　"当然啊，我姐结，我就来杯卡布，你，蓝山，还要极品的！"蔡文姬指着马晓鸥，嘿嘿笑道。

　　"蔡文姬，小心苦死你！"

　　"苦死我愿意！"

　　蔡文姬帅气地打了个响指，一个穿着白衬衫、黑马甲的白净面皮的 Waiter，快速走了过来。

　　"极品蓝山，然后拿三份糖，三份奶！"蔡文姬把酒水单还回去，一脸小人得志！

　　"蔡文姬，你有病啊！"

　　"怎么着，有钱难买姐愿意！说吧，啥事？"

　　靳雪菲怼了一下马晓鸥，马晓鸥又回怼过去，刚才都对好台词了啊，一上真章，怎么倒认熊了呢。

　　靳雪菲故作镇定，拉长了语调："嗯，范姜建议，要给美容院做一个网站！"

　　"这事啊，是应该做个。对了，还有什么 58 啊，赶集啊，还有一些垂直的美容网站、手机 APP，没事的时候，你也多发一些帖子，好多新店，客户都是这么累积起来的。"

　　蔡文姬一边说，一边狠命往咖啡杯里倒糖。

　　"发帖，这个我自己能做，可是网站，我不会！"靳雪菲一脸委屈。

　　"你不会，那你想让我给你做？我也不会啊，姐！"蔡文姬越发觉得，被靳雪菲弄得云里雾里。

　　"我知道，你不会！"靳雪菲态度诚恳。

　　"我知道了！你是不是想让我给你提一些建议？行，我回去给你找些案例，框架草图，我可以帮你画出来！这样的网站特别简单，主要是图片漂亮就可以了！"

　　"网站，你能不能让陈怀远帮我弄个！"靳雪菲终于亮出底牌。

　　蔡文姬警惕地抬起头，"全天城，会写代码的有几十万，你干嘛非得找他？！"

　　"你之前不是说过吗？他半天就能弄个网站出来！"靳雪菲苦苦哀求。

　　"哎，姐，你还真信！我瞎说的！"

　　"蔡文姬，咖啡你也喝了，你就说一句，行还是不行？"马晓鸥接话道。

　　"什么行还是不行啊？姐姐们，我们俩都离婚了，你干嘛让我去找他啊，要找你让李琦去找，他俩现在天天黏糊在一起，关系比我铁！"

一句话怼得靳雪菲和马晓鸥哑口无言，只得直接切入主题。

"你们俩，最近没见过？"马晓鸥试探着问。

"我有病啊？没事我见他干嘛啊，破镜重圆啊？你没听过一句话，所有的破镜重圆都是重蹈覆辙！"

蔡文姬说得理直气壮，靳雪菲和马晓鸥对视了一眼，这嘴真是比刘胡兰还硬。

马晓鸥忽然站起来，一把扯开蔡文姬的衣领就往里看，把蔡文姬吓了一大跳，用力一挣脱，咖啡洒了一桌子。

蔡文姬急了，"马晓鸥你干嘛啊，光天化日之下，你还要非礼怎么着，不就喝你一杯咖啡吗？"

"这么热的天，你穿个高领衫，不怕长痱子啊，或者是做贼心虚！"

"这都是什么跟什么啊，我穿个高领衫，怎么就做贼心虚啦？那我要是穿着帽衫，你们是不是还会觉得我刚抢完银行啊！"

"你不做贼心虚，你把领子压低一下，让我们检查一下！"

"检查什么啊？"蔡文姬这才意识到，自己被诓出来的原因，大多和陈怀远有关。"你们俩是不是闲得没事干啦？无聊。"说着，拎包就要走。

马晓鸥站起来一把又把蔡文姬拉回来。

马晓鸥慧眼如炬，看着蔡文姬，"你不会真去找了吧？"

"找什么啊？姐姐们我都被你们搞糊涂了？"蔡文姬一张小脸都快皱成废纸团了。

"上次你说的那个？"

"哪个？"

马晓鸥立马拿起笔，在餐巾纸上画了一个小鸭子。

蔡文姬立马心领神会，一把赶紧把画盖住，"马晓鸥你疯啦！开什么玩笑？"

马晓鸥递了一个眼神给靳雪菲，靳雪菲倒好像是自己做了错事，脸涨得通红。

"我昨晚去找你，打你电话关机，然后你屋里有人，男的！"

"那你听到什么了？"蔡文姬强装镇静，准备先试探试探敌情，再进行胡编乱造。

"没听太清楚！"

"姐，你想太多了，我看电视呢，我看电视的时候，习惯大点声！"

靳雪菲忽然有了些犹豫，"我好像听到你声音了！那电视，不是你演的吧？！"

蔡文姬决定还是三十六计走为上，再这样被盘问下去，真觉得有些快绷不住了，"姐姐们，你们今天约我出来就是为了这个？那我诚实地告诉你们，根本就没有什么陈怀远，也没有什么 Duck（鸭子）！"

马晓鸥趁机把蔡文姬的手机抢过去，"那你不会是安了陌陌了吧？"

蔡文姬啪的一声，双手拍到桌子上，"我告诉你们，再这么无聊，友尽！"

"这不是无聊不无聊的问题，这是关乎你下半生幸福的问题！"靳雪菲语重心长。"你要是坚决不考虑陈怀远了，你就别再去招惹人家，陈怀远心思简单，禁不起你折腾，你要是觉得还能过，就尽快去复婚？如果，你想要再找，就抓紧正儿八经交个男朋友，但是，你不能随便抓一个就胡来，不能破罐子破摔，这样不好！"

"什么叫随便抓一个就胡来？姐，你把我想成什么了啊？姐，你怎么现在跟老妈子似的？是不是早更了啊！"

"别说，你还真猜对了，以上的意思真就是我妈说的，我只负责传达而已！"靳雪菲顿了顿，"我妈前几天看《非诚勿扰》，非得让我们俩去报名！"

蔡文姬一听，脑袋都快爆了，"姐，你赶紧回去问问，你们居委会需要不需要什么编外的，给大姨安排一下，再这样下去，非把老太太闲出病来不可，以她的性子，她一闲下来，保准打我们俩的主意。咱们俩的日子就惨啦！在这一点上，咱们俩必须保持统一战线！"

"我还好点！"靳雪菲有点幸灾乐祸，"有范姜在那儿顶着呢！"

"姐，过河拆桥啊你这是！"

"我说的是真的，我妈前几天让我去百合网给你注册！"

"你注册了？"

"没，我说忙，可是，你也知道，过不了几天，她还会问！"

"姐，你千万别把我照片放上去，拜托！如果让同事知道，我在这个圈子里就没法混了，我失业了，就吃你的住你的，穿你的衣服，花你的钱，你养我！"威逼利诱，蔡文姬是手拿把掐。

"我不放，但是保不齐，我妈不会找别人，所以，你还是抓紧时间，给老太太一个态度！不然，老太太三天两头就哭一场，说对不起你妈！"

"姐，你帮我说说好话。被关押了那么久，你们得让我放放风，我刚出来，你们就一起合计着，把我再关回去，太不人道了！"蔡文姬又转身，对向马晓鸥，"你说，怎么着，咱们也算纳了投名状了吧，失婚联盟，你们怎么着啊，现在胳膊肘开始往外拐了啊！"

"谁往外拐了啊，还不是关心你！"

"关心我，还是关心关心你自己吧，那个王凯，作为老板不怎么样，搞得我们家破人亡，但是做男朋友，应该还不错，要不你考虑考虑？鸟姐！"

"考虑你个头！"

"那你到底想咋地啊，你说你，你又不愿意原谅李琦，又舍不得放手，你知道，你这叫什么吗？这叫占着茅坑不拉屎，你俩就这么僵着也不是事儿啊！"蔡文姬继续发挥三寸不烂之舌，"要不你和王凯试试，有比较才有高下！大好青春，不能在一棵树上吊死啊！"

"我比较不比较试不试，我有分寸，倒是你，别乱来！"

"马晓鸥，我怎么乱来啦，说话注意点啊，别动不动，就加这个乱字，破坏我名声不是？！"

蔡文姬不想再恋战下去，起身："说到正事了，我现在还要自己养自己，我一会还有会，先走了，你们姐俩慢聊，对了，蓝山加糖，味道还挺不错！"

看着蔡文姬风一样离去的身影，马晓鸥追问。

"你确定听到了？"马晓鸥问道。

靳雪菲点头："嗯！你看到脖子上有草莓？！"

"嗯！"

"那她撒谎？"

"你没看她刚才一直抖腿，她撒谎的时候，习惯性动作！"

"不是陈怀远，也不是鸭！"

"找鸭要花钱的，她肯定舍不得！"马晓鸥断定。

"那你说我回去怎么和我妈交代？如果小文这边没进展，我这边就遭殃了！"靳雪菲一脸苦闷，"所以，我才没敢告诉我妈，还是你比较有经验！"

"那叫什么经验，我结婚时，我爸被我气得，心脏病，进了医院，差点没出来！如果让他知道我又离婚了，那后果不敢设想！"

蔡文姬刚出咖啡厅，就给李琦发了一个短信过去。拿人钱财替人消灾，木有办法！

在快到公司的一个红绿灯路口，蔡文姬付钱下车。

前面的路堵得死死的，没有疏通的迹象。

蔡文姬走着走着，好像忽然迷失了方向，感觉自己的人生就和现在的路况似的。

陈怀远、石浩楠或者其他，感觉每一个男人都不是自己的归途。

索性，还好，还有工作，蔡文姬的脚步越来越快，索性小跑，向公司跑去。

Chapter 12

时空轮转

很多人都抱怨，婚姻是爱情的坟墓，但是别忘了，你
手里拿着锹，你就是那个掘墓人！

❦ 空手套白狼 ❦

修缮一新的美丽春天再次开业后，生意火爆。

"范姜，你脑袋是不是有病啊，我们之前花了多少功夫，到处去拉客户，现在可倒好，每天限定接待人数，怎么还怕客户多了？"蔡文姬怎么都无法理解范姜的思路。

倒是马晓鸥，对范姜这一招赞不绝口："范姜，你行啊，把高定的套路都搬过来了！"

"高定？"

"就是高级定制，简称高定，香奈儿、Prada（普拉达）、Gucci（古弛），你都知道吧？"

"当然啊！"

"你是不是以为最有钱最有名的人，穿的就是这些？"

"难道不是？"

"当然不是，那些真正有身份有地位的，穿的基本都是高定。有专门提供高定服务的品牌，当然上面所说的这些一线品牌也向客户提供高定服务，高定会根据客人的具体情况，进行一对一的服务！"

"这些我知道，我问的意思是，这种策略适合美丽春天吗？"

"那你就要问老范了，他敢这么做，估计是有十足的把握！"

"老范！"蔡文姬迫切地问道。

"我们前后仔细考察了这附近的客户情况，这附近的小区，都是高档楼盘，还有别墅区，住在这里的人非富即贵，他们并不在乎钱，在乎的是与众不同的服务和享受，所以我们限定人数，有两个好处：一个是，让大家都很好奇，更加趋之若鹜；二是，降低服务人数，提升服务品质。然后最后赚的钱一样，甚至更多！"

"就凭这个装修，就真的可以提供与众不同的服务了？"蔡文姬还是不相信。

"我们重新聘请了技师，手艺都是顶级的。"靳雪菲补充道。

"那要多少钱啊？"蔡文姬听靳雪菲这么一说，更加担心起来。

"这些技师经验丰富，有了不错的积蓄，所以并不在乎眼前的利益！"

"竟然还有这样的人？"

"我们把自己的股份拿出来，给到他们干股，相当于他们是和我们一起创业，他们更在乎的是年底分红。"

"姐，姐，打住，干股，分红，你怎么懂这么多？"

"是范姜建议的，他说现在那些互联网公司都这么做，这么做才能吸引到人才！"

蔡文姬就快仰天长啸了，当初王凯就是用这个方法把陈怀远忽悠过去的，结果怎么着。不过，好吧，现在忽悠人的是自己的姐姐，所以也就另当别论了。

"他们还真相信？"

"开始的时候，他们不相信，之前，基本都是在一个店做久了，对老板熟悉了，也有感情了，好的老板才拿出一点点股份给他们，希望他们长久留下来，所以上来就以底薪加股份的方式，他们是有些不相信，不过了解了范姜的身份之后，就全部答应了！"

马晓鸥从椅子上坐了起来，"范姜，真的，你不去做企业，屈才了，你说说你怎么就甘心做一个摄影师呢？"

"范姜去做老板？"蔡文姬充满疑问地问道。

马晓鸥继续道："文姬，你不知道，范姜这招叫空手套白狼，真是令人叫绝，和之前网上传过的那个比尔盖茨嫁女儿的案例极其相似。"

"什么案例，说来听听？"蔡文姬追问道。

"美国，有一位优秀的商人，名叫杰克，有一天告诉他的儿子，我已经选好了一个女孩子，我要你娶她。他儿子说，我自己要娶的新娘，我自己会决定。杰克继续道，但我说的这女孩，可是比尔盖茨的女儿喔！儿子非常高兴，说，如果是这样的话，我可以考虑考虑。一天，在一个聚会上，杰克走向了比尔盖茨，对着比尔说，我来帮你的女儿介绍一个好丈夫，如何？比尔回答，不好意思，我的女儿还没想嫁人呢！杰克笑笑，但是我介绍的这个年轻人，可是世界银行的副总裁哦，比尔眼前一亮，好哇。然后杰克又找到了世界银行的总裁，和他说，我给你推荐一个年轻人，做你的副总裁。世界银行的行长说，我们对副行长的要求可很高啊，杰克得意地道，不知道比尔盖茨的女婿来坐这个位置如何？银行行长开心极了，说，当然好，我们求之不得！"

"然后，杰克的儿子当了副总裁，又娶了比尔盖茨的女儿？真的？"

"当然不是真的，这只是一个'商业案例'，不过，范姜把人骗到手，这件事却是真的。范姜只需要告知自己的身份，那些技师们到网上一查，便知道，美丽春天未来的客户都会是哪些了，有这么多优质的客户，还愁生意不好？生意好了，分红就自然能拿到手，而且生意好了，拿得自是比死工资要高，所以我估摸着，那些好技师们是挤破头都想过来了！"

蔡文姬转头问靳雪菲，靳雪菲大方地点头。

"老范，你这个能耐，只当摄影师或者开这一间小小的美容店，是不是屈才啦！"

范姜从沙发上站起来，瞟了蔡文姬一眼，"你当初要死要活，威逼利诱，拉我过来，难道看中的不是这一点？我的资源！我就是反其道而行之，仅此而已！"

"老范，照这么发展下去，美丽春天很快就要开连锁了，你就说吧，是不是该要重谢我，还威逼利诱，说得太难听了吧，我这是肥水不流外人田，看你人好，给你一个机会！"

"蔡文姬，就你这张嘴，黑的你都能说白了！"

"谬赞，对了，这个法子可以复制啊，复制到马晓鸥的炫彩去，那炫彩不就没有戏了吗？"

"文姬，炫彩和美丽春天，怎么能有可比性，你没听说过，亲疏有别啊！"马晓鸥揶揄道。

蔡文姬朝着范姜贼兮兮笑道："也是，你家那个小梁说，你现在自己工作室的业务都荒废了，下面的人还以为你要转行呢！"

靳雪菲脸色娇羞，一转身，借口有事，退了出去。

蔡文姬立马就朝范姜挪了过去，"老范，快交代，你对我姐是不是来真的了？上次还骗我，害得我都不好意思面对你，原来你这是醉翁之意不在酒啊！哈哈！"

"文姬，你这话问的，老范现在是把人、钱、时间都放这了，还能不是真的？"马晓鸥意味深长地说道。

"那我再郑重地问一个问题，老范，你是不是双儿？"

范姜拧眉："什么叫双儿？"

"就是既喜欢男人，又喜欢女人！"

"蔡文姬，我说你是不是闲得没事做，你脑子里怎么就天天想这事呢？你怎么就根深蒂固地认为，我就喜欢男人呢，有病！"

"就你长这样，不喜欢男人才怪！"

"我最后再告诉你一次，我喜欢女人，从始至终，而且现在我可以具体到，就你姐！所以，你以后别再胡乱联想！"

"范姜，不是我有病，而是你！好，你说你喜欢女人，我信，可是你周围的那些女人，哪一个不比我姐好啊，有才的，有貌的，才貌双全的，什么样没有啊，你偏找我姐。我姐结过婚，还带着小孩。你说你喜欢我姐，即使我相信，可是我了解我姐，她不会信，任凭你怎么说，她都不会信，你不了解我姐，很多时候我都不了解我姐，你看她穿着时尚，就以为她思想开明，可是她又特别传统，你以为她思维传统，故步自封，可是她又想干就干，破釜沉舟，你以为她勇气可嘉，可偏偏她又谨小慎微，柔柔弱弱。真的，我姐，就是一个谜之奇葩，你说你要普普通通一个人，我觉得我姐为了小宝也会考虑考虑，你长这样，还有你整天和那些女明星女模特打交道，我估计我姐，不会考虑你！而且，你用日久生情这招，我估计不管用! 不信, 你就试试看! "

"她接受不接受我, 是她的事, 我喜欢不喜欢她, 是我的事! "

蔡文姬转头朝向马晓鸥, 嘴里发出啧啧的声音, "我就和你说吧, 我们三个特像, 都是恋爱经验太欠缺, 所以容易在感情上翻跟头, 我和马晓鸥, 我们俩是情窦开得太早, 遇到了, 就必须要赶紧定终身, 根本就没有比较的机会, 现在知道不合适, 最后以离婚收场, 你是开窍开得太晚了, 现在遇到一个, 就一副非卿不娶的姿势, 还来什么, 我爱你, 与你无关, 范姜, 不是我说你, 有你哭的一天, 当然, 我也希望我姐能接受你, 毕竟, 我们对你知根知底, 你人还行, 再说了, 以后你欺负我姐了, 我们也知道如何收拾你, 但是, 我姐那性子, 我劝不了, 就是我大姨出马, 也不见得能说服她! 只是可惜了你一往情深! "

"谢了, 我的事, 我自己有分寸, 倒是你们两个, 大学时, 手拉手着谈恋爱, 现在离婚也是背靠背, 老李和晓鸥, 我就不说了, 虽然我觉得老李是被冤枉的, 但是这是原则性问题, 我不能站错队, 被你们一棒子打死。但是怀远, 多好的一个人啊, 蔡文姬, 你就舍得啊, 我跟你说, 你这性子, 估计也就陈怀远能将就你! "

"老范, 你别忘了, 你的幸福, 现在掌握在我们俩手里! 哼! "

"还哼, 我这还不是为你们好! "

"大学时, 你就是叛徒, 现在还帮着他们说话? 大学时, 你叛变也就叛变了, 我们拿你没办法, 现在, 可不一样了, 别怪我们把你的追爱之路, 弄成万里长征! "

"靳雪菲可是你亲表姐, 你把我们弄黄了, 你表姐后半生的幸福, 你负责啊! "

"老范, 嘴皮子越来越溜了啊? "

"对付你这种无赖, 我可不想每次都缴械投降! "

"老范, 路长着呢! 咱们走着瞧! "蔡文姬说着, 拉着马晓鸥就往门外走。

走到门口, 就见靳雪菲正在门口招呼着新来的客人, 神采奕奕, 谈吐大方, 早已不是昔日那个唯唯诺诺的小女子, 仿佛整个人都散发着耀眼的光芒。

蔡文姬和马晓鸥心领神会, 朝靳雪菲招了招手, 走出店外。

"晓鸥, 你能想到, 我姐有一天能变成这样吗? 你还记得那次去给你拍照吗? 就跟一个小媳妇似的, 话都不敢多说一句, 你看刚才她为客户推介服务的样子没, 那个客户一看就是阔太, 我姐, 我姐竟然一点都不怯场! "蔡文姬满脸骄傲。

马晓鸥点头, "你还别说, 我真觉得, 老范和你姐挺配的, 说不出来的那种感觉, 就是互相都能让彼此发光, 就说拍片那天, 范姜几句话, 你姐就放开了, 最后的效果特别好! "

"哎, 真的, 看到他们这样, 我这心里就舒服多了, 你不知道, 我之前多自责, 我总觉得我姐这一辈子也就那样了, 上有老下有小, 没人疼没人爱的, 可是你看她现在, 就像换了一个人似的! "蔡文姬走了几步, 忽然想起了什么, "对了, 晓鸥, 我前几天看新闻, 有一个珠宝设计大赛，你要不要报名试试？"

马晓鸥站定，"大赛？"

"对，名字我不记得了，回去我找找资料发给你，我觉得你应该去参加参加，现在明星都参加真人秀了，你去露露脸，主要是给炫彩宣传一下，你不是总想着自己做品牌吗？没有知名度哪有品牌，既然想做，就去试试！"

"好，你把比赛的信息发给我，我好好考虑一下。对了，我们上个月和 YOKA 解约了，我最近也把精力都放在了自主品牌的设计上，虽然依照现在的实力，还是无法批量化生产，但是方向定了，心里也就踏实多了！"

"晓鸥，你这是何苦呢？你不如就把李琦当做投资人，你最后把钱赚回来还他就是！"

"你还是不了解他，若是我拿了他的钱，我给自己最后的余地也就没有了，我真不知道，假若我有一天原谅他了，我们的婚姻会不会重蹈覆辙，有的时候，人太聪明了，会令人害怕！"

"你不相信李琦？"

"我不知道，我之前太相信他了，他说什么，我就信什么，从来没有怀疑过，所以我爸妈劝我，我竟然以断绝关系威胁他们，最后，我爸差点走了……可是，他辜负了我的信任，我现在也想相信他，可是我无法说服我自己！"

"晓鸥，我理解你的心情，咱们就不说这些不开心的了，我们暂时都别想这些，还是把心思都放到事业上，我记得有人说过，男人会负你，但是事业不会，我们付出一分，就有一分收获，你看我姐，都能做到这样，你也可以，我也可以！过几天，我要去美国出差，我们老板说，回来就提我做总监！"

马晓鸥上来抱了抱蔡文姬，"恭喜！"

蔡文姬也紧紧抱了抱马晓鸥，"一起加油！"

❀ 温柔在觉醒，而你却远离 ❀

在远行之前，蔡文姬觉得，自己和陈怀远需要在身体上来一次彻底的告别。

陈怀远到的时候，蔡文姬正头发湿漉漉地窝在沙发上，满腹心事。

陈怀远自然地坐在蔡文姬身边，把蔡文姬圈进自己怀里，"怎么了，家里有人？"

蔡文姬坐正，怒视陈怀远，"什么，家里有人？"

"那怎么不回家？"

蔡文姬差一点就跳起来，"你这么想我？上次也是！"

陈怀远低下头，语气忧伤，"如果……家里有了人，我是不是，就再也回不去了？！"

蔡文姬没有回答，而是淡淡地问道："怀远，你说我们现在算什么？夫妻？我们离婚了；男女朋友，也不是；一夜情，哎，我们怎么会变成这样了呢？陈怀远，我们这样是不对的！"

陈怀远抬头，"那，我们去复婚！"

"咱们俩八字不合。"蔡文姬坐直，郑重其事道。

"怎么不合了？"

"你没发现吗？咱们俩从结婚后，就开始吵架，差不多三天一小吵、五天一大吵。我们结婚前，好像从来就没吵过。"蔡文姬瞪大了眼睛，仔细回想。

"我以后不和你吵了。"

"陈怀远，我们以前每次吵完，你都这么说，'我以后不和你吵了'，可是还是周而复始，就像大姨妈似的。"

陈怀远拧眉，"要不，我写个保证书！或者我给你准备个小板子，每次吵完，你就打我屁股！"

蔡文姬急急地晃头，"我说的重点是，哎，你刚才没听明白，我想说的重点是……"蔡文姬大喘了一口气，"结婚是魔咒，你看，结婚之前，我们一架都没吵过，结婚之后，总吵架，就像是一个坐标的原点，结婚前都是正数，结婚后，啪，变成负数了！"

陈怀远叹气，心想："蔡文姬的数学，什么时候变得这么好了！"

"还有，实践是检验真理的唯一标准，这是毛爷爷说的，对吧？我们实践啦，恋爱四年，结婚四年，结论就是，咱们俩不适合！"蔡文姬瞪着水灵灵的大眼睛看着陈怀远，意思很明显，"你明白吗？"

陈怀远摇了摇头。

蔡文姬叹气，内心 OS：朽木不可雕也！

"百慕大你听过吧？婚姻对咱们俩来说，就是百慕大，但凡一切美好，都会被它无情撕碎！"此刻的蔡文姬就像一只茫然四顾、惊慌无措的小动物。

这让陈怀远忽然意识到，不管蔡文姬平时有多么地张牙舞爪不可一世，但是终究，她就是一个缺乏安全感的小女孩，对未来充满幻想，但是也充满恐惧。所以她总会习惯性地把满身的刺都竖起来，保护自己，也伤害自己，她渴求依赖他，这几年，终究是他辜负了她的信任。

陈怀远一把把蔡文姬抱进怀里，薄唇便附了上去，此时此刻，不管是出于自责也好，内疚也罢，他只想，温暖她的无助，抚平她的惊慌。

蔡文姬尽管强行压制，但是深浅起伏的呻吟还是在陈怀远细密的吻里漾开。

第一次，陈怀远意识到，是自己的粗心大意磨伤了蔡文姬那颗过于敏感和脆弱的心。

陈怀远第一次，像谱一首曲子一般，在蔡文姬光滑的身子上低吟浅唱。蔡文姬无法形容，这一夜陈怀远带给自己的感觉是什么，就感觉自己整个灵魂都漂流在一湾宁静温热的海上，是那么静谧安宁。

蔡文姬轻轻地睡去，嘴角噙着满足的安定。

陈怀远抚起蔡文姬额头上的湿发，弯翘的睫毛像两片羽毛。

忽然想起，他们第一次相遇，在一辆绿皮火车上，他没买到座位，好巧，他就站在她的旁边，可能是火车晃荡，撞到了沉睡的她，她抬起头，就是那双如水的眼眸，警惕地打量着他，鬼使神差的，他就想，他要保护好这个女孩。可是这么多年，他好像非但没有保护好她，反而让她成为一只惊弓之鸟。

　　陈怀远轻轻在蔡文姬的红唇上蜻蜓点水，亲了一下，蔡文姬的小脸上又漾起一圈笑。

　　陈怀远掀开被子钻了进去，没过一会儿，一个柔软的身子就靠了过来，窝进他的臂弯。陈怀远的一张酷脸上笑意深远，也许这个习惯，他不说，她自己一辈子都不会发现，每次当她极其开心或者极其不开心，入睡之后，她都会习惯性地窝过来，拱拱蹭蹭，找个最舒服的位置睡去，很多次他都会想，她上辈子会是一头猪吗？即使是猪，估计也是头炸毛猪。

　　还有很多次，他担心自己一个不小心翻身，会捂到她，便把她扳正过去，没一会儿，她准保就又拱过来。

　　想着，陈怀远一只手搭过去，放在她柔软的细腰上，一带，更靠近自己，一只腿搭过去，把整个人圈进来。

　　没一会儿工夫，陈怀远就觉得心里和身体又一阵异样传过来，炙热难熬，又不能轻举妄动，双眼便狠狠盯着窗外。

　　窗外晨光摇曳。蔡文姬早早醒来。

　　昨晚睡得很沉，一睁眼，就发现自己被陈怀远的长胳膊长腿圈了起来，蔡文姬小心翼翼，如对付一个绿藤怪一样，慢慢挣脱出来。

　　躲到安全的距离，蔡文姬盯着陈怀远看了一会儿，鼾声深沉。

　　不得不说，陈怀远长得真心不错，以前只觉得人高马大，没有什么特别之处，现在这么一看，还真是有棱有角。

　　蔡文姬满脑子搜索着言情小说里，对男主角的常用描写，可是一下子却想不起来了，反正意思就是如刀削般，真心佩服那些言情女作家们怎么会想到这么一个词，因为刀削般总会让自己想到刀削面。

　　蔡文姬小心翼翼把手抚上陈怀远的唇角，青青的胡茬泛起一片，磨得指腹有一些沙沙的舒痒。

　　看陈怀远没有反应，又大胆抚上唇瓣，嗯，软软的，像 QQ 糖。

　　陈怀远依旧鼾声深沉，蔡文姬起身穿衣，内心不禁在想，你说人怎么就这么复杂，虽然不知道自己睡后是什么样子，可是你看看，陈怀远看起来多么美好。

　　为什么只要面对白昼的喧嚣，人就会都变了呢？或许不是他变了，是我们真的不合适。如果他能遇上那个合适的女子该多好，有一个温馨宁静的家，一群孩子……

　　蔡文姬打开手机，拍了一张陈怀远熟睡的照片，安静如天使。

蔡文姬把手机放回手包里，手包里有一张两天后的机票，蔡文姬拿出来看了看，放在嘴边。

这一夜，陈怀远的温柔开始觉醒，而蔡文姬的身体却已经开始远行！

🍀 腾出一点空间，让她看清爱 🍀

两个灵魂纠缠太久了，被留下的那个，不是失魂也一定是落魄。

"喂，陈怀远……喂……"电话里头并没有回音。

"我靠，你大爷的，你不会睡着了吧？！"

"你大爷！"陈怀远终于从沉思中回过神来。

陈怀远抬头看看窗外，忽然感觉窗外的阳光让人觉得有些慵懒，提不起精神，"他怎么也要走？"

李琦见陈怀远回过神来，不忘揶揄道："这小蔡才走几天啊，你就男子悲秋了？"

"别转移话题，老范发什么神经，要去非洲，去喂狮子吗？"

"所以，你赶紧过来，劝劝他，多不容易啊，好不容易打下了一片根据地，这怎么说撤退就撤退啊！"

"好，那你们等我！"陈怀远挂断电话，拿起一件西服就往外走。

到了希德尔餐厅的时候，李琦和范姜已经落座了。

陈怀远拉开椅子坐在了李琦旁边，"这怎么说走就走了？"

"邀约早就收到了，一直没有答应对方。"

李琦赶忙插嘴道："被刺激了，所以就准备缴械投降，退居二线。"

陈怀远赶忙问道："被谁刺激了？"

"小宝亲爹！"

上个星期，小宝早起发烧，靳雪菲嘱咐了李桂琴一些降温的办法就急匆匆地赶去了美容院，有一个新来的技师要上岗，靳雪菲必须去看看。

可是一忙就忙到了下午。

靳雪菲正在仓库清点产品的时候，就接到了李桂琴的电话，小宝发烧三十九度多，而且发生了严重惊厥。

靳雪菲赶到家里的时候，李桂琴已经抱着小宝哭成了泪人。

"吓死我了，吓死我了，刚才小宝一直口吐白沫，翻白眼……"

靳雪菲看着李桂琴捂在小宝身上的棉被，一把扯开，"妈，我和你说过多少遍了，小孩发烧，要物理降温，不能捂！"

"可是，大人发烧了，不是捂捂出点汗就好了吗？"

"妈，小孩的汗腺不发达……"靳雪菲赶紧去洗了一条湿毛巾，把小宝的前胸和后背都擦了一遍。

"很严重吗？"李桂琴吓得整个人哆里哆嗦起来。

"惊厥很容易把脑子烧坏了，我们要赶紧去医院。"

靳雪菲去医药箱里翻找，找出最后一片退烧的肚脐贴，给小宝贴上，然后带了一包小宝常用的东西，便抱着小宝下楼。

四五点的街道，已经塞得不行，靳雪菲一边开车，一边扭头看看小宝，小宝的嘴唇越发青紫。

心里绷着的那根弦就越来越紧，当两个小时后，面对医生的训斥时，靳雪菲心里的那根弦终于崩溃。

医生一边替小宝检查，一边严肃地对着靳雪菲，"你这个当妈的怎么看孩子的，都烧成这样了，才送来！"

靳雪菲百口莫辩，只能暗暗自责。"医生，会不会留下什么后遗症？"

"小孩一旦由于高烧引发惊厥，就可能会变成习惯性惊厥，而且处理不当，很可能引发脑炎等不可修复的病症！"

一听脑炎，靳雪菲的内心就如刀剜般，眼泪再也控制不了往下掉。

"今晚先留院观察一下，明天早上做个核磁共振，看看孩子的脑子有没有烧坏。"

整个晚上，小宝一直昏昏睡睡，即使是醒着的时候，也是目光无神。

靳雪菲一边不停地给小宝进行物理降温，一边抹着眼泪，内心充满了自责。

一时间，李桂琴也乱了方寸，忍不住还是通知了张君。

小宝在见到张君的那一刻，父子情深，竟然张开小嘴，脆生生地喊了一声："爸爸！"

张君赶快跑了几步，把小宝抱在怀里，也红了眼眶。

而当范姜赶到医院的时候，就正巧看到张君一边抱着小宝，一边搂着靳雪菲瘦弱的肩膀，在极力地安抚着靳雪菲。

范姜站在门口，进退维谷，最后还是退了出去。

他知道，在那一刻，小宝，最期待的是什么，就是爸爸妈妈都在身边，就像他小时候期待的那样。

可是，每次他等来的却总是一个人。

"就是因为这个，你就放弃了？"

范姜摇摇头，坚决否认道："不是放弃！"

"你都躲到非洲去了，还不是放弃，怎么着，非要躲到火星上，才算放弃啊？"李琦对于范姜的决定甚是不解。

范姜顿了顿，"我不想让雪菲为难！"

李琦抬起一只大手在范姜的眼前晃了晃，"傻了啊，就是因为靳雪菲为难，你才不能走啊，你得天天看着靳雪菲，她本来就左右摇摆不定呢，你说你这一走，那不是直接就把机会给人家了吗？"

范姜笑了笑，"如果她真的考虑清楚了，选张君，我也会祝福，只要她幸福！"

"幸福个屁啊，就那货，真的，我之前还觉得，不错，看起来仪表堂堂，靠，可是他做出的事，就不像个老爷们，你还祝福？我说你，不会是自己想清楚了吧？"

"想清楚了什么？"

"你没有那么爱靳雪菲，除非是这个原因，要不不可能做出这个决定。"

范姜摇了摇头，"张君是个什么样的人，我们能看得清楚，但是我们看清楚，不管用，需要靳雪菲自己真正想清楚，她想清楚了，我们才有可能！"

一直沉默的陈怀远忽然插话道："那你们说说，蔡文姬跑到美国去了，是不是，她也是想要想清楚？"

李琦鄙视地看着陈怀远，"你怎么什么都能扯到蔡文姬头上啊，你要是实在想弄明白，你就追到洛杉矶去。"

范姜看了看陈怀远，语重心长说道："其实，有的时候，是需要给对方一些时间和空间，就像是沙子，你越攥得紧，沙子流失得越快！小蔡走这几个月，或许不是坏事！"

陈怀远对此半信半疑。这半路杀出来的一个石浩楠都够自己对付，你说万一在国外，再遇到一个攻势热烈的外国人该怎么办？

一顿饭，三个失意男人各怀心思，范姜觉得需要给靳雪菲一点时间，让她想清楚自己想要的到底是什么。

陈怀远却满脑子都是蔡文姬在美国招蜂引蝶的画面，陈怀远甚是为蔡文姬担心，就她那还没进化好的小脑袋瓜，保准被别人一骗一个准。

而李琦一会儿觉得，范姜说得对，一会又觉得还要坚持自己的原则，那就是必须用猛火攻击。

可是，自己这火力都够猛了吧，怎么还是撼动不了马晓鸥那颗冰冻的心呢？

Chapter 13
为爱执着

如我们大多数的相遇，一开始都是爱情电影，不知什么原因逐渐演变成闹剧，当然闹剧闹大了就会变成动作片——她张牙舞爪，他左右突击，最后自然是爱情动作片，他赤膊上阵，她为爱臣服！

❀ 莫名其妙被小三 ❀

人生如棋，落子无悔。

范姜把黑棋给了靳雪菲，而李琦却几乎下完了他所有的白棋，既然围不住马晓鸥，那么把情敌王凯围住，也不失为上策。

"小安，你过来帮我看看，我总觉得还有点问题。"马晓鸥摇着手里的一张设计图。

安小安赶紧走到马晓鸥的办公桌前，低头说："鸥姐，外面有个薛小姐找你！"

"薛小姐？我没有约过什么薛小姐啊！"马晓鸥一边说，一边翻着手机里的约会提醒，摇着头道："我最近都没有约过人，帮我打发了！"

安小安为难地说："我已经说过你不在公司了，可是她说一定要见到你，她是 KBL 基金亚太区的负责人。"

"KBL 我听说过，可是前段时间，我们有给 KBL 投过 BP 吗？我怎么不记得了！"

"没有，不过或许是其他的投行介绍的也说不定！"

"可是 KBL 一直是关注智能硬件和金融领域啊，没听说有投过时尚时装领域。"

"还是去见见吧，万一是机会呢？"

"好，那你让她进来吧！"

为了参加半决赛，马晓鸥最近基本是闭门谢客，她需要把全部的精力都投入到设计中去，以免灵感被打断，可是听安小安一说，心里便也充满期待，希望是一个机会。

一会儿，安小安推开门，侧身礼让，一个身材高挑，很有东方气韵的女人走了进来。

女人很漂亮，一身修身的白色套装，简单而精致的金色配饰，气场强大。

马晓鸥站起来，伸出手，"你好，薛小姐！"

薛美杉落座，"叫我 Sandy（桑迪）就好！"

马晓鸥给了安小安一个示意，安小安心领神会，给薛美杉倒了一杯水，然后悄悄退了出去。

马晓鸥递上自己的名片，薛美杉接过去，看都没看，直接就放到桌子上，冲马晓鸥笑了笑，又用余光扫了扫马晓鸥的办公室。

"Sandy，是有人向你介绍了炫彩吗？"

薛美杉落座之后，没有表明来意，而是直接打量着马晓鸥和马晓鸥的办公室，这让马晓鸥有些丈二和尚摸不到头脑。

薛美杉笑了笑，"我听说，前段时间你在融资？"

马晓鸥点了点头，"是，炫彩一直是做珠宝设计服务，我们有意转型，做自己的品牌，所以需要一笔钱！"

"那为什么不引进丝路的投资呢？也就是让你先生出资，还是你们自己也对这个项目不看好？"

马晓鸥忽然就觉得来者不善，这个女人不但了解自己，好像也很了解李琦。

不过还没等马晓鸥回答，薛美杉就又递过来一句话："还是说，你不方便用李琦的钱，只是因为，你对其他的男人抱有希望？"

此时此刻，马晓鸥已经知道，这个叫 Sandy 的女人根本不是对炫彩的项目感兴趣，她感兴趣的点，是她，还有那个什么……男人？

"我不知道，Sandy，您说这句话是什么意思？"

薛美杉又环视了一下马晓鸥的办公室，脸上露出高傲的神情。

"我知道，有些女人很贪心，有一句话怎么说来着，叫吃着碗里的，看着锅里的，可是，我觉得，以你的身份，不应该是那种女人。"

马晓鸥觉得薛美杉话里有话，"不应该是哪种女人，您能把话说明白吗？"

"我是王凯的未婚妻，这下你应该明白了吧？"

"我明白什么？"马晓鸥心里嘀咕，就算你是王子的未婚妻，和我又有什么关系？

"你的丈夫是李琦，你觉得你天天和别人的未婚夫搅和在一起，好嘛？"薛美杉把最后两个字拖得长长的。

马晓鸥的怒火已经在熊熊燃烧，但是碍于外面还有员工，无法发作。

"您是说王凯吗？如果是的话，那么您多虑了，我们只是朋友。"马晓鸥顿了顿，"还是说，您规定了，王凯不可以有朋友？或者说，他任何一个异性朋友，您都要怀疑？这份感情，还真难能可贵！"

马晓鸥站起身来，大有送客的意思。

薛美杉也站起来，一脸不屑，"朋友？哇，真是一个好朋友，那麻烦您，也记住一点，有什么需要帮忙的事，先去找自己的先生，而不是这个好朋友，好嘛？还是说，你的习惯如此？"

薛美杉说完，头也不回，朝门口走去，走到门口，又回转头，"王凯，他现在最需要的是我的帮助，至于你，假设，这间工作室没有李琦的资助，怕是你现在也只能在一间小公司拿着几千块，聊以度日吧！女人啊，真的还要靠自己！"

马晓鸥被气得不只是想骂人，更想打人，但是以刚才的过招，如果马晓鸥再争执下去，难保这个女人不会扯开嗓门，当着所有人的面，说出更捕风捉影的话，索性咬咬牙，还是忍了。

薛美杉前脚刚走，安小安就冲了进来，"谈得怎么样？怎么这么快！"

马晓鸥脸色不好，但是还是强压住怒气，"炫彩的项目和他们的投资方向不符，还有，小安，最近，任何人找我，都帮我挡了！"

马晓鸥最痛恨第三者，可是不曾想，自己莫名其妙地就被当成了第三者。

马晓鸥慌乱地收拾了手袋，急冲冲就往停车场赶。

刚到停车场，就看到王凯正站在自己的车子旁边，低头看着手机。

王凯听到高跟鞋声，赶忙转过头来，喊了一声："小鸥！"

马晓鸥平日里对王凯十分敬重，今天被薛美杉这么一闹，脸色也一时好看不起来，随便应了一声："有事？"

王凯转过身，"不好意思，小鸥，我没有想到薛美杉会来找你！"

马晓鸥笑了笑，语气不善："我更没有想到！"

"小鸥，我和美杉早就分手了，我回国之前！"

马晓鸥站定，"你们分手了，这和我好像没什么关系。"

王凯满脸的愧疚，"你生气了？"

马晓鸥点头，"是，我是生气了，我很纳闷，薛美杉，看起来也是一个高知女性，我没有想到，她会这样毫无理性地跑到我办公室，说一些不符合她身份的话！"

"对不起！是我处理得不好！"王凯依旧道歉。

"这和你没关系！"

"她前一段时间忽然回国，来找我，想和好，我拒绝她了，我告诉她，我心里有了别人！"

王凯的眼神，灼灼地看着马晓鸥，看得马晓鸥有些害怕。

"然后她怀疑是我？"马晓鸥不可置信。

"不是怀疑，是，我心里的那个人，是你！"王凯郑重说道。

"No，No……王凯，打住……"马晓鸥心里更加慌乱，不知道该说什么，绕过车身，打开车门。

可是一抬头看到王凯殷切的眼神，又觉得这样一走了之，一定会伤害到王凯，便站定。

"我……我不知道该说什么，可是……"

王凯走过来，拉住马晓鸥的手，"我，其实当我看到你的第一眼，我就很喜欢你，有一种莫名的熟悉感，但是，我知道，我不能，可是，你现在是自由的，可否给我一个机会！"

看着王凯炽热的眼神，马晓鸥一时错乱，竟然忘记把手抽出来。

"小鸥！"

马晓鸥像回魂了一样，把手抽出来，"王凯，我……我们只是朋友，我一直把你当成好朋友，我没有想过……而且，我现在所有的心思都在大赛上！"

"我知道，我知道，我可以等你！等你安心完成大赛，再考虑这个问题！"

马晓鸥觉得不能再继续纠缠下去，赶紧拉开车门，钻了进去，平息了一下气息，打火，驶出停车场。

王凯依旧站在原地，满脸笑意。马晓鸥没有答应他，但是也没有拒绝，这就是他的希望。

❋ "美国式"的爱情 ❋

陈怀远和王凯合作三年，很少发生争执。

但是，今天，两个人却争得不可开交！

陈怀远大声吼着："我就想不明白了，凯远都到了生死关头，你为什么不接受 KBL 的投资？"

王凯看向陈怀远，"好，我先说一个故事，我说完了，如果你还认为，我一定要接受 KBL 的投资，那么我就拿！"

王凯抿了一口酒，回忆起那段不堪回首的往事。

王凯问陈怀远："知道我为什么来中国吗？"

陈怀远摇了摇头，"你之前和我说，中国更有机会！"

王凯笑了笑，"那只是一个方面。"

"还有其他的原因？和薛美杉有关系？"

王凯点头，"那时候，我和薛美杉已经订婚了，本来准备第二年，她升做 AHQ 的初级合伙人，我们就结婚，最开始她不同意，认为起码要做到高级合伙人，才能成家立业，可是，我爸妈希望我早点结婚，最后她同意了！"

"那为什么还要分手？"

王凯没有直接回答这个问题，而是娓娓道来："她是我学姐，我进哈佛的时候，她已经硕士毕业，我们在一次活动上认识，可能是因为我们都来自台湾的缘故，很投缘，经常会一起吃吃饭聊聊天，她对我很照顾，但是我们开始没什么，我被课业折磨得焦头烂额，她当时也有自己的男朋友……直到我大学毕业，她推荐我进入 AHQ，那时候她已经做到经理的位置，一个女孩，做到经理的位置，非常不容易，但是她的目标不止于此。"王凯端着酒，晃了晃。

"你知道华尔街的竞争非常激烈，新人势必受到排挤，我开始在 AHQ 的日子并不好过……"王凯又喝了一口酒，继续道："我爸妈开始怀疑我，觉得我不适合做投行，建议我做回项目管理。说实话，投资人，其实每一个都像是海里的鲨鱼，贪婪，嗜血，我爸妈觉得我的野心和狠心都不够，但是 Sandy 支持我，说实话，那段时间，如果没有她，我真的都快熬不下去了，所以，慢慢，从情感上，我对她很依赖，一来二去，我们就在一起了，她是一个非常有热情的人，给了我很多鼓励，我发现我越来越爱她，所以两年之后，我向她求婚了，她答应了，我们在我爸妈的农庄里订了婚，我非常开心。"王凯的脸上映出幸福的光晕，整个人都沉浸在快乐的往日时光里。

"当时我转回到本行，项目管理，做得也很得心应手，我觉得，真的，我的人生很圆满，如果再有两个孩子……"

"然后呢？"陈怀远追问道。

"订婚后，她又开始忙起来，AHQ 在选初级合伙人，薛美杉觉得势在必得。她一直是一个目标明确的人，而且很努力，我也觉得她会被选上。可是审核结果很快出来了，没有她，她很受打击，甚至想过退出 AHQ，我劝她再坚持一下，毕竟她在 AHQ 付出这么多年，放弃很可惜，因为考核名额还有两个没放出来，或许还有机会。她郁闷了两天之后，又开始投入到忙碌中去，就像这一切都没有发生似的。果然一个月后，她如愿进入初级合伙人行列，我特别为她高兴，特意送了她一条价值不菲的手表。"

王凯顿了顿，继续道："可是很快我就在公司里听到了关于她的风言风语，但我选择相信她，她那么努力一定是靠自己的实力升上去的，那些在背后嚼舌头的一定都是在嫉妒她。"王凯自嘲地笑了笑，"我曾经还和一位同事争执过，按业绩，她早就该是合伙人了。直到有一天，她说她出差几天，我和朋友吃完饭，心想闲着也是闲着，正好有一份数据报告我还没有做完，我想回去把报表带回家，晚上十一点多办公室里都没人了，只有一个高级合伙人兼 VP 的办公室的灯还亮着，那个人叫德普，我当时心里还想，美杉说得对，越是有成就的人越努力，德普很年轻，却已经是公司五个高级合伙人之一了……我取完资料往回走的时候，听到德普的办公室里传出来一些声音，开始我没有在意，后来一想是不是有小偷或者是竞争对手来盗取机密的，不知道什么原因我鬼使神差地走到了德普办公室门口……"

王凯的脸上浮着一层痛苦的神色，语气哽咽，无法再继续下去，狠狠压了一口酒。

"他们就在办公室里，门竟然没关，开始我只看到一个背影，女人的光裸的背影，我准备赶紧走掉，避免被德普看到给我小鞋穿，可是，我还是看到了那块手表，我定制的，这个世界上独一无二的一块手表……"

王凯把剩下的半杯酒一饮而尽，再次泪如雨下。

"那一晚，我不知道怎么过来的，我烂醉如泥，我没有理由责怪她，我只能不停地责怪我自己……如果我能帮到她，她不会如此，我知道，她是爱我的……第三天，我回到公司，递交了辞呈，呵呵，她不知道我发现了她和德普的好事，还以为我是承受不了工作的压力，对我充满着怨气，说她也辛苦，我能不能不要总像个小孩子一样等她哄……我把她的手表抢下来从22楼摔了下去，她才知道我辞职的真正原因。我开始收拾东西准备从她的公寓搬出去，那个晚上她一直拉着我哭，说她多不容易，靠自己读完大学、硕士，一直都是她一个人，可是她发现在华尔街不是只要你努力就可以的，需要机会，而机会转瞬即逝，她口口声声说她爱我，我走了，她就活不了了……我心软了，我留了下来！"

王凯抬头，"你会问，又发生了什么，对吗？"

陈怀远没回答，举起杯子，一饮而尽。

"她并没有在AHQ待很久，她只是需要那个身份，很快，她进入KBL，KBL比AHQ大很多，在全球都有自己的业务，我也换了一家IT公司做高级经理，有一次很巧，我和她在一家餐厅吃饭，遇到德普，德普似乎是故意的，当着我的面，说出了特别难听的话。薛美杉再一次出卖了自己，做了KBL亚太区总裁的情妇，你知道我们在彻底分手的那天晚上，薛美杉和我说了什么吗？她说我也可以有自己喜欢的女孩，她不介意，我诧异地看着她，她说她爱我，那些男人只是她成功的手段，'在美国，你知道吗？我们必须成功才有人看得起我们……'当她说，那些男人只是她成功的手段时，我就知道了，我也是，她不是真的爱我，她只爱她自己，她只是需要我，需要一个人像傻子一样对她好！是的，她成功了，不到四年，她成功踢走了那个亚太区总裁，取而代之！她差不多是一人之下，万人之上！"

王凯又给自己倒了一杯酒，满眼凄凉，"可是她忽然发现，她还需要一个丈夫，需要一个男人站在她的身边，爱她！"王凯摇了摇手机，"就像一个人，要拍一张关于圣诞节的照片，他必须要选一个代表圣诞节的背景，对吧？圣诞树，或者火鸡……所以，她回来找我，只是希望，我是她完美人生的那棵圣诞树，或者一盘火鸡而已！"

❦ 为爱，我放弃了自由 ❦

李琦盯着陈怀远，"KBL的钱，你们确定了不要？"

陈怀远态度坚决，"嗯，不要！"

李琦坐直了身子，"我靠，陈怀远，你脑子是不是进水了？你知道拿到KBL的钱意味着什么吗？"

陈怀远点了点头，"我知道！"

李琦笑了笑，"你知道？你确定你知道？"

陈怀远反问道："那你知道，KBL 的钱为什么不能拿吗？"陈怀远叹了口气，"对，这笔钱，对我是很重要，但是，我不想让王凯成为圣诞树或者火鸡！"

"什么圣诞树，火鸡？"李琦追问。

陈怀远没有回答，"老李，你多少也知道薛美杉对吧？前一段时间，你挖空心思要我过去，说是釜底抽薪，现在，你又极力游说我接受 KBL 的投资，现在是什么，雪中送炭，对吧？"陈怀远用一种异样的眼光看着李琦，"你的立场到底是什么？"

李琦无言以对。

"老李，你知道吗？你现在……你现在唯一的立场就是——马晓鸥，不分是非，不管对错……王凯说了，这笔钱，只要我点头，他就拿，可是我不能拿，我不能把王凯绑架在薛美杉的人生里。你爱马晓鸥，我也爱蔡文姬，可是我们不能这么做！"

李琦从未如此忧伤而又迷茫，如此迷茫而又脆弱。

李琦跌坐在地板上，微微仰着头，幽怨地看着马晓鸥，"马晓鸥，我爱你！我爱你，你却不相信，对不对？"

马晓鸥半蹲着，试图把李琦拉起来，却反被李琦拉坐在地上。

李琦把一只大手，放在马晓鸥的小脸上："我爱你，所以，我放弃了自由，我没有是非，我……"下半句话还没等说完，李琦却忽然站起来，冲进了洗手间。

接着洗手间里传来一阵又一阵的呕吐声，听得马晓鸥也肝肠寸断。

过了半天，李琦还没出来，马晓鸥推开洗手间的门，一瞬间，马晓鸥就觉得心脏都快跳到了嗓子眼。

水龙头开着，水已经没过李琦的胸口了，而李琦却闭着眼睛，好似睡着了。

马晓鸥赶紧去拉李琦，一边拉一边埋怨着，"和你说多少次了，喝完酒不要洗热水澡！"

李琦半睁着眼睛，冲马晓鸥笑笑，马晓鸥再次用力想把李琦拉起来，却一下子被拽进了浴缸里。

马晓鸥气恼地看着李琦，李琦却举起手，在空气中画了一个圈，嘴里还嘟囔出一串类似咒语的东西。

"发什么疯，快出去！"马晓鸥再次去拉李琦。

李琦却把手挣脱出来，反拉住马晓鸥，"不，我不出去，你也不能出去！"说着，一把把马晓鸥拉到胸前，"是谁说的，婚姻就是一座围城，在里面的人想出来，在外面的人想进去！是谁说的？"

马晓鸥差点被水呛到，满头满身都湿淋淋的，"钱钟书！"

"对，对，还是丫丫有文化，丫丫，你去和他说一声，你告诉他，我不想出去，我不想出去，他凭什么让我出去啊！"李琦像个孩子一样央求马晓鸥，"我们都在这里好不好，不出去……"

早上起床，李琦的脸上就乐开了花。

钱淑芬盯着李琦，"小琦，什么事，这么开心？"

李琦一边咬着油条，一边冲着钱淑芬傻笑，"嗯，开心！"

钱淑芬扭头看看马明启，小声嘀咕："这孩子吃错药了，傻了？"

马明启瞪了钱淑芬一眼，小声回道："开心还不好？别多管闲事！"

马晓鸥实在看不下去了，擦了擦手，起身，走到李琦的背后，低声说："书房！"

李琦咽了一大口豆浆，"嗯，书房！"

一根油条还没吃完，李琦就屁颠屁颠往楼上跑。

钱淑芬和马明启四目相对，更是纳闷不已。

李琦把书房的门关严，身子倚在门背后，轻了轻嗓子，满脸兴奋。

"李琦，你大早上的，笑什么啊？"

李琦双手插兜，往马晓鸥这边走了走，还有些不好意思开口，"那个，昨天晚上，没发生点啥？"

马晓鸥抱着肩，倚靠在写字台旁，"你想发生点啥？"

"那个，我想发生点啥，你还不知道？"

马晓鸥的脸，刷一下红了。

李琦嘿嘿笑着，"我就说会发生点啥，你脸都红了！"

马晓鸥愠怒道："什么都没发生！"

"那怎么可能？我昨晚睡在床上！"李琦依旧嬉皮笑脸，"我还没穿衣服，你把我衣服放哪里去了？"

马晓鸥直了直身子，"是，你是睡在床上，如果你不睡在床上，你就会睡在浴缸里，假设我发现得晚，你淹死到浴缸里都没有人知道！"

李琦露出好奇的神情，"我怎么可能睡在浴缸里？我又不是鱼！"

"昨天发生了什么，你真的不记得了？"

"也不是不记得，我记得一部分！"

"你记得什么了？"

"不可描述！"李琦嘿嘿笑着。

马晓鸥见到李琦那一副地痞流氓相，就觉得整个胸腔快被气爆炸了。

"对，是不可描述，你做的一些奇葩之事，真是不可描述！"

李琦嘿嘿地笑着。一副"你看吧，果然如此"的傲娇。

"薛美杉是怎么回事？"

"什么薛美杉？"

"友情提示，王凯。"

"嗯，对，薛美杉，王凯女朋友啊，伟大啊，为了王凯，追到中国来了！"

"KBL 亚太区负责人，也是你哈佛的校友，你们在美国早就认识，然后……"

"然后什么？"

"他们早就分手了！"

"没啊，人家好着呢，都订婚了！"

"他们在四年前分手，王凯在三年前来到中国创建凯远，然后你前段时间却忽然联系到薛美杉！"

"我联系她干嘛啊？小鸥，你可千万别多想！"

"你告诉她，王凯还爱着她，一直在等她，只不过王凯现在遇到了一些经济问题，没有勇气再和她复合……"

"君子，我是君子嘛，成人之美！"

"你还暗示她，有人也喜欢王凯，所以，她就急冲冲把亚太区总部从港城迁到了江城……"

李琦离马晓鸥越来越近，然后李琦就清晰地听到了马晓鸥咬牙切齿的声音，心里不免一时间忐忑起来。

"然后，你猜？到底是谁在偷偷喜欢着王凯？"

李琦一脸讪笑，"王凯，又高又帅，嗯，应该不少人喜欢！"

"可是，为什么，薛美杉，却跑到我的办公室撒泼？"

"薛美杉她和你说了什么？"李琦紧张起来。

"李琦，你觉得这样有意思吗？把日子过得像在拍电视剧，你真的就没有什么一些有意义的事情可以去做了吗？"

李琦满脸露出后悔的神情。

"关于你怎么骗薛美杉回来的事情，是你昨晚亲口说的，假如你不说，我还真的不知道王凯有个这么厉害的前未婚妻！"

李琦赶忙走过来，抓住马晓鸥的手，"小鸥，你听我说，我真的没想到薛美杉会去找你，我只是希望他们可以复合，他们真的很般配，而且，薛美杉现在能帮上王凯，一个有钱，一个缺钱！"

"李琦，真的，我觉得，倒是你和薛美杉挺配！"

"我才不喜欢她那样的呢？我只喜欢你！"

马晓鸥把手抽出来，"你们两个都是，一身铜臭味，以为用钱可以解决一切！"

李琦追了几步，想拉住马晓鸥，马晓鸥站定，"李琦，别再做这些可笑的事了，我会尽快让我爸妈回去，然后，如果你不走，我搬出去！"

"小鸥！"

"另外，最近最好不要打扰我，我现在全部的心思都在大赛上，然后做自己的品牌，开店……很多事，你明白吗？我的心思，只包括，果果，我爸妈，公司，没有你，所以，我不会再陪着你这样胡闹下去，你以为，你这样做，我们就可以忘记曾经发生过什么，你以为，你这样做，是执着，可是你知道不知道，你的执着也在伤害着别人，你明知道，薛美杉曾经给王凯带来多大的伤害，为什么还要让薛美杉出现，让她再次去揭开这道伤疤呢？李琦，我们之间结束了，不只是你做了对不起我的事，还有，你的自以为是，自私自利！"

马晓鸥开门，头也不回往外走。

李琦一时没有缓过神，呆愣在原地。

这一个早上，短短一个小时，就像最温暖的春天刚晃悠了那么几下，就又开始冰天雪地了。

我爱你，所以我放弃了自由。

我爱你，所以我把自由还给你！

❖ 谁的玫瑰刺痛了双手 ❖

蔡文姬出国的三个月，对于陈怀远来说，就像是一场半麻醉手术，身体已僵硬，灵魂在清醒。

清醒的灵魂在暗夜的天空里张望，每一幕都是过往的电影。

如我们大多数的相遇，一开始都是爱情电影，不知什么原因逐渐演变成闹剧，当然闹剧闹大了就会变成动作片——蔡文姬张牙舞爪，陈怀远消极抵抗，最后自然是爱情动作片，对待蔡文姬那种小炸毛，最有效的方式自然是赤膊上阵，武力征服。

可是，此时此刻的蔡文姬远在大洋彼岸，陈怀远空有武力，却解决不了任何问题。

对于陈怀远来说，天城的夜晚就像一个无底洞，自己落进了洞里，落进了无边黑暗，而黑暗和光明正好相差着一万公里的距离和八个小时的时差。

这一切都让陈怀远隐约觉得，蔡文姬就像太平洋里的一滴水，正在慢慢蒸发，不受控制。

所以当知道蔡文姬要回来的时候，陈怀远既兴奋又紧张，三个月的分离已经让陈怀远彻底地想清楚前因后果，他要洗心革面重新做人。

刚过中午，陈怀远就特意和王凯请了假，去理发店收拾了一下头发，然后又到旁边的花店，买了三支火红火红的玫瑰花。这是他第一次给蔡文姬买花，这是他立志要做一个新好男人迈开的第一步。

可是，当陈怀远到达天城机场 T3 航站楼的时候，他才知道，他这边刚刚才迈开第一步，而石浩楠却已经快要跑到终点了。

陈怀远远远地就看到石浩楠穿着一身灰色的西装，手里捧着一大束经过了用心装点的鲜花。

石浩楠正对着出口，目光深远，爱意满满地笑着。

有过往的女孩不停地把目光抛向石浩楠，抑或石浩楠手里的鲜花，而石浩楠的目光却只锁定了那个好像是涅槃重生的女孩。

齐耳的短发，淡淡麦色的肌肤，不知道是不是因为加州的阳光足够充足，还是什么其他神秘因素的加持，陈怀远就觉得，蔡文姬整个人都忽然明媚起来，浑身上下都跳跃着斑斓的颜色。

石浩楠疾步走了上去，在蔡文姬的面前站定。

蔡文姬仰着头，对着石浩楠笑着，笑得好像比以往都更加灿烂。

陈怀远就远远地看着两个人有说有笑地走向行李转盘。

玫瑰花上的刺刺痛了陈怀远，陈怀远一下子愣住了，这三朵他有生以来第一次买的代表爱情的玫瑰花，竟然不知道如何安放。

马晓鸥一边摆弄着一款和田玉包金戒指，一边回头问蔡文姬："怎么着，想明白了？"

蔡文姬故意打着哈哈："什么想明白了？"

马晓鸥和靳雪菲对了一下眼色，"揣着明白装糊涂。"

靳雪菲走过去把蔡文姬拉过来，"你真的准备和石浩楠在一起了？"

蔡文姬立马辩驳道："没有，只是朋友而已。姐，我跟你说，你千万别胡说，更不要在大姨面前煽风点火！"

马晓鸥放下戒指，拿起一个小本子，把需要修改的细节记在本子上，继续道："如果你真的放下陈怀远了，其实石浩楠也不错，看得出来，他挺在乎你的！"

"嘻嘻，王凯不也是挺在乎你的吗？"蔡文姬立马把话题转到了马晓鸥身上。

马晓鸥正色道："我和王凯没戏，以后，这个事不许再提！"

蔡文姬继续嬉皮笑脸，"王凯呢，除了做生意不太行，其他方面都挺不错的，嗯，起码比李琦帅！不考虑？"

"考虑你个头！"马晓鸥满脸愠色。

"不考虑，那你前段时间和我说，要找房子，你不会来真的，准备一个人，带着果果？

彻底分手？"

"那有什么不可以？"

"你不怕你爸妈了？"

马晓鸥叹气道："我房子合同都签了，然后我爸又进医院了！"

"我看你爸就是安在你身边的定时炸弹！"

马晓鸥白了蔡文姬一眼，继续道："最后梅姨说漏了嘴，我爸进医院是装的，他们演了一场好戏！"

"哈哈，我和你说，李琦不去当导演真是亏了，奥斯卡欠他一座小金人！"蔡文姬饶有兴趣地笑着。

马晓鸥委顿地坐在椅子上，"我就觉得，这几年，他好像把所有的心思都用来对付我了！不得不承认，我不是他的对手！"

蔡文姬一屁股坐到了桌子上，正对着马晓鸥，"他愿意花这么多心思，那说明他还爱着你，你也别再这么拗下去了！你看看，这个世界上，有些地方，每天都会饿死人，有些地方，不知道什么时候，炮弹就会落下来，人生苦短，你这样何苦呢？"

马晓鸥摇了摇头："就像是一列火车往前开，有些风景错过了就错过了！"

蔡文姬正色道："那也可以买回程票啊！"

"可是，人生哪有回程票啊？"马晓鸥叹道。

蔡文姬叹着气，跳下桌子，"既然不可以回头，那么何苦要回味呢？爱的回味……"蔡文姬拿起一沓设计稿，"嗯，回味什么呢？哎，这些画面好像都很熟悉的感觉！特别是这朵蓝玫瑰，我记得是某一年情人节，李琦送给你的……"

蔡文姬拿起设计稿倚在靳雪菲的身侧，给她讲起了一个个关于马晓鸥和李琦的故事。

一边讲，一边用眼睛瞟着马晓鸥。

马晓鸥就那么呆呆地坐着，听着蔡文姬絮叨着，便也好像回到了往日时光里。

Chapter 14

非诚勿扰

"你还不急，你是想急死我，你看看，上《非诚勿扰》的那些姑娘，哪个不比你年轻，哪个不比你漂亮，哪个不比你温柔？就人家那样条件的，还要去相亲找对象，你还不急？！"

❦ 为追爱，竟卖主求荣？ ❧

新版产品上线，因没有太多资金用于外测，陈怀远用土办法，安排全公司上下 30 人，每人再找五个朋友，做灰度测试。

陈怀远自然把李琦和范姜也算在内。

李琦一脸鄙视，气狠狠骂道："陈怀远，我跟你说，活该，眼睁睁看着 KBL 的美金不要，活该你们穷到山穷水尽，无米下锅！你还好意思拉着我做测试，你知道不知道我的时间都是按照秒算的啊，你耽误我半个小时你知道那是多少钱吗？"

陈怀远直接怼了回去："行，那你以后找什么黑客啊之类的，你别找我啊？"

李琦转身和秘书交代了一下："去，把那些不太忙的部门都调动起来，搞测试！"

范姜这日却一反常态，不但把自己工作室，美容院的小伙伴们都发动起来，竟然还在微博和朋友圈发起内测征集。

陈怀远无意刷了下范姜的朋友圈，直接回了句：给力！

陈怀远没有想到，刚把评论发出去，范姜的电话就打了进来，"怎么忽然想起吃饭来了？没看我忙呢吗？"

范姜嘻嘻笑着："我发动了好几十人，还不顶你一个？"

"无功不受禄啊！"陈怀远总觉得今天的范姜，有些捉摸不透。

"谢谢你上次给做的网站！"

"算了，举手之劳！"

"还有其他事！"

"什么事这么神秘？电话里不能说啊？"

"和蔡文姬有关！"

一说到蔡文姬，陈怀远立马就缴械投降了，"好，发个位置给我！"

刚一落座，陈怀远就迫不及待地问道："文姬怎么了？"

范姜也不回答，反而反问道："你对蔡文姬到底什么意思啊？"

陈怀远警惕地打量起范姜，"你问这句话什么意思？"

看着陈怀远浑身汗毛都要竖起来了，范姜立马表明立场："你放心，我对蔡文姬没意思，有意思我也是近水楼台早就先得月了，还轮得到你？"

"那怎么了？你火急火燎把我叫来！"

"你到底怎么想的啊，你下一步是准备就此别过？还是继续吃回头草啊？"

"我别过还是回首，这跟你到底有什么关系啊？"陈怀远一脸疑惑。

"当然有关系啦，蔡文姬和靳雪菲是表姐妹！"

"不会吧？你把你当成表姐夫了，你进展神速啊！"陈怀远一下子参透过来。

"神速什么啊？龟速。"范姜叹了口气。

"快点说，蔡文姬到底怎么了？"

"我这不是久攻不下吗？所以只能农村包围城市，然后，雪菲她妈现在对我印象不错，前些日子阿姨让雪菲给小蔡在百合网登记。雪菲说忙，然后老太太就把任务交给我了！"范姜有些作贼心虚。

"范姜，我真想不到啊，有一天你会卖友求荣！"

"你说你这段时间，怎么一点动静都没呀，谁知道你什么意思？老太太觉得你俩是彻底没戏了才出此下策。"

"老范，你说说，从大学开始，我就成了你们的编外，免费劳工，哪次我办事我没办好？"

"行了，别激动，我不是迫于形式吗？所以觉得愧对你。才用反间计给你通风报信啊。再说了，就是报名了，也不见得有合适的，像你这么优秀的青年才俊也不是那么容易就能碰到的！"范姜安慰道。

"关键是，我现在，不是青年才俊！"陈怀远一张脸本来就不白,此刻已经被气成包公了！

❧ 相亲还相出来一份 Offer（工作）！ ❧

蔡文姬周六吃过早饭，便往靳雪菲的美容院里去，看看有什么能帮上忙的，刚进门就看到李桂琴一脸笑意地等着呢。

"大姨，你怎么来了啊？"

"我来就是特意找你的，你跟我过来！"边说边拉着蔡文姬朝着靳雪菲的办公室走。

"什么事啊？神秘兮兮的。"

"给你看点东西。"

进了门，李桂琴把蔡文姬按到沙发上，转身又从桌子上取来一沓纸，递给蔡文姬。

"卖身契？"蔡文姬满脸疑惑地接过打印纸。

一张翻看过去，六个陌生男人的资料，很是详细，连人家喜欢吃什么都问出来了。

"不会吧，大姨，你这是要给我介绍对象？！"蔡文姬抬头看着李桂琴，整张小脸都快纠结到一起了。

"怎么样，还不错吧？"李桂琴一脸得意，满怀期待！

"大姨，我这是刚出虎穴，你怎么又想把我推回去啊！我跟你说了，我不急啊！"蔡文姬满脸无奈，仰躺在沙发上。

"你还不急？！你是想急死我，你看看，上《非诚勿扰》的那些姑娘，哪个不比你年轻，哪个不比你漂亮，哪个不比你温柔？就人家那样条件的，还要去相亲找对象，你还不急？！"

"大姨，你这是长他人威风，灭自己志气，我就那么差吗？"

李桂琴语重心长，坐在蔡文姬的身边，"我不是说别人好，我是说，你得有紧迫感，这世道，好男人不多了，你不抓紧，合适的就更没了！"

"大姨，这事不能急，得靠缘分，我之前和陈怀远就是太急了。"

李桂琴也不接话了，蔡文姬一转头，就看见老太太眼泪吧嗒就掉下来了，"之前，就怪我，没帮你把好关！"

"大姨，这怎么能怪你呢？"

"你说，这要是你妈在，多少能阻着你，帮你好好出个合适的主意，我有时候也怕自己管得紧了，你埋怨大姨，可是我这一没管，就闹成了这样！这些日子，我总是能梦见你妈！"

李桂琴是越说越难过，说得蔡文姬也难过起来，"好了好了，大姨，我去，我积极，行了吧！"蔡文姬帮李桂琴抹了抹眼泪，然后拿起打印纸看起来，挑出几个还算顺眼的递给李桂琴，"这几个你看怎么样？"

李桂琴马上转悲为喜，"嗯不错，特别是这个，你看看，人长得不错，还事业有成，你看看他的介绍，感情也专一！"

男主角的奖杯还在陈怀远手里，所以，其他的男人，也只能暂且做个配角。

他们最容易被蔡文姬发现的特点，就是不完美。

就比如，蔡文姬的第一个相亲对象，王兴。

王兴，海归，有一家百人规模的公司，上学的时候一直忙着拿奖学金，回国后又忙着创业，自然是一点时间都没有，忙着忙着就三十多了，被家里催着，才想起来自己的终身大事还没定下来。

"你们公司人也不少，自然也会有漂亮的女孩，怎么不近水楼台先得月呢？"蔡文姬追问道。

"人家都说兔子不吃窝边草！"王兴倒也不扭捏，爽朗地笑起来。

"你说得不尽然，你不是草，你怎么知道草不愿被附近的兔子吃？附近的兔子知根知底，总比山里的大灰狼好吧！"

蔡文姬的一番话倒是说得王兴开怀大笑，"这个理论倒是蛮新鲜！"

"不只是新鲜还实用，另外你没听说过？工作中的男人最帅了，说不定你们公司就有一批女孩暗恋你呢！你要适当释放一些信号，给人家机会！"

"哈哈，你这是来相亲的还是来帮我相亲的？"

蔡文姬不好意思地低下头，"不瞒你说，我是被家里人逼着来相亲的，我刚离婚没多久，还不是特别想这么快谈恋爱！刚从围城里出来，再一转头又进去，总觉得有点对不起自己！"

"理解！"

"真不好意思啊！这绝对不是借口！"

"嗯，我相信！"

"其实你条件挺好的，我刚才说的办法你可以试试，你们平时不也是要招人吗？你要自己留个心眼，说不定就可以遇到自己的真命天女，总比这样相亲强！婚姻必须以互相理解为基础，不然过过就散了，我一个同学，闪婚，嫁了一个富二代，据说是天城四少之一，这还没到一年呢，俩人就过不下去了，正闹着呢！"

"哈哈，我看了你的介绍，你是做市场的，我们正好缺一个总监，要不你来试试？"

"啊，你这就现学现用啦！可是你，我……"

"哈哈，你不要误会，我是觉得你的性格很适合这个职位，另外……"

"另外，你也可以帮我把关啊！"

"哈，你这是想要把我往媒婆的方向培养吗？"

"哈哈，正有此意！"

虽然第一次见面，两人倒是相谈甚欢。

分别的时候，王兴还不忘盛情邀约，蔡文姬倒也是爽快，说自己会好好考虑考虑。

回去的路上，蔡文姬也不免感叹："这世上就不会存在什么完美的爱人，你看，王兴不管是成就还是风度都不错，可惜这身高就直接拉低了分数！或许在很多女孩眼里这都不算什么，但是却怎么着都过不了自己这一关！"

想着想着，不禁又想到了陈怀远，或许在其他的女孩眼里，陈怀远也是不错的男人呢？

努力勤奋聪明，人也长得不错！

蔡文姬又赶忙摇了摇头，把陈怀远摇了出去。

来到大姨家，蔡文姬直接拿出证据给大姨看。

"大姨，你看看吧，这就是你最满意的那位！"

蔡文姬指了指手机里两人站在一起的照片，"大姨，你说这么矮的个子我领出去，别人会不会说，这是我儿子！"

"怎么会？"

"怎么不会，这网上的信息你也信，大家都把优点露出来，缺点藏得死死的！所以，你别再催我去相亲了，好不好？"

"不行，这才是万里长征第一步，你就见了一个，不能以偏概全，多见一些说不定就遇到合适的了！"

蔡文姬无奈地窝在沙发里，给了一个葛优躺。心里却盘算着，该不该把石浩楠拉出来？转念一想，不行，依照李桂琴的脾气，一旦从石浩楠的眼里看出点情况，那自己就连退路都没有了，何况，太早把石浩南引荐给大姨，那还不引狼入室啊，一旦石浩楠把大姨搞定了，简直就是覆水难收啊，怎么办，现在是招也不是，不招也不是。

不过蔡文姬也多留了一个心眼，再见一个也不是不行，回来就告诉大姨还不错，两人先处处，这样一来，就免了继续相亲了，混过去几个月再说，打着这个算盘，蔡文姬也就勉强答应了。

❀ 老婆改嫁，还需要前夫把关？ ❀

不过这第二个，一打眼，人还真是不错。长得说不上帅，但是还算周正，左脸上一个酒窝，让人看起来也显得很是阳光！

其他方面虽然不知道如何，但是起码人看着还算舒服！

蔡文姬刚坐下，对方就投来一个自来熟的微笑。

"蔡文姬是你的真名？"

蔡文姬凝眸，"对啊！"

"哈哈，我本来就是猜测，不过看着照片又眼熟，哈哈，还真是你啊？"

蔡文姬被搞得一头雾水，"眼熟？！你认识我？"

"我是巴图塔的蔡森！我们一起参加过好几个行业的活动，因为都姓蔡，所以对你印象深刻！"

"蔡森，蔡森……好像有印象，有一次在蓝调酒吧有一个移动互联的沙龙，你是不是做过分享？"

"哈哈，对！"

"你笑什么？"

"你怎么用真名注册啊？"

"不是我自己注册的，我大姨给我注册的！怎么了？"

"你现在搜索一下你的名字！"

"我名字怎么了？"

蔡文姬闻言打开手机，把自己的名字输了进去，"啊，怎么会这样？"

好几个都是自己征婚的页面。

"你名字特殊，所以搜索的人不少，所以自然会把这些页面搜出来！开始有朋友说我还不信，注册进去，一看你照片还真是！"

"啊，不会吧？这可怎么办啊？"

"你回去赶紧把这个 ID 删了，再过一段时间可能就没了，即使还有，也排到后面去了！"

蔡文姬一想到，可能圈子里很多人都知道自己征婚的事情，就恼羞不已，一张小脸怎么也控制不住地红了起来！

"哎，也不要想那么多，人家好多都上电视去征婚呢！影响不是比你这还大？！"

"不一样，上电视的大部分都是去炫美去了！"

"你也不错，要不要也考虑去上上《非诚勿扰》？"

"哎，蔡森，你今天是来相亲的还是来通风报信的，还是来看我笑话的啊？！"

"当然来相亲的啊？我见过你，印象不错，咱俩又算同行，有共同语言，要不要你考虑一下？"蔡森态度还算诚恳！

蔡文姬早已窘得不知道如何化解，见蔡森好像认真的样子，又不知道如何回答，低着头装作认真考虑的样子。再抬头，见蔡森的目光正对着自己的右手边，顺势看了过去。

"陈怀远？！"

蔡文姬惊得差点跳起来，就像被捉奸在床，又紧张又气愤。

陈怀远转头看了蔡文姬一眼，也未回应，倒是伸出一双大手，递给蔡森。

"你好，陈怀远，蔡文姬前夫！"

蔡文姬还没从刚才的惊吓中回过神来，被陈怀远这样毫无遮掩地介绍，气得一口水差点呛进嗓子里，更是尴尬得要死！

"你来干嘛？"

陈怀远也不回答，倒是板着一张脸对着蔡森，"不好意思啊，你们继续！"

蔡森做市场的自是也见过不少大场面，但是还是被这样的情景惊诧住了。

"该不会蔡文姬根本就没离婚吧，被老公抓个现行？啊，不对啊，蔡文姬竟然结过婚？"

蔡森清了清嗓子，忽然不知道该说什么了。

"不好意思啊？要不我们改天再约，今天……实在不好意思！"

这要是被传出去了，自己在这个圈子里还怎么见人？！"带着前夫来相亲！"

蔡森也算知趣，借口正好手头还有个提案没弄好，自己先走了。

蔡森一走，蔡文姬立马就翻脸了，差一点把一杯水都倒在陈怀远的脸上。

蔡文姬被气得脸红脖子粗，"陈怀远，你到底想干嘛？你是不是嫌我丢的人还不够啊？"

陈怀远斜着身子，"我怎么让你丢人了？我只是好心，帮你把把关而已！"

蔡文姬简直被这句话气死，"帮我把关？你是谁啊？我爸我妈我兄弟姐妹，我相亲凭什么让你把关啊？是不是最近太闲了啊？"

"这怎么算闲事，自己老婆改嫁，如果嫁得太好，会显得自己不行，如果嫁得不好，也显得自己没品位！"陈怀远一本正经道。

"陈怀远，我嫁给谁，不劳你费心，另外，我定不负众望，嫁一个比你好一千倍一万倍的！"

说罢，蔡文姬起身，拿起外套。"起开！"

陈怀远依旧伸着一条大长腿，没有让路的意思。

蔡文姬抬脚踢了踢，陈怀远依旧没躲开！

"你放心，我结婚那天，定会记得请你去喝杯喜酒！"

看着蔡文姬跳脚又炸毛的样子，陈怀远倒觉得很好玩，"你就那么自信，你再结婚，新郎不是我吗？"

"你什么意思？"

"就你这脾气，你觉得这世界上除了我还有人会忍受得了你吗？"

"陈怀远，你不要太自以为是，我之前见了一个，人家就比你强一百倍，还请我去他们公司呢！"

"既然那么好，又成功又欣赏你，你怎么不好好把握，又跑出来，还是一种类型的满足不了你的喜好？"

蔡文姬被气得眼泪都要滚落出来，"对啊！别忘了，我现在自由了！"

陈怀远不知什么时候也站了起来，"对了，那个石浩楠，这么快就成过去式了？"

"要你管？！"

"还是你挑来挑去然后就觉得都没有我好？"

"说真话吗？"

"嗯！"

"每一个都比你好，好很多！"

蔡文姬狠狠地把话甩出来，见着一个缝隙，用尽了力气，从陈怀远和桌子中间挤了出去，气冲冲走了。

没走几步，就被陈怀远叫住了："你的包！"

蔡文姬又气冲冲回转。

陈怀远故意把包举得老高，蔡文姬穿着高跟鞋也够不着。

"你故意的！"

"你再敢出来到处招摇，我就次次盯着你！"

"陈怀远，你是不是有病啊！"

"好像有点！"

这时左右的顾客也都回过头来，看这边。

"陈怀远，把包给我，你不嫌丢人，我还嫌丢人呢？"

"答应我！"

"陈怀远，你今天不来闹，我心底多少还愿意给你留个光辉的形象，但是此时此刻，你的形象已经破产了！"

陈怀远仔细辨别蔡文姬的表情，看得出来不像是气话，脸色也沉了下来，"那之前算什么？"

蔡文姬心灰意冷，"余情未了，空虚寂寞，乱七八糟……但是，Game Over（游戏结束）了，我去美国的时候就 Over 了！"

蔡文姬包也不要了，转身走出了咖啡厅，陈怀远呆愣在原地，一脸困惑。

为什么自己每一次的用力争取却都是把结果推向了相反的方向，难道他们是真的不合适吗？

那自己是不是该真的放手了？

一次，陈怀远和李琦吃饭，两个人暗自苦恼。

陈怀远喝了几口酒，更加郁闷，"老李，你说，我是不是情商太低？你说说，为什么每次我都是弄巧成拙呢？"

李琦侧着身子，眯着小眼，"想听实话吗？"

"当然啊，你给我支支招！这顿酒，我请！"

"怀远，不是我说你啊，你们这些理科生就活该打光棍！"

"你不是？"

"我开始是，后来不就是觉得没前途吗？我转攻经济啦！"

"然后，你现在就不是光棍了？"

李琦狠狠瞪了陈怀远一眼，"你看，这就是你的症结所在！活得太认真！"

"认真不好？"

"认真放在工作上当然好啊，可是别放在女人身上啊！"

"那对女人应该不认真？"陈怀远满脸疑问。

"不是说不认真，是别太较真，你就是这个毛病，你说说，你总和蔡文姬讲什么道理啊，逻辑啊，你能讲得通吗？蔡文姬那是一个讲道理的人吗？不只是蔡文姬，这天下的女人就没几个讲道理的，讲道理的那都是女博士后，你更不敢娶！"

陈怀远仔细回想，倒也是啊，逻辑在蔡文姬面前直接哑火。

"所以对女人，你千万别讲道理，你没听说过，唯女人与小人难养也？"

"好像有道理啊！"

"所以，吵架了，甭废话，甭掰扯，上去就抱，就亲，几下子她就软下去了，就是她再想闹，你就任她打，女人那点小力气，还不是跟挠痒痒似的！"

陈怀远一脸认真："这招管用？两年了，你咋还没搞定马晓鸥？"

"你是不是不信啊？得得得，白费我好心！"

"我信啊？可为啥到你这儿就不管用了啊？"

"我不是有污点吗？我自己也觉得心亏不是？"

"哦！"陈怀远心领神会。

"还有，马晓鸥跆拳道黑带九段。她要是真打，一脚就能把你踢趴下！你说别的女人去健身房人家都是肚皮舞啊，爵士啊还有健美操啊，她直接跆拳道，人家学武艺是防狼，她这是防我！"李琦无限惆怅起来。

"哈哈，你不是狼？眼睛冒绿光的狼！"

"你有点同情心行不？"

"好吧，范姜现在比咱俩好点，但是也好不到哪里去，他目前还在村口转悠呢，进不了城！"

"啥叫在村口转悠呢啊？"

"上次见面，他和我说，正在搞农村包围城市，就是先搞定靳雪菲她爸她妈，还有小宝，现在成效卓著，可是靳雪菲还是没有再进一步的意思。"

李琦听闻大笑，"哈哈，终于得我的真传啦！行行行，这徒弟没白收！"

"不是吧，这招你给他出的啊？"

"那你以为谁啊？我跟你说，这招管用，你看，现在，马晓鸥烦我不？可是她没办法啊，她爹她妈，她闺女，都站在我这边呢！哈哈，所以，她就是烦我烦得要死，也跑不了。跑了和尚，你庙也不要了？"

"这招，对你们两个管用，对我不管用！"陈怀远无限惆怅起来。

"你说你，能不能别每天都摆着一副面瘫脸啊？别说靳雪菲他妈不待见你，就你这样，估计你们小区里的狗见到你，都要绕道走！"

"我脸皮可没你那么厚！"

"你说说，这到底是老婆重要，还是脸皮重要啊，那我以前就不要面子，我要的比你大啊，可是怎么着，遇到马晓鸥了，人家就是武林高手，白眼行家，刷刷刷一顿小飞刀过来，哪还有脸可要啊，我恨不得，立马跪下爬过去，所以说一物降一物，马晓鸥就是老天派来专门收拾我的！"

"那你说，你这婚也离了，自由了，虽然你样子差了点，可是你有钱啊，不得好多小姑娘往你身上贴啊，你就没有动过心？人家不都说，天涯何处无芳草。"

"是有一句话这么说来着，好马不吃回头草，可是，那咋办，我就觉得马晓鸥这口草好吃，你不也是，你说要像蔡文姬那样每天叽里呱啦的，放我身边，我早就以每秒一千米的速度逃离了，你咋也不放手呢？"

陈怀远也认真想了想，转头对李琦说："你说，我们这样的，是不是就是人家说的'贱'？"

"你比我更贱，哈哈，我有果果，在敌营呢，我怎么着都不能让我闺女喊别人爸爸吧，你呢？你只消潇洒一转身，不知道多少小姑娘扑过来呢！要不，你也先到花花世界去开开眼，就当旅游了，说不定，蔡文姬一回头，咦，陈怀远这还是香饽饽了呢，一着急，就直接狂奔回你怀抱了呢！"

陈怀远竟然当真："嗯，你说得好像有道理！"

李琦把自己隐到昏暗的灯光里，一脸坏笑。

❀ 追爱三十六计之苦肉计 ❀

李桂琴的嗓子就像一个大大的扩音喇叭，啊——啊——啊的哭声，从走廊的尽头传过来，高低起伏，抑扬顿挫。

听到李桂琴的哭声，蔡文姬的腿立马就软了。

马晓鸥见状赶紧扶了蔡文姬一下。

蔡文姬一只手捂着嘴巴，一只手指着尽头的手术室，声音颤抖地说："小鸥，老范他是不是？"

马晓鸥抬头看了一眼手术室的灯，又抬头看了一眼表，语气肯定地说："应该没事！"

"真的？"

"从咱们接到电话到现在，刚一个小时的时间，你看手术室的灯灭了，那范姜估计快出来了，所以应该是小手术。"

说完，马晓鸥扶着蔡文姬快速地朝着李桂琴的方向跑去。

"大姨，范姜他现在怎么样了？"

李桂琴抬头看了一眼蔡文姬，哭声又提高了好几倍，"文文啊，你终于来啦，张君那个混蛋啊，把我们家范姜……啊……"

蔡文姬重重问了一句："大姨，到底怎么样了？"

"流了好多血……啊，脑袋上流了好多血……脸上也是……"李桂琴声音哽咽，双手颤抖，估计也是被那血腥的场面给吓惨了，"张君，估计就是看着我们家范姜长得帅，这估计是要毁容了！"

好吧，蔡文姬抬头，抚着胸口，大喘了一口气，李桂琴这样哭天抢地的，原来是担心范姜被毁容。

一边拍着李桂琴的背，一边冲着马晓鸥小声说道："鸟姐，看到没，有没有钱淑芬——你母后的既视感？！"

马晓鸥笑笑，摊了摊手，心想，范姜最近这些招数，跑不了是和李琦学的，真是近朱者赤近墨者黑。他们两个大男人，估计把毕生所学，都用来对付老太太了。

蔡文姬正安慰着李桂琴，那边手术室的门开了，护士推着移动床出来了，靳雪菲哭红了眼睛跟在旁边。

蔡文姬赶忙跑过去，"姐，怎么样？"

"嗯，伤口处理完了！"靳雪菲哭哭啼啼，答非所问。

"很严重？"蔡文姬指了指昏迷着的范姜。

"失血过多……医生说是暂时性昏迷！"

李桂琴紧盯着范姜的脸，发现脸上没有伤痕，一颗心也算落进了肚子里。

把范姜送进病房，靳雪菲便嘱咐着蔡文姬和马晓鸥把李桂琴送回去。

李桂琴坚决不走。

"妈，你不回去，小宝怎么办？这里有我呢，医生说了，没事儿，明早就醒了，你赶紧回去好好睡一觉，明早好来替换我？"

李桂琴被连哄带骗给送了回去，蔡文姬也不想大半夜再折腾，就在靳雪菲家睡了下来。

一大早上，几路人马就浩浩荡荡地汇集到了范姜的病房里。

李琦一到病房，看着范姜的脑袋被包裹得像个粽子，就忍不住叫喊道："我靠，张君那混蛋真够狠啊，这是往残了里打啊！"

马晓鸥拉了李琦一下，示意小宝也在，说话还是留点分寸。

李琦领会，随手把小宝抱起来，"呦，瞅瞅，小宝真是越长越帅了，等一会，叔叔带你去看你媳妇儿，好不？"

小宝脸上刷一下，红了，也不知道是因为李琦刚才骂了张君，他生气，还是因为小小年纪，他早已知道了媳妇是啥意思。

蔡文姬一把夺过来小宝，抱进怀里，"老李，我们家小宝啥时成你女婿啦？"

李琦对着蔡文姬怼回去："蔡文姬，你怎么啥都愿意管啊，居委会大妈啊？"

蔡文姬瞪了瞪李琦，"我外甥，我就不能管啦？"

李琦也不服气地回道："那我闺女，怎么着，还配不上你外甥啦？"

"闺女行，爹不咋地！"

李琦回头瞅了一眼马晓鸥，"晓鸥，是不是忘了给她带链子啦？怎么见我就咬！"

蔡文姬伸腿就朝李琦踹去，李琦躲得快，蔡文姬重心不稳，往后一仰，就在马上摔倒的那一刹那，被陈怀远扶住。

蔡文姬狠狠甩开陈怀远的胳膊，站正，脸色却也悄悄爬上一丝红晕。

一直不开腔的范姜，咳嗽了一声，"怎么着，你们这是来看我啊，还是来 PK 啊？"

蔡文姬也觉得稍微有些喧宾夺主，赶紧往门口站了站。

小宝却一下子挣脱下来，几步跑过去，爬到了范姜的床上。

李琦得意地看了一眼蔡文姬，对着范姜说道："我和怀远一大早上就去查看了监控录像，那个……"李琦刚想说，又看了一眼马晓鸥，马晓鸥心领神会，过去，拉过小宝，"小宝，阿姨带你去买小蛋糕好不好？阿姨在楼下看到一家蛋糕店，他们那里有小黄人蛋糕！"

小宝一听小黄人，立马从床上跳下来，恨不得一下子把小黄人拿在手里。走到门口，马晓鸥拉了蔡文姬一下，便一同出了病房。

李琦见几个人退了出去，开口问道："老范，张君那浑小子现在还在派出所呢，你准备咋办？"

"你一会儿去派出所和警察说说，把人放了吧！"

听范姜这么一说，李琦立马凑了上去，"哎，我说老范，你是不是脑袋真让人给削坏了啊？"

范姜不言语，只是笑笑。

"不告他？我看要告死他，最好也要把他关个一年半载，龟孙子……你说，这兔子还不吃窝边草呢？那个田杺然，一看也是狐狸精，雪菲和小蔡还那么帮她，怎么着，帮到床上去了吧！"

陈怀远倚在一张桌子边，"老李，怎么这么义愤填膺啊？"

"填鹰，我还想填飞机呢，还不是因为你媳妇，天天拿我和那龟孙子类比，我有他那么渣吗？靠，男子汉老爷们，离个婚，还一毛钱都不想拔，要不是我那个哥们帮忙，雪菲和小宝现在早就露宿街头了！"

陈怀远往前走了几步，"老范要把张君放了，也是为了小宝！"

范姜点点头。

"我靠，老范，你也太有情操了吧，放了他，他以后天天来闹，你有几个脑袋让他砸啊？"李琦正说着，李桂琴提了一摞饭盒走了进来。

"放了？你说你这是脑袋被砸糊涂了吧，他那么欺负靳雪菲，你放了他？不能放，这事我说了算！不放！李琦说得对，得关他几年！"

"阿姨，我也想把他关起来，可是，再怎么说，他也是小宝的爸爸……再说了，我这不也没啥大事吗？轻伤！"

李桂琴一听，眼泪就下来了，知道范姜的好意，但也真是为范姜心疼，"脑袋缝了那么多针，还轻伤！"

范姜极力地安慰着李桂琴，"阿姨，我真没事，医生说，过几天就可以出院了。"

范姜一边说，一边给陈怀远递眼色，陈怀远心领神会，拉着李琦往外走。

下了楼，正好遇到马晓鸥和蔡文姬拉着小宝在门口玩。

听李琦说要把张君给放了，蔡文姬立马就原地爆炸了，把小宝往马晓鸥怀里一放，转身就往大门口走。

陈怀远赶忙追上去，拉住蔡文姬，"你干嘛去？"

"干嘛去？就张君那样的人渣，你们还要把他放了？我靠，那种人，他最该去的地方只有一个，就是监狱！"

蔡文姬一张小脸气得通红，"当初还诬陷我……我勾引他，我跟你说，我要是我姐，我他妈的早把他阉了！"

陈怀远左右看看，已经有几个人放慢了脚步。

陈怀远安抚着蔡文姬，小声说道："行了，好多人看着呢，再说了，他再渣，也是小宝的亲生父亲，你总不能让小宝去监狱里看他吧！"

蔡文姬逐渐平静下来，"那不告可以，你们也把他削一顿，给老范报仇！"

李琦眯缝着眼，笑道："他打了老范，老范没告他，我们打了他，那估计，过几天，你真要去拘留所看我们了！"

蔡文姬气愤道："哎，老范的脑子真是进水了！"

李琦点头附和，可是当他和陈怀远从派出所出来，回来的路上，李琦却忽然灵光一现。

"我靠，老范这招高啊！"

"哪招？"陈怀远追问道。

"把张君放了啊！"

陈怀远："老范也是为孩子考虑，怎么就成了招儿了啊？"

"你看吧，这张君怎么说也是小宝的亲爹，对吧？张君就凭这一点，想把靳雪菲追回去，多少还有点戏，俗话说，浪子回头金不换嘛。我靠，这么一闹，张君是彻底把自己给闹出局了啊！"

李琦继续说道："看录像的时候，你发现没，老范往前走的时候，好像回头说了一句什么，然后就看到张君拿起一条棍子，怒气冲冲地就冲了上来……"

"奶奶的，苦肉计啊！高，实在是高！"李琦由衷地点头，然后又扭头看看陈怀远，"哎，在情商这方面，真的，你和老范差了好几条街，你就说说，老太太是同样一个老太太，可是，结果咋就那么不一样呢？你没看，靳雪菲他妈，真把范姜当儿子了，你再看看你，你们一离婚，老太太就着急把蔡文姬给嫁出去！"

陈怀远依旧黑着一张脸，没回话，心里却想着蔡文姬刚才的样子，一头小炸毛，脸被气得红红的。

然后也想起了，之前 N 多次争吵。

陈怀远甚至怀疑，蔡文姬是不是战神转世啊，脑子中忽然就飘起一首歌，"大河向东流啊，天上的星星参北斗啊……该出手时就出手啊！"

陈怀远的脸上慢慢升腾出一丝笑意。

李琦扭头，问道："想什么美事呢？"

陈怀远的笑容一点点扩大，"你脑门那道疤，位置有点偏，再往中间一点，活包公一个！"

李琦一个急刹车，然后恶狠狠地对着陈怀远说："我靠，陈怀远，滚滚滚，下车！"

陈怀远抬头指了指红绿灯，"两分！"

李琦立马发动车子，一只手指着额头，道："你就说吧，这算不算证据，我靠，你提醒我了，掉头，你就说这个疤，够不够让蔡文姬在里面呆几个月？"

李琦果然在下一个路口，打了左转。

陈怀远威胁道："你敢！"

"德行，你看我敢不敢！"李琦继续向前开去。

"蔡文姬那一下，只是给你留下一道疤，要是她真进去了，那再出来，我估计，你整张脸都没了！"

李琦把车停在一个比萨店门口，下了车，又转回来："陈怀远，我说要不活该你单着呢，你说，论智商，我承认，我和范姜加起来也不见得有你高，那情商，真是，幼儿园小孩估计都比你高，你说要是我把蔡文姬弄进去，你再一英雄救美，把她捞出来，那你说，这事，是不是就成了！"

陈怀远仿佛是真的开始思考起来，这么做的可行性。

李琦早已转身离开，笑得贼贼的，笑得肚子快岔了气。

"三八和二百五，弄一起去了，没救了！"

Chapter 15
冰火两重天

> 每一段恋情，其实都是一个路标，我顺路而来，找到你，
> 还好，让我找到你，不曾早一步也不曾晚一步，正好赶上
> 你的繁花盛开！

❧ 深爱却又疏离 ❧

俗话说，情场失意，赌场得意。

没有想到，这一次，陈怀远还真的赌赢了。

就在凯远的账面资金还只够发放两个月工资的时候，之前接触的一家投资基金，忽然又调转船头，决定投资凯远。

第一笔过桥贷款到账后，王凯和陈怀远带着几十个难兄难弟直接杀到了金鼎轩。

王凯喝得满脸通红，大声喊着："吃完饭，去唱歌，不醉不归！"

一个女孩问道："老大，那明天还上班吗？"

王凯就是一个假洋鬼子，不谙酒性，早已喝断片了，刚想说放假，陈怀远把话接过来："咱们细水长流，以后的好日子多着呢，明天要是都不去了，那产品怎么办？运营怎么办？现在盯着我们的人不少，别在这个节骨眼给咱们下绊子。要不这样，小赵，回去做个规划，分批，直接发配到马尔代夫，怎么样？既不耽误工作，另外也可以玩得彻底！"

大家听陈怀远这么一说，群情振奋，有喊万岁的，有喊"老大，爱死你啦！"的，也有女孩趁着酒劲喊着"我要给你生猴"子的。

陈怀远看着大家，有一波波巨大的满足感在胸腔里盘绕。

蔡文姬抬起头，刚想发火，"还让不让人安静地吃个饭了啊！"话还没出来，就看到一个包间里，两个桌子坐得满满的，陈怀远坐在中间，正接受着一群疯疯癫癫的人的膜拜。

就在蔡文姬把目光递过去的时候，陈怀远也恰好，一杯酒下肚，正要放杯子。

陈怀远慢慢地把杯子放下去，把眼光收回去，对着对面一个女孩轻轻一笑。

蔡文姬很想把举起的筷子放下，最终还是没放下，把一块翠绿的西兰花放进嘴里，却感觉是在咀嚼一块塑料。

一会儿，那个坐在陈怀远旁边的女孩跑出来去洗手间，在蔡文姬的桌子前站定，"Hi, Yomiko。"

蔡文姬抬头，"Amy？"

Amy好看地笑着，露出两个漂亮的酒窝，眼睛像璀璨的星星。

Amy回头指着包间，"怀远在里面。"

蔡文姬点头，"嗯，看到了。"然后指了指坐在对面的石浩楠，"石浩楠，我男朋友。"

Amy脸上的笑有些不太适应，转身对着石浩楠，"Hello，我是王菁，叫我Amy就好！"

为了化解尴尬，Amy冲蔡文姬眨眨眼，"Yumiko的男朋友真是一个比一个好看！"

蔡文姬喝进去的一口菊花茶差一点就全都喷出来。

Amy说了一句拜拜，最后朝洗手间走去。

整个晚上，蔡文姬就觉得每道菜都不是滋味，虽然极尽掩饰，但还是控制不住往包间里看。

整个晚上，陈怀远都没再朝这边看过来，和Amy有说有笑，还不时帮Amy夹菜。

蔡文姬慌乱地在记忆里搜索着，陈怀远好像都没有给自己夹过菜，然后陈怀远好像开始学会笑了，还有，即使隔着十多米的距离，蔡文姬还是闻得出来，那几十个人中，有好几个女孩对陈怀远似乎都心怀不轨，她们喜欢他崇拜他。而现在他的眼里只有那个眼睛像星星的女孩。

然后，真的，蔡文姬的眼前就有越来越多的星星，最后，蔡文姬是被石浩楠抱着走出餐厅的。

在看到石浩楠站起来的那一刻，陈怀远差一点就功力全废，忍不住冲过去，可是他的脑子中第一次记住了李琦的谆谆教诲，那就是先到花花世界里耍一番，说不定蔡文姬立马就调转船头，对他投怀送抱了呢。

陈怀远拼命压着那两条想站起来的腿，看着石浩楠抱起蔡文姬，看着石浩楠把蔡文姬抱到电梯里，陈怀远终于按捺不住，跟了出去。

下了楼，正见到石浩楠把蔡文姬放在车后座上，然后坐进驾驶室，把车开出去。

陈怀远赶紧叫了一辆车紧紧尾随到了蔡文姬家楼下，然后看着石浩楠把蔡文姬扶出车子，扶着走进电梯，电梯一层层往上，陈怀远一直不停地看着表。

十几分钟后，石浩楠从电梯里出来，进了车子，开走。

这十几分钟，在陈怀远的生命里极其漫长，见石浩楠开车走了，陈怀远才大喘了一口气。"还好，虚惊一场！"

可是陈怀远哪里知道，虚惊之后才是真正的惊吓呢！

周五，蔡文姬竟然石破天惊般给石浩楠打电话，约他周六去大姨家吃饭。

石浩楠知道，这是要开始见家长的节奏，为此石浩楠狠狠地准备了一番。

其实就算石浩楠不准备，那么仅一个条件就能迅速把李桂琴拿下，那就是天城户口，这个户口在李桂琴的眼里简直比一座金矿还值钱，何况，石浩楠还真不只是这一个优点呢。人长得精神不说，论嘴甜，石浩楠第一，李琦只能算第二，还自己开公司，简直就是钻石王老五。

就算不是钻石，是一块金元宝，对于现在的李桂琴来说，那也是求之不得。

靳雪菲遇到了范姜，那李桂琴都觉得是天上掉馅饼，砸在自己头上了。可是就算运气再好，那也不能两块馅饼都砸一个人头上吧？还真没成想，就真是都砸李桂琴这里了。

整个晚上，李桂琴高兴得毫不掩饰，一个劲儿夸石浩楠。夸得蔡文姬都要吐了，想着想着不免又想到陈怀远，"哎，我大姨怎么就从来没夸过陈怀远呢？"心里不免落寞。

李桂琴眼见着肉包子打过来哪有不吃的道理，看着石浩楠对蔡文姬满眼喷射的小星星，李桂琴决定趁热打铁，"小石，我听我们家小文说你比她还大几岁，你父母没催你啊？你也知道，人老了就盼着儿孙满堂。"

石浩楠虽然对着李桂琴，但是眼光却扫到蔡文姬的脸上，"我爸妈也总催，不过，我听小文的。"

李桂琴白了一眼蔡文姬，"有些事你听她的大姨高兴，但是这事也不能只听她的，你咋想的？"

石浩楠断断续续地说道："小文说不急着结婚，我理解，她去了新单位，事情挺多，我支持她，不过我想要不，先订婚？"

果然刚说完，就看到蔡文姬的眼睛里射出来几把小飞刀。

李桂琴立马回应道："对，订婚，这个好。先订婚……我先找人算算日子，你也回去和你爸妈商量商量，咱们啥时候见个面，把这事就定了！"

范姜出去拍片了，这顿饭没赶上，所以就缺了给陈怀远通风报信的可能性。

而陈怀远就还在一条错误的道路上奋勇直前，时不时地就特别巧合地出现在蔡文姬的面前，当然，他的身边总带着那个眼睛会发光的女孩。

陈怀远一边生疏地扮演着新好男人，一边心里嘀咕着："怎么还不回头呢？怎么还不投怀送抱呢？难道火候不够？"

当然，蔡文姬又岂是坐以待毙之辈，天下这么大又不是只有你会秀恩爱。

陈怀远看到蔡文姬的样子还特意打电话给李琦，索要锦囊。

李琦一向好为人师，一听，眼睛发光，"小子，有戏，杠上了，小蔡这样子估计是每天都能喝上二斤醋，兄弟挺住了，谁能挺到最后谁就是赢家！"

然后，陈怀远就一直咬牙挺着，直接挺到了，蔡文姬开始正式对外宣布，她要订婚的消息！

✤ 验货？验什么货？！ ✤

布拉格时间，晚十点钟。

靳雪菲一张小脸红扑扑地望着范姜，声音嘶哑地说道："你还是先接吧！"

范姜喘着粗气，眼睛喷火，犹豫了一下，从靳雪菲身上下来，大长胳膊一勾，把手机拿过来，直接关机。

"会不会有急事？"

范姜摇了摇头，遂又把靳雪菲娇嫩的小嘴含住，无法自抑，百般纠缠。

靳雪菲也哆哆嗦嗦有些害羞地抬起了如莲藕般雪白的胳膊，勾住了范姜的脖子。

范姜把大手放在靳雪菲的胸前，正准备进一步攻城略地的时候，嘀嘀嘀的铃声再次打破了满室的旖旎。

靳雪菲一愣，神经就忽然绷得紧紧的，赶忙把手机拿过来，划开，"喂！"

"范姜，让范姜接电话！"手机里传来一阵暴怒的咆哮。

靳雪菲一脸疑惑地看着范姜，"李琦！好像特别着急的样子！"

范姜拿过电话，起身，套了一件浴袍就往浴室走。

"君子，君子，李琦，我说你知道不知道君子成人之美啊，三四点钟，你发什么神经啊？"范姜满脸欲求不满，言语自带戾气。

"君子，你敢和我说君子，啊，你现在美了，是吧？美人在侧。奶奶的，我现在可惨了！"

听着李琦沙哑的声音，范姜不仅纳闷起来，"你怎么了？"

李琦咬牙切齿道："我怎么了，我快被折腾死了，我就说你，你愿意郎情妾意就郎情妾意呗，你满朋友圈秀什么啊，就算要秀，你秀自己的啊，你顺带着发什么蔡文姬的啊，刚说过，不让你刺激陈怀远，你自己抱得美人归，你就自己偷着乐呗，你说说……"

"怀远怎么了？"

李琦回头看了看依旧仰脖子往肚子灌酒的陈怀远，说道："快疯了，从下午就开始拉着我喝酒，我胃都快吐出来了，可是那货倒好，怎么喝也不醉，这都几点啦，还不让我回家，我这可是头一次，夜不归宿，夜不归宿明白吗？在马晓鸥那儿，我好不容易洗白白了一点点，完了，现在估计又满身黑点儿了。"

"这到底是怎么回事？怀远不是和那个什么 Amy 在一起了吗？前一阵子，我经常能看到他们俩，我还以为他和蔡文姬是彻底 Game Over 了，这到底是什么套路啊？"

李琦有些懊恼地回道："哎，本来只是想刺激刺激蔡文姬，没有想到，酵母粉放多刺激大发了，直接刺激到敌人怀抱里去了，所以说呢，天作孽犹可恕，人作孽不可活，我自作自受，行了吧，不说了，你赶紧回国！"

范姜气得蛋疼，"凭什么啊？我这攻坚战刚刚开始，你就让我撤？"

"就算回了国，你该攻还可以攻，不耽误，可是，小蔡那丫头，和那个什么石头男，孤男寡女，万一擦枪走火怎么办？我告诉你，要万一真是那样，陈怀远灭我倒不见得，但是绝交这事儿他保证干得出来，你也跑不了！"

"什么逻辑啊，回国就不会擦枪走火了啊？"

"那能一样吗？只要回来，在陈怀远眼皮子底下，弄点啥事，那和我们就没关系了，你说说，这怎么就跑到布拉格去了呢？"

范姜没有直接答应，"好吧，我想想，你先把他弄回去，别像上次一样，又喝到医院去！"

"你咋就不担心担心我啊，我告诉你，你回来，必须得给我作证，我夜不归宿，没干坏事！"

"行行行，你赶紧先抱着陈怀远拍个小视频，留点证据！"

"为啥抱着？"

"他喝成那样，还能坐着才怪！"范姜气呼呼地挂断电话。

回到卧室，靳雪菲已经睡熟。

望着靳雪菲那张娇美如玉的小脸，范姜在心里一遍遍地骂着李琦，憋闷了一会儿，也沉沉睡去。

由于心里装着事，蔡文姬早早地就醒了。

简单梳洗了一番，穿着一件蓝绿色的碎花裙子，就悄悄地推门出来了。

蔡文姬在走廊里走了一圈，见范姜和靳雪菲还没出来，心里不停地嘀咕着："这不会是……嗯……"脑子中，却忽然想起了一句唐诗："春宵苦短日高起，从此君王不早朝！"

"不会吧？嘿嘿。"蔡文姬很怕错过这一历史性时刻，左右寻摸了一下，找到了一个隐身的好去处。走廊的尽头有一个休息区，正好斜对着靳雪菲的房间，既可以观察到"敌人"的动向，又可以巧妙地隐藏好自己。

蔡文姬坐在沙发椅上，不时地探头往外看。

看了一会儿，蔡文姬忽然感觉到后背发凉，回头一看，就见石浩楠穿着一身白色的休闲衫，正双手插兜，充满玩味地看着蔡文姬。

蔡文姬立马正襟危坐，一脸谄媚地看着石浩楠，"早，早！"

石浩楠也学着蔡文姬的样子，侧头往外看，"看什么呢？"

蔡文姬立马站起来，嘿嘿装傻，"嗯，没看什么，等你呢！对了，你怎么从上面下来？"

石浩楠指了指上面，"刚才去了天台看看，本来想叫你，怕你没睡好，布拉格的早上，很漂亮！"

蔡文姬说完，也自觉脑袋穿刺，她怎么会知道，石浩楠上了天台，还特意等在这里，鬼才相信。

"那我明天早点起，要不，我们先去吃饭吧！"

"好！"石浩楠拉起蔡文姬朝着电梯口走去，还没走几步，就见靳雪菲的门打开了，范姜和靳雪菲两个人手挽着手，一起走了出来。

靳雪菲一抬头，看到蔡文姬和石浩楠，赶忙想把手抽出来，但是被范姜紧紧地攥着，怎么也挣脱不开，便也就放弃。

"早！"范姜大方地和两人打招呼。

蔡文姬冲着范姜，嘿嘿笑了一下，然后拉着石浩楠赶紧往前走了两步，去按下了电梯按钮。

下午，参观圣维塔大教堂的时候，靳雪菲终于忍不住，趁着范姜去拍照的间隙，拉着蔡文姬躲到了一条绿树掩映的甬道上。

靳雪菲紧紧地抓着蔡文姬的手，大喘了几口气，才终于鼓起勇气问道："嗯……嗯……"

蔡文姬随着靳雪菲的节奏也上下点头，"姐？"

"昨天晚上，那饮料里，你放了什么？"

蔡文姬一脸兴奋，"你先别管放了什么，哈哈，怎么样，效果怎么样？"

靳雪菲的脸刷的一下就红起来，"果然是你，小文，你是想害死我啊？"

蔡文姬犹疑地看着靳雪菲，"姐，我怎么是害你啊，我是在帮你啊！"

"可是，范姜会怎么想我？"想起昨晚自己拉着范姜不放手的窘态，靳雪菲真想找个地缝就钻进去。

"姐，范姜能怎么想，他只能心里默念，终于心想事成，哈哈……"蔡文姬一想到昨天晚上靳雪菲醉眼迷蒙的样子就止不住笑声。

靳雪菲故作生气的样子，"还笑，以后不许你再这么胡闹！"

"姐，我哪是胡闹啊？你就说说，你是不是真心喜欢老范？"

靳雪菲羞涩地垂下眼睑。

"对吧，他也喜欢你啊，真的，你们俩特别般配，都善良、有才华，最主要的是，范姜尊重你，欣赏你，你说说这样的男人，你还不抓紧了，你到底想干嘛啊？"

"不急！"靳雪菲低头绞着裙子。

"你不急，人家不急吗？你说说，你又不是不谙情事的少女，你还忸怩什么啊，亲也不能亲，抱也不能抱，怎么着，你只想着精神恋爱啊，再说了，这船你都决定上了，那上船前，你还不得先验验货啊，这万一哪儿哪儿都合适，要是那方面不合适，到时你后悔都来不及！"

靳雪菲惊讶得下巴都快要掉下来，"小文，这一套套的，你都和谁学的啊？"

"这还用学吗？无师自通，快快交代，这货，你还满意不？"蔡文姬笑得眼睛里满天繁星。

靳雪菲一拍蔡文姬的手，扭头就走，还不忘警告道："你再捣乱，看我能轻饶了你！"

蔡文姬朝靳雪菲的背影吐了吐舌头，就自觉情绪满满，总感觉自己做了一件成人之美的大好事，虽然有那么点不正大光明。

但是人家不都说了吗？英雄不问出处，黑猫白猫能抓到耗子的就是好猫，不看广告看疗效啊。

蔡文姬从树荫下窜了出来，一蹦一跳地向前方走去，没走一会儿，就听身后有脚步声追过来，蔡文姬一回头，看见石浩楠拿着几瓶饮料，站在自己身后。

蔡文姬从石浩楠手里挑了一瓶苏打水，拧开盖子喝了一大口。

石浩楠的目光一直就灼灼地盯着蔡文姬，蔡文姬赶紧摸摸脸，"我脸上有脏东西吗？"

石浩楠没有问答，反而好看地笑笑，有些戏谑地问道："我听你们刚才说验货，验什么货啊？"

蔡文姬一下子没忍住，一口水喷在了石浩楠的白衬衫上，然后竖起眉毛，"验货，什么验货……嗯，对验货……"蔡文姬的眼睛滴溜溜地转着，"对验货，我姐美容院新到了一批面膜，嗯……我提醒我姐，要先验货，再付款……嗯，对！"蔡文姬赶紧又猛灌了一口水下肚。

然后从石浩楠的手里又随便抽出一瓶饮料，向着靳雪菲跑过去。

石浩楠有些呆愣地站在原地，望着蔡文姬娇俏的背影，就觉得有一团火在胸口里升腾，这团火，烧得胸口有些疼。

他知道，只有前面那个人，可以把这团火浇熄，可是，他还要等，他知道她的心里还没有完全接纳他，有的时候，他也想不顾一切，紧紧地把她抱在怀里，可是他太害怕，害怕他稍微一点莽撞，就会把那只小兔子吓跑，他不敢赌。所以，他只能把满腔的热情慢慢地化作柔情，希望有一天可以慢慢地包围她，而她只属于他自己。

蔡文姬追上了靳雪菲，把水递给靳雪菲，然后朝石浩楠挥了挥手，石浩楠的背后是布拉格的夕阳。

蔡文姬一时看得恍惚，那背对着夕阳的身影，一会儿变成陈怀远，一会儿又变回石浩楠，蔡文姬狠狠甩了一下头，把陈怀远从头脑中甩了出去，然后停了下来，等着石浩楠。

见石浩楠走过来，蔡文姬主动把手伸过去，拉住石浩楠的胳膊，"哎，老爷爷，要不要扶着你走！"

石浩楠腾出一只手，满眼宠溺地在蔡文姬地脑袋上摸了摸，"乖，把爷爷扶到台阶上边，爷爷给糖吃！"

范姜刚拍完照片，站在远处的台阶上，一抬头，远远就看到蔡文姬满脸小女人娇羞地和石浩楠打闹在一起。

脑子里忽然就想起李琦的警告："这样发展下去，真保不准出点啥事，回去也好，放在陈怀远眼皮子底下，就算是出事了，自己也能全身而退。"

想着便做样子拿起电话，放到耳朵边，一边说，一边点头。

一会儿，靳雪菲爬上台阶，有些焦急地问："怎么了，有事？"

范姜点头。

等石浩楠连拖带抱把蔡文姬弄上来，范姜郑重其事地和大家宣布："真不好意思，有一个项目，客户那边出了点问题，我可能明天要先赶回去……嗯，你们俩，要是没有急事，再玩玩，我和雪菲先走一步！"

石浩楠好像是蛮期待这个结果，立马答道："也好！"

蔡文姬却扭过头来，拖着石浩楠的胳膊，撒娇道："要不我们也回去吧，凯斯的项目，说实话本来该我跟的，这万一要是中间出了什么差错，那老沈还不把我吃了！"

"没事，老沈那边有我呢！"

"算了吧，还是先回去吧，以前在辰丰，我被林婉算计，那事都成我心理阴影了，我总担心，出来久了，会出什么么蛾子！"

石浩楠听蔡文姬这么一说，点头应允："好，听你的！"

范姜和靳雪菲看着两个人你侬我侬，心里所想却完全相反。

范姜想着，再这样下去，陈怀远非杀了自己不可。

而靳雪菲却第一次，她的天平偏向了石浩楠，其他的不论，单说这性格，石浩楠真是比陈怀远好太多，而蔡文姬到了石浩楠身边，那满身的刺儿却也似乎都大大收敛，一个包容，一个乖顺，如果他们能在一起，也真是否极泰来。

看着两对小情侣焕然一新似的归来，李桂琴高兴得嘴都合不拢了。

赶忙打电话给老靳头汇报情况，"哎呦，那个好的，不得了，怎么样，还是我有办法吧？我就说我要给他们报那个什么《出发吧，亲爱的》，你还不让！"

电话里传来老靳头厚重的声音："他们又不是明星，你还让他们上电视，你是咋想的？"

"我说的重点，不是上电视，是一起出去玩，有一句话说得特别好，旅行可以让你最快地了解一个人，我要是早懂这一点，我早就让他们出去玩了，我看，他们的好事都不远了，你赶紧的，把退休手续办了，赶紧过来！"

老靳头从藤木椅子上站起来，说道："怎么着，我看你这架势，还不准备回来了？"

李桂琴也很犹豫，"回不回去，那再说，就是回去，怎么着也要先把两个姑娘嫁了再说，他们都嫁了出去，我就算死也能瞑目了！"

老靳头不愿意听李桂琴的丧气话，"行啦，那下周我再去催催退休的事！"

李桂琴的眼泪忽然一下子就下来了，"哎，你说我这妈当的，啥事都得操两遍心，哎！不过话说回来，这两个女婿，我还是真满意，那对咱姑娘，真是没的说！"李桂琴转悲为喜。

老靳头的国字脸上，也渐渐地浮上来一片安心的笑容。

❦ 男士和宠物不得入内 ❦

得意之后就是失意，说得一点都不假。

从布拉格回来之后，范姜还没来得及继续攻城略地呢，就快速地被打入冷宫了。

蔡文姬正在办公室里和助理周小小核对本周的市场执行情况，范姜的电话锲而不舍地一直往里打。

周小小停顿了汇报，"蔡总，要不您先接电话？"

蔡文姬看了一眼手机，回道："那好！"

嘴上说着，手还是拿着一份报表没有放下，"小小，发布会的执行进度你跟紧了，特别是媒体邀请部分，这个季度，发布会都扎堆，通知晚了，媒体的档期和版面都安排出去了，那我们会很被动，发布会的效果会大打折扣，另外，这些媒体，除了车马费，你再给每家多包一个红包。"

周小小看着蔡文姬用彩笔圈出来的媒体名单，"蔡总，那预算就超了啊！"

蔡文姬看了一眼周小小，"没事儿，预算的事儿我和沈总去说。这次发布会的场地、嘉宾都是顶级的，媒体没伺候好，最后得不偿失。"

"没问题，那我先走了？"周小小指了指蔡文姬的手机，眼神神神秘秘，意有所指。

蔡文姬笑笑，"一个哥们！"

周小小抱起一大堆资料退了出去。

蔡文姬划开解锁键："老范，催债还是催命啊？"

"急事！"

"你，有钱又有闲的无业游民，能有什么急事？"

范姜气喘吁吁道："你姐，有没有和你借钱？"

"借钱，和我借钱？我姐再缺钱也不会和我一个无产阶级借啊？怎么着……你们美容院资金遇到问题了？"

范姜唉声叹气，"电话里说不清楚，你能不能过来一下？"

蔡文姬抬手看了看表，还有一个多小时才下班。不过现在赶过去，不塞车，便随口答应了。

范姜一向沉稳，能让他大乱阵脚，一定是出了什么大事。

蔡文姬一边关电脑，一边叫车，然后便急匆匆朝美丽春天赶了过去。

到了美丽春天，店外霓虹灯已经点亮了，范姜站在街对面，望洋兴叹。

蔡文姬找了一圈，才找到范姜落寞的身影。

蔡文姬敲了范姜一下，"老范，怎么了？"

范姜指了指美丽春天门口的一块牌子，蔡文姬定睛一看，"男士不得入内！"

范姜点头，"昨天牌子上写的是'男士和宠物不得入内'，今天改了！"

"宠物都进去了，你连宠物都不如？"

范姜敲了一下蔡文姬的头，"你才连宠物都不如！"

"这个牌子是专门为你准备的？美丽春天把你驱逐了？啧啧，'普大帝'刚把美驻俄外交官全部撵走了，我姐这是见样学样啊！"

范姜点头。

蔡文姬忽然反应过来，"你做了对不起我姐的事了？"

"你觉得可能吗？我这二万五千里长征马上就要到延安城头了，你说我能，我敢……做对不起你姐的事吗？"

"那是我姐有新欢了？"蔡文姬瞪大眼睛，疑惑地问道。

范姜忽然紧张起来，"我也正要问你这事儿呢，以你对你姐的了解，嗯……有这个可能吗？"

蔡文姬摇了摇头，"对了，你说，我姐要借钱，我姐要借钱干嘛？"

"嗯……嗯？她昨天忽然对我说，让我退股，要把钱退给我。"

"啊？老范，你还说没做对不起我姐的事，看我姐的架势，百分百了……"蔡文姬立马拿出一副对付阶级敌人的斗志来。

"我对天发誓，真没有！"

看着范姜焦急的样子，蔡文姬开口道："那我姐没和我借钱，更不可能和马晓鸥开口啊！"

"遭了，房子！"范姜拉起蔡文姬就跑。

果然，在靳雪菲家小区附近的几个房产中介都看到了靳雪菲的登记信息。

"老范，我姐这是要和你决裂？"

"所以，我才找你，你说就算是要杀头那也总要给定个罪吧！"

"我姐没和你说什么吗？"

"没有，不过前几天，我就觉得她不对劲，昨天忽然说把钱退给我，然后就把我轰出来了。"

蔡文姬皱皱眉，"不在沉默中死亡，就在沉默中爆发，这还真是我姐的风格。"

看着范姜一张比窦娥还冤的帅脸，蔡文姬耸了耸肩，"行了，那你先回去吧，我去店里看看，不然让我姐发现我和你在一起，明天准保立起'男士和蔡文姬'不得入内的牌子。"

"那我去找你大姨？"

"得了吧，先别打草惊蛇了，我先深入敌人内部去探探虚实。"蔡文姬说完就一阵风地朝着美丽春天走去。

但是正如蔡文姬所料，靳雪菲表面上就和什么事都没发生似的，怎么问都不招供，然后又以客户多为由对蔡文姬不加理睬，根本就不给蔡文姬近身的机会。

折腾了一晚上，蔡文姬无功而返，到了家立马给马晓鸥打电话："鸟姐，老范被我姐'驱逐出境'了，你帮我分析分析，到底咋回事？"

晓鸥连分析都没分析，直接回了一句，"看新闻。"

"啥新闻？"

"你去天池论坛搜一下沈嘉琪就知道了！"

"沈嘉琪，怎么这么熟悉？"

"《花神传奇》的女二。"

"那和老范什么关系啊？"蔡文姬被搞得一头雾水。

"你搜搜就知道了。"

第二天，马晓鸥和李琦早早到了蓝色火焰咖啡厅。

没一会儿，蔡文姬就一身戾气地进来了，一身灰粉相间的运动装，斜挎着一个铆钉包。

李琦打趣道："武器升级了？"

"什么武器升级了？"蔡文姬纳闷道。

李琦指了指蔡文姬的铆钉包，又指了指自己的脸，"上次你包包上那几条外翻的拉链，差点把我给弄毁容了，我没告你，我告你的话，够你蹲几个月了。"

"那你该感谢我，那天拿的不是这个。哎，对了，今天我们是来公审范姜，你来干嘛啊？怎么着，找到革命队伍了啊？终于能证明这是天下男人都会犯的错误了啊？"

李琦避重就轻，"你想干嘛啊？这一排钉子过去，别说老范那张脸了，估计眼珠子都能让你给刨出来。"

蔡文姬拍了拍小包，"你俩情节不一样，待遇也不一样……鉴于老范到目前为止，罪行还不是特别严重，所以，今天这个主要是威慑！"蔡文姬把包包摘下来，狠狠往桌子上一放，还没等说完话，范姜已经走了进来。

"威慑？威慑什么啊？"范姜急匆匆地坐下。

"你！"蔡文姬果真把小包狠狠往桌子上又拍了一下。

然后范姜还果真就被吓一跳，"我？我怎么了？"

"你怎么了？范姜，人家都说天下乌鸦一般黑，我一直还把你当成小白鸽呢！你可真是对不起我的信任！"

李琦一口老血往上涌，差点就血溅当场，"蔡文姬，你说谁乌鸦呢？"

蔡文姬白了李琦一眼，没有理会，直接把手机推给范姜。

范姜纠了纠眉头，"就因为这个？"

蔡文姬拍了拍桌子，"范姜，那你还想因为哪个啊？看到没，初恋，嗯，旧情复燃，嗯，就差同回闺中了，不愧是好基友，亦步亦趋啊！"

李琦实在忍无可忍，站起来："那，我去外面抽根烟。"走了几步，又回头对着范姜，"老范，防着点暗器。"李琦指了指自己的脸，下巴朝那个铆钉包努了努。

范姜心领神会，赶紧拿起包，放在自己旁边的沙发上。

"对，沈嘉琪，是我初恋，可是谁还没有个初恋呢？"

"怎么着，有点理直气壮啊，鸟姐，走！"蔡文姬佯装起身。

范姜赶紧拉住蔡文姬，"我承认，沈嘉琪是我的初恋，可是我们早就分手了。"

"废话少说，谁想听分手故事，直接讲旧情复燃！"

范姜头疼欲裂，这都什么和什么啊，特别想立即站起来，给陈怀远打电话，或者石浩楠，赶紧过来把这个孙猴子给收了吧，别再为患人间了。

马晓鸥咳了咳，轻声说道："老范，靳雪菲心思重，本来，你们走到这一步，就非常不容易，她看到这样的新闻难免会多想。"

"真没什么，就一个活动，偶然遇到了，出于礼貌，说了几句话而已。"

"可是……"

范姜指了指蔡文姬，"你平时不是天天和媒体打交道吗？难道你不知道，媒体就喜欢胡说八道！"

蔡文姬又仔细看了看照片，"是上星期，华菲集团的慈善晚宴？"

范姜点了点头。

"不过，这沈嘉琪确实很漂亮……虽然我姐也不差……可是？"

"没有可是，也不可能有可是！"范姜坚定地说道。

然后范姜言简意赅地讲述了自己和沈嘉琪的偶遇，相恋，分手。

最后总结道："这段感情，我不想隐瞒，我也想过和你姐说，但是我想再等等，我就是怕她多想，然后我一觉回到解放前！"

蔡文姬点头应和。

"其实，人真的成熟了，就会知道，自己想找的，想相伴一生的那个人，真的和什么美丑啊，贫富啊，没关系，就是舒服，只要见到她，就会觉得很安心！明白吗？"

蔡文姬似懂非懂，陈怀远的样子，在脑子里盘旋了几圈，好像并不符合安心这个词儿，石浩楠倒是安心了，但是又不舒服，"哎，或许自己这辈子就没有遇到真爱的命。"蔡文姬不禁悲从中来。

"简而言之，就是每一段恋情，都是一个路标，会引导你，找到你的真爱！"李琦不知道什么时候站在了范姜的身后，眼神却漂浮在马晓鸥的身上。

"老李，那假如，你的真爱在泰山上，路标是不是太多了点，啊？"

李琦真想拿起蔡文姬的铆钉包，一包拍在蔡文姬的小脸上，"蔡文姬，我告诉你实话吧，错过了陈怀远，你的征途就是星辰大海，知道是什么意思吗？就是没边……没沿儿……"

还没等李琦的下半句出来呢，蔡文姬就气势汹汹站起来，拿起包，怒气冲冲地往外走。李琦吓了一跳，赶紧往范姜身后躲。

马晓鸥瞪了李琦一眼，也跟了出去。

李琦，贼不溜丢地看着范姜，"哎，我觉得那个沈嘉琪，真的挺漂亮的，你怎么，舍近求远？"

范姜心乱如麻，没好气道："那介绍给你！"

"No，No，No，颜值和我们家马晓鸥不相上下，气质嘛？差了好几个张曼玉呢！"

"马晓鸥，你们俩现在只能算合租户！"范姜也站了起来，往外走。

"我这本来是想充当一下联合国和平大使呢，怎么一下子成了全民公敌啦？"李琦戴上了太阳镜，默默地走向收银台，一脸郁闷。

第二天，靳雪菲碍于"各国外交使节"的压力，无奈只得撤了"男士不得入内"的牌子，但是不管是身体还是灵魂，却都对范姜亮起了红灯，而且绿灯没有重新点亮的迹象。

范姜在证明绯闻是假的这条路上愈行愈远，靳雪菲的心却在另外一条道路上策马奔腾。

和大部分女人一样，靳雪菲在乎的不是那条新闻的真假，而是那条新闻让靳雪菲意识到，她已经不是二八少女了，不能再一味沉浸在白马王子的少女怀春里。

牵着白马的不一定是王子，也有可能是马夫。

范姜诚然不是马夫，但是，靳雪菲更加知道，自己也不是公主。

一段错过的情缘，不管你再如何追赶，错过终将是错过，我们可以隔江相望，但却无法执手天涯。

Chapter 16

订婚风波

婚姻说贵不贵，一张纸，九块九的价值；婚姻说远不远，一扇门，门里门外的距离。

有些战争，还没开打，结局就早已注定，比如爱情。

❦ 条条大路通罗马，罗马是你！ ❦

没有摩擦的日子，时间过得像极昼。

为了把这一小段一小段无处存放的时间安顿好，蔡文姬喜欢上了泡澡、吃零食、还有肥皂剧。

这些细小缓慢又可以不过心的事情，很容易让整个夜晚，亮若橘黄，温暖如昨。

陈怀远拎着一堆的袋子，拘谨地站在门口。

房间里，是震耳发聩的玛丽苏对白。

房间外，站着一个目光如炬明察秋毫的老太太，"小陈，忘带钥匙了？"

陈怀远不好意思地点头。

老太太推推老花镜，"怎么感觉好久没见到你了？"

陈怀远一边拍门，一边应和："嗯，出差了！"

"那是去外国了吧？美国还是欧洲？"

"嗯，美国，美国硅谷！"陈怀远又加重了拍门的力道。

"我有个侄子，也在硅谷呢，不过拿了绿卡了，不回来了！"老太太脸上布满骄傲。

"嗯，恭喜！"陈怀远恨不得都要准备上脚了。

起心动念间，蔡文姬推开门，冲着陈怀远大喊："嗯，你来干嘛？"

陈怀远冲对面的老太太点头，一边笑，一边说："我刚从美国回来啊，我忘带钥匙了！"

陈怀远趁势挤进门，然后又递出来一个袋子，"阿姨，谢谢你平时替我照顾小蔡，一点心意！"

老太太满脸堆笑："街坊邻居，应该的！"

老太太转身，一边开门，一边嘟囔："咦，这不是美国字啊，这不是楼下便利店的袋子嘛！"

婚姻说贵不贵，一张纸，九块九的价值；婚姻说远不远，一扇门，门里门外的距离。

但是对于陈怀远来说，这个距离有点远，有点费劲，有点心虚，有点懊恼，甚至有点愤懑。

蔡文姬关上门，对着陈怀远喝道："陈怀远，你刚才说梦话呢吧，什么刚从美国回来的啊？"

陈怀远把右手的几个袋子，放在玄关的柜子上，有些悲伤，"再过一段时间，我估计要说我去月球度假了！"

蔡文姬心领神会，追问道："这么晚了，你来干嘛？"

陈怀远指了指几个袋子，"衣服！"

"衣服？"蔡文姬拧眉。

"送你的。"

"送我的？"

"订婚快乐！"

"陈怀远你脑子有病吧？！"蔡文姬的头发立马电量充盈，整个人都怒成爆炸状。

陈怀远也不理会，换了拖鞋，径直坐到沙发上，拿起遥控器，把电视声音调小了一些。

蔡文姬呆愣了一会，就提着袋子窜了过来，"陈怀远，你到底什么意思啊？明天是我订婚，你知道，我和别人订婚，不是和你！"蔡文姬加重了语气，强调道。

陈怀远拿起被蔡文姬咬得品相凄惨的半个苹果，想也没想，就放进嘴里。抬头，瞅着蔡文姬，点头。

"那你给我买什么衣服啊？你是不是有钱有疯了啊？你要是真有钱就去资助点贫困儿童，我不是儿童，更不需要你接济！"

陈怀远被苹果噎了一下，摇头。

"那你什么意思啊？哈哈，订婚宴，我穿着前夫买的礼服！你是想证明，我们的友谊是有多么伟大吗？！惊天地泣鬼神？！"蔡文姬瞪大了眼睛，"你是不是脑子进水了？"

如果是在以前，被蔡文姬这样伶牙俐齿，步步紧逼，陈怀远多半也会控制不住，瞬间就爆炸，可是现如今，陈怀远却窝进了沙发里，充满玩味地看着蔡文姬这头炸毛怪气恼不已、上蹿下跳。

蔡文姬见陈怀远不搭腔，手一松，袋子落在了陈怀远身上。

陈怀远起身拿开，放到桌子上，"听说是阿拉蕾当季最新款，我记得你好像特别喜欢这个牌子！"

听陈怀远这么一说，蔡文姬更炸毛了，"我喜欢什么跟你有几毛钱关系？"

陈怀远忽地就站起来，紧紧箍住蔡文姬的一只手，"你不说我还想不起来，把偷我的东西还我！"

蔡文姬仰着头，一脸倔强，"我偷你什么了啊？"

"我档案袋里的东西！"陈怀远一边啃着苹果一边说道。

"你瞎说什么啊？什么档案袋，别一会儿国家机密都出来了！"蔡文姬打死也不承认。

"瞎说？蔡文姬，你说你要是把整个袋子拿走了，我备不住就真以为弄丢了。你把东西拿走了，袋子留下了，还特意放了几张废纸进去，满世界也就只有你这种智商的人才会搞出这种此地无银三百两的事情！"

蔡文姬理直气壮，"那怎么就是你的东西啊？明明是我喜欢的，啊，你从我的杂志上剪下来，再贴吧贴吧，就成你的了？！"

陈怀远忍不住嘴角扯出一丝笑意，"那你这是承认偷了我的东西？如果我没猜错，我知道它现在在哪儿！"说完陈怀远就往书房走，蔡文姬做贼心虚，当然先下手为强，一转身，快陈怀远一步，堵在书房门口。

陈怀远倾身而下，蔡文姬自然是死命抵挡，忽然陈怀远拧着门锁的手一翻扣住蔡文姬的腰身。

"开门！"

"不开！"

陈怀远再也没有丝毫犹豫，手一用力，蔡文姬整个人向前跌进陈怀远胸膛。

"陈怀远，你放手！"

陈怀远依旧没放。

"凭武力取胜，你算什么英雄？"一时无法挣脱，急中生智，蔡文姬顶着满头乱发就朝陈怀远怀里撞去。

陈怀远没料到蔡文姬还有这一招，虽然人高马大，但无奈，蔡文姬来了狠劲傻气冲天，还是往后退了一步。

蔡文姬急忙转身，把门锁上，把钥匙紧紧攥在自己手里，可怎料后防空虚，还没来得及转身，就被陈怀远一个打横抱起，转身扔回沙发上。

蔡文姬双手死命把钥匙藏在身下，整个前身大片的土地竟无人防守，然后就看到正上方三十公分的距离，陈怀远的脸上露出一丝诡异的笑容。

蔡文姬眉头都要拧成两支毛笔，"陈怀远，你大爷！"

"起来！"蔡文姬喝道。

"给我！"陈怀远也不退让。

"不给！"

"那我就不起来！"

"陈怀远，你说你是不是天天和李琦那个老无赖泡在一起，也成了小无赖啦？"

陈怀远身子又往下压了压，"给我！"

"不给! 你快起来! 我喘不过气了! "

"需要人工呼吸吗? "

蔡文姬翻了一个白眼, "陈怀远, 你大爷的, 你是不是吃错药了? 简直就是老太太靠墙, 卑鄙无耻下流! "

陈怀远一只手朝蔡文姬的身下探去, 蔡文姬一躬身, 胸脯又往上拱了拱。

陈怀远面红耳赤, 一张薄唇就狠狠吻了上去, 身下的炸毛怪, 怎么会轻易就擒, 一边挣扎, 一边喊: "陈怀远, 你王八蛋, 放开我! "

蔡文姬用尽力气一翻身, 陈怀远被挤下沙发, 跌到了地板上。

陈怀远坠地, 手也没松, 连带着蔡文姬也被拽了下去, 正正好好跌落在陈怀远的身上。

蔡文姬刚想乘胜爬起来, 后脑勺又被一记狠劲带了下来, 正好贴上了陈怀远的嘴唇。

"只会使用武力! "蔡文姬身子往后一缩, 从陈怀远的禁锢里挣脱, 坐直身子, 刚想站起, 腰上又被一股力道按住, 附在陈怀远胸口, 撞得鼻子又酸又痛。

蔡文姬还想故伎重施, 念头刚一闪, 陈怀远一翻身, 就把蔡文姬狠狠压在身下。

蔡文姬就像被激怒的一头小兽, 手脚并用, 龇牙咧嘴, 又咬又踹。

奶奶的, 前些日子怎么不瘦死你, 早知道, 就饿死你, 免得你现在欺负我。

"陈怀远, 起来, 你想压死我! "在生活里, 有些人习惯了张牙舞爪, 比如蔡文姬, 而有些人却什么都不说, 习惯了真奔主题。

此刻, 蔡文姬的睡衣早已被掀开, 胸前的美好, 一览无遗地袒露在空气中, 空气凉丝丝的, 陈怀远还什么也没做, 蔡文姬胸前娇弱的花朵就已迎风而立。

两个人似乎都听到了花开的声音, 两行泪顺着蔡文姬的眼角滑落。

有些战争, 还没开打, 结局就早已注定, 比如爱情!

陈怀远低头, 在那花蕾上, 轻柔撕咬, 每加一点力道, 蔡文姬的泪水就更加浓厚一点, 夹杂着异常复杂又无法言说的情绪。

蔡文姬从来都不知道, 幸福和绝望这两种情绪竟然可以同时出现在一个人的身体里, 幸福如登临天堂, 绝望如坠入地狱。

陈怀远似乎是故意而为之, 在蔡文姬的身体里不疾不徐, 气定神闲。

每一次的攻城略地, 都是陈怀远的深情告白, 我爱你, 我如此爱你!

每一次的低吟浅唱, 都是蔡文姬的灵魂拷问, 我恨你, 更恨我自己!

陈怀远的用情深刻, 在蔡文姬那里就变成了自取其辱。

单线条的陈怀远似乎永远也无法 get 到多线程的蔡文姬那错综复杂此起彼伏的情绪, 正所谓, 男人来自火星, 女人来自金星。

反过来, 这或许才是爱情, 因为不同, 所以相爱!

一番云雨过后, 陈怀远躺在地板上, 圈着蔡文姬, "你确定吗? "

"什么？"蔡文姬明知故问。

"和石浩楠订婚！"

"不然呢？"

"你知道的，我们是最适合的！"

蔡文姬噌地起身，手抚在陈怀远的胸前，表情有些怪异地笑道："你说的是刚才，对吗？"

陈怀远被噎得无言以对。

蔡文姬站起身，踱到窗边。

一会儿，身子就被圈进一个厚实的怀抱里。

陈怀远一边含着蔡文姬柔软的耳垂，一边说道："我们重新在一起，好吗？"

蔡文姬沉默了好长一段时间。

"这么长时间，我们都没吵过，以后也不会！"

"但是你忽略了一件事，我们没有争吵，是因为……"

"因为什么？"陈怀远问道。

"我们离婚了，从法律上讲，我们已经失去了对彼此指责怨恨的权利！"蔡文姬顿了顿，"真的，陈怀远，或许我们本来就不合适，只不过，我们在彼此的生命里最先遇到，在你之前，我不知道其他的男人什么样，在我之前，你也不了解女人，我们以为这就是合适的，可是我们用了八年的时间，告诉彼此，我们都错了！"蔡文姬转过身，柔情似水，"真的，你值得遇到更好的女孩，温柔体贴，心疼你、理解你、仰慕你，她知道你很辛苦，会帮你做好饭，等着你，而我做不到，我虚荣嫉妒，说话总是伤人，自私自利，就比如刚才，我明知道我不可能取消和石浩楠的订婚礼，可是我却依然和你在一起，我堕落至此，我没有道德底线！"

陈怀远把蔡文姬拉进怀里，心痛不已，"我不许你这么说自己！"

"事实如此！所以，真的，你答应我，去找一个更加适合你的！你放手，我们都喘喘气，条条大路通罗马……"

陈怀远扶着蔡文姬的双肩，满目深情，"可是，你才是我的罗马！"

蔡文姬无奈地笑笑，"怀远，我只能算是你的庞贝古城，早就破灭了，一切你以为的美好，都不复存在了，我们再这样继续下去，只会更加破败不堪！"

"好，那就当你去做了一次长途旅行！"陈怀远满怀忧伤，"不过，只可以观光，不可以留宿！"

蔡文姬仰头大笑，"陈怀远，你是我爸吗？我凭什么听你的？！"

陈怀远一低头，噙住蔡文姬的嘴唇，低语道："我不是你爸，但是，我会是你未来孩子的爸！"

下一秒，蔡文姬再一次原地爆炸，歇斯底里道："陈怀远，滚！"

爱情从来都不是一条坦途，既有明媚春花，也有悲怆记忆！

如果我们无法逃脱那些悲怆的魔咒，有的时候，选择遗忘，或许就是最好的选择。

❧ 你是《2046》里的谁? ❧

石浩楠把观月轩二楼的一层都包了下来。

对此，蔡文姬极力反对，"浩楠，只是订婚，又不是结婚，弄这么大排场干嘛?"

"可是订婚也该有订婚的样子!"

"两家人在一起吃个饭，就行啦!"

对于这个订婚宴，蔡文姬和石浩楠心思不同，蔡文姬不想让别人知道她订婚了，可是石浩楠却想昭告天下，蔡文姬现在成了他的未婚妻，将来，会是他的太太。

石浩楠把蔡文姬拥在怀里，一脸宠溺，"就是订婚，我也不想委屈你!"

蔡文姬满脸羞红，低下头去，不想再争辩，只管沉在石浩楠这无穷无尽的温柔里。

"行啦! 就这么定了!"

"我这边人不多，就我大姨一家，马晓鸥，其他人我不想请，因为田杺然那破事，同学我一个都不想见!"

"嗯，理解! 那我这边就少请一些。"

"那包下这一层，多浪费啊!"

"不浪费，订婚，怎么样都算我们的大日子，你想被人吵啊? 再说，空出来的地方，我自有安排，那天，你漂漂亮亮地出现就好!"

"好吧，不过千万不要太浪费。"蔡文姬叮嘱道。

"现在就开始替我省钱啦?"石浩楠嘿嘿傻笑!

"才不!"

"我的钱都是你的，你想怎么花就怎么花!"石浩楠紧了紧双臂。

"那改天，我去包个小白脸去!"

"此项消费不被允许!"

"切!"蔡文姬说着，从石浩楠的怀里挣脱出来，往楼下走去。

"喂，你要想包就包我吧，我脸好像也不黑!"石浩楠追上来，又狠狠拖住蔡文姬的胳膊!

"好，成交，每个月十块钱!"蔡文姬回头。

"不对啊，是每次十块吧!"石浩楠不知怎得，忽然想起《2046》里的情节，便随口说了出来。

恰巧，这部电影，蔡文姬也看过，自然知道，石浩楠说的是什么意思。脸一红，又挣脱开，朝大街上跑了去!

石浩楠这次没有追过去，慢慢跟在后面，咻咻地傻笑，心里一阵阵抽紧，浑身都燥热起来！

蔡文姬冲到大街上，也不等石浩楠，沿着马路往南走。满脑子都是《2046》里周慕云和白玲反复纠缠的画面。他们在一起，到底是情欲的驱使，还是真爱的沉沦？如果自己是白玲，那么周慕云是谁？

为什么想着电影里面的情节，满脑子却都是陈怀远的影子，怎么甩都甩不掉！

一时便由慌乱，变成了赌气，自己和自己赌气，恨自己不能把那个混蛋从脑子里驱逐出境。

蔡文姬自顾自地走着，石浩楠按了好几次喇叭，蔡文姬似乎都没听到。

"文姬！"石浩楠倾心地叫着。

"嗯？"蔡文姬一晃神，回头站定！

"怎么了？"

"哼，你是说你像那个周慕云吗？薄情寡义？！"

石浩楠一愣，一个玩笑，不想蔡文姬当真了！

"我错了，我错了，好吧！上车！"

蔡文姬又矜持了一会儿，拉开车门坐到了驾驶位的后排！

"坐到前边来，我都看不到你！"

"不去，你安心开车就好！"

"过来，你坐后面，我才不安心！"

无奈，蔡文姬坐到前面去，依旧嘟着小嘴。

"好了，别生气了！"石浩楠转过头，嘴唇贴了过去。

蔡文姬下意识一躲，吻落到了脸上。

石浩楠一脸失落。

"前面有摄像头！"蔡文姬赶忙说道。

石浩楠抬头一看，确实如此，不过心里还是有些落落寡欢。

❀ 所谓婚姻，不只是爱情 ❀

蔡文姬没有想到，石浩楠说的自有安排，竟然是请了一个戏班子。

虽然那吹拉弹唱，有一种精致的美感，但是蔡文姬却一点也喜欢不起来。

"这就是你的安排？"蔡文姬问道。

石浩楠把蔡文姬拉进怀里，"你不喜欢？"

蔡文姬也没说喜欢，也没说不喜欢，"早知道，我今天穿一套旗袍过来才合适！"

石浩楠在蔡文姬耳边低语："你这样更美！"

蔡文姬含着羞地笑笑，答道："我去门口看看，接一下我大姨他们！"

蔡文姬下楼梯的时候，特意回头看了一眼石浩楠的那些亲戚，一个个陶醉异常的样子，蔡文姬知道，石浩楠如此安排只是为了讨他们欢喜而已。

而之所以讨他们欢喜，只不过是他们不喜欢自己而已。

这一刻，蔡文姬才知道，所谓婚姻，不只是爱情，还有爱情背后那千丝万缕不明所以的关联，它们就像是一张巨大的蜘蛛网，死死地把你缠住，你若乖顺，便是欢喜，你若挣扎，便是破碎。

她和陈怀远如此，和石浩楠呢？又会如何？或者说和石浩楠的家庭，又会如何？

所有的美好，因为清醒，便一一破碎，但是看着李桂琴那欢欣鼓舞的样子，蔡文姬只得强打精神，佯装幸福。

中国式的婚姻大抵如此，为了成全别人，而选择忽略自我，因为在几千年的教化里，牺牲已经成为美德。

蔡文姬窝在石浩楠怀里，小鸟依人，把对方的亲戚一个个招呼遍，认识不认识总能搭上几句话。

石浩楠的父母对蔡文姬态度还算良好，虽然不太满意蔡文姬结过婚的事实，但是面对儿子的选择，也只能妥协。但是其他的亲戚就不见得愿意配合今天的气氛，嘴上不说什么，对蔡文姬的不满意却都藏在了眼睛里。

蔡文姬表面上无所谓，内心早就不耐烦，过个来回之后，便再也不想应承这些人。

石浩楠看在眼里，只能更紧地把蔡文姬圈在怀里。

蔡文姬面子上暗淡，其他人自然也不好热络，两桌人好不容易，憋到吃完饭。

石浩楠要送蔡文姬回去，蔡文姬却死活不肯，"你还是先把叔叔阿姨送回去，你奶奶也在，你送我，不好！"

"没事，让他们挤一下二叔家的车！"石浩楠坚持。

"现在还没结婚呢？你就这样，过不了几天，你家亲戚就一定在背后念叨，真是娶了媳妇忘了娘，你让我以后怎么做人？"

看到蔡文姬如此坚决，石浩楠只好作罢，"好吧，今天难为你了！"

蔡文姬左顾而言他："放心，鸟姐送我回去！"

石浩楠低头正要吻蔡文姬，蔡文姬仰起脸，指了指自己额头，"这里！"

石浩楠无奈，只能把吻落在蔡文姬的额头上，手里把蔡文姬的身子抱了半天也不松开。

马晓鸥看不过去，走过来，冲蔡文姬喊道："不走，我先回啦！"

蔡文姬赶忙从石浩楠怀里挣脱出来，"丢人，你们家亲戚都看着呢！"

"看着又怎么样？"

蔡文姬酸酸道："对你当然不怎么样，他们只会觉得我不好！"

"不会！"

"不会才怪！"

"好吧，到家电我！"石浩楠只好放弃，但是内心里，却怎么也不想放蔡文姬走。

"嗯，慢点开车！你奶奶还在车里！千万注意啊！"

"知道！"石浩楠恋恋不舍。

蔡文姬转身坐进马晓鸥的车里，几辆车前前后后开出观月轩的停车场。

❀ 谁也做不到猝然清醒，轻易转身 ❀

马晓鸥抬头，望了望蔡文姬住的六楼，"为什么不让石浩楠送你？"

"怎么着，你是想收车费吗？"蔡文姬瞪大了眼睛，笑笑。

"别告诉我，你还是无知少女！"马晓鸥揶揄道。

"什么无知少女？"蔡文姬明知故问。

"你不知道，石浩楠的意思吗？"

"什么意思？"

马晓鸥侧了侧身子，盯着蔡文姬，"男人对女人的意思啊？别以为我没看出来，你满身的抗拒！"

蔡文姬低头，"我没抗拒，我只是还不适应！"

"你只是还放不下陈怀远吧？"

蔡文姬支着胳膊，望着车窗外，"早就放下了！"

"不管你选谁，我都希望你幸福，现在你既然选了石浩楠，就要准备好，接纳一个人的全部，人都是自私的，不管是身体，还是灵魂，如果你留下太多的暗格，那么最后伤害的可能就是三个人！"

蔡文姬笑笑，"怎么成爱情专家了？"

马晓鸥也笑笑，"苦难造就了哲学家，而曲折的爱情造就了无数的爱情专家！"

在爱情中，没有人可以做到完全清醒，轻易转身。

就在马晓鸥和蔡文姬准备放下所有，勇往直前的时候，一个电话又把他们拽了过去。

等马晓鸥和蔡文姬赶到皇家酒店的时候，靳雪菲已到了大堂。

"到底怎么回事？闹到这里来了？"蔡文姬赶紧抓住靳雪菲的手腕，问道。

"他们三个去酒吧喝酒，老李和怀远喝多了，和人打起来了，差点把酒吧砸了，多亏范姜和老板认识，不然这会估计已经进去了！"

"不是说酒店吗？"

"是，范姜把他们给弄到酒店来了，不过他们刚才在大厅又闹了起来！"

当三个女人气喘吁吁冲进房间的时候，就看到范姜跟个乞丐似的，顶着一头乱发，衬衫被扯掉了一块，衣服上各种颜色，玉树临风的形象早已荡然无存。

看到蔡文姬和马晓鸥，范姜颓然地坐到沙发上，"赶紧地，你们俩谁家男人赶紧领回去！这一晚上都快被他们折腾死了！"

蔡文姬和马晓鸥顺势一看，李琦和陈怀远，浑身上下也好不到哪里去，俩人脸上都挂了彩，酒气熏天。

"怎么回事？"蔡文姬问道。

"蔡文姬，你这不是明知故问吗？老陈为什么喝酒，你还好意思问我？如果今晚不是我和老李陪着，真不知道他能干出什么事来！"

范姜顿了顿，"不过我今天才知道，我靠，老陈打起架来，真生猛啊，一对三，直接撂倒，本来是找削呢，可是别人怂他，急了，战神转世！哈哈！不过老李也不差，尽在人背后下拌，专门踹人家后腰眼和重要部位！最后俩人完全是打疯了！"范姜越说越生动。

"喏，录像，我都录下来了。绝对比古惑仔好看！"范姜把手机递给蔡文姬。

"你无聊不无聊啊？"

"就兴你们有聊喝喜酒，不兴我们无聊打打架啊！"范姜打抱不平道。

"自作孽！"

"不过，我没打，我只是拉架。"范姜边说眼神便往靳雪菲身上飘，"多亏我喝得少，不然他们俩今晚绝对就报废了！"

床上的俩人估计是累乏了，大手大脚交缠着睡去，一个翻身过去，一个竟然死缠烂打，硬是把对方掰过来，又相互搂着睡去。

看得马晓鸥和蔡文姬两个人眼睛里直喷火。

"范姜，你叫我们过来，不会是叫我们看这个的吧！"蔡文姬指了指，床上早已交缠在一起的两具身体。

"不会吧！受刺激了！啊，太劲爆了！"

范姜被床上的活色生香吓了一大跳，赶紧跳起来，立马掏出手机，把床上的一幕拍了下来。

马晓鸥触景生情，转身要走。

范姜转头，道："我定了两间房，太晚了别回去了，再说他们一会儿起来再闹，我真心招架不住，拜托！"

两间？靳雪菲一低头脸色微红，她还没有做好再次接纳范姜的准备。

范姜赶紧解释道："我的在隔壁，我是给你们订了两间！"

蔡文姬盯着小脸通红的靳雪菲，接过一张房卡，挽着马晓鸥就往外走。

靳雪菲脸更红了，赶紧追过去，"小文，不跟我住啊？"

蔡文姬贼贼地笑道："今晚我和晓鸥有事要做！"

"什么？"

"你没看到吗？他们都那样了，我们怎么着也要捞回来，心里才平衡。"

马晓鸥配合默契，摸摸蔡文姬脑袋。蔡文姬故意小鸟依人般依偎在马晓鸥的怀里。

靳雪菲内心 OS：城市套路深，我想回农村！

第二天一大早，三个女人收拾完，正准备一起下楼用餐，就听到 508 的房间里，传来了一阵阵此起彼伏的狼嚎声。

门正好开着，便鱼贯而入。

床上的两个男人光裸着上身，双眼依旧迷离。

一分钟前，李琦和陈怀远双双醒来，如你所想，双手双脚还交缠在一起。

陈怀远一看，怀里抱着的不是梦里的蔡文姬，而是一个胡子拉碴的大男人，而这个大男人竟然还紧紧搂着自己。

最重要的是，两个人好像都没穿衣服。

"啊！"陈怀远一机灵，腾地坐起，浑身上下，除了一条内裤，身无寸缕。

李琦立马被吓醒，也被眼前的情景吓到，也赶忙掀起被子，"啊！"

俩人你看看我，我看看你，尖叫声不断。

范姜从洗手间出来，也跟着闹起来，"啊！"

正闹着，不成想忘了关门，三个女人就这样进来了。

两个男人就那样赤条条地坐在床上。

陈怀远看到蔡文姬进来，一激动，赶忙拉着被子站起来。

"啊！"还好，李琦反应迅速，赶忙抓起床单一裹，裹住了自己，咽了一口吐沫，"晓鸥，你们怎么来了？"

马晓鸥的脸一阵红，一阵白，没言语。

陈怀远刚想往上凑，就被蔡文姬的气势给镇压住了，"陈怀远你能耐了啊，之前是喝酒喝进了医院，现在喝酒，又把人家酒吧给砸了，还真是层出不穷，创意不断啊！"

陈怀远刚想反驳，上次，是劳累过度，自己根本就没喝几口，这次还不是因为你！

可是从蔡文姬的眼神里，早就看出了不耐烦，此时此刻，再怎么解释也无济于事，一时无语。

蔡文姬见陈怀远赤裸着上身，一副痴呆样，心里更气，转身就走。

"陈怀远，以后也别说你认识我，丢人！"

马晓鸥紧随其后，"李琦，你也一样！"

靳雪菲，只能摆明立场，跟了出去。

范姜小声嘟囔着："我，又没干坏事，我顶多算见义勇为啊！"

三个女人气冲冲地走了，三个男人坐在床上大眼瞪小眼。

一会儿，范姜转身去了洗手间，把俩人的衣服扔在了床上，"洗干净了，破了点，勉强对付吧，这次真是被你们害惨，又是一觉回到解放前。"

李琦忽然想明白前因后果，狠狠踢了一脚陈怀远，"都是被你拖累的，你说你装什么大度，还说什么，给她点空间，让她去尝试，试过之后就知道，自己好了。你说你这么高尚，你喝个屁酒啊，还借酒浇愁，还不够，拉着我打架，我这边刚刚有点进展，又被你给耽误了！奶奶的，知道这样，昨晚就不该管你！"

陈怀远嚯地站起来，"我忽然想起来了，是谁，告诉我，刺激刺激蔡文姬，她就会立马回头，投怀送抱了啊？"

李琦警惕地护住自己，谄媚一笑，"她不抱你，你抱她啊！"

陈怀远晃了晃晕晕的脑袋，"抱了啊！"

李琦嘿嘿道："那估计是，姿势不对！"

陈怀远抬脚就把拖鞋甩过去，"李琦，你大爷！"

Chapter 17

孤注一掷

作为哥们，我替你着急，但是很多时候，特别夜深人静的时候，我做梦都能笑出声来。我心甚慰，我心甚慰啊，你说你一匹白马都追不上公主，我这顶多也就算是一头大黑牛，我还着啥急啊！

❧ 为你去死，我舍得！ ❧

受陈怀远诛连，李琦很快就又被打进了冷宫。

一个周日，李琦穿着一件丝绸睡衣，戴着黑框眼镜，从楼上到楼下，晃荡了好几遍，也没见马晓鸥回来，便觉得生活有些百无聊赖。

以前，老两口没来的时候，马晓鸥周末会在家里带带果果，或者出去给果果上早教课，顶多再抽点时间去见见蔡文姬等。

最近，果果有外婆带着，马晓鸥就变着花样，报了什么插花课、厨艺课、形体课，反正只要是花点钱，能消磨时间的，马晓鸥统统都去了。

晃荡了几圈，中午饭也没吃，李琦就窝进了书房，看谢振阳发给自己的资料，是关于高登公司的。

两点多，刚要去卧室休息一会，就听到门铃声，自己还没走到楼梯口，就看到老爷子疾步走到大门前，一会儿，王凯，提着一袋子书，闪身进来，笑容都可以融化西伯利亚的雪原了。

李琦明知故问："王凯，找我？"

王凯，有些不好意思，"我先陪马伯伯下会儿棋，一会上去找你！"

李琦，连话也没接，转身又去了书房，没一会儿工夫，马晓鸥捧着一盆花，回来了。

李琦就站在楼梯口，对着马晓鸥，话也没说，怒目而视，"哼，一前一后，傻子都能猜得出来，是约好的。"

瞪了马晓鸥一会儿，李琦转身回了卧室，换了一套休闲服，又蹭蹭蹭下楼。

马晓鸥在沙发上还没坐多大一会儿，就被李琦拉起来。"干嘛啊？"

"王凯来了，买菜！"

"你自己去！"

"我不知道王凯喜欢什么口味，一起！"

马晓鸥低声，声音重重道："你朋友，你不知道，我怎么知道？！"

"你不知道？都带到家里了，还不知道？"

"什么叫都带到家里了，我爸约的，和我有什么关系！"

"你说，你爸，非要下什么西洋棋，围棋、军棋，我都行，早知道，我就学学了！"

"晚了！"

李琦也不言语，不容分说，拉起马晓鸥就往外走，马晓鸥也担心，俩人再争执下去，让外人看了笑话。

出了家门，马晓鸥就不再担心李琦使坏，一路上，气冲冲走在前面，李琦不疾不徐，一路紧随。

超市很近，出了小区，过一条马路，斜对面就是。

李琦推着购物车，驾轻就熟，也没花多少工夫，就搞定了。

出了超市，马晓鸥依旧头也不回径直往前走。

李琦拎了两个重重的塑料袋，快步追了上去，拉住马晓鸥，"马晓鸥，你来真的啦！"

"我来什么真的啊？"马晓鸥站定，有些不耐烦地回道。

"你天天把那个假洋鬼子往家领，你是什么意思啊？"

"我说了是我爸约的，另外，什么叫我往家领，王凯是你朋友！"

李琦狠狠地正色道："那是以前，以后，我没他这个朋友！"

"这么快就准备绝交了啊！"

"朋友妻不可戏，他连这点美德都没有，简直不知廉耻！"李琦一本正经起来。

马晓鸥也认真起来，"朋友妻不可戏，可现在我们又不是夫妻，人家怎么就不知廉耻了啊！"

李琦又追上去两步，像一个可笑的大鸭子，"马晓鸥，我就知道，你是故意的，对不对，你故意气我！"

"我没那个闲工夫！"

"那你是认真的？"

"认真又如何，不认真又如何？我没义务和你报备，对吧！"

"怎么就没有义务和我报备啊，我是果果的亲爸，你要给她找后爸，那也必须得我帮果果把把关啊！"

"我给果果找个什么样的后爸，我自己会对果果负责，不劳您费心！"

李琦哗啦啦把两个袋子扔在地上，抓住马晓鸥的手，"马晓鸥，我告诉你，你要是敢给果果找后爸，你看我……"

"你怎么着啊，李琦，怎么着，紧张了？"

"马晓鸥，你睁大眼睛看看！"

"看什么？"

"看我！"

"你有什么好看的？"

"我承认，那个假洋鬼子，比我帅，主要是局部比我帅一点，现在，又走了狗屎运，弄了不少钱，可关键是……"

"关键是什么？"

"关键是，他没有我爱你！"

"那是你自以为！"

"你不信，是吧，你让他为你去死，他保准舍不得，我舍得！"

马晓鸥的火气也一下窜起来，忽然觉得李琦就像是十五六岁的初中生，满身的燥气，幼稚得可笑。

马晓鸥狠狠地瞪着李琦，大声喊："好，那你去死吧！"

李琦没想到马晓鸥会这么说，犹豫了片刻，转头就朝马路上冲。

马晓鸥惊出一身冷汗，扔下手包，踩着高跟鞋，就冲了出去。

等马晓鸥追到斑马线的时候，李琦已经站到了马路中央，然后就听到一连串喊哩喀喳刺耳的紧急刹车声。

靠李琦最近的一辆车，离李琦的膝盖不到 10 厘米的距离。

马晓鸥吓得双腿发软，神情呆滞，仿佛被定住了一般，还没等冲过去，李琦就倒退着退回到马晓鸥身边，身后自然是一连串的咒骂声。

看着马晓鸥被吓傻的神情，李琦有些歉意地拉过马晓鸥的手，马晓鸥的手心早已冷凉一片。

李琦心里自然是又得意又心疼。

反应过来的马晓鸥，也不知道哪里来了一股力气，啪，一个巴掌就甩了过去，接连着，眼泪噼里啪啦往下掉。

李琦也一下子被打懵了，手捂着脸，呆愣起来。

马晓鸥转身就跑，过了五秒钟，李琦反应过来，忽然大笑，撒开腿，追了过去。

当天，李琦亲自下厨，做了一顿丰盛的晚餐，满室飘香。

晚饭时分，李琦为每个人端上了一个餐盘，说今天咱们也时髦时髦，弄分餐。

"爸，你知道分餐最大的好处是什么吗？"李琦一边上菜，一边给大家解释，"就是卫生，自己只能吃自己盘里的东西。王凯，你说对不对！就是没吃饱，你也不能总惦记着别人盘里的，对吧！"

王凯抬眼，点头。

马老先生，坐在主位上，左看看右瞧瞧，总觉气氛诡异。

马晓鸥一张俏脸依旧阴沉一片，没有放晴的征兆。

李琦，左边脸上，手掌印越发鲜明，有些红肿。李琦嬉笑着说是下午去超市，见义勇为，被小偷打的。可是，这个谎言估计小偷都不信，鬼才会相信呢！

王凯坐在李琦的对面，每一口菜进嘴，都龇牙咧嘴、表情狰狞。

对面的李琦倒是一会儿咻溜一口汤，一会吧嗒一口菜，吃得津津有味。

马老先生又把自己餐盘里的各味菜尝了一遍，味道不错嘛！

李琦指着王凯的餐盘，"王凯，以前在美国的时候，你最喜欢吃我做的菜了，所以，我今天特意下厨，手艺不减当年吧，嗯？多吃点！"

王凯面部表情肌几乎濒临瘫痪，"嗯，好！"

笑比哭难看，说的就是现在的王凯，他听同事说，形容一个人极坏，用一句话形容，就是一肚子坏水，李琦，严丝合缝，异常吻合。

❦ 天下论"贱"，谁与争锋 ❦

周一，刚到办公室，陈怀远就收到范姜发来的一段视频。

看完，陈怀远立马就把电话打过去，"我靠，姜还是老的辣，这招儿，老李都敢用，厉害！要不晚上聚聚，取取经？"

电话另一头的范姜也不得不承认，在把妹这件事上，自己和陈怀远就是幼儿园级别，目的太明显，手段太单一，而李琦绝对是骨灰级，花样百出、凶狠果断。

为了配合陈怀远的日理万机，聚会的地点就定在了陈怀远办公室楼下的日式料理。

闲人范姜第一个到的，接着是陈怀远。

陈怀远离开前，又和工程师们对了一下当日的燃尽图，没有完成的工程师照例要留下来加班。

拿到融资后，陈怀远终于有了自己的助理，同时又从 BAT 请来了一个非常有经验的首席架构师。有了这两个左膀右臂，陈怀远终于从代码矩阵中被解救出来，主要负责产品方向，技术架构，大部分的时间做工程师的培养和团队管理工作。

陈怀远不禁感叹，小媳妇终于熬成婆。

范姜反复播放着视频，态度认真，简直把视频当成了学术教材。嘴里自语："这也太考验智商和反应能力了。"

陈怀远刚坐定，李琦就顶着一个巴掌印，耀武扬威地来了。"太阳从西边出来了啊，你们俩咋想起来请我吃饭了！"

陈怀远和范姜，你瞅瞅我，我瞅瞅你。

"不会吧，车撞你脸上啦！"范姜打趣道。

"你家车，长这样啊？"李琦眯着小眼，瞪着两位好事者，俗话说吃人家的嘴软，好端端的请自己吃饭，估计就没什么好事！

"中间成圆形凸起，五条射线延伸出去，有长有短！估计不是汽车，可能是UFO！"陈怀远一本正经道。

"不是UFO，应该是MXO！"范姜凑上前，左右验证，"不会吧，真是马晓鸥打的啊？"

李琦翻了一记白眼过去。

"不是吧，你连小命都不要了，她还舍得打你啊？！"

"你没听说过，打是亲骂是爱啊，她不爱我，她能打我啊！"李琦转怒为嘿嘿贱笑。

"不是，你当时咋想的啊？"陈怀远追问。

"快交代交代，千钧一发之际，那么多汽车，万一遇到一个新手司机，不死也残废，你是如何快速计算出汽车的数量、速度的啊？"

"设计个屁啊，我和马晓鸥把大话撂下了，说，你让我死，我就去死，结果，她真的就指着我说，好，那你去死啊！"李琦一脸大义凛然。

"不会吧，她让你去死，你就真的……？

"人总有一死，不过，现在保准不能死，死了不是便宜了王凯那个龟孙子？！"李琦得意洋洋，"那条路，限速，主要是，平时车也不多！就是撞上了，估计也就是一个骨折，小命还能留下！"

陈怀远忽然意识到问题的严重性，"老李，你这是要给另外两个树起什么榜样啊？万一哪一天，蔡文姬指着我，让我去死，我咋办？她一定会说，你不爱我，你看人家李琦，马晓鸥让李琦去死，人家就冲出去了！"

"对，你这个标杆立得太高。不是每条马路都限速、车少！"

"你们和我不一样，我他奶奶的，身上有污点，在马晓鸥眼里，这个污点就是一万只苍蝇！你，罪不至死，你，如果说有缺点，那他娘的也是，太帅了，太年轻了，太有才了，范姜，你知道吗？你追了靳雪菲这么长时间，还没把人家拿下，作为哥们，我替你着急，但是很多时候，特别夜深人静的时候，我做梦都能笑出声来，我心甚慰，我心甚慰啊。你说你一匹白马都追不上公主，我这顶多也就算是一头大黑牛，我还着啥急啊！"李琦眯着笑眼，说得绘声绘色。

范姜恶狠狠道："李琦，你知道有一句话叫善有善报，恶有恶报，不是不报，时候未到，说的就是你这种人。我觉得马晓鸥这一巴掌打得轻了，就应该左右开弓，打你一个马蜂窝！"

"所以说，你们俩应该庆幸，和我算是同一战壕的战友，要是阶级敌人，你们俩就惨了。"想起昨天的晚餐，李琦一脸兴奋，"昨天王凯又去我们家陪老爷子下棋，晚上我做饭，我就说，咱们也学学人家外国，搞分餐，你猜怎么着，每个人四菜一汤，有一盘菜，我放了半管芥末，然后一顿饭下来，王凯吃得脸都绿了！"

李琦一边吃，一边学着王凯的表情，自己笑得眼泪都出来了。

"范姜，怎么着，现在服我了吧，我怎么说的，看到没？拿到钱了，翅膀硬了，狼子野心，现形了。最近，他天天往我们家跑，陪我们家老爷子下棋，你们也知道，我们家老爷子从开始就不待见我，总觉得他闺女是一朵鲜花，我就是一堆牦牛粪……有钱了，他娘的，那个假洋鬼子就觉得他腰杆硬了，也准备和你学了，从农村包围城市，我们家老太太保证是我的铁杆粉丝，一直挺我，我不担心，老爷子，墙头草，这要是老爷子被拿下了，奶奶的，我就危险了，我现在给他吃点芥末还是客气了，他再敢咋地，下毒，吃枪子，老子也敢！"

"老李，你之前是不是混过黑社会？"陈怀远追问道。

"不是长得黑的就混过黑社会，好不？他奶奶的，也就是马晓鸥，给我下了迷魂药了，这花花世界，你说啥样女人没有？虽然说，我眼睛不大，可是不影响视野啊，你说怎么地，我就是谁他妈的都看不上，就看上她了！别只说我，再说你俩，你说蔡文姬，我说句实话，老陈你可别生气，你说说那个小暴脾气，给个放大镜都能自燃的主儿，你说说，你喜欢她啥？以前，你没钱，有个媳妇总比打光棍强，可是你现在也有钱了，你想找什么温柔的，体贴的，啥样没有？你咋还就围着她转，热脸贴上去，啪，给你一个冷屁股，再贴上去，又一个冷屁股。再说说你们家靳雪菲，是漂亮，温柔，可怎么就是一根筋，那心估计就是冰做的，你就是千年火山喷发，大地都融化了，人家还是非礼勿进！所以啊，人家说天下乌鸦一般黑，咱们是无敌金刚一样轴，谁也不用笑话谁！"

"老李，这口才，你怎么不上《我是演说家》啊，那个制片人，我认识，要不，明天给你报个名？"范姜举杯。

"你以为我不想啊，奶奶的，我要不是身上背了这么大一个污点，你以为我不敢啊？就是站在天安门城楼上裸奔，然后大喊，马晓鸥，我就稀罕你，我也敢！"李琦端起一杯清酒，一仰脖，一饮而尽。

"还有个事，我跟你们说，你们回想一下，身边有没有名字里含登的朋友，有，赶紧友尽！凡是含登的，没一个好人，你看，拉登，开一架飞机，把人家世贸大厦给撞了，我以前有一个朋友，叫高登，奶奶的，想搞我，就给我设置了这么大的一个黑锅，把我和马晓鸥好端端的家给弄散了！"李琦又一杯清酒下肚，脸上泛起红意，手掌印更加鲜明。

"人家给我下了绊，我他奶奶的，查了快两年了，就愣是他妈的拿不出证据，我怎么解释，马晓鸥就是不信我！所以，刚才你们问我，我怕不怕死，我怕啊。我他妈的比谁都怕死。所以我必须先弄死高登，不然早晚马晓鸥会弄死我！你们看吧，只要一天，我无法自证自己的清白，马晓鸥就一天不会原谅我！你说，前段时间那个男明星，出轨了，人家老婆，婚姻不易，且行且珍惜，再看看我老婆，连解释都不听我说一句，直接把我蹬了！所以说，同人不同命！"

陈怀远，被李琦的话吓到了，赶紧抓住李琦的手，"你不会是真的想废了高登吧？老李，你别激动，事儿总会过去，误会总有真相大白的时候！"

"大白个屁！是，我找不到证据，可是我也不能让高登有好日子过，他把我拽下马了，我也得给他弄几个泥坑对不？他资金链快断了！"李琦的脸上又露出他那惯有的闪着光芒的贼笑，"不过，听说，他最近在美国又见了几个投行，弄钱呢！别说，你给我介绍的那个方晓亮，那个黑客，真是特别牛，这消息就是他搞到的。"李琦又举杯，"所以，我要杀到美利坚去，奶奶的，我要搞搞他！"

"只是搞他，不会这个吧！？"范姜异常紧张，做了一个抹脖的手势。

"老范，你别总把我当成黑社会，成不？杀人越货，这种事太 Low 了，显得智力太苍白了，他不是想融资吗？我就不让他拿到钱，想拿到也行，老实交代，证明我的清白，只要对着马晓鸥交代清楚，当年的艳照，都是他娘的他设的局，所有恩怨，一笔勾销！我这个人，没啥优点，就这一点，说到做到！"

"那看来，是要恭喜了啊，终于拨开云雾看月明！"

李琦好似美梦成真般，脸上是壮志得酬的豪迈，"必须的啊，你说，咱们哥仨儿，难兄难弟，都在这泥水泡子里扑腾多久啦啊，总得有一个杀出迷雾的吧！这次，哥先走一步，等我老老实实把马晓鸥那娘们收拾明白了，哥再回来帮你俩，哥对不住了！"李琦脸上都笑开了花，又一杯清酒一饮而尽。

不管李琦说的是真是假，这多少也让陈怀远和范姜觉得，离农奴翻身做主人，不远了。

只要能成功把马晓鸥拉到这一阵营里，那蔡文姬就容易搞定了，蔡文姬一缴械投降，靳雪菲那说不定就是陪嫁小丫头，自己就跟过来了。

不知道谁他娘的说过一句话，贼经典，这世间，唯女人与小人难养也！

你就说吧，李琦，多精明的一个男人啊，颜值全部都跑去支援智商了，可怎么着，依旧摆不平马晓鸥啊。

再说说陈怀远，都能把代码写成一本《资治通鉴》了，可是依旧无法搞定蔡文姬那错综复杂、此起彼伏、阴晴不定的奇思妙想。

最冤的就要数范姜了，只颜值一项就足以号令天下了，可是智商又上线，才华也露骨，最重要的是人家感情也专一啊，用金姐的话说，那就是，完美！可是，在人家靳雪菲眼里，No, No, No, 这都是毒瘤啊，碰不得更吃不得，所以，一会儿一个三八线，一会一个柏林墙，严重的时候，一天总要来几次，一二三，木头人！范姜也只能，我定，我定，我定定定。

是夜，天城三贱客开怀畅饮，喝得都不少，一会儿自怨自艾，一会儿又击掌相贺，提前庆祝李琦凯旋。

然而，谁也没有想到，这一次，差点成了永别！

❦ 把她惯成女王范儿 ❦

晚饭的时候，李琦难掩一脸的兴奋，把果果抱在怀里，左一口右一口亲不够。

钱淑芬禁不住好奇，"又要去美国了？"

"嗯！"李琦点头。

"啥事？"

"妈，大事，特大的事！"李琦一想起自己即将从美国凯旋的画面，就开心不已。

"又要上市了？"

"比上市还大！"

"那能是啥事？你别一会儿说，要去见那个什么奥巴马！"

"妈，你真会说笑，人家奥巴马那是总统，我又不是马云，不过再过几年就备不住了！"

"真的？"钱淑芬一脸期待，眼睛冒光。

"再过几年，他就下台了。妈，人家美国总统和咱们这边不一样，下台后，人家也得工作，就比如那个克林顿，下台后都得靠写书啊，演讲啊什么的赚钱，我们做的是贸易平台，那还真就说不定，奥巴马下台后，我聘请他做个顾问，给他高薪，你想想，美国总统，能咋地，最后不也得给咱打工？"

"嗯，我看这个有可能！"钱淑芬说着，然后用胳膊肘支了一下马明启，"怎么着，我就说嘛，还是咱女婿有出息！"

钱淑芬脸上早就笑开了花，比吃了蜜还甜。

马晓鸥瞪着李琦，气就不打一处来，"哼，这怀里抱着一个，嘴上逗着一个，这家里就三个女人，两个都倒戈了！要说在外边，他不招女人谁信？天天信誓旦旦，对着自己表衷心，简直就是口蜜腹剑！"

一气，饭也不想吃了，起身上楼，"妈，你们先吃，我还要收个邮件！"

钱淑芬也一脸纳闷，心想："这又是怎么了？"

李琦眯着小眼，赶紧出来打圆场："妈，我这次去，得十天半个月，丫丫，不放心！"

"这是去工作，又不是去玩！"钱淑芬说着，便转身对着马明启道："都是你，看把你闺女惯的，这也就是我们家小琦，换一个人谁能忍得了她这个脾气！"

马明启撇了撇嘴，不服气道："我惯着？我有他惯着？你看看现在果果这丫头片子，都无法无天到什么程度了！"

"爸，惯着好，惯着多好啊，你看丫丫这气质，出去了，你猜人家都怎么说？高贵、脱俗、优雅，现在流行一个词，你知道叫什么吗？女王范儿！说的就是丫丫这种气质的，反正丫丫这样，我喜欢！"

李琦说着说着，自己就嘿嘿笑了起来。"爸，这都是您从小教育得好，丫丫往人堆里一站，那真是出类拔萃，鹤立鸡群，我就怕果果到时候还赶不上她妈呢！"

说着，李琦也不忘给钱淑芬夹菜，"来，老太后，快吃。"

钱淑芬听李琦这么夸自己女儿，心里高兴，脸上早已笑得满是鱼尾纹。

就连平时不苟言笑的马明启也被逗笑了，咋什么话到了李琦嘴里，都能被编排出一堆歪理呢。

"小琦，我跟你说，丫丫现在这脾气这样，我有一部分责任，大部分责任还是你！你平时就是太任她性子来了！"

李琦内心真的想喊娘了："不这么宠着，早把我蹬了，能把马晓鸥留在自己身边，我真心是用了洪荒之力了啊！"

"老太婆，这你也亲眼看到了，所以以后可别都往我身上推，长江后浪推前浪，看到没，后浪在这儿呢！"

"你还好意思说，就这一点，你得和咱们小琦学学，你说你当了一辈子教授，做了一辈子学问，肚里墨水不少，道理懂的就没小琦多！"

马明启丈二和尚摸不着头脑，咋转着转着就转到自己身上了？

"你说这家事国事天下事，哪个最大？你保证说这天下事，我说错，这最大的就是家事，小琦这点就看得明白，知道在家里啥事都让着媳妇，这才能国事太平，天下事太平，不像你，啥事都和我争个是非对错，你就说你争个明白了，又能怎么样？"

马明启一脸错愕，心想："这辈子都快过到头了，咱们家啥事不是你说的算，不过要说自己做得不好的地方，就是教了一辈子书，清高惯了，不会说个软话倒是真的，不像李琦，那些甜言蜜语，闭着眼都能口吐莲花。"

被老太太这画风一转，马明启多少有点吃不住，脸上青一阵白一阵。

李琦眼见画风不对，赶紧打住，"妈，您这么说，不对，得批评您！妈，您不知道我之前，也小暴脾气，我现在这样，都是爸教育得好！您再说说，爸咋不让着您啦？就咱们小区，那个连阿姨，经常逮到人就说：'你看看人家老马太太，闺女漂亮，女婿能干，最重要的是老公宠着，人家老头是教授，可有名了。'妈，您都不知道有多少老太太羡慕您呢。再说回来，我爸是教授，您说我爸要天天像我这样油嘴滑舌的，您还不烦死，我爸现在这样就是淡妆浓抹总相宜，特有派头！"

李琦的一席话，说得钱淑芬又眉开眼笑起来，老头也坐正了身子，心里纳闷，原来，在那些老太太眼里，教授还挺吃香。

李琦看到多云转晴，赶紧见好就收，在果果脸上亲了一口，交代了几句，对着老头老太太说道："爸妈，你们慢慢吃，行李还没收拾完，我先上楼！"

李琦刚走到一半，就听到老太太在楼下喊道："让丫丫给你收拾！"

❦ 提前预支一秒钟的幸福 ❦

李琦上楼，先去了书房，取了一沓资料，回到卧室的时候，就见马晓鸥正在卧室和衣帽间进进出出，帮他收拾衣服。

马晓鸥抬头，满腔怨愤地问着李琦："深浅西装各一套，够吗？"

李琦嘻嘻笑着，点头。

马晓鸥又转身，拿过来一条米色的水洗布裤子，和一件白色圆领高尔夫衫，"如果不愿意穿西装，这套也能穿得出去，白色的容易脏，回到酒店记得送到洗衣部，不能窝起来放进行李箱，知道吗？"

李琦嘿嘿一笑："要不，你陪我去，我给你开工资？"

马晓鸥甩了李琦一个白眼，没有答话，又去取了一件浅灰色毛衫，"晚上冷，可以穿在外面。"

李琦忽然就觉得很感动，感觉一切离回到从前就一步之遥了。"他奶奶的，老子终于能重见天日了！"

李琦关上门，一步窜过来，紧紧把马晓鸥抱在怀里。

"干嘛？"马晓鸥用力推了一下李琦。

"丫丫，你等我从美国回来，你就会知道，我说的都是真的！"李琦很想说，"我没有背叛你"，可是话到嘴边又咽了回去。

马晓鸥从李琦的怀里挣脱出来，径直朝洗手间走去。

马晓鸥一边刷牙一边想着，自己真的就那么在乎真相吗？

马晓鸥闭上眼，可能只有她自己知道吧，她更在乎的是，假如原谅李琦之后，生活会走到哪里去，会不会再一次被李琦伤得肝肠寸断？她好像再也没有勇气承担那样的重创。

马晓鸥洗完出来，见李琦已经老老实实地躺在地垫上了。

马晓鸥躺在床上，关了床头灯，想和李琦说几句话，比如：一个人出去，注意安全啊，记得按时吃饭之类，转念又觉得多余。对一个人的关怀停止了太久，偶尔想起这么一两件，却无法说出口，总觉得有些矫情。

正想着，李琦就和一个老鼠似的爬了上来。

这两年来，对于爬床这件事，李琦一直是前赴后继，锲而不舍。

而马晓鸥当然是紧盯严防，决不妥协。因为马晓鸥太清楚自己，一旦身体的防线被冲开，那么灵魂的结界就危险。她不是李琦的对手，她会再一次被伤得遍体鳞伤、身心俱损。

"丫丫，你睡了没？"

马晓鸥憋着气没吱声。

李琦扳了扳马晓鸥的身子。身子硬硬的，那就是没睡。

李琦，又往前靠了过去，搂住马晓鸥的身子。"我就抱一下，我保证，不干坏事！等我从美国回来，我就能天天这样抱着你了，到时候，你要是再想踹我，我告诉你，我绝对不会让着你，我保证一下子就把你撂倒，绝不手软，嘿嘿，哪儿都不会软，你再欺负我，我保证一会儿就让你求饶！"

李琦沉浸在对未来美好的畅想里，手脚自然就随心所动，一会儿功夫，呼吸就粗重起来，马晓鸥的耳垂就被含了过去。

马晓鸥浑身一个机灵，内心一阵悸动。李琦本来就跟做贼似的，起初，还被马晓鸥吓了一跳，几秒的功夫就反应过来，马晓鸥动情了，便也顾不得其他，翻身就压了过去，一边亲一边嘤咛着："丫丫，丫丫，你是不是也想我？就跟我想你一样，我想你，天天想，想得就和被蚂蚁吃了一样！"

马晓鸥多少有些意乱情迷，没反抗，任凭李琦就那么亲着，黑夜再重，都无法压制那些欲爆发的情愫。

是的，她从未承认却如影随形，她也每日每夜，思念他，思念他霸道的掠夺，思念他满足的呻吟。可是一切都是近在咫尺却宛若天涯。

李琦终于还是克制不住，一只手伸进马晓鸥的睡衣，揉捏起来。

马晓鸥经不起诱惑，抑制不住地嘤咛起来，可是瞬间的功夫，马晓鸥就被自己吓到了。脑子中又充斥着李琦和陈小雨那些不堪的画面。

不知道哪里来了力气，马晓鸥一把把李琦推开，起身坐了起来，低头把小脸埋进膝盖里。

李琦，也被马晓鸥忽然的举动吓了一跳，一身滚热被浇了冷水，随即也坐起来。

李琦静静地坐在马晓鸥身边，轻轻唤着马晓鸥的小名："丫丫！"

马晓鸥抬头，眼眸里早已又是一层水雾，对着李琦，开口道："李琦，要不，你放手吧，你再找个，这两年，你也过得不容易，你没必要在我这儿耗着，何苦！"

李琦气恼得把马晓鸥拉过来，"对不起，丫丫，刚才是我糊涂，我以后保证能管好自己！"

马晓鸥柔柔地说道："你没必要这样！"

"丫丫，只要你觉得开心，我怎么样都行，你开心了，我就开心！你难受，我也堵得慌！"

"可是，你是一个男人！"

"男人怎么了？男人也不见得都是畜生，男人也不是你想的那样。"

可是，在马晓鸥的心里，自己不就是一个畜生吗？竟然能在马晓鸥还是大肚子的时候，就干出那事来。

"好了，咱们不说这个话题了，你相信我，等我回来，一切都会真相大白！"

"李琦，你不觉得你挺傻的吗？"

李琦把马晓鸥扭转过来，正对着自己，笑嘻嘻地说："我以前不傻啊，咱俩是校友，那个陈列室里不还挂着我照片呢，我要是傻，你说那个校庆，还能请我回去做演讲，我不回去，我咋能遇见你！"

李琦眯起眼前，回忆起第一次见马晓鸥的样子，"你还记得你见我第一面啥样不？"

马晓鸥摇头。

"你们那个班的女生，一见到我，哗啦啦都冲过来，我那时可是个名人啊，签名拍照，然后就只有你，你站在原地，一动不动，我冲你笑笑，你猜你怎么着，上来就甩给我一顿白眼，一下子把我甩蒙了，我觉得，我靠，这个女孩不一样，帅，太帅了！"

"贱！"马晓鸥从来不知道，李琦有这样的嗜好，找虐！

"然后我就觉得，那一记白眼就跟月光似的，我回去后，有的时候，睡觉前，看着外面的月光，我就能想到你，我就想着，我必须得再见见这个女孩，我得让她多甩我几眼。"

马晓鸥破涕为笑，"这世界上怎么会有你这么贱的人啊，还喜欢别人甩你白眼？"

"是啊，后来我也问自己，咋就这么贱呢，可是我就是这么贱啊，你甩一记白眼我都能晕，后来，我发现，你不但白眼甩得漂亮，你还会笑，你笑的时候，牙特别白，会发光，你还会噘嘴，你一生气就噘嘴，红嘟嘟的，就和我们老家种的那种大樱桃一样！"

李琦说着眼睛冒光，就好像真的吃到了又红又嫩的大樱桃般。

"我小时候，你不知道，我能坐在樱桃树上吃半天，刚红一点就被我偷吃了，我哥有一次气得不行，把我骗到僻静的地方，把我好生生揍了一顿！"

"你怎么那么馋啊？！"

"我不是什么都喜欢，我就喜欢那树樱桃，那是很神奇的一个过程，每年春天，其他的树都是先长叶，再开花，樱桃树是先开花，特别漂亮！然后一点点花落了，树叶长出来，结出小果子，特别小，青青的，越长越大，变红，樱桃没熟透的时候，特别涩，不好吃，刚红还没软的时候，很酸，等到熟透了，大大的，特别甜，所以我从小到大，就喜欢吃樱桃！"

"怪不得，每次给果果买，你都抢着吃！"

"然后我遇到了你，你就是最大最红最好吃的那颗樱桃！"李琦忍不住，伸出手指，在马晓鸥的鼻子上刮了一下。

"你怎么那么喜欢吃啊？"

"我也不知道，可能是从小家里太穷了，没吃过好吃的，所以，我就觉得好吃的东西就是这世间最美好的，所以你是樱桃，咱闺女就是果果，如果将来咱们再生个儿子，小名我都想好了，就叫地瓜！"

"地瓜，多土啊？"

"你不知道，小时候，我妈做完饭，我就偷偷溜进厨房，在还热着的灰烬里挖个坑，然后把从地里偷偷挖出来的地瓜埋进去，上面稍微加一把柴火，然后再回屋去吃饭，吃完饭再偷偷去厨房，把地瓜挖出来，放进口袋里，等我哥睡着了，我就偷偷跑到屋檐下，蹲着，就着月光，小心翼翼地一口口慢慢把整个地瓜吃下去，特别甜，特别香，特别满足。然后，那个时候我就想，我长大之后就要去种地瓜，我实在想不明白，种那些玉米干嘛啊？一点也不好吃，所以那时候，我有了人生的第一个梦想，就是当个可以种出好多好多又香又甜的地瓜的农民，哈哈！"

马晓鸥沉浸在李琦的回忆里，没一会儿，睡意竟然袭上来。

李琦心想，等从美国回来，就要一点点把自己小时候干过的那些操蛋的趣事都和马晓鸥念叨念叨，原来，童年里竟存着那么多美好的回忆。

李琦把马晓鸥放到枕头上，马晓鸥两只眼已经有点迷糊了。

李琦轻轻叫了一声："丫丫！"

"嗯？"

"谢谢你，遇到你，我很幸福！"

困顿的马晓鸥脑子已经不太听使唤，微微扯了扯嘴角，笑着睡去。

李琦禁不住又偷偷在马晓鸥的唇上亲了一口，然后便不停地傻笑着，先提前预支一点，回来后，再吃整块的。

说着，便又老老实实退回到地垫上去，坏事虽然没有得逞，可是李琦却觉得从未有过的满足。

第二天，马晓鸥还没起来，李琦就出了家门。

李琦，轻手轻脚下楼。

老马头坐在楼下客厅的沙发上，把李琦吓了一跳。"爸，您怎么起这么早？"

马明启起身从厨房拿出一包温热的牛奶，递给李琦，"路上喝，下了飞机打电话！"

"放心吧，爸，这段日子，丫丫再次移交给您啦！"

老爷子没说好也没说不好，笑笑："走吧，开车小心！"

李琦拉着箱子往车库走去，不住地回头。

晨雾还未散，偌大的房子里，马晓鸥睡得很香，她好久没睡得这么香了，婴儿房里的闺女也睡得很香，胖嘟嘟的小脸粉嫩嫩的。

李琦觉得，果果要是有一对翅膀，那绝对就是最漂亮的小天使。

李琦嘴角不自觉覆上一层满足的微笑，"奶奶的，李琦，你说你咋就走了这样的狗屎运呢？有一个这么完美的老婆，这么完美的闺女！"

想着想着，不自觉，笑声都出来了，"奶奶的，等自己搞定高登，奶奶的就更完美了！"

李琦把车开出地库，驶出小区，朝机场的方向开去。

Chapter 18
痛彻心扉

> 冤家路窄，情敌的路，更不会宽，正所谓狭路相逢，勇者胜。

❧ 你是我的独家记忆 ❧

冤家路窄，情敌的路，更不会宽，正所谓狭路相逢，勇者胜。

一个周末的晚上，石浩楠带着蔡文姬，来到华东门一家刚开业不久的酒吧。

石浩楠要了一杯啤酒，蔡文姬酒量不行，便自觉地要了一瓶 RIO 鸡尾酒。

就在蔡文姬刚要举杯的一瞬，她恍惚看到，在不远处，有一个熟悉的身影，定睛一看，好像是陈怀远。

陈怀远几乎是同时看到了蔡文姬，便拿起杯子冲蔡文姬摇了摇，接着一口气把一杯酒都喝了下去。

所谓情敌见面分外眼红，陈怀远和石浩楠的目光，在空气中，你来我往，都恨不得用眼神让对方灰飞烟灭。

蔡文姬对于这种小儿科"斗殴"，看得心烦，便贴在石浩楠的耳朵边，低语几句，转头去了洗手间。

石浩楠像是示威般,狠狠地在蔡文姬的脸上亲了一口,然后举起杯子,冲陈怀远摇了摇。

陈怀远笑了笑，笑得一脸邪佞。

在百万年的物竞天择中，雄性动物对于雌性动物的争夺法则却一成不变，独家占有永远是其终极目标，只是占有手段或者文明或者血腥。

眼见着蔡文姬的身影消失在人群里，陈怀远忽然站起身。

王凯拉了一下陈怀远，陈怀远摆开王凯的大手，端着杯子走了过去，和石浩楠一左一右，

230

以同样的姿势，倚靠在吧台上。

陈怀远含了一口酒，细吞慢咽，喝了下去，然后贴着石浩楠的耳朵，低语了几句。

也不知道陈怀远到底说了什么，就见石浩楠脸上的表情瞬间狰狞，痛苦不堪。

陈怀远把杯中酒一饮而尽，不紧不慢地把空杯子放在吧台上，潇洒起身，朝洗手间走去。

蔡文姬从洗手间出来就远远看见石浩楠倚靠在吧台上，眼神奇怪地看着自己。

石浩楠朝蔡文姬的方向看了一眼，没有看到陈怀远，便又低头，把玩着手里的酒杯，修长的大手上，指关节已经泛出青光。

"怎么了？"蔡文姬走近，拧眉问道。

石浩楠没有回话，一口气把大半杯酒都咽了下去，然后把杯子递给酒保，示意加满。

蔡文姬把杯子拿进手里，石浩楠去夺，蔡文姬不给，"浩楠，怎么了啊？"蔡文姬焦急地看着石浩楠。

说时迟那时快，石浩楠一把就把蔡文姬搂过去，还没等蔡文姬反应过来，就狠命地亲住了蔡文姬。

蔡文姬越挣脱，石浩楠越恼怒，就像两只斗鸡，你争我夺。

蔡文姬一着急，狠狠咬了一口下去，石浩楠松开蔡文姬，像从噩梦中惊醒，呆愣地看着蔡文姬。

许是自然反应，蔡文姬扬起手就甩了过去，力道虽然不大，但还是甩得石浩楠眼冒金星。

石浩楠抓着蔡文姬的手腕，眼睛里忽然间已是汪洋大海，"蔡文姬，你拍拍心口，我对你如何？"

"浩楠，对不起，我刚才是被吓到了！"蔡文姬诺诺道。

"你说，我对你如何？"石浩楠执拗不放。

"当然很好！"蔡文姬点头。

"那你爱我吗？"石浩楠狠狠问道。

蔡文姬一时错愕，"我，我很喜欢和你在一起！"

"只是喜欢和我在一起，但不是爱，对吗？"

"浩楠，说好了，你不会逼我的，你给我些时间好吗？"

"文姬，我从来就没有逼过你，我一直在等，我以为，只要我等下去，你总会爱上我，我不求你爱我如我爱你这般！可是现在，我知道我错了！"

"对不起，可是，我是真的想和你在一起！"

"在一起？我连亲你一下都不可以，怎么在一起？"石浩楠呵呵地笑着，身体离得那么远，就算灵魂想靠岸，也依然是无处可依罢了。

蔡文姬无言以对。

石浩楠放开蔡文姬的手臂，转身往酒吧外走，吵闹的声音，一波波冲进脑袋，再呆一会，估计脑子就要裂开了。

蔡文姬跟在石浩楠身后，追到酒吧门口，试图拉住石浩楠。

石浩楠甩开蔡文姬的胳膊，再也控制不住，眼泪在眼圈里滑落，"在我们订婚的前一晚，你和陈怀远，上过床，对吧？"

石浩楠把这句话挤出来的时候，就觉得自己的内脏也随着这句话，碎裂了。

他喜欢了她那么多年，她是有夫之妇，他只能隐忍，他本以为这辈子，他们都不会再有交集了。可是，上天垂怜，给了他一次可以大胆爱她的机会。

他不顾家人的反对，就是死命要她，和她相守一生，他知道，她不爱他，可是他愿意等。可是等来的结果是什么呢？她不允许他碰她，可是就在他们订婚的前一晚，她竟然可以……

蔡文姬被石浩楠的一席话，惊得嘴巴合不拢，一时不知道该如何回答，脑袋里轰轰作响，就如一列列火车开过。

趁着蔡文姬慌神的功夫，石浩楠已经走了很远，瘦弱的身子被昏黄的街灯拉得很长，弯弯曲曲，无比寂寥。

不知何时，天空下起了小雨。

蔡文姬好像没有发觉般，呆呆地站在雨水里，直到石浩楠的身影转过了街角，消失不见。

心脏，就像是被一把细小的刀刃一遍遍划过，密密麻麻，遍布混沌不堪的疼痛。

她终究还是伤了他，伤得那么彻底。

她第一次见他，在会议室里。他来提案，带着两个下属，她咄咄逼人，一点情面都没有留，还好他脾气好，一直笑脸相迎。

她对他没有任何意见，这只是她一贯的伎俩而已，先给对方一个下马威，然后再狠狠地杀价，只是那天因为刚刚被老板训斥了一顿，态度更加地恶劣不堪。

当然，最后，他们给了最低的报价，但是公司还是没有采纳他们的方案，就相当于，石浩楠被骂也是白骂了。事后，她一个劲道歉，他却似乎忘了这事一般，憨憨地笑笑，说早就忘了。

后来，她还是想了一个借口，把一个不小的合同给了石浩楠，但是仔细算下来，这怎么着都是亏本的买卖。看起来是蔡文姬照顾了石浩楠的生意，真实的情况，倒是石浩楠照顾了蔡文姬的前程，活做得又好又便宜，老板自然开心，对蔡文姬的能力刮目相看，后来跳槽到辰丰也是如此。

且不说，在商场上，石浩楠一直被蔡文姬百般利用，慢慢地，两人成了好哥们，不管大事小情，只要蔡文姬有难，第一个冲出来的永远是石浩楠，温温的憨憨的，用尽全力，保护着蔡文姬。

蔡文姬一直隐约地知道，石浩楠喜欢自己。

和陈怀远离婚后，石浩楠更是穷追猛打。很多次，蔡文姬都想着，这样也挺好，知根知底，就这样过一辈子也挺好，细水长流。经历过和陈怀远的婚姻，蔡文姬是真的怕了，再不期待什么山盟海誓、惊天动地了，慢慢地，暖暖地，过着小日子，或许这就是她要的新生活。

他，对她那么好，可是最后，她还是把他伤了。

蔡文姬，面如死灰，心如刀绞。

❧ 不要用你认为对的方式来爱我 ❧

雨越下越大，蔡文姬依旧站立在风雨里，不为所动。

忽然，一把伞撑起在蔡文姬的头顶，蔡文姬一回头，见陈怀远就站在身后。

蔡文姬几乎用尽了浑身所有的气力，朝陈怀远的脸上甩出一巴掌，歇斯底里地喊道："滚！"

陈怀远岿然不动。

蔡文姬举着颤抖的手，无处安放，"你怎么可以这样？啊，陈怀远，你怎么可以这样！"

陈怀远抬起胳膊，想把蔡文姬拉进怀里。蔡文姬却忽然就跟疯了似得，不断地拍打着陈怀远。"陈怀远，我今天才知道，你竟然可以这么卑鄙！你怎么可以？啊？"蔡文姬，双目欲裂，满脸泪水。"陈怀远，你给不了我幸福，为什么，你也不让别人给我幸福！为什么？"

陈怀远不知道蔡文姬对石浩楠的感情到底是真是假，是浅是深，浅到何时可以回头，深到何时无法放手。

"对不起！文姬！"陈怀远忽然意识到，或许自己真的做错了，他不该以这种方式逼退石浩楠。

可是，他只是再也无法忍受她的身体被另外一个男人抱着而已，虽然他只是在她的脸上亲了一口，可是那一刻，他真的有一种冲动，动手杀人或者毁灭自己。

蔡文姬闭上眼睛，眼泪还是不住地往出涌，这让陈怀远想起他们孩子没了的那一天，蔡文姬的眼泪也是这样，陈怀远有一种预感，他将再一次失去蔡文姬。

"对不起？陈怀远，你也知道，对不起？"蔡文姬嘲笑着，把手抽出来，转身就走。

陈怀远在身后，大声喊着："文姬，我爱你！"

蔡文姬听到这句话，仿佛是被激怒了般，站定，转身，"陈怀远，你可否停下，我求你停下，不要再以你自认为正确的方式爱我，好吗？"说着，眼泪更甚，"陈怀远，爱我，是给我每一天的快乐，而不是，成功这个结果所带来的那几分钟的快乐，你明白吗？"

陈怀远被问得无言以对，也无可辩驳。

他一直以为，只要他成功了，他们的生活就会变好，可是结果呢，没日没夜的加班，从来就没有陪过她，就连重要的节假日，也忘得一干二净，压力大了，他还会由着性子，和她争吵……

"我知道错了，所以才希望，你能再给我一次机会，我不想，你一下子就从我的生活里消失，文姬，我爱你，从在火车上见到你的第一眼，我就爱上了你！"

蔡文姬有气无力地笑笑，"或许，你只是更爱你自己！"

陈怀远一时之间，又迷茫，又心痛。

雨越下越大，就像在用一根根冰丝结成一个巨大的茧，把蔡文姬携裹在里面。

"为什么？陈怀远每伤害我一次，上天就要下一次雨，孩子没了那天也是，迷路那天也是，哈哈，今天也是……"蔡文姬抬头，雨水扑面而来。"为什么？他明明已经伤我那么深，为什么？为什么我竟然还贪恋着他，报应，这都是报应！"

蔡文姬一点点把自己从回忆里拉出来，冲着陈怀远，苦涩地笑着，"陈怀远，你今天过来，是不是就是故意要提醒我，我就是一个贱人，是不是？！啊？"

蔡文姬眼睛红肿，声音喑哑："你有没有带笔，你应该在我的脑门上写下这两个字。明明……明明已经和你离婚了，却还是一而再再而三地，爬上你的床，哈哈……你是不是很得意？一定是的！一定是的！活该！我活该！因为我，没有骨气，我活该！没离婚的时候，每一次，吵完架，我都没有记性……就连离婚了，我对你都是，没有办法！你一定很得意，对不对！我现在才明白，不怪你，不怪你，都怪我自己，都是我他妈的太贱了！"蔡文姬一副毫不在乎的样子，笑着。

"现在，一个我，恨不得杀了你，另外一个我，竟然，想要你，抱着我，亲吻我！"还没等陈怀远反应过来，就见蔡文姬扬起一巴掌，狠狠地打在自己的脸上。

陈怀远拉开一只手，蔡文姬另外一只手就又跟了过去。

陈怀远狠命地抱紧蔡文姬，"我求你，你不要这样，好不好，都是我不好，你打我，你打我！"陈怀远说着，不知怎的，眼泪也落了下来，"你打我，都是我不好！"

陈怀远紧紧地把蔡文姬抱在怀里，恨不得可以揉进身体里，再也不允许任何人伤害她，"可是这个世界上，一直伤害她的，就是自己这个王八蛋啊！"陈怀远就觉得，每喘一口气，心尖就跟着痛。

蔡文姬依旧呵呵地笑着，"疼，真的很疼，可是只有疼，才会让我长记性！"

蔡文姬在陈怀远的怀里抽抽泣泣，许是累了，便也不再挣扎，陈怀远一颗心，落了下来。

没一会儿，蔡文姬抬头，眉眼已经一派平静，开口道："陈怀远，那个孩子意味着什么，你知道吗？"说罢，眼泪又落了下来，"是希望！那是我们支离破碎的生活的希望，我拼尽了全力，才要到的，我像个傻子一样，勾画着我们的未来！"

陈怀远抬手拭去蔡文姬的眼泪，蔡文姬也没有躲避，"现在又是这样，你再一次，夺去了我的希望！"

陈怀远听蔡文姬这么一说，心下一惊。石浩楠是她的希望，那么自己呢？

"是，或许我不爱石浩楠，可是我和他在一起，很平和，他在乎我的感受，尊重我的感受，我能感觉到自己的存在……当然，你不喜欢他，所以你依然可以不用在乎他的感受，你依然可以用你的方式去裁决他。你裁决了他，恭喜！但是，你也再一次把我杀了……所以，陈怀远，如果，你还认为你爱我，那么我求你，放过我，好嘛？让我自生自灭，随风而散，好吗？"蔡文姬苦笑着，哀求着。

蔡文姬从陈怀远的怀抱里挣脱开来，朝着街口走出。

"陈怀远，这辈子，我们大路朝天，各走一边！"蔡文姬没回头，把这句话丢进了风里。

陈怀远在夜雨里，听见细小的碎裂声，好像来自身体的某个部分，抑或心脏。

蔡文姬越走越远，就像地球到火星的距离。

陈怀远伫立在原地，伸手摸了一下眼角，然后向相反方向的一个街口走去。

🐝 我爱你，你却离我而去 🐝

人生就像一串接着一串的肥皂泡，不断地有希望冉冉升起，不断地有希望陨落破灭。

陈怀远的一时冲动，暴击了自己最大的敌人，但是同时也失去了自己最爱的爱人。战争一旦挑起，结局永远没有赢家。

陈怀远如此，李琦也如此，甚至代价更大！

这世间，或许，只有爱情，才可以给予一个人赴死的动力，和誓不回头的决心。

陈怀远指着手机推送信息，气喘吁吁道："Corey，快，赶紧请你美国的朋友确认一下，NH127，李琦的消息。"

十几分钟后，王凯脸色沉重地开口："确认了，飞机上有一位叫李琦的中国籍乘客，护照信息，他马上发我！"

"现在情况怎么样？"飞机是刚起飞不久就坠落，详细信息传到国内，还需要点时间。

"三个小时前坠落，全机 353 人，坠落地点离石谷拉大峡谷（虚构）很近，已有两批搜救队抵达，但具体结果还要等，我一个在洛杉矶的朋友会随时同步我信息！"

刚说完，王凯的手机就接到短信，打开一看，递给陈怀远。

陈怀远看了一眼护照信息，转头，双手扶在窗前的栏杆上，修长的双手，指节泛青。

"要不要告诉晓鸥？"王凯问道，满腔悲愤。

陈怀远带着哽咽："我一会儿去找晓鸥，把晓鸥先接到文姬那儿，你多打探消息，稍后和我们汇合。"

王凯面色凝重，"好！"

陈怀远在去的路上，给蔡文姬发了条短信，告知了李琦遇难的消息。

蔡文姬当时正在南四环一个大型录影棚内，陪马晓鸥录制节目。

蔡文姬收到信息，立即跑了出去，给陈怀远打了过去，"你确定是真的？"

"王凯已经从美国那边拿到了登机信息！"

"怎么会？"蔡文姬话还没说出口，人已经哽咽地无法发声。

"文姬，你先别急，飞机坠落已是事实，人员伤亡情况还要进一步确认，先别告诉晓鸥，也别激动，我还有十几分钟就到，等我到了再说！"

通话之后，蔡文姬未立即返回录制现场，而是在走廊里，不断地刷看新闻。

见陈怀远的身影从走廊一边走过来，蔡文姬立马跑了过去，"有进一步的消息吗？"

"第一批的遇难信息已经公布了！"

"没有李琦，对吧！"蔡文姬无比期待地看着陈怀远。

"嗯！"

"吉人自有天相，李琦不会有事的。"

陈怀远强挤出一丝笑容，"对，稍有风吹草动，他一定第一个跳伞！"

可是陈怀远的心里知道，希望渺茫，因为飞机坠落的地点是悬崖，下面是河谷，几十公里外就是大海，如果搜救不及时，人员一旦被冲到大海里，别说救人，打捞尸体都将变得异常艰难。

蔡文姬又一阵抽泣："怎么告诉晓鸥？"

"先把晓鸥接到你那里去吧，国内电视新闻最早也要明天早上九点多，先缓缓再说，主要是想个对策，别影响到马伯伯，马伯伯有心脏病，怕是受不了这个刺激！"

当两个人再次返回录影棚的时候，录制已经结束，观众撤离地也差不多了，马晓鸥和靳雪菲正在后场收拾东西，马晓鸥获得了决赛冠军，心情不错，就连手忙脚乱的样子都像是在跳舞。

马晓鸥回转身，望见蔡文姬身后站着陈怀远，打趣道："怎么着，你们两个，终于想清楚啦，恭喜！"

蔡文姬扯了扯嘴角，挤出一丝笑容。

不一会儿马晓鸥走过来，手里多了一对戒指，"嗯，我今天的参赛作品，这对呢，就送给你了，至于男戒，你想送给谁，你自己说了算。"说着还不忘用眼睛瞄了瞄陈怀远，陈怀远也配合一笑。

马晓鸥背对着蔡文姬，又抬手拿起一对，"一共三对，给了雪菲和范姜一对，这一对，我留着！"

看着马晓鸥欢脱的身影，蔡文姬强装镇静，"你原谅李琦了？"

"没原谅！但是我决定重新开始，就算是，他又重新追到我了吧！"马晓鸥带着坚定的决心，回头，"文姬，你还记得上次比赛的主题吗？你问我，我的回味是什么？李琦去美国的这段时间，我想了很多，我忽然才知道，那些占据着我美好回忆的大部分都是李琦给我的，我无法割舍这份美好，所以我决定再给自己一次机会！"马晓鸥如释重负。

"文姬，你怎么哭了？"马晓鸥疑惑地看着蔡文姬，蔡文姬很想上前，抱一抱马晓鸥，道一句恭喜，可是又恭喜什么呢？

发现挚爱，挚爱已逝？

"感动的，嗯，感动的！"蔡文姬抬起泪眼，看着陈怀远。陈怀远扳过蔡文姬的肩膀，紧紧地搂在怀里。

快到蔡文姬家楼下的时候，马晓鸥才反应过来，"咦，怀远，刚才在上一个路口，你就应该把我放下，我打车回去正好，这里有点绕远！"

蔡文姬紧紧拉着马晓鸥："鸟姐，先上楼，我有事找你！"

马晓鸥和靳雪菲被莫名其妙拉上楼，王凯已经等在了门口，马晓鸥满脸狐疑地看着王凯。

进了门，大家都坐定，蔡文姬给每个人都倒了水，才缓缓说道："晓鸥！"

马晓鸥还没等蔡文姬继续，就开口道："今天大家是怎么了，嗯，怎么怪怪的？"

"晓鸥，李琦出事了！"陈怀远站起来，对着马晓鸥郑重地说道。

马晓鸥噗嗤一声，笑了出来："是不是李琦让你们这么演的？"

见大家都不做声，马晓鸥东张西望起来："李琦，你就出来吧，我就知道，又是你搞的把戏，我刚才都说了，决定和你重新开始了，你别再小孩子气了，好不好？"马晓鸥说着转身朝书房走去。

王凯沉声说道："李琦的飞机出事了！"

马晓鸥站定，空气都凝住了，转身，"不可能！"

"美国那边传来的消息！"

"王凯，你怎么也和他们一起骗我？李琦还有四五天才回来呢！"

"晓鸥，是真的，李琦已经确认坐这趟航班！"王凯把手机递给马晓鸥。

马晓鸥一个字一个字地确认着李琦的护照信息，然后瞬间的功夫，就觉得一阵凉气，从脚底升起，经由腹部，侵入心脏，所经之处，一阵酸麻，而后，失去知觉。

靳雪菲见势，赶紧扶住马晓鸥。

蔡文姬的眼泪又刷的一阵下来，靳雪菲也泪水涟涟，倒是马晓鸥，虽然面如死色，但是却没有一滴眼泪，瞬间的死寂之后，抬头望向王凯，"有遇难者名单吗？"

王凯点头，"已经确认了一批，暂时没有李琦！"

马晓鸥的嘴角竟然浮出一丝异样的笑意，"不会有他的，他命大，他小时候从一棵五六米高的大树上掉下来过，都没事！"

众人沉默，也期待奇迹发生。

蔡文姬忽然止住抽泣，坐到马晓鸥身边，"晓鸥，不管接下来，还会传回来什么消息，你都要坚强，好吗？"

马晓鸥点头。

蔡文姬又继续说道："怀远说，明天早些时候，新闻就会出来，马伯伯那边……"

马晓鸥虽然不愿意相信李琦会真的出事，但是也忽然意识到了问题的严重性，马上拿起电话拨了过去。

半个小时后，李琦的助理谢振阳就赶了过来，马晓鸥为大家一一介绍。

待大家坐定，马晓鸥对着王凯和陈怀远说道："王凯，怀远，公司管理的事情，你们比我有经验，你们看看有什么要和小谢交代的，我现在有点乱，脑子不太好使！"说完，马晓鸥转身去了厨房。

"文姬，有烟吗？"

"稍等！"蔡文姬回到客厅，拿了陈怀远的烟和打火机又返回去。

马晓鸥的肩膀已经在不停地颤抖。

蔡文姬搂了搂马晓鸥，"晓鸥，如果难受，就哭出来！"

马晓鸥抬头，伸手抹了抹眼角，"李琦，不会死的，他走之前，还和我说过，想再要个男孩，他连名字都想好了，叫地瓜！"

"地瓜？"

"嗯，地瓜，他说他最喜欢吃的就是樱桃和地瓜！"马晓鸥一边笑，一边流泪。

蔡文姬一边流泪一边笑，"嗯，对，李琦一定没事的，一定的，你们一定会非常幸福地在一起，他那么爱你，凭着这股执念，他也一定不会有事的！"

马晓鸥转过头来，眼睛红红的，"我也爱他，很爱，很爱，即使这两年里，我每一天都恨他，但是也无法抵消我爱他，没有人知道我有多么爱他，文姬，我爱他！你是知道的，我爱他，是不是？"

蔡文姬点点头，紧紧抱住马晓鸥，她知道她的意思。这世间最大的遗憾，就是，我爱你，而你却永远也不知道了。

上帝若有慈悲，请神示我好好爱他，在他有生之年。

上帝自有慈悲，若辜负一段深情，带走他便是最大惩戒！

所有人都一夜无眠，期待奇迹的发生。但是，没有奇迹！

第二天，又有两批遇难名单出来。

第五天，最终确认，全机 353 人，经由搜救 59 人获救，187 人确认遇难，其余 107 人虽然确定为失踪，但是专家分析，这 107 人生还的可能性几乎为零，而他们的尸体很可能都已被冲入了大海，成了海鱼的盘中餐。

李琦在这 107 人的名单里。

李琦，就真的这样，从这个世界上消失了。

❀ 深爱入髓，以致疯癫 ❀

一个绝世高手对敌三百回合，依旧谈笑风生。

待到所有看客散场，高手才轰然倒下，原来，笑谈之间，早已心脉俱损。

马晓鸥就如这高手般，一路坚强，直到参加完李琦的葬礼，直接倒下，一睡不醒。

等到马晓鸥再次醒转的时候，整个人看起来已经魂魄尽散。

这一日，马明启给蔡文姬打电话，请蔡文姬务必过去。

当蔡文姬气喘吁吁冲进马晓鸥卧室的时候，就见马晓鸥一个人，正在对着空气傻笑。

马晓鸥一手抱着一堆李琦的衣服，一手拿着一个玻璃瓶子。

见蔡文姬站在门口，马晓鸥对着蔡文姬，喊道："快过来，轻轻地！"

蔡文姬轻手轻脚走到床边，坐下，开口："晓鸥！"

"嘘！"马晓鸥示意蔡文姬不要说话，张着小嘴，对着瓶子吹气，"你闻闻，这都是李琦的味儿！"

蔡文姬看着马晓鸥，眼泪再也控制不住，噼里啪啦地往下掉，心想，完了，马晓鸥疯了。

马晓鸥专心致志地把一个瓶子封上，又拿过来一个瓶子。

"晓鸥！"蔡文姬又轻声唤了唤。

马晓鸥抬头，把衣服递过来，揪着眉，"你闻不到吗？"

窗台上已经摆了好多五颜六色的瓶子，床上、地板上大多都是李琦用过的东西。

"文姬，你也过来帮我！"

蔡文姬被马晓鸥拉着，跪在地板上，也学着马晓鸥的样子，认真地搜集着属于李琦的气息。

当然，蔡文姬什么也闻不到，而马晓鸥却似乎可以从每一件物品中都能回忆起属于李琦的所有往事。

所谓爱入骨髓，大概如此！

晚上，马晓鸥匆匆吃了饭，就睡下。

李琦的衣服散落一床，马晓鸥瘦弱的身子就窝在里面，然后又用衣服把自己盖住。或许马晓鸥觉得，如此这样，就还可以徜徉在李琦温暖的怀抱里。

而这些，是马晓鸥与李琦，在这个世界上仅有的链接，除了女儿之外。

钱淑芬看到马晓鸥的样子，眼泪又抽抽搭搭地落下。

蔡文姬下楼，坐在沙发上，问马明启："马伯伯，晓鸥这是？看过医生了吗？"

马明启点头，"嗯，医生说，晓鸥把自己锁进了回忆里，不愿意出来，她不愿意承认李琦没了的事实！"

"那怎么办？"

"需要一些时间！"

钱淑芬坐在蔡文姬的对面，"小文，阿姨有个不情之请！"

"阿姨您说！"看着钱淑芬苍老了好几岁的面容，蔡文姬的眼泪也无法自控地落下。

"这段时间，你能不能住在这里，我刚才看了，晓鸥竟然愿意和你说话，这些天，她把自己关在房间里，也不和我们说话，连果果喊妈妈她都不应！"说着，钱淑芬的哭声更加撕心裂肺。

"好！我陪着她！"蔡文姬紧紧地抱住钱淑芬。

在马晓鸥家陪住了几日，马晓鸥神色渐渐清朗。

大家都很开心，以为马晓鸥终于愿意从悲痛中走出来，开始面对现实。

一日下午，马晓鸥忽然跑到客房，拉着蔡文姬要去果苗市场。

"晓鸥你要买什么？告诉我，我去给你买回来！"

"我们一起去，我都查好了，南郊的那个市场有，我要买一些樱桃树回来，李琦喜欢吃，等李琦从美国回来的时候，樱桃就会开花了！"

蔡文姬的心情一下子又坠落到谷底。马晓鸥似乎没有清醒，反而越陷越深。

架不住马晓鸥的哀求，蔡文姬还是陪着马晓鸥去了南郊，买了三株樱桃树回来。

到家的时候已经傍晚，梅姨准备了一桌子的饭菜。

马明启和钱淑芬也很开心的样子，马晓鸥竟然愿意出去走走，这让他们忽然觉得希望就在眼前。

马晓鸥心里有了念想，不管这个念想是基于现实还是梦呓，这都让马晓鸥很是开心，晚上，自然多吃了一些。钱淑芬一边夹菜，一边落泪，嘴里念叨着："丫丫，多吃点！"

"嗯，妈，你也多吃点！"这是马晓鸥病倒后，第一次开口和钱淑芬说话，钱淑芬一高兴，眼泪更甚，赶忙用手抹了抹眼角。

"梅姨，这腊肉还剩下多少？你下次别做了，等李琦回来再做，他喜欢吃这个！"马晓鸥一边吃饭，一边冲着梅姨笑。

钱淑芬看看马明启，马明启看看钱淑芬，老两口赶紧低头，把饭往嘴里扒，大颗大颗的眼泪落进了碗里。

蔡文姬看在眼里，食不下咽。

一整个晚上，蔡文姬也没有睡好，总是噩梦不断。

大约三四点的时候，就听到有人敲门，蔡文姬赶紧起来，见钱淑芬站在门口。

"阿姨，怎么了？"

"丫丫，没在你屋里？"

"没有啊！"

"她不在房间里！"

蔡文姬赶紧跑出房间，在整个房子里找起来，房间里、厨房、洗手间都没有。

最后是马明启喊道："在这儿！"

大家推门而出，在夜幕微光下，一个单薄的身影在小花园里，正弯腰侍弄着什么。

"晓鸥！"蔡文姬赶紧冲了过去。

马晓鸥抬头，"文姬，你快过来，这棵蔷薇，怎么拔也拔不出来！"

等蔡文姬窜到马晓鸥身边的时候才看着，马晓鸥正在用力地拔着蔷薇的藤蔓。

"晓鸥！"蔡文姬大叫起来，一把抱住马晓鸥。

等马明启强行把马晓鸥拖进客厅按在沙发上的时候，所有人都惊呆了。

马晓鸥的双手已经血色淋淋。她不知几时起来的，竟然在徒手拔掉蔷薇？

钱淑芬心疼地盯着马晓鸥，"晓鸥，你疯了！"

马晓鸥抬眸，诧异地看着大家，"你们赶快帮忙，帮我把樱桃树种上，李琦要回来了，他喜欢吃樱桃！"

马明启、钱淑芬对马晓鸥的话不明所以。

蔡文姬却知道马晓鸥是什么意思，赶紧说："好好好，我帮你好吧，你放心，我们给樱桃树用最好的肥料，李琦回来一定赶得及！"

"真的？"

"嗯，真的！而且啊，保准结出来的都是又红又大的果子！"

钱淑芬一边找医药箱，一边回头望着蔡文姬。

蔡文姬一边帮马晓鸥清理伤口，一边和马晓鸥聊着李琦的往事，马晓鸥好似完全不知道手掌的疼痛，说到高兴的地方噗噗地笑着。

好不容易把马晓鸥安顿着睡去，蔡文姬又返回客厅。"阿姨，还是让医生再过来一次吧，看看有什么办法，让晓鸥清醒，我怕她这样会越陷越深！"

钱淑芬点头。

最后医生建议，重病还需重药医。

没有办法，蔡文姬只能求助于陈怀远和王凯，大家一起商量对策。陈怀远对李琦最是了解，最终还是道出了李琦和马晓鸥离婚的前因后果。

"晓鸥，李琦去了美国对不对？"蔡文姬问道。

马晓鸥点头。

"那你知道李琦为什么去美国吗？"

马晓鸥摇头。

"李琦去美国，是为了找一个叫高登的人。"

"高登？他去找高登干嘛？"马晓鸥问道。

"你也知道高登对吧？那你知道陈小雨吗？"

听到陈小雨的名字，马晓鸥的神情有一丝异动。

蔡文姬挣扎了半天，最终还是说道："李琦出轨了，你和李琦离婚了，你还记得吗？"

马晓鸥就像被人从一个美梦里叫醒，面色纠结地看着蔡文姬，"你胡说！"

"晓鸥，我没胡说，李琦出轨的对象叫陈小雨，然后你们离婚了，这是事实！"

马晓鸥好像想起了什么，扭头，背对着蔡文姬。

蔡文姬心里也异常难过，可是如果不用这个办法让马晓鸥清醒，只怕马晓鸥在梦境里会越陷越深。

"李琦是被高登陷害的，所以他去美国是为了逼高登交代实情，因为，这两年，你一直不原谅他，李琦很爱你！他担心你离他而去！晓鸥你还记得这些吗？！"

马晓鸥的肩膀又开始剧烈颤抖。

"他去美国，是为了找到真相，然后和你在一起，可是，他回来的时候，飞机失事了！"

马晓鸥转过头来，眼睛血红。

"我不想听！"马晓鸥大声叫嚷起来。

"我知道，晓鸥，我知道，你不愿意面对，可是现实就是，李琦死了！"

马晓鸥忽然冲了过来，对着蔡文姬大声叫喊："没有，没有，李琦没死！"

"晓鸥，李琦没了，我求你了，你醒醒好不好！"

最后，马晓鸥力竭，又昏睡了过去。

再次醒来的时候，马晓鸥终于神色清醒，但是悲怆再次袭来。

"如果不是我，李琦是不是不会死？"马晓鸥开口的第一句话，如是说。

蔡文姬不知道如何回答。

在马晓鸥昏睡的这几个小时里，蔡文姬一直后悔，是不是不该对马晓鸥如此残忍。

倒是靳雪菲，轻轻拭去马晓鸥的眼泪，柔柔地说道："晓鸥，你不要这样责怪自己，这事不怪你，是因为李琦太爱你了，这么多年，他一直在追求真相，只是为了获得你的原谅！"

"原谅？我早就原谅他了！"马晓鸥抽动着干裂的嘴唇，"我早就原谅他了，只是我还没来得及说出口！"

"晓鸥，你现在说出来，也不晚，他一定可以听得到，或许他正在某个角落看着你！"靳雪菲继续安慰道。

马晓鸥就像一个无助的婴孩，希望从靳雪菲的眼里看到确切的答案，"真的吗？"

靳雪菲点头，"嗯！"

"李琦，你在哪里？"然后所有人就听到马晓鸥的胸腔里发出声嘶力竭的叫喊，"李琦，你出来，你给我回来！"

那个人再也回不来了，再也不会屁颠屁颠地跟在马晓鸥的身后，一脸谄笑。

以前，李琦每每这个样子的时候，马晓鸥都嫌弃地抛过去一个白眼，但是此时此刻，马晓鸥纵使有一千个一万个白眼准备抛给李琦，李琦也看不到了。

一个人就这样消逝了，连带一起消失的还有马晓鸥的一颗心，胸腔里，竟然像进了风，空空荡荡的。

蔡文姬抹了抹眼泪，"晓鸥，对不起，我不该让你这么痛苦，但是，我希望你能坚强起来，果果还需要你，马伯伯、阿姨也需要你，还有李琦的公司也需要你！"

Chapter 19
力挽狂澜

这世间，原本就有那么多美好的爱情，可是在行走的
过程中，我们彷徨我们迷惘，我们执着我们放手，我们在
渐渐长大，我们也在渐渐死亡，不是你弄丢了我，就是我
弄丢了我自己！

❦ 红颜祸水说的就是你 ❦

真相虽然迟来，但不会缺席。

马晓鸥清醒后，才逐渐从华律师及万金油那里，知道两件事。

其一，李琦当年被陈小雨和高登联手陷害，导致丝路网科错失 IPO 机会；

其二，李琦早早就立下遗嘱，如果自己发生意外，马晓鸥有权继承李琦所有的股份并
代理行使职务。

华律师坐在马晓鸥的对面，"马小姐，请您在遗嘱上签字！"

马晓鸥双手颤抖，抬眸问道："你是说，如果，我当初不离婚，丝路的 IPO 不会夭折？"

华律师诚恳地道："应该没有问题，之前承销商给丝路的评级很高。离婚使李先生的
股权缩减一半，导致控制权下降，这对一家即将 IPO 的公司来说，是高风险事件，在当
时即使上市，也是流血上市，所以，一些投资商再三考虑之后才选择撤资。"

"可是，他从来也没有说过！"马晓鸥哆嗦着说道。

"嗯，我劝过他，和你表明利害关系，但是……马小姐，我觉得李先生的初衷就是怕
你担心、自责，所以自始至终，他都没有告诉您！"

"华律师，签字的事，可否让我再考虑一下！"马晓鸥觉得有一口气堵在胸口，几乎窒息。

"马小姐，我理解您现在的心情，但是，事已至此，您再后悔也于事无补。另外李先
生也从来没有责怪过您，您不必过于自责。还有，这是李先生的事业，假设您不签字，就
不能接手公司的工作，我担心，群龙无首，下一步可能会引发更多的问题！"

马晓鸥因为心怀内疚，还没有考虑好是否签字，但是问题不等人，已经接踵而至。

因为创始人兼 CEO 去世，再加上马晓鸥神志不清一段时间，投资商和管理层不免人心惶惶，外界也谣言四起，然后就是李琦的姐姐竟忽然杀了回来，游说各大股东，要把公司卖给高登。

李琦家境简单，父母已经不在，哥哥在多年前，也因为一场车祸过世。只有一个姐姐李美薇，在美国定居。

当得知马晓鸥准备接任李琦出任丝路 CEO 之后，李美薇便火速地从美国赶了回来。

李琦的姐姐，智商和手段当然也属于一流，李美薇也不知道用了什么方法，回国一个星期，就面见了丝路的一些大股东，一是对马晓鸥的继承权提出质疑，二是游说大家，把公司卖给高登。

"姐，你怎么可以这样？你知道高登是一个什么样的人？"马晓鸥神色憔悴地坐在李美薇的对面。

"马晓鸥，在质问我怎么这样之前，我是否应该先质问质问你？！"李美薇居高临下，气色非凡，"你和李琦在法律上已经不是夫妻，按照继承法，你无权继承李琦的财产，另外，遗嘱是在离婚前签署的，是否生效，这个还需要法律去做最后的鉴定！另外，你可能也知道，李琦创业的前期，有一部分钱，是我出的，我也是丝路的原始股东。Ok，回到正题，那我告诉你，我为什么这样？你觉得以你的能力和经验，你能把丝路带到何方？不出半年，就会有很多高管跳槽，丝路的市场份额很快会被蚕食鲸吞，客户的合同一到期，80% 都不可能再续约，现在不是我游说股东，是股东都想着在这个时期套现，这是最好的时机，半年之后，丝路就是想卖，都没人买了，知道吗？第二个问题，高登是一个什么样的人？我和高登不熟，我也没有时间去了解和判断高登的人品，但是他开出的价码不错，是最好的接盘者，仅此而已！"

"姐，丝路是李琦的心血！你怎么舍得？！"马晓鸥平时也是高贵冷傲的主儿，但是在李美薇面前，不堪一击。

"卖掉丝路，也正是因为丝路是李琦的心血，不说还好，马晓鸥……"李美薇顿了顿，继续说道："你现在知道丝路是李琦的心血了，对吗？两年前，你干什么去了？"李美薇哗地站了起来，"两年前，上市申请书马上就要批下来了，你知道丝路上市意味着什么吗？外贸交易平台第一股！然后忽然就不上了，我追问李琦，李琦一直说时机不好。时机不好？呵呵，我现在才知道，如果当时不是你执意要离婚，导致创始人股权分散，股东跑路，怎么会上不去？当年，我那个傻弟弟把股份分给你，我就知道，早晚会出事！果不其然，马晓鸥，你现在好意思说丝路是李琦的心血了，是吗？我告诉你，在这个世界上，谁都可以阻止我卖掉丝路，唯独你，没有资格！你愧对李琦那么宠着你！虽然我不愿意用这个词形容你，但是，你就是，红颜祸水！！！"

李美薇越说越气愤，眼睛差不多都要喷火了，眼泪就在眼圈里，也是一阵强忍。

这是她最最宠爱的弟弟，而这个弟弟竟然就这么毁在了一个女人的手里。

李美薇背对着马晓鸥，"给你两个选择，一是答应把公司卖掉，这是最好的时机，关于李琦身后财产划分，我们秋后算账。李琦的财产，我不稀罕，但是果果是我侄女，我要为果果着想，你还年轻，难保再嫁，我不能眼睁睁看着我弟弟打下的江山，被别人拿走。第二个选择，就是，你交出公司的管理权，把你手里的股权做重新的分配！"李美薇转过身来，眼神凶狠，"马晓鸥，你才工作几年？你最多管过几个人，你觉得你最大的上限是管理多少人？不要为了一己之私，害了丝路。交出管理权，我们物色到最好的职业经理人，但是这个操作性，难度很大，所以，我还是建议你做第一个选择！我给你 24 小时时间！"李美薇说完，转身出了会议室。

被李美薇一顿抢白，马晓鸥也觉得眼前天昏地暗，内心的歉疚更是排山倒海。

❧ 我相信他的相信！ ❧

电影《乱世佳人》中，斯嘉丽的最后一句台词是："我需要去睡一觉，一觉醒来，一切都会好起来的！"

马晓鸥在一觉醒来之后，就把电话打给了华律师，"华律师，我答应签字，请您重新安排！"

"好，我一直在等着您，您 9 点到我办公室即可！"

马晓鸥签完字后，就直接约了王凯、陈怀远、谢振阳等，对于管理丝路，马晓鸥依然毫无头绪。

"你想清楚了？"王凯追问。

"没！"马晓鸥绞着手道。

所有人一愣。

马晓鸥抬头，继续道："很多事，我还没有想清楚！但是我决定试试，不然我一辈子都会活在内疚里，当初李琦立下这样的遗嘱，那就说明，他相信我，而我相信李琦，他觉得我合适，我就试试。只是可能这个过程会很艰难，所以，我需要你们帮我出出主意！"

"晓鸥，你放心，我们都会帮你，也是帮李琦！"陈怀远说道。

"小谢，你跟着李琦的时间最久，李琦也最信任你，所以你要多帮帮我！我替李琦谢谢你！"

谢振阳，一个高高大大的山东男人，听马晓鸥这么一说，竟然也红了眼睛。这么多天以来，自己一直绷着，不能有丝毫的软弱呈现，这一刻再也控制不住，啜泣着道："放心吧！嫂子！"

谢振阳的一句嫂子，让马晓鸥又一阵肝肠寸断。

还没有等到 24 个小时，马晓鸥就以风驰电掣的速度在丝路网科召开了中高层会议，而且是以新任 CEO 的身份。

"大家好，我是马晓鸥，是李琦的前妻，这个信息，可能你们当中大部分人还不知道，但是我想先通报大家，因为很快，你们也会从外人的嘴里知道这个消息。在两年前，我和李琦离婚，我们的离婚产生了一系列连锁反应，最大的一个影响就是导致公司首次 IPO 失败，我想这里在座的每一位，都应该拿着公司的期权，所以，在这里，我先给大家道个歉，是因为我的任性，让大家没有拿到预期的回报！"马晓鸥态度诚恳地站了起来。

"我很爱我先生，我先生也很爱我，不然，此时此刻，我不可能坐在这里！"马晓鸥顿了顿，"但是，我们之间发生了一些误会，然后我们离了婚。当然，也是离婚让我们知道，我们在对方的心里到底有多重要，我们应该更加珍惜彼此。但是，上天没有给我这个机会……我不太愿意在外人面前提及家事，但是，今天，我决定不把大家当成外人，也希望大家不要把我当成外人，而我之所以提起此事，就是想告诉大家，我今天为什么会坐在这里。昨天，有人告诉我，把公司卖掉是最好的选择，我回去之后也盘算了一下，她的说法或许是对的，把公司卖掉，我很快就会变成一个超级富婆。对于这样的诱惑，我有些动心，但是很快，我就做了决定，我不会把公司卖掉，因为这是我先生的心血，因为我的原因，导致公司错失第一次 IPO 的机会，这已经让我很是内疚，如果再卖掉公司，我想，我这一辈子都不会原谅自己！"

马晓鸥喝了一口水，继续道："我知道，当我坐在这里的时候，很多人的脑子里已经在盘旋，我凭什么可以管理好这家公司？那我刚才所叙述的就是我的第一个回答，我把我自己赌在这里，这是我的决心。第二条，我承认我很年轻，或许比在座的很多人都年轻，我缺乏经验，我承认这一点，但是我相信，任何一个伟大的公司都不是因为一个人。丝路能走到今天，不是因为有李琦，而是因为有你们，所以只要你们还在，我就有信心，让丝路变得更好。所以我已经和律师做了深入的沟通，我会把我的股权拿出一部分重新分配给在座的愿意和丝路一起走下去的同仁，当然我们也尊重有一些伙伴，暂时离开我们。第三条，大家都知道，最近风头正劲的被誉为独角兽的凯远科技，凯远科技的两位创始人王凯和陈怀远先生是李琦生前的好友，他们会全力帮助我们，当然还会有更多的顶尖的人才来协助我们度过难关，但是我相信，能帮助我们走出低谷的还是你们。最后，我想说说海洛互联，对，他的创始人就是高登，高登曾经是李琦最好的朋友，这个大家都有耳闻，然后最近几年丝路和海洛的较量，大家也都很清楚。但是大家不清楚的可能是第一次 IPO 失败，真正的幕后黑手是高登，我们已经拿到了一些证据，在合适的时机我们会公开。当然我想说的重点不是这个，而是，可能很多人也会觉得把丝路卖给高登或许是最好的选择，但是以我们对高登的了解，收购丝路之后，高登很快就会把各位清理出管理层，所以，大家留在丝路，我们在一起，还有机会，但是离开，或许不是最好的选择。最后，我想说，海洛为什么迟迟无法IPO？一定有着其存在的问题，这些问题，你们会比我清楚，但是据我所知，前一段时间，海洛遭遇了资金危机。另外，还有一个假设，假设高登在经营过程中存在着一些违法违规的事情，那么也会直接影响其融资和IPO进程。李琦没有和我说过，海洛遭遇资金断裂是否和这个有关，但是李琦去美国，就是为了追查此事！所以，丝路再次IPO不是没有机会，而这个机会，我想和在座的每一位同仁一起创造！好了，谢谢大家！"

马晓鸥的每一句都鞭辟入里。

每一位管理者虽有犹疑，但是热情还是被马晓鸥点燃。

马晓鸥结束会议，刚刚回到办公室，李美薇就一阵风似的推门而入。

"马晓鸥，我竟然小看你了！"

"或许，我不再适合叫你姐，叫你李总或者李董更合适！"马晓鸥站了起来，与李美薇对视，"谢谢李总昨日的教诲，让我领悟了很多事情！"

马晓鸥抬了抬手腕，"还不到24小时，但是结果，我可以现在就告诉你，第一，我不会卖掉丝路，而且我相信丝路会更好！第二，我也不会交出管理权！就在刚刚，我已经履新了，感觉还不错！"

李美薇的嘴角露出了一丝轻蔑，"马晓鸥，你还太嫩了！"

"当然，我承认，但是有一点，我总算明白得还没有太迟，那就是李琦相信我，才会做出这样的决定。诚然，我没有经验，但是我相信李琦，他既然如此相信我，我就会相信我自己，就像果果学走路一样，开始的时候总会不停地跌倒，哭鼻子，可是只要跌倒过几次，就慢慢会走了，我也是一样！"

"马晓鸥，你现在还不要得意太早！"

"你就这么急着把公司卖给高登吗？"马晓鸥逼视着李美薇，"我不知道你的初心是什么？但是我宁愿公司垮在我手里，也不会卖给高登！"

"马晓鸥，你能不能不要意气用事！"

"我意气用事？如果我告诉你，是高登害死了李琦，你还会这么坚决把公司卖掉吗？"李美薇一脸错愕。

"所以，您放心，我不会让公司垮掉，为了李琦，我也不会！"

"什么？高登？你不要为了糊弄我，就找这个借口好吗？"

"你回忆一下，这两年来，李琦是否和你说过高登这个人？说起这个人的时候，是什么样的情绪？另外我建议你去问问一些人，比如陈怀远，比如李琦曾经聘用的私人侦探。这些你都没有了解，回来就是游说各大股东，把公司卖掉！"

李美薇被问得哑口无言。

"这是他们的电话，你可以随便去问，华律师那边，你也可以问问，当然，你也会怀疑，是我串通了大家，随你意！但是，如果你还当李琦是你弟弟，就帮我保住公司，不然李琦在天之灵，知道是你在拆公司的台，我不知道他会做何感想！"

"最后！"马晓鸥顿了顿，"你觉得我年轻没经验，但是，我已经成功运营了一家公司，四年的时间就小有名气，流水也不错，而且我还刚刚拿了设计大奖，对比您的履历，我想，我不比您差，所以，您无须一直质疑我的能力！另外，您的股票，您最担心的就是这个，如果您想出手，凯远那边愿意接手！接下来，我会先拜见所有的股东，如果我知道，您还是执意游说大家，我不管您是谁，我都会不计代价，把您手里的股权拿回来！没事的话，我还有个会！"

马晓鸥转身出了办公室，心情复杂。

李美薇是李琦的姐姐，在这个时刻，最应该和自己站在一起的就是她，可是也正是她，弄得股东们人心惶惶。难道在利益面前，亲情什么的都不重要了吗？

这是马晓鸥的揣测，当然，站在李美薇的角度，她的出发点也毫无问题。

一个把自己的弟弟害惨了的女人，她凭什么还要给她机会。

不过，刚才的马晓鸥和昨天下午的马晓鸥，好像换了一个人。那一身凛然，确实也把李美薇镇住了，难道她真的可以挽救困局吗？

❋ 坠入人间，灿若烟火 ❋

其实，丝路的困局，比马晓鸥想象的严重得多。

管理层在马晓鸥的一番安慰和期权兑现之后，确实安定了下来，但是股东们就远远没有这么好对付。

准备撤资者有之，准备趁火打劫者有之，资本趋利的天性在李琦去世后，逐一突显。

但是还好，李美薇终是钟爱这个弟弟，所以看到马晓鸥如此不眠不休，为公司奋战，也暂且愿意给马晓鸥一个机会，决定与马晓鸥并肩而行。

李美薇常年在华尔街工作，经验丰富，而马晓鸥思维敏捷，很容易抓到重点，所以两个人配合起来，还是逐渐地把撤资的事态平缓了下来。

王凯和陈怀远，虽然才刚刚拿到巨额投资，但是创业这两年来，还是见了不少的投资人，所以他们也极力地帮丝路做推介。由于丝路的行业地位及良好的财务报表，比起凯远的投入性产品，更容易获得稳健投资商的青睐。

最后马晓鸥、李美薇商量，把在撤资事件中闹得很凶的投资人踢了出去，引进了新的投资商，这也算是因祸得福。

马晓鸥几乎是把自己除了睡眠的所有时间都拿来工作，但还是常常觉得心力交瘁，还好，王凯在管理上、陈怀远在技术上、蔡文姬在市场上，都不断地给马晓鸥支持，就连靳雪菲和范姜也主动请缨，连带着把炫彩的事务接了过去。

马晓鸥剪短了头发，把所有的高跟鞋都收了起来，每天在各个会议室里，进进出出，跑来跑去。

和李琦相比，马晓鸥的缺点是年轻，经验不足。但也正是年轻，让马晓鸥很快获得了管理者们的喜欢和信赖，因为她虚心好学，不搞一言堂，对伙伴们也是真心信赖，满怀敬畏。

这让这些年轻的管理者们，第一次有了很强烈的存在感，很快，马晓鸥就和大家打成一片，办公室里的气氛每一天都热热闹闹的，就像是过年一样。

丝路依然存在着很多问题，但是大家情绪高涨，一个个都把解决问题当成了工作的乐趣。

马晓鸥本是天界仙女，清高孤傲，但因为李琦的过世，一下子被打入凡间，一笑一颦，忽然间都灿若烟火，明媚动人。

貌似张爱玲在《倾城之恋》里写道：一座城的颠覆，成就了白流苏和范柳元的爱情。

李琦的离去便是那倾城之痛，这痛成就了现在的马晓鸥，坚韧不凡，勇往直前。

可是，马晓鸥宁愿不要这份成就，来换回时光倒流，她愿意一退再退，退到卑微里，隐去自己，也要换回那个活生生的他，愿得一人心，白首不离分！

🦋 你纵然是奇葩一朵，我也为你沉醉着迷 🦋

时光，就像一把把最温柔的筛子，通过不停地涤荡，让我们或者偏安一隅，或者安好一方。

马晓鸥失去了李琦，却在李琦留下的事业里获得新生。

王凯，失去了竞争对手，同时也失去了原本还有一线的竞争机会。

王凯深知，再早的相遇也抵不过生死的相恋，他和马晓鸥，只有守望，没有相对，索性便也坦然。

靳雪菲原本的人生，早已一片惨白，自从遇到了范姜之后，却一点点颜色飞舞，大放光彩。

范姜和李琦和陈怀远都大不相同，没有强势的进攻，只有不断地退守，把大片的舞台交给靳雪菲，他只如父兄般给予支持，鼓励，和牵引。

男人在爱里面更加高大沉稳，女人在爱里面更加万种风情！

这让很多人艳羡，不免觉得，最好的爱情无非就是，你有了软肋，而我有了盔甲！

经历过石浩楠事件，蔡文姬和陈怀远却彻彻底底演变成楚河汉界。

为了击退自己的软弱和贪念，蔡文姬适时找到了最好的武器，那就是工作，倾心以付，破釜沉舟，而换来的回报自然就是，大受赏识，一路高升。

相对于爱情，工作带给女人的安全感往往更可靠，更持久！

而陈怀远也不差，因为公司的声名远播，一下子成了 IT 新贵，各种论坛、路演，都会出现陈怀远的身影，他不再籍籍无名，他也不再黯淡无光。

在彼此的领域里，他们都开始星光闪耀，但是也就仅此而已，在爱情的领域里，他们也只是隔河相望，各自安好！

李琦离世三个月后的一个周末，马晓鸥把大家都叫到家里来，欢聚一堂，一为感谢，二为起航。

靳雪菲和范姜是最早到的，手托着手，浓情蜜意。

陈怀远和王凯一道姗姗来迟，后面自然跟着一个小尾巴，活蹦乱跳如一条鲶鱼般的Amy。

自认为已经武装到牙齿的蔡文姬，在看到这条鲶鱼时，却忽然感觉自己就像一条沙丁鱼，被关在一艘巨大船舱里，暗无天日，几近窒息。

"怎么了？你看晓鸥和王凯，做不了情人，还可以做朋友，怎么怀远一过来，你脸色就这么难看？"靳雪菲追进了厨房。

"哪有？说好了，今天我掌勺，平时呢，都是我吃你们的，今天就拜托给我一个报恩的机会，去去去，赶紧去和范姜腻味去！别一会儿，老范就杀了过来！"

靳雪菲依旧不放心，"没事？"

"有什么事啊？快，哪凉快去哪儿待着去！"蔡文姬拿起一个果盘，递到靳雪菲手里，"快出去，别碍事！"说着把靳雪菲推出了厨房。

做菜是一门艺术，一旦沉浸，很容易让人乐在其中，不一会儿的功夫，蔡文姬就做出了几道色香味俱全的美味。

摆在餐台上的盘子，煞是好看，可是看着看着，蔡文姬忽然感叹道："陈怀远怎么就那么倒霉呢，在一起的时候，我连一道像样的菜都不会做！"

触景伤情，蔡文姬想着想着，越发觉得心中五味杂陈，不经意间，眼上蒙了一层水雾。

这时，Amy 却蹦蹦哒哒跳了进来，"Yumiko，怎么了？"

蔡文姬赶忙转身，"没什么？刚才切洋葱，呛到了！"

Amy 歪了歪脑袋，朝着菜板看去，露出狡诈的笑意，好像没有洋葱哦。"嗯，那要不要帮你擦擦？"

"不用了，谢谢！"蔡文姬没有回头。

"嗯，那个，芒果，还有吗？怀远要吃！"Amy 扑闪着大眼睛。

蔡文姬赶忙又递过去一个果盘，"给！"便也不再回身，低头切菜。

Amy 嘿嘿一笑退出厨房，走到客厅，在陈怀远耳朵边一直低声耳语。

马晓鸥看不过去，拉着王凯问："怀远和 Amy 在一起了？"

王凯拧了拧眉，"我也有点搞不清楚，好像是，又好像不是，问他们，谁也不老实交代！"

马晓鸥转头看了看厨房，"对了，上次石浩楠的事，你也在场对吧？浩南人不错，现在两个人彻底闹掰了，连朋友都没得做，浩南帮过文姬很多……说实话，怀远那么做，确实不太应该！"

王凯耸耸肩，"感情的事，真的是很复杂，以我对怀远的了解，他很爱 Yumiko，可是，他们为什么总吵架呢？"

"天下的夫妻分很多种，他们这叫欢喜冤家！"马晓鸥回道。

"那到底是欢喜，还是冤家？我有些搞不懂！对了，我们的公司现在运转很好啊，Yumiko 不用再担心过不上好日子啦，她为什么反而不理怀远了呢？你知道不知道，为什么？"

马晓鸥也耸耸肩，心想，应该不只是因为石浩楠吧？

蔡文姬这一顿饭做得确实不错，大受赞赏，大家也吃得津津有味，其乐融融。

作为地主，马晓鸥频频举杯，感谢大家最近的支持。大家也频频回应，但是没一个人敢在饭桌上提起李琦，李琦就像是一个黑洞，一个可以吞噬马晓鸥的黑洞。

蔡文姬也紧随着马晓鸥，乱七八糟扯一些借口，一会儿祝福这个，一会儿祝福那个，没一会儿，就有了醉意。

陈怀远坐在 Amy 的身边，好像对蔡文姬无视般，只顾着给 Amy 夹菜，并介绍着每道菜的做法。

蔡文姬看得眼睛冒火，但是又不能起怒，只晃晃悠悠，端起一杯，朝着范姜和靳雪菲道："姐，祝你们旅行愉快，早日领红本本！"

靳雪菲又是一脸羞红，范姜却举杯与蔡文姬碰杯，"谢谢你这个大媒人！"

蔡文姬却忽然嗤笑："哈哈，我都忘了，我是你们的媒人，哈哈，你们结婚，要给我包一个大红包！"

范姜豪爽地答应了。

"范姜，我和你说，你必须要谢我，重谢，如果不是我当初给我姐下药，就凭你自己，说不定还要再追好几年呢！"

蔡文姬早已醉眼迷离，口无遮拦，下药这句话一出，立马语惊四座。

靳雪菲再怎么着，也是脸皮薄，一张俏脸早已刷刷刷地红成了红苹果。

范姜举起的杯子也瞬间停住了，自持云淡风清的一个人，忽然不知道该说什么往下接了。

马晓鸥拉着蔡文姬坐下，"你还少给我下过？嗯，文姬说的意思，就是说好话，为了我和李琦，范姜和靳雪菲，文姬没少操心，来敬文姬一杯！"

众人举杯！

蔡文姬依旧不依不饶，"不对，晓鸥，不是说好话，是要放在杯子里，嘿嘿，喝下去！"

马晓鸥赶忙又拿起一杯，"嗯，喝下去！"

陈怀远死死地盯着蔡文姬，强行压制着一股冲动，就是冲上去，把蔡文姬抱走！

陈怀远的情绪异常复杂，倒不是怕蔡文姬在这里丢人现眼，而是有一种动物属性的冲动，渐渐升起。

天啊，这个女人的脑子到底是什么做的？不但给自己下过药，还给她自己的亲表姐下药。

这个女人到底是怎么样的一种奇葩的存在？笑的时候没心没肺，哭的时候气吞山河，打架的时候，左右开挂，骂人的时候口吐莲花，就是这样醉着，胡说八道的样子，都让人觉得，异常生动。

她有时良善如天使，有时又刻薄如恶魔，可是无论她如何，他都被她所惑，无法醒转！

这是和陈怀远形成两极的一种特殊物种，以陈怀远 0101 的思维模式，他很难理解蔡文姬那横七竖八的想法，但是这并不妨碍他为之着迷，深深沉醉。

陈怀远被 Amy 拉着，不能上前，只能一杯杯往肚子里吞酒。

好不容易恢复正常，陈怀远赶紧借口还有点事，拉着 Amy 就要走。

其他人便也借故纷纷离去。

蔡文姬东倒西歪，强行把每个人送到门口，又搂又抱一番，方才撒手。

开门灌进来的清风，让蔡文姬偶尔清醒，但是又很快迷醉。

也不知道到底是醉是醒，等到所有的人都离去，蔡文姬再一次打开房门，这一次，陈怀远没有站在门外。

蔡文姬才忽然想起来，他们离婚的那天，她也是如此，忍不住再去开门，而那一次，陈怀远没有站在门外，就像今天这样。

蔡文姬终于知道，陈怀远，永远也不可能，再站在她的门外了。任由她一次次凌辱，他一次次求饶，他终于，转身离开，不再归来。

很多人，逝去了也就逝去了，比如李琦。

很多事，过去了也就过去了，比如陈怀远。

但是，还好，还留下靳雪菲和范姜，硕果仅存。

这世间，原本就有那么多美好的爱情，可是在行走的过程中，我们渐渐长大，也渐渐失去。

马晓鸥，为了追求真相，失去了李琦。

而自己呢，却因为缺乏信任，而失去了陈怀远。

很多时候，失去铸就了成长，但是这份成长的代价也未免太大。

蔡文姬不知道，是怎么着被马晓鸥拖着，上了楼。也不知道，自己是不是说过什么不该说的话。

蔡文姬只知道，自己需要睡眠，她知道，醒过来之后，她将又是好汉一条，只有好汉，才不需要爱情。

Chapter 20

所有深情终不负

这个星球上有不计其数的细菌，数百万的物种，七十多亿人口，怎么偏偏，我就遇到你，爱上你，它们都成了黑夜，而你是唯一的星光。

❧ 南极求婚的大 Bug ❧

在和张君的爱情里，靳雪菲几乎卑微到尘埃，他太强大，她只好仰望。

而他每一次的俯身，又何尝不是充满绝望？他也困苦，他也无助，可是面对她的期许，他早已学会独饮寂寞之酒。

而田杺然，恰时出现，就像一根刚刚点燃的火柴，在酒杯里升腾出一片蓝色火焰，他明知会引火焚身，也刹那间迷惘，如飞蛾扑火，不计后果。

她渐渐学会不再怨怼，她渐渐学会感恩际遇，如果没有田杺然的不择手段，怎么会有她靳雪菲如重获新生一般的大好乾坤，登高远望，被珍视娇宠。

"有才，有才，太有才了，和几千只企鹅在一起求婚！"蔡文姬一边看着照片，一边喊着，"姐，说说，你哭没？"

靳雪菲满脸绯红，笑而不语。

"哈哈，不过这设计有个 BUG（错误），姐，以我对你的了解，你一定得哭，可是，在南极啊，你眼泪刚出来，不就冻住了吗？啊哈哈……"

脑补着靳雪菲满脸冰珠的模样，蔡文姬笑得前仰后合，眼泪都快出来了。

靳雪菲之前从来就没有想过，也不敢想，自己这一生会登上南极，更加没有想到的是，在南极，被求婚，在几千只企鹅的见证下，那个俊美非凡的男人竟然单膝跪地，虔诚地请求她，和他共度一生。

站在地球的极点，靳雪菲第一次觉得，原来，自己的世界可以这么大。

而带给自己这份辽阔的就是眼前这个温良的男人，他从未说过什么豪言壮语，只是一味地相信她，欣赏她，鼓励她，懂她，怜她，惜她……

所以，即使一转身就是万丈深渊，又如何？起码这一刻，她拥有过。

虽然在那一刻，靳雪菲不愿意想起张君，但还是被这个名字窜进了脑海。

范姜和张君竟是如此的不同。

张君的爱，是一味地禁锢，而范姜的爱，却是不断地放手。

海阔凭鱼跃，天高任鸟飞，靳雪菲在自己 32 岁生日这一天，终于一跃而起，飞上蓝天。

范姜和靳雪菲的性子倒真是应了天作之合，开始的时候，都是慢慢悠悠不急不躁，一旦疏通了心意，便忽然就是雷厉风行，说办就办。

旅行回来后，两人便速速地选好了良辰吉日，开始筹备婚礼。

❧ 关于前夫的非正式移交 ❧

生活，无非就是或者相向而行，或者背道而驰。

靳雪菲那一厢正在忙着喜结连理，蔡文姬这一厢却忙着做情感的交割。

"服了 U（你），黄香蕉！"蔡文姬把手机一会儿拿近，一会儿又推远，看了三四遍，才总算领会了 Amy 的意思。

"啊，她就不知道，在中国，这样的见面很可能会遭遇硫酸雨吗？"蔡文姬摇了摇手机，自言自语道。

蔡文姬本不想赴约，但是转念一想，还是去吧，就权当是对一件贵重物品的非正式移交吧！

虽然这件物品，在离婚之后，就已经不属于她的私人财产了。

但是关于使用手册这种附带性产品，还是要一并交接清楚比较好。

神思一定，遂，早早下班回了家。

蔡文姬自知没有争风吃醋的必要，但还是重重地打扮了一番。

漂漂亮亮出现在情敌面前，这多少也是给陈怀远一些尊重，对吧？蔡文姬暗想。

后海比以往，着实冷清了不少，但反而是这份冷清，更凸显出一副别样的韵味。

这韵味是蔡文姬喜欢的，她以往更喜欢工体那边的喧嚣。

Amy 选的咖啡厅位置极好，就在湖边，宽阔明亮的大幅落地窗，可以把整个湖光山色收进眼底。

夜幕初上，一对对晃动着的情侣身影，合进来，也真真正正是一副好看的画儿。

蔡文姬大大方方地落座，Amy 讨好般递过去一个酒水单。

蔡文姬故作大家风度，接过去，左右翻看了一遍，最后点了一杯猕猴桃汁。

Amy 一副天真模样凑了过去，"Yumiko，你不会怪我吧？"

"怎么会？"蔡文姬摇头，大度地耸耸肩。

"嗯，也是，毕竟是 Yumiko 看不上怀远了！"

蔡文姬哑巴吃黄连，有苦说不出，只能无奈地笑笑。

"不过，在我眼里，怀远还真是一个好男人啊，他可是我这次来中国淘到的最大的宝贝！"Amy 笑眯眯地盯着蔡文姬。

蔡文姬被酸得差点把喝进去的果汁给吐出来。忽然有一种冲动，就是想上去在这张天真无邪的脸上抽一巴掌，真是得了便宜还卖乖。

"好不好，用过就知道了！"蔡文姬从牙缝里挤出这句话，但是还是被 Amy 听到了，拧着小眉头说道："用过了？"随即又笑嘻嘻地道："对啊，用过了，就发觉真的是更好了！"

蔡文姬脑补了一番陈怀远和 Amy 打得火热的场面，就觉得一口老血往嗓子眼冲，脸都快被气绿了，但还是强行用更加墨绿的果汁压了下去。

"Amy，我们中国人讲，琴棋书画诗酒花，柴米油盐酱醋茶，你明白是什么意思吗？"

Amy 摇了摇头，一脸茫然。

"嗯，好不好，只有真真切切过了日子才知道！恋爱容易，婚姻不易，且行且珍惜！"

Amy 被蔡文姬一顿神拽，确实有些蒙圈，嘴里小声嘟囔着："嗯，我就是想好好过日子，想更了解怀远一些，所以才来请教 Yumiko 的！"说罢，竟然就真的从包包里掏出一个窄窄的红色小本子，打开，拿出笔很认真的样子。

蔡文姬又压了一口果汁，"Amy，你这是要采访我吗？"

"过日子，我总要记住怀远的喜好啊，你们有个成语，叫投其所好，对不对，我要投其所好，这样怀远才会更喜欢我啊！"

Amy 一脸虔诚，不一会儿又蹦出一句成语："人家说什么？嗯，士为知己者死，女为悦己者容，对吧？这句话说得真好啊，怀远是我的知己，后一句我不太明白，大致就是要为他美容，对吗？"

蔡文姬终于忍不住，"Amy，你确定，你是诚心要和我请教的吗？"心想，你是故意来恶心我的吧，哼，枉自己被这一副单纯的外表所迷惑，心眼真是大大的坏。

"当然啊，那开始吧！怀远最喜欢吃什么主食？"

"面！"

"最喜欢吃什么菜？"

"蘑菇、红烧排骨！"

"最喜欢看的书？"

《百年孤独》！"

……

"喜欢看哪类电影？"

"科幻！"

"最喜欢哪部美剧？"

《绝命毒师》！"

"最喜欢的衣服类型！"

"牛仔裤，T恤，纯棉的！"

"颜色呢？"

"藏青色！灰色！"

"口头禅！"

"有完没完，其一，其二，其三……"

蔡文姬被问得有些不耐烦，转头定定地看着Amy，Amy被看得发毛，拿起笔抵着下巴。

"Amy，你最近很闲，对不对？"蔡文姬又往前探了一下头，气势压境。

"呵呵，还好！"Amy怯怯地道。

蔡文姬摇了摇手机，"那你可否知道，现代有一个伟大的发明叫做电邮，Email，你问这些无聊的问题，可以先发一个Email给我，我一一回答好，一个发送键就Ok，你这样大张旗鼓，不是太浪费时间了，你们美国人不是最讲效率的吗？"

"嗯，还是这样，印象深刻！"Amy逐渐从蔡文姬夺人的气势里苏醒，又露出一张小狐狸脸。

"印象深刻？那你刚才怎么不录视频，回去天天背诵，不是更刻骨铭心！？"

"Good Idea，那可以重来吗？"

"对不起，你没交学费，今天到此为止！"蔡文姬说罢就要起身。

"Yumiko，还有最后两个问题，好不好？"

"Say！"蔡文姬已经忍无可忍，就快把夹了一个晚上的小尾巴露出来了，什么时候，蔡文姬做过良民！

"你最不能忍受怀远的缺点是什么？"

"多了，简直罄竹难书，比如上厕所锁门，天天黑脸，肌肉僵硬，霸道，脾气大，长得太高，还有，这里有问题！"蔡文姬指了指脑袋。

Amy 一脸被吓住的样子，蔡文姬不免小小得意了一番，"嗯，我最近记性不好，主要是缺点太多，嗯，还有，有暴力倾向，对了，喜欢酗酒，喝完酒，会打人，所以，你以后要注意些，他曾经一个人打了七八个！"

Amy 紧张地往后退了退。

"还有，不喜欢洗澡，另外还有一个……不知道当说不当说！"蔡文姬故作神秘。

Amy 把身子往前挺了一下，"什么？"

"虐待狂！所以，你知道，我为什么把他甩了吧！发作起来很可怕！"蔡文姬的鼻子都快贴到 Amy 的脸上了。

蔡文姬都听到 Amy 往下吞咽吐沫的声音了，暗自欢心不已，看来在人背后说坏话，还真是爽啊！

"嗯，好吧，那还有最后一个问题！"

蔡文姬诡异一笑，声音故意弄得阴森可怕，"说吧！"

Amy 忽然坐正，就像不曾受过恐吓，就跟没事人一样，"那你还爱不爱怀远了？"

蔡文姬不想再和 Amy 纠缠下去，狠狠甩了一句，"不爱，你喜欢，拿去不送！"说完，站起身，就往外走！

不成想一转身，却撞到了一堵肉墙上。

蔡文姬心气不顺，刚想开口怼过去，一抬头，就对上了陈怀远那一双如墨的深眸。

"嗯，你们聊，我还有事！"

陈怀远拉住蔡文姬，拉回到自己的身前，"在你眼里，我就这么不济？"

蔡文姬看着陈怀远满眼伤痕，心里虽有不忍，嘴上却叫嚣着："我刚才说了，罄竹难书！"

陈怀远不怒反笑："长得太高，也是缺点？"

"怎么不是，每次吵架，不都是拿出一副高高在上的样子，欺凌弱小！"

陈怀远快撑不住笑了出来，"欺凌弱小？你？弱小？每次都堪比河东狮吼！"

"身高不占优势，嗓门再弱下来，那不是会被你欺负得更加彻底？！"

"好吧，这点算上，那我怎么就有暴力倾向了，还打人，每次打人咬人的，不是你？"陈怀远伸出胳膊，"你数一下，我胳膊上有多少个牙印！"

蔡文姬打死也不承认那些牙印是自己咬的，"你和李琦，当初没把人家酒吧给砸了，好几个人被打得进了医院？你健忘了！"

陈怀远扶额，这都哪儿跟哪儿啊，自己为什么打人，蔡文姬比谁都清楚前因后果。

Amy 也不忘在旁边添油加醋，"Yumiko，真的吗？好可怕！"

蔡文姬回头，"当然啊，还有酗酒，你问你哥，还是你哥把他送到医院去的！"

"那是劳累过度，好吗？"

"医生是这么说的，酒精中毒！再说了，你酗酒不酗酒，和我有几毛钱关系！Amy，以后，陈怀远就有劳你啦！"

蔡文姬嘴上和陈怀远对着，手却暗暗用力，想从陈怀远的怀里挣脱出来。

"还有，虐待狂是怎么回事？你得说个明白！"陈怀远紧抓着蔡文姬不放，这小狐狸要是被放回山林，再诱骗出来，可就没那么容易了。

"还怎么回事？事实就在眼前，现在不就是吗？你把手放开，你看看我手腕现在是不是青的？"

陈怀远果真松了手，蔡文姬趁势就往外跑。

刚跑到门口，就又站住，被眼前忽然变换出来的画面惊呆了。

整个湖的周围被密密的烟花组成的帘幕环绕，湖上几艘小船里漂浮出盛开的玫瑰，空中有一只精巧的无人机盘旋，降下一副耀眼的横幅，"蔡文姬，嫁给我！"

当这个字被展开后，蔡文姬的胸口就像被什么击中了一般，有一股热流涌出，眼睛也有些湿润起来。

然后就听到，身后有一个沉沉的声音升起，"文姬，你说过，我总是在用我自己的方式爱你，我承认，我确实不是一个好的爱人，我缺点很多，很多时候，我都不知道你的心意，不会讨你喜欢，总是惹你生气，让你伤心。我说过，这辈子，你的安全由我来保护，可是这几年，我却一直在伤害你，让你生活得胆战心惊，都是我不好，可是，文姬，不管我的方式对不对，我知道，我爱你，我只爱你，所以，再给我一次机会好吗？"

陈怀远的每一句顿挫，都像是在蔡文姬的心尖上挖了一下，眼泪一枚枚滴落，也滴落一枚枚前尘往事。

是啊，在他们的那些前尘往事里，陈怀远一直在做着一件事，就是尽可能地满足她的要求，他偷偷地记下了她的喜好，并一一实现，即使她对他有再多怨怼不理解，他也从未改变过，他没有李琦的油滑，也没有范姜的风度，他就像一个心思单纯的小孩，有人告诉他，这条路的尽头，就是桃花源，他就这么一直走着，任凭身边无数的风景掠过，在暗夜里擦伤，在泥泞里跌倒，都不曾动摇，他前行的决心。

蔡文姬的嘴角扯动了一下，是啊，这么多年，他就是这么简单地傻傻地守护着她，不会变换方式，不会甜言蜜语……

可是自己呢？为什么回忆里都是自己披头散发，疯狂咆哮？她对他，何曾有过柔情？抱怨、责骂、歇斯底里……陈怀远，你怎么这么傻呢？这样一个女人，怎么值得你如此倾心，这样一个女人，现在自己看起来，都有些不屑。

蔡文姬，你何其有幸，遇到这么一个傻男人，爱你爱得深沉无悔，蔡文姬，你又何其不幸，即使遇到一生挚爱，也不知道珍惜，害得好好一段姻缘，伤痕累累。

或许，在过去的这段时间里，自己不愿意回到婚姻的状态，怕的不是两个人再无休无止地争吵，怕的只是自己这般不可理喻、任性胡为罢了。

陈怀远双手扶在蔡文姬的肩上，轻轻地把蔡文姬扳过来，"文姬！"

看着蔡文姬泪眼朦胧，陈怀远心疼不已。

蔡文姬缓缓抬头，"怀远，我记得，你曾说过，你的世界里，很多事情，都是 0、1 代码，非黑即白，非对即错，对吗？"

陈怀远拧眉，不知道蔡文姬怎么又扯到这里来了。

"这几年，我们一直在论证着一道辩证题！"蔡文姬停止抽泣，缓缓道。

陈怀远的眉头拧得更深了。

"其实，是我，一直在论证着，我们的婚姻里，到底是你错了，还是我错了，呵呵，就和天下大多数的夫妻一样，总想争个孰是孰非！"

陈怀远望着蔡文姬，此时的蔡文姬好像换了一副灵魂。

"在很长一段时间，我都以为，我是对的，你是错的，呵呵，而且错得无可救药！"蔡文姬硬生生挤出一丝微笑。

"文姬，确实是我错了，我没能给你幸福，不管过程是什么，从结果来看，都是我错了！对不起！"

蔡文姬抬手，抚上陈怀远的面颊，"傻子！这世界上怎么会有你这么傻的人呢？你知道不知道，你傻得让人心疼！"一包眼泪又含在眼窝里，"你没错，是我错了，错得离谱！"

远处的烟花渐渐落幕，陈怀远紧紧抓着蔡文姬的手，"好了，我们现在不争对错了好吗？我知道，你还爱着我，我也爱着你，我保证以后再也不惹你生气了，好不好？"

陈怀远难得说软话，这反而叫蔡文姬很不适应，眼泪又哗哗滚落，"怀远，对不起，我们不合适！"

蔡文姬用力挣脱陈怀远的禁锢，转身走进风里，在蔡文姬的身后，烟花一丝一息，渐渐陨落。

蔡文姬的步子越来越大，心越来越痛，也忽觉得越来越轻松。

如果不是这一路走来，见识了自己的不堪，或许自己还会活在自怨自艾里。

凭什么？

那个破碎家庭带给自己的不安全感，要不停地通过折磨陈怀远来得以证明，自己是被爱着的，多么可笑！多么可笑啊！

蔡文姬忽然醒悟：不是爱，就可以在一起，而是要有一个更加强大的自我，才能配得上陈怀远这一往情深。

想着想着，蔡文姬倒也忽然觉得，一身清明，两袖清风！

❦ 思念如海，无限绵长 ❦

蔡文姬拉着徐芮，坐在范姜的斜对面。

"行啊，老范，深藏不露，说吧，你到底有多少钱，包机！壕啊～！"

范姜握着靳雪菲的手，转头对蔡文姬笑着，露出好看的酒窝，"我还行，不太穷，不过这飞机不是我包的？"

"啊？"蔡文姬瞪大了眼睛。

范姜抬手指了指前排位的一个身形儒雅的老者，"老老范包的！"

"老老范？"蔡文姬顺势看过去，见一和范姜面目神似的老者，鬓染霜白，仪态威严，也正回头看她。

徐芮赶忙拉过蔡文姬，小声嘀咕着："我也是才知道，范姜是富二代！他爸在S市很有钱！"

蔡文姬抬头，看看老老范又看看范姜，"不会吧，范姜，你隐藏得真是太深了啊，简直就是雅鲁藏布江大峡谷啊！"

范姜揶揄道："怎么着，现在后悔了吧？"

"后悔？！这有啥后悔的，肥水不流外人田，怎么着，你也是我们家的女婿！"蔡文姬小声地和范姜说道。

"对了，姐！"蔡文姬忽然向靳雪菲喊着。

靳雪菲侧身，"怎么了？"

"姐，范姜的身份，你反复确认了吗？别，万一，他家里还有一房呢？"

范姜抬手在蔡文姬脑袋上弹了一下，"小蔡，有你这么挑拨离间的吗？"

蔡文姬摸了摸脑袋，"有你这么藏富的吗？怎么着，怕我借钱啊？"

"借钱，那你以后也得管陈怀远借去，人家公司如果上市了，比我爸还有钱呢！"范姜嘻嘻笑着，盯着蔡文姬的脸，察言观色道。

"别哪壶不开提哪壶！"蔡文姬一时语塞，便回头，四处寻着马晓鸥的身影，马晓鸥没寻着，倒是看到了王凯，正拖着Amy的手，走进机舱。

"不会吧，你什么时候和王凯也很熟了？"

"不熟！"

"不熟，你也请人家？不会吧，是不是这一飞机的人，大部分都是来凑数的啊？！"

"对啊，微笑的二百五，大笑的一千，又哭又笑的五千……"

靳雪菲依偎在范姜的怀里，就听着他们你来我往，不停打笑，也不言语。

还没等王凯和Amy坐稳，马晓鸥就走了进来。

"晓鸥……"话还没有喊出去，就见 Amy 站起身，往后挪了一个位置，马晓鸥自自然然落座。

"哈哈，我知道了，原来如此！"

一路上，向来叽叽喳喳的蔡文姬忽然噤声，看一会儿蓝天白云，睡一会儿，又直愣愣地看云卷云舒。

总感觉，这天地间，就自己一个人，形单影只了。

飞机下，是无边无尽的太平洋，蔡文姬低头，忽然就觉得，有一种思念，无限绵长，思念如海。

❧ 每一次，你都是我的新娘 ❧

"蔡小姐，可还满意？"化妆师 Kevin 推了推蔡文姬。

蔡文姬继续神游太空，嘟囔着："再让我睡一会儿，好吗？满意，怎么样都满意！"

"还是要您亲自看一下，不满意，现在改还来得及！"Kevin 坚持道。

蔡文姬缓缓地睁开睡眼，眨了一下，闭上，又眨了一下，忽然大叫起来。

"折腾了一个大早上，你们化错啦，哎！"

Kevin 也不言语，只是笑笑。

蔡文姬继续道："新娘在隔壁，我是伴娘，伴娘，好不好，稍微弄一下就行啦，头发干嘛要盘起来啊，还有，弄这个皇冠干嘛？！"蔡文姬扭头，指了指自己头上的镶钻皇冠。

"是靳小姐安排，给您化这个妆的！"

"我姐，估计是太兴奋，记错了，快点，改过来，改过来！"

"靳小姐说，你们小时候曾约定过，长大之后要一起结婚……所以，靳小姐希望，今天您能以这个造型出现，陪着她！"Kevin 看蔡文姬还在揪着眉头，继续道："靳小姐还说，本来，她是想等等，等你也有了归属，然后一起结婚，可是新郎，不愿意等，所以，就只有这一个办法了，不然……"

"不然怎么着？"蔡文姬盯着 Kevin。

"不然，靳小姐，就把婚礼取消了！"

"她疯了吗？她敢把婚礼取消了，范姜就敢把我扔海里，喂鲨鱼！"

Kevin 试探着："那……"

"那，那什么……那，那君子成人之美吧！"蔡文姬嘟囔着。

见蔡文姬妥协，Kevin 打了一个响指，两个女孩进来，拖着一件洁白的婚纱，"这是靳小姐，特别为您选的！"

蔡文姬眯了眯眼睛，仔细辨认，"这婚纱，怎么这么熟悉啊？"

"怎么会，这是定制款。"

蔡文姬又大叫起来："定制款？那要多少钱啊？那事后，范姜会不会跟我要钱？不行，我要确认一下，不然我不能穿！"

两个女孩站在后面掩嘴而笑，Kevin急忙说道："你见过，给陪嫁丫鬟置办行头，还要丫头出钱的？"

"喔，也是！"蔡文姬点点头，方才放心把婚纱穿上。

蔡文姬扭扭捏捏走出房间，对站在门边的马晓鸥、徐芮等报以歉意一笑。

"不好意思啊，不是我想搞特殊化，是我，曾经的我，还没有记忆的我，不知道什么时候，答应了我姐……"

徐芮赶忙扶着蔡文姬，"文姬，你今天，简直了，美出天际了！"

蔡文姬赶紧表现出谦虚来，"人靠衣装马靠鞍，嗯，主要是婚纱，嗯，可能是设计师，才华横溢……"

酒店大门口，老靳头，腆着可爱的将军肚，正一派威严地站着。

蔡文姬赶紧小跑过去，"哇，老靳头，你今天真是帅呆了！"

老靳头，终于绷不住，大笑起来，"那我是帅啊，还是呆啊？"

"帅，像个大资本家！"蔡文姬谄媚一笑。

老靳头一手拉起蔡文姬，一手拉起靳雪菲，满脸得意地向前走去。

婚礼的主会场隐在一片树林之后，要穿过一条五颜六色的鹅卵石石板路。

走过石板路，是一条蜿蜿蜒蜒直通海边的花廊，花廊之上，湛蓝的天空漂浮着各色的氢气球，或高或低……

蔡文姬张大了嘴巴，拧眉转向靳雪菲，"姐，婚礼设计图是什么时候换的啊？"

"我也不太清楚！"靳雪菲低语道。

"哇塞，范姜不愧是艺术大师啊，太美啦，这才叫美出天际了呢！"

"怎么样？满意否？"靳雪菲问道。

"当然满意啦，可是有点不对啊！"蔡文姬越发迷惑起来，"我怎么好像在哪里见过呢？真的，姐，我好像见过这个场景！"

穿过花海，在接近海边的沙滩上，搭起了一个长方形的主婚台，依旧是被鲜花环绕。

蔡文姬远远地就看到，颜值爆表的范姜，正朝着这边走来。"姐，这年头，像范姜这么帅、有才，又深情的男人不多了，你赚到了啊，嘻嘻……"

靳雪菲同样低语道："陈怀远不也是，而且现在还多金呢！"

蔡文姬涩涩一笑，"姐，我就没那个享福的命。"

"最近，人家追你，都快绕地球一圈了。还不是你，死活不答应。到时候，你可千万别后悔啊！"

"姐，他最不好的时候，我抛弃了他，现在他好了，我脸再大，也不好意思回去了，这显得我多见钱眼开啊。"

"什么叫显得啊，你就是啊！"

"别告诉我，现在的这个你，是假的，你是我假姐嘛？哼！"蔡文姬朝靳雪菲挤眉弄眼。

"不过，俗话说，一个巴掌拍不响，离婚这件事，你们俩都要各挨五十大板，怀远也有错！"

"姐，这个话题以后再聊！"

"你可想清楚了，我听说，现在追陈怀远的都能组成一个排了。"

"姐，送君千里终须一别，你先走，我殿后。"蔡文姬一边说，一边准备把手从老靳头的手里，抽出来。

"大姨夫，你放手，我是伴娘，我得站到后面去。"

老靳头依旧不放，蔡文姬喊道："喂，老靳头，放手。新郎都过来了，你这扯着我们两个咋回事，一起嫁两个啊？"

蔡文姬正挣脱着，一抬头就看见，陈怀远不知道从哪里冒了出来，一身蓝白相间的修身西装，粉红色的蝴蝶结，宛若王子一般，跟在了范姜的身后。

难不成日有所思，夜有所梦，可是这明明是大白天啊。

蔡文姬被这突如其来的一切搞得有点蒙，眨了眨眼，再次睁开，尼玛，怎么还在？蔡文姬遂又狠狠眨了眨眼睛。

陈怀远就那么帅气温柔挺拔坚定地向她走来。"幻觉！幻觉！"蔡文姬闭上眼睛，自我安慰道。

老靳头继续拖着蔡文姬往前走。

靳雪菲开口道："小文，刚才，你觉得一切似曾相识，对吗？其实，婚礼的现场，不是范姜设计的，是陈怀远，他说这是你喜好的样子，你以前是不是和他描绘过这个场景？"

蔡文姬忽然就觉得有一股热流从胸间浮起，直奔喉咙眼眶。

"小文，怀远，是有点一根筋，平时也不太会花言巧语，但是，他是真的爱你，他在尽其所有，爱着你！所以，你再给他一次机会吧！"

蔡文姬好像听到了，也好像没有听到，一会笑，一会哭，"是啊，倾其所有，不管是大学时，还是现在，从未间断！"

陈怀远看着蔡文姬的样子，紧张得汗毛都快炸起来，怕是蔡文姬一会儿又跑了，几米的距离，对他来说，比三千米还要远。

一秒钟的功夫，陈怀远却脑补完成整个画面：他穿着皮鞋，在沙滩上满场追着蔡文姬的样子……跟头把式，跌倒爬起……

蔡文姬终是被老靳头拖着，走到了陈怀远的身前。

陈怀远和蔡文姬四目相对，无数过往涌现。

两个人都觉得心头涨得满满的，却又一时不知道从何说起。

蔡文姬还是坚决不上台，陈怀远急了，一个打横就把蔡文姬抱起来，拼命往主婚台上跑。

台下的观礼嘉宾，爆发出热烈的掌声和欢笑。

蔡文姬笑中带泪，对着陈怀远嗔笑，"陈怀远，你要干嘛？"

陈怀远紧张得手心直冒汗，"老婆你愿意嫁给我吗？"

蔡文姬仰着头，"陈怀远，你这句话的逻辑有点问题！"

陈怀远立马卡壳，"啊，一个从来不讲逻辑的人在他郑重向她求婚的时候，却来和他讲逻辑！啊……"

蔡文姬理直气壮："难道不是结完婚才是老婆吗？"

神父狠狠憋着，最终还是忍不住低笑了一声。心想，这两个是刚从幼儿园里被放出来的吗？

陈怀远满脑子搜索着，心想如果能用一串代码求婚那就好了，想了半天，陈怀远低声说道："我这个人，嘴很笨，但是，我的记性很好……你说过的每一句话，我都记得……这个婚礼在我的梦里出现过很多次，每一次，新娘都是你……你都像今天……这样美……其实，之前，我比你，更渴望这样一场婚礼……虽然，晚了好多年……对不起……所以，文姬，你答应我，做我的新娘，好吗？"

蔡文姬捂住嘴，早已哽咽地说不出话来。

陈怀远紧张地满头大汗，"好不好！？"反正答应不答应，他也不会再放手了，这辈子不放，下辈子也不放。

蔡文姬开始是轻轻点头，然后点的就如捣蒜似的，蔡文姬忽然就觉得，等待这一刻，好像是等了一辈子那么久。

"好，新郎新娘走起！"摄影师大声地喊道。

四个人站在花廊前，满脸笑意。

"陈先生，陈太太走起！"

"范先生，范太太走起！"

"来，来张全家福！"

"新郎新娘，伴郎伴娘！"

蔡文姬左看看右看看，也没有马晓鸥的身影，再转头一看，伴郎王凯也不见了身影。

蔡文姬把目所能及的地方都打量了一圈，还是没有两个人的身影，便低头对着靳雪菲说道："姐，这两人不会干柴烈火，那个去了吧？"蔡文姬手里比划着，对靳雪菲挤眉弄眼。

"别瞎说！"

"两个大活人，怎么说不见就不见了，不会被绑架了吧？"蔡文姬左右张望。

蔡文姬的话，自然是被其他伴娘伴郎及摄影师都听进了耳朵里。

陈怀远脸上一阵红，一阵白，"什么叫干柴烈火，那个去了，手里还做着手势，苍天啊大地啊，我陈怀远一世英名怎么就毁在了自己的婚礼上了啊！"

以前，他总觉得蔡文姬是不过脑子，现在看起来是有脑她也不想过啊，这难道就是上帝的刻意安排吗？一个人脑子太好使，就一定要安排一个脑子不好使的来综合一下嘛？

不过再转睛一看，陈怀远却忽然又觉得，蔡文姬还真是可爱啊，可爱得一塌糊涂，绝无仅有，花枝乱颤，颠倒众生。

蔡文姬越发觉得马晓鸥被绑架了。"现在马晓鸥接手了李琦的公司，富婆一个，王凯也有钱，天啊！妥妥地，啊，要不要报警？"

蔡文姬连婚纱都没换，就满酒店跑来跑去寻着马晓鸥。

蔡文姬找了一圈，没寻着，跑回化妆间的时候，就见马晓鸥正搂着靳雪菲，不停地抽动着肩膀。

"回来了？哭了？马晓鸥是被王凯欺负了？不会吧，霸王硬上弓？"蔡文姬内心 OS。

蔡文姬轻轻地拍着马晓鸥的背，"宝贝，谁欺负你了？"一边询问，一边四处张望，寻找罪魁祸首王凯的影子，脑子里还寻摸着到哪里去找一把剪刀。

马晓鸥情绪无法平复，激动异常。抬起头，颤抖着，指着手机，抽噎着话都说不完全，"李琦，李琦……"

"李琦怎么了？"

"他们打电话说，李琦，明天回国，我就说，他还在，他真的还在！他没有离开我！"马晓鸥早已哭得上气不接下气。

"什么，李琦没死？"蔡文姬就跟见了鬼似的，大声喊了出来。

靳雪菲赶忙拉住蔡文姬，示意她打住，"这叫什么话？难不成你还盼着李琦挂掉？"

"所以，真的对不起，晚上的婚宴，我赶不上了，我现在要回天城，我要马上走，马上走！"

三个人正说着，王凯气喘吁吁地跑进来，"船找到了，马上可以走！"

王凯话音没落，马晓鸥就拉着自己的行李箱，朝酒店大门飞奔过去，恨不得背后能生出一对翅膀来。

❧ 回去，回到爱里去 ❧

凌晨三点，天城机场 T3 航站楼。

王凯拉了拉一路狂奔的马晓鸥。

"晓鸥，不如在机场附近的酒店休息一下，这样长途奔波，别病倒了！"

马晓鸥站定，望了一眼王凯，双手搓着衣服，"哦，对了，你看我，现在的样子，是不是很狼狈？"

"很漂亮！"王凯宠溺地一笑。她一直很漂亮，如星光璀璨。

"真的？"马晓鸥有些不自信，又道："不行，我要回去换一套衣服，李琦喜欢我穿红色的衣服，对，我应该穿那条红色的裙子！"遂又转头，向前。

"那这样，一会儿我开车，你在车上先眯一会儿，养养神，这个点，到你家顶多半个小时！"

"不用了，我自己打车吧，你跟着我跑这么远，也累了！"

"没事！早上，我再开车送你们回来！"

马晓鸥只顾赶路，不再反驳。

车在暗夜里穿行，又像在记忆里。路边的灯光里，映衬的都是李琦的生龙活虎，一颦一笑。

"晓鸥，你睡一会儿，到了我叫你！"王凯扭头。

"不行，我不能睡，我睡醒了，你们又会告诉我，这一切就是一场梦！"

"晓鸥，这次是真的，再过几个小时，李琦就回来了！"王凯伸手拍了拍马晓鸥。

马晓鸥哽咽着："那么多次，他要回来，是我，一次次把他推到门外，如果，有一次，只要有一次，我选择转身，回头，或许，李琦就不会以身涉险，去美国了……"

王凯语声沉沉："好了，都过去了！"

"所以，你确定，他是真的，要回来了？"马晓鸥渴求地望着王凯。

王凯重重地点头，然后看向前方。

汽车刚进院子，马明启就披着一件夹克出来了。

"爸！"马晓鸥刚叫了一声，眼泪就又簌簌地滚落出来。

马明启把马晓鸥抱在怀里，拍了拍后背，"好了，不哭了，不哭了，小琦都要回来了，还哭什么！"

钱淑芬坐在客厅里，一见马晓鸥进来，眼泪也跟着噼里啪啦往下落。

"行啦，你看你们娘俩，省点力气，一会儿还要去接小琦。"

钱淑芬抹了一把眼泪，"对，对，赶紧的都抓紧时间去睡一会儿！小凯，你也是，客房，我让梅姨收拾好了，快去，这一路折腾回来，估计累坏了！"

"阿姨，没事，我在客厅坐一会儿就行！"王凯答道。

"快，快，去客房睡，早起你还要开车呢，得把精神养足了！"

马晓鸥在床上不停地翻着筋斗云，一直折腾到五点多，窗外已呈现出灰粉色天光。

马晓鸥一骨碌爬起来，冲进洗手间，刷牙洗澡吹头发，争分夺秒。

"红色的，对，李琦喜欢红色的！"马晓鸥换上一身艳红的红裙子。

"这条是第一次约会时穿的。"马晓鸥又换上一条浅绿色纱裙。

折腾了一身汗，最后，马晓鸥坐在床边拿起了那条淡黄色的晚礼服，参加尹美娜婚礼穿的那条，淡黄色的晚礼服。

那一天，他跟在她身后，欢快地笑着，告诉她，这是情侣装。

她对他，怒目而视，"人家穿在身上是情侣装，咱们就是情侣，装！"

那一天，他就像一个等待赞赏的小男孩，而她，硬生生地打断了他的期许……

在过往的那些日子里，次次选择残忍的那个人，都是她，而他，选择默默地，化作一片星空一片海。

过往的一幕幕涌进脑海，痛如刀绞又甜若蜜糖。

眼泪滴落到西装上，马晓鸥赶紧用手轻轻地拂去，就像擦拭一块稀世珍宝。

她终于知道，他花尽半生心思，对她种下的情毒没有解药，纵然千回百转，她总还是贪念他的万缕柔情，一腔热烈。

马晓鸥的脑子里，一刻也停不下来，混乱地想着，痴迷地盼着，恨不得现在就可以飞到机场去，她要离他再近一点，更近，更近，刻入身体，不再分离！

飞机晚点。

马晓鸥心急如焚。

钱淑芬盯着马晓鸥，劝慰道："丫丫，广播已经通知晚点啦，你别再转啦，一会儿把你爸都转晕了！"

马晓鸥看了看马明启，停下，两只手不停地绞着，抠弄着指甲。

等了差不多两个小时，从纽约直飞天城的航班才最终落地。

闸门一开，马晓鸥就迫不及待地往前冲，挤过一道道人墙。

"别急，小琦估计在后面！"钱淑芬追过来，上气不接下气。

马晓鸥的手紧紧拉着钱淑芬，手心里一把冷汗。

见所有的人都散尽，马晓鸥再也绷不住，哇的一声哭了出来。

马明启忽然就觉得心脏一阵抽疼，脸色瞬间苍白。

钱淑芬看了看老伴，埋怨道："说了不让你来，非得来！赶紧，赶紧，深呼吸！"

钱淑芬一边用手抚着马明启的胸口，一边朝着闸口望去。

"喂，李琦先生的家属吗？我是中国驻美大使馆的林栋！"

"是，是，我是！"马晓鸥颤抖地回道。

"不是让你们今天过来接机吗？你们在哪里呢，怎么也没看着你们？"

"我们就在出口这，没看到你们！"

"忘了告诉你们了，我们走的是VIP通道，现在在政务贵宾厅里，你们赶紧过来吧！"

马晓鸥挂了电话，立马甩掉高跟鞋，像火箭一样冲了出去。

王凯一手拉着钱淑芬，一手拉着马明启也跟着一路小跑，转过一道玻璃门，就是VIP通道。

马晓鸥像一阵风一样向前，可是跑到了尽头，依旧没有李琦的身影。

马晓鸥瘫软在地上，她知道，这一次，还是梦。

这时就听见钱淑芬在后面喊："丫丫，在这呢！"

马晓鸥一回头，就望见了那个魂牵梦绕的身影，上身穿着一件圆领高尔夫球衫，下身是米色水洗布裤子，正是临行前，马晓鸥给他准备的那一身。

李琦双手插在口袋里，笑眯眯地朝着马晓鸥望了过来，如过往一般，满目深情。

马晓鸥想跑得再快一点，可是双腿却如灌了铅一般，沉沉地迈不动步子。

十点多的阳光还很清淡，从高大的玻璃窗射进来，打在李琦的身上。

马晓鸥大口喘着气，像在梦魇里穿梭，李琦离她那么近，她却离李琦那么远。

李琦，咧了咧嘴，笑了，口中诺诺道："丫丫！"接着又转身对着林栋说，"我认得她，她叫丫丫！"就像一个如获至宝的孩童。

马晓鸥像刚参加了三千米长跑，弯腰半蹲，又直身，捂住嘴唇，"李琦！"

李琦刚到纽约，没有等到高登，却等到了高登买通的打手，打手从后面用铁棒把李琦击昏。

一个多小时后，李琦才被人发现送到了医院。

经抢救，性命无忧，但是却患上了失忆症，前尘往事，一概都不记得了。而恰巧，李琦的身份证、护照等所有能证明其身份的证件也全部丢失。

纽约警察待李琦身体恢复后，把他送到了中国大使馆，大使馆费了不少工夫，才获知马晓鸥的信息，并与其取得联系，而这离飞机失事，已然过去了差不多半年的时间。

马晓鸥紧紧地抓住了李琦，才敢眨了一下眼。

睁开眼，那个人还在，真好，那个人还在，马晓鸥狠命咬着嘴唇，一会哭一会笑。

李琦憨傻地问道："丫丫，你怎么哭了！你不高兴见到我吗？"

马晓鸥紧紧地搂着李琦的脖子，把脸埋在李琦的肩窝处，哭得上气不接下气。

马明启走过来，拍了拍马晓鸥的肩膀。

马晓鸥抬头，不好意思地冲着林栋道："林先生，真是太感谢你们了！谢谢！"

林栋笑笑，"应该的，喏，这是李先生在纽约医院的检测报告，给你们，回头还要继续治疗，现在主要是记忆中枢被血块压住了，所以一时还想不起来你们，待血块清除了，就会好起来！"

马晓鸥伸手，接过报告，紧紧攥住，应道："好！我们回去就安排！"

"李太太，您先生真是爱你啊，在大使馆的一个多月里，他连自己叫什么都记不起来了，可是每天一睁开眼就念叨你的名字……"

马晓鸥眼泪又齐刷刷往下落，一只手抚上李琦的脸颊，心想："真是个呆子！"

送别了大使馆人员，马晓鸥回头，看着一脸呆傻的李琦，抬起胳膊。

李琦把一只大手交过来，"丫丫，我们现在去哪儿？"

马晓鸥咬着嘴唇，狠狠压抑着哭声，"走，回家！"

李琦诺诺道："好，回家，我和丫丫回家！"

玻璃穹顶的大厅里，有黄种人、白种人、黑人，有人从南走向北，有人从东走到西……

马晓鸥牵着李琦的大手，暖暖的，似乎手里也有一颗心脏，跳动着，鲜活的……

马晓鸥忽然就觉得，这世间，所有的人，所有的物，所有的一切，都静止了，行走的，跳跃的，就唯有她，和她的挚爱。

李琦跟在后面，嘴里依旧念叨着："回家，回家！"像个孩子般，纯真而又欢快。

马晓鸥回头，冲着李琦笑着："嗯，回家！"

李琦盯着马晓鸥，傻傻地说道："丫丫，你真美！"

马晓鸥站定，再也顾不得那南来北往不停穿梭的人群，什么都顾不得，她念，唯有他。

马晓鸥踮起脚，紧紧攀着李琦的脖子，把嘴唇贴了过去，辗转反侧，欲罢不能。

上帝若有慈悲，便赐我这一世安宁，纵然千回百转，你我恩爱如昨！

历经沧海桑田，爱恨轮转，真好，真好，我未走远，而你还在！

Chapter 21

番外篇

君在桥头，卿在岸，未有星光，未有明月，繁花降落，柔若初吻交叠；媚眼抽丝初乍放，光阴醒来君在旁，溪水流动，鼓音渐起，你我，终将情根深种。

❧ 番外1：有一种运动…… ❧

GanNues 酒店，面朝大海，春暖花开。

蔡文姬穿着一件艳红色刺绣小碎花吊带睡衣，柔软的波浪发搭在白皙的背上。

一切如梦似幻。

忽然腰上被一双大手禁锢，"想什么呢？"

"陈怀远，我怎么觉得好像是在做梦！"

陈怀远低笑，"过来，给你一个小礼物！"

"什么？"

"过来就知道了！"陈怀远拉着蔡文姬坐到了床上，打开 iPad，登录网络银行。

"什么？"蔡文姬直接从床上跳了起来，赶忙掐了一下自己，"我的？"蔡文姬不可置信的指着自己。

"嗯！"陈怀远重重地点头，眼里闪烁着光亮。

"你不怕，我卷款潜逃？"

"假如有一天，你想跑了，最好带上我，我吃得不多！"

蔡文姬刚才没有数仔细，一串数字只一闪，好像一个数字后面挂着七八个零。

过往的一幕幕一下子涌上心头，他说："你要相信我！"

可是在这个世界上，可能唯独她吧，从未给予他信任。

不知是惊喜，还是懊悔，眼泪噼里啪啦就落了下来。

陈怀远赶紧把蔡文姬搂紧在怀里，轻轻地对蔡文姬说："别哭了，好丑啊！"

陈怀远知道，蔡文姬为何而哭，因何而泣，可是他从未怪过她。

蔡文姬立马坐正，"哼，你嫌我丑？"

陈怀远刮了刮蔡文姬小巧挺秀的鼻子，宠溺地说道："丑了也没事，咱有钱，想买什么化妆品，随便刷！"

蔡文姬一下子破涕为笑，义正辞严地开始纠正起陈怀远渐渐养成的不良习惯，表情异常认真，"那也不能都买啊，得多少钱？就算现在有钱了，也要省着花！"

就如当初一般，他倔强地想给她一场婚礼，她却死命说："算了，别铺张浪费了，留着那几万块钱，还要过日子呢！"

陈怀远定定地看着蔡文姬，忽然就觉得，"这种单细胞动物还真是好哄啊，自己以前怎么就没发现呢，要早知如此，何必闹出这么多故事！"

陈怀远觉得这样的蔡文姬异常美好，如果自己是一湾静水，那么蔡文姬就是那湖心的一抹涟漪，笑也生动，闹也生动，这辈子，没这样一个妙人陪着，自己的人生和出家为僧又有什么区别！

大部分的爱情不是因为生而相同，而是生而不同。学会接纳，便是海阔天空，学会欣赏，便是风景独好！

陈怀远一时看得入神。

蔡文姬抬起一汪水眸，"喂，你干嘛呢？"

"看你！"

蔡文姬娇羞地把脑袋窝进陈怀远的臂弯，"怀远，你会不会觉得我很物质啊？"对此，蔡文姬一直有心结无法开解。

"嗯？"

蔡文姬又坐起，嘟着小嘴，"哼，我就知道，你会这么看我！"

陈怀远一低头，把一双樱唇含在嘴里，"老婆，谢谢你，在我一无所有的时候选择嫁给我，在我拥有一切的时候，还愿意给我机会，对我来说，你才是无价之宝！"

"你真的这么想！？"

"当然，千万不要怀疑我的智商！"

陈怀远拉过蔡文姬，声音暗哑低沉，"该运动了！"

蔡文姬一时没有反应过来，"啊？什么运动？"

陈怀远把蔡文姬放倒，低声道："有一种运动，比名贵的化妆品还管用，既可以美容，又可以省钱，比较适合你！"

蔡文姬又羞又怒，"陈怀远，你怎么现在变成这样了啊？"

陈怀远死死抵着蔡文姬，"叫老公，你好像从来没有这么叫过我！"

"不叫！"蔡文姬回忆着，好像真是如此，从恋爱到结婚，蔡文姬一直陈怀远陈怀远地叫着，现在竟是一时无法改口！

陈怀远一脸邪佞地笑着，身下开始用力，今晚驯服不了这头炸毛怪，决不罢休。

在这个大好的良夜，他可有大把的时光。

不消片刻，早已一室旖旎，娇喘渐起。

❧ 番外 2：新婚夜晚的"不速之客" ❧

同样是在 GanNues，另外一个房间里。

范姜侧躺在靳雪菲的身边，抚着靳雪菲柔软的头发，"老婆，你真美，像从画里走出来的！"

一声老婆，唤得靳雪菲又羞红了脸。

范姜轻笑，露出好看的酒窝，心想，这世间怎么会有如此害羞的女子，从他见她第一面开始，蔡文姬的一句玩笑，就让她脸红得不行。

不过这样的靳雪菲，让范姜更觉珍惜，万紫千红之间，靳雪菲就是那一抹绝色。

正欲低头，品尝这一份鲜美。

忽然，一阵风吹起来，范姜抬头一看，门口站着一双小脚，"小宝？"

小宝贼兮兮地探进了一个毛茸茸的小脑袋。

然后，飞速地爬上大床，挤到范姜和靳雪菲的中间。

靳雪菲把小宝扳过来，"小宝，怎么不好好睡觉？"

小宝贼兮兮地冲着范姜喊道："叔叔！"

"嗯！"

"刚才，小姨夫和我说，叔叔和妈妈结婚了，我们就是一家人了！"

范姜撑起身子，点头，"嗯！对，以后我们就是一家人了！"

小宝笑嘻嘻道："小姨夫说，一家人就要睡在一起！"

范姜拧眉，好你个陈怀远，你自己软香温玉，就鼓捣这小鬼来捣乱！

"对，小姨夫说得对，一家人就要睡一起！"范姜无奈，安安静静躺平。

小宝一会儿亲亲这个，一会儿亲亲那个，一会儿又要听故事，好一顿折腾，才睡去。

范姜把一只大手跨过来，搭在靳雪菲的腰间，只觉得心猿意马。

靳雪菲把范姜的唉声叹气听在耳朵里，禁不住低头嗤笑。

没一会儿功夫，就听范姜坐起来的声音，然后一个翻身，下了地。

靳雪菲就觉得身子被一双大手托起。

"干嘛？"

"马晓鸥的房间，空着！"

靳雪菲把一双玉臂攀在范姜的脖子上，低头窝在范姜宽厚的胸膛里，不敢喘气。

范姜摸索着走到衣帽间，换下拖鞋，特意穿上皮鞋，然后悄悄地把门带上。

范姜抱着靳雪菲，路过陈怀远和蔡文姬的房间，不忘狠狠地用鞋跟朝门上踢了几脚。

老虎不发威，你当我是 Hello kitty 啊。

踢完，才朝着隔壁走去，脸上方才露出得意的笑。

❧ 番外 3：江山易改，本"色"难移 ❧

一轮圆月挂在暗黑的天幕上。

泥土里泛出一阵阵青草的香气。

马晓鸥拉着李琦的手，坐在屋檐下的台阶上。

两人坐好，马晓鸥打开一张皱巴巴的报纸，拿出一块外焦里嫩的地瓜。

香甜的气息把整个春天都浸染得异常美好。

果然，李琦的脸上早就乐开花，"丫丫，你对我真好！"

很多事情，李琦依旧想不起来，唯独记得她叫丫丫。

"快吃，你小时候，最喜欢吃的！"

李琦竖起食指，放在唇边，"嘘，偷偷的！"

"嗯，偷偷的！"马晓鸥满脸宠溺，轻笑。

"慢点，别噎到了！"马晓鸥伸出小手，抹了抹李琦的嘴角。

"好吃！"李琦噎得眼睛都大了不少。

"除了这个，你还记得你喜欢吃什么吗？"

"我喜欢吃什么？"李琦依旧呆傻。

"樱桃！你小时候，最喜欢吃樱桃了！你看，这些树都是樱桃树，再过几天，这些樱桃树就会开花，然后结出青色的樱桃，樱桃会慢慢变红……"

马晓鸥的眼前，似乎都看到了一树树红彤彤的樱桃在枝头摇曳。

"樱桃熟透了，又酸又甜，特别好吃！"

说得李琦的口水都快流出来了。

马晓鸥顺着就把一张小嘴递了过去，"你以前说，我生气的时候，你就觉得我的嘴唇像樱桃，那你尝尝，好不好吃！"

李琦听话地把马晓鸥的小嘴含了起来。

"香不香！"

"嗯，香，比樱桃香！"

马晓鸥把一条香舌又探了进去，在李琦的嘴里，肆意搅动。

搅得李琦，呼吸都不顺畅。

"嗯，丫丫，你干嘛摸我？嗯……还摸下面？"李琦已经言语不清了。

马晓鸥索性站起，然后就跨坐在李琦的大腿上。

马晓鸥一边撩拨着李琦，一边思忖着："俗话说，江山易改本性难移，或许这个法子，起码可以唤起李琦对于色的贪恋，食色性也，这食也食了，色也色了，怎么就是还不好呢？"

李琦的一双大手，从背后紧紧抱着马晓鸥的腰身，呼吸越来越凝重，就好像有一股气，压抑在身体里，蓄势待发！

❧ 番外 4：被灭灯是因为太完美 ❧

李琦回来后，对马晓鸥的占有欲变本加厉，每天拼命防着所有人，就怕稍有不慎，他的丫丫被别人拐跑。

陈怀远、蔡文姬、范姜、靳雪菲都在他的防盗手册上，而最不被李琦待见的就是王凯。

见了王凯，李琦恨不得，立马扑上去，咬上几口。

对此遭遇，大家深表理解，又无能为力。

陈怀远结婚后没多久，Amy 就回了美国，这更突显了王凯的形单影只，蔡文姬于心不忍，撮合大家，在中国最火爆的相亲节目《非诚勿扰》给王凯报了名。

王凯盛情难却，登上了相亲的舞台，风度翩翩，谈吐不凡。

王凯站在聚光灯下，等待对面女孩的选择。

有一个女孩灭了灯，王凯心想："嗯，还好，不是我喜欢的女孩的类型！"

又有一个女孩灭灯，"嗯，这个女孩不是太自信！"

等灭到第八盏灯的时候，王凯有些绷不住了，"啊，怎么会？难道女孩们都不喜欢高富帅吗？"

然后紧接着，排山倒海，所有的灯都灭了，王凯上台前，满不在乎，现在却忽然不自信起来，"啊，我就这么……啊，怪不得，马晓鸥……"

主持人不忍心，对着几个女孩采访，"说说你灭灯的原因好吗？"

女孩低着头，不好意思和王凯对视，"他，太完美了吧，感觉有点不太现实！"

然后，王凯就成了《非诚勿扰》历史上因为太高太富太帅，而被集体灭灯的第一位传奇性人物。

虽说是因为太完美被"灭掉"，但是王凯还是觉得大受打击，节目统筹劝说王凯再录一场，换一批女孩，或许就不一样了。

王凯本来就是应承着朋友们开心，见此，说什么也不录了，坚决乘当晚的夜航飞机回天城。

然后，他就看到了一个女人，那个女人有着和马晓鸥神似的眉眼，只是皮肤呈小麦色，就像加州的阳光。

女孩大气地伸出手，"Hello，你好，我叫 Tammy（塔米），唐心怡！"

王凯激动地伸出手，"Hi，王凯，Corey，我住旧金山，你呢？"

"哈，好巧，我也是！"

三个月后，王凯和 Tammy 携手回到旧金山，在一座教堂里，办了一个简式的婚礼。

李琦盯着 Tammy，又看了看马晓鸥，"怎么会这么像？难倒是咱爸……"

马明启正在书房里看克莱儿·麦克福尔的《摆渡人》，忽然连打了三个喷嚏。

✤ 番外 5：鸡姐、鸟姐、大表姐的秘密 ✤

半年后。

李琦大脑的血块彻底清除了，一切恢复正常。

陈怀远的公司接连拿到了两轮融资，正准备 IPO。

而范姜又拿了一个国际大奖，还是首位获此殊荣的华人。

一日，三人被叫到一个咖啡厅。

等了很久，三位女王，才姗姗来迟。

陈怀远左看看李琦，右看看范姜，"怎么感觉将要有大事发生？"不免一脸忐忑。

三位女主，身上穿的，手上拿的都是各大品牌的当季新品，逆光而来，如女神降临。

李琦忽然正色道："秀！"

陈怀远追问："什么秀？"

"看着这架势，像不像一场秀？听说过贝克汉姆没？"李琦低语。

范姜和陈怀远点头。

"他有个老婆，叫维多利亚！听说，每年都弄一场秀，穿得特别少，弄得全世界的男的女的都想看。"

范姜："那是维多利亚的秘密！"

陈怀远："秘密？"

李琦："嗯，所以，咱们现在看的，就叫，鸡姐、鸟姐、大表姐的秘密。"

李琦一字一顿，表情夸张，范姜刚喝下去的一口咖啡，差点喷出来。

三位女主陆续坐定，全程高冷。

蔡文姬拿出一份文件，放在桌子中间。

陈怀远双手绞在一起，竟不敢抬眼看，以为又会像上次一样，一纸离婚协议摆在你面前，不得修改，不得反对，不得撕毁，只能签字！

李琦伸过脑袋，偷瞄了一眼，胳膊拐了一下，示意陈怀远，可以看。

陈怀远坐正了身子，拿起一看，表情由悲转喜，轻松感一泻而下，"不就是辞个职吗？支持，绝对支持！"

李琦在心里把陈怀远鄙视了一番，"哼，天天嘲笑我，妻管严，彼此彼此！"

一念刚起，就见马晓鸥也拿出了一份文件，递给李琦。

李琦眉毛都揪起来了，"啊，马晓鸥，你要炒我鱿鱼！？"

马晓鸥点头，"你理解得没错，我也要辞职！"

李琦一脸大写的为难。

这半年多来，自己早就习惯了每天和马晓鸥一起上班下班，低头不见抬头见，多好！咋说不干就不干了呢？

范姜一脸得意，"看，还是我们家雪菲温柔，不起事，不闹事，知书达理！"不自觉，翘起二郎腿晃荡起来！

然后就又有一个文件被推到范姜面前，委任书——正式委任范姜出任美丽春天美容院店长。

什么？竟然让我一个大男人去管理美容院？范姜拿起咖啡杯，就想往脑袋上撞。

李琦和陈怀远对范姜投去同情的目光，不过下一秒就换成了范姜满脸黄瓜片、海藻泥，翘起兰花指的画面……

三位女主，今天这装扮，整齐划一的女王范儿，虽不言语，可是满脑门子都明晃晃的写着：顺我者，晚上可以上床，逆我者，推出去，扔了！

三个人不约而同地感觉，一身冷气，好怕怕。于是齐刷刷点头，同意，必须同意！

马晓鸥赞许地点了一下头。

然后三人又拿出一份营业执照的复印件，楚河汉界，推了过去。

啊？开公司？怪不得搞这么大阵势！

李琦被推举为代表，站起来，"你们，你们这是要揭竿起义吗？"

三位女王依旧不回答，只用坚决的目光就把敌人逼退。

李琦颓败坐下，好吧，明白了，又是通知！

不得反对，不得反对，还是不得反对！

然后，三人又拿出三份合同，三支签字笔。

"销售和贸易的事情，李琦你要给资源！"马晓鸥正色道。

"好嘞，得令！"李琦一脸诌笑对向马晓鸥。

陈怀远狠狠踩了李琦一脚，恨铁不成钢。怎么这么快就弃城投降了啊，老大！刚才是谁叫嚣着要坚定团结，一致对外的！

李琦回踩了过去，内心OS：你们是饱汉子不知饿汉子饥，你们又没跪过搓衣板，也没被踢下过床，你们哪里知道精子被封锁的痛苦，而且一封就能封两年！

李琦贴在陈怀远的耳边："我妈和我说过，打得过，就打，打不过，就跑，跑不了，就投降！"

陈怀远咬牙切齿："那不是你妈说的，那是韦小宝他妈说的！"

刚说完，就觉得膝盖又被踢了一下，坐在对面的蔡文姬正色道："那网站，App 等和技术相关的，陈怀远，就你了！"

"啊？哈哈，嗯……好！好！我！"好汉不吃眼前亏，陈怀远垂手揉着膝盖，低语。

"你，所有的形象设计、产品摄影、店面设计！"

范姜坐直，后背透风，脸上的表情由得意转为为难然后是自豪，"也只能是我了，难不成还指望那两个粗人。"内心却异常愤恨，"我们家雪菲原来多温柔美丽又善良啊，被鸡姐、鸟姐一感染，活脱脱的女王啊！"目测自己离跪搓衣板的日子也不远了！

"有问题吗？"按照来之前三人商量好的人设，蔡文姬狠狠拍了一下桌子。

三个彼此左顾右盼的男人被吓了一跳，"没问题"，声音此起彼伏。

"那还愣着干嘛，签吧，只是卖艺又不是卖身！"

李琦脸上堆笑，小声嘟囔着："还不如卖身呢！"

马晓鸥示意加压，三人齐齐把身子往前靠了靠。

对面三个人赶紧低头，翻到签字页，刷刷刷，签上大名。

签好后，三位女王依次从自己的男人面前收回一份，放进包包里。然后戴上太阳镜，优雅起身。

蔡文姬开腔："嗯，按照合同约定，各位需要在一个星期内，把合同约定的金额汇入合同指定的账户，逾期，就算违约，最低双倍赔付！"

什么？？？？三个人赶忙翻开合同，逐一看了起来

马晓鸥打了一个响指，叫来 Waiter，玉指纤纤，一百元大钞递过去五张。低语："他们的咖啡钱，还有，有啤酒的话，最好备着，我猜他们一会儿，会想要喝点，剩下的就不用找了，小费！"

十月的窗外，明媚如镜，弱柳扶风。

三个气势压境的女人，从哥特式教堂风格的建筑物推门而出，彩绘的玻璃门熠熠生辉，但是都比不上三个女人跌宕开来，层层晕染的风情！

靳雪菲依旧难掩忐忑："这一千万，来的是不是有点太容易了？"

蔡文姬扶了扶 Dior（迪奥）当季新款绿光太阳镜："是有点啊，陈怀远他们三年才拿到第一笔融资，都快累成老头了！"

马晓鸥应和："李琦也是用五年才赚够了一千万。"

蔡文姬虽然有些心虚，但是很快就发现了症结所在："快是快了点，毕竟公司才刚注册一天，不过，主要还是我们智商在线，他们一直宕机！"

马晓鸥终于忍不住，笑意盎然："你说三个猴精一样的男人，怎么可以连合同都没看，就敢签字！"

靳雪菲补充道："这要是在15世纪，过不了几天，他们就得被运到美洲挖煤去了！"

蔡文姬又走了两步，站定，特想回头看看，咖啡厅里的那三个男人，一脸懵圈、满脸惊恐的表情。

念头刚起，蔡文姬就被靳雪菲和马晓鸥死死拖住，一边一个，依旧向前，向着未来，向着坦途！

咖啡厅里的三个男人你瞅瞅我，我瞅瞅你，面面相觑。

尼玛，营业执照，竟然是真的？私人订制（ONLY ONE）服饰商贸有限公司。

尼玛，计划书也真敢写？五年就IPO！

陈怀远转头，看向李琦，"你，IPO了吗？"

李琦头摇得和拨浪鼓似的，并努力睁大怎么睁都睁不大的眼睛，一脸期盼，"你呢？"

陈怀远摇摇头，"NO！"

还没等李琦和陈怀远出声，范姜就窝了下去："别看我，靳雪菲自从被你们家鸡姐，你们家鸟姐感染禽流感后，我这辈子估计都是，挨批，哦！挨批，哦！挨批，哦……"

"那孩子怎么办？"李琦忽然警觉，大声喊道。

"什么孩子？"

"生孩子啊！"李琦恨铁不成钢，"你看看他们一个个齐刷刷拼命三娘，气势开挂的架势，哪还有时间生孩子啊！"

陈怀远和范姜齐齐对李琦怒目而向，你太贪心了吧，好歹也有一个果果了啊？

李琦老实交代："我，基因这么优良，怎么也要生个像我一样高大帅气上档次的男孩啊！"

陈怀远又看向范姜，"那你呢，不是有了小宝了吗？"

范姜不好意思低头，"人都说女孩是爸爸上辈子的小情人儿！"

"尼玛，那我怎么办？我还一个都没有呢！"陈怀远终于意识到问题的严重性。

李琦和范姜异口同声："斗智斗勇，一次搞定，最好双黄蛋！"

然后又双双把目光看向陈怀远，浑身上下，最后停留在那一处最不该看的地方。

一大一小两双眼对视，噼里啪啦，电闪雷鸣，眼语就对上了。

"好像是听说，IT男，由于蛋蛋长期受电脑辐射，小蝌蚪成活率低，种子种了下去也不太好发芽！"

"发芽了，也基本都是花骨朵！"

"双黄蛋，难度不是一般的大，绝对比创业难上一万倍！"

陈怀远站在中间，双手撑在桌子上，满脸黑线。满脑子都是暗黑系武者的小飞镖，一会儿的功夫，在二次元的世界里，小眼睛的李琦和大眼睛的范姜，就被陈怀远射杀倒地……

陈怀远，仰天大笑，HAHAHAHA……

❀ 番外 6：爱，让一切皆有可能! ❀

两年后。

ONLY ONE 春夏新品发布会，在拉斐尔古堡举行。

除了大家耳熟能详的东方脸孔超模外，这一季的新秀有好几位是维密的常客，也包括主秀米兰达可儿，这些都要归功于范姜，范姜曾多次担任维密的主摄影师。

京城的时尚媒体悉数到场，还有一些当红明星也应邀出席。

但是混迹在秀场前两排的，除此之外，还有很多投资人，都是李琦的安排。

也因为李琦的撮合，ONLY ONE 很快在米兰和巴黎都打开了销路。

但是 ONLY ONE 在中国很快风靡的原因则要归功于陈怀远。在私人订制刚推出的前期，由于知名度还没打开，稍微大型的 Plaza（商场），都很难进去，而且资金也不允许。

陈怀远苦思冥想，最后帮 ONLY ONE 推出了一款叫私人衣橱的 APP。

除了时尚资讯和搭配案例之外，这款 APP 最神奇的地方就是，只要点击自己喜欢的衣服，然后打开摄像头，手机画面里就是衣服上身的感觉，哪里合适不合适一目了然。

这个创新吸引了很多目标客户，就连好多明星也蜂拥而至。

ONLY ONE 一下子名声大噪。

秀场 T 台，铺满鲜花，十面可以移动的双面镜子错落摆放。

顶棚的吊灯和水晶玻璃台下的射灯遥相呼应，整个秀场就像是一个美不可言的幻境。

T 台上一个修长的身影爽快利落地走来走去，高跟鞋发出哒哒哒的声响。

白色的修身西装把蔡文姬的身材衬得性感又不失干练。

斜斜的螺旋式短发，一边刚刚过耳，一边极短，却被一串金色流苏耳环做了完美的平衡。

猫眼红唇，美艳不可方物。

音响里回响出清脆的声音，"布景！"

有人回答，"OK！"

"声效组！"

"OVER！"

"灯光!"

"灯光 OK！"

"导引组!"

"导引组，OK！"

"好，进入倒计时！"

灯光暗下去。

在后台的更衣室，靳雪菲跑前跑后，香汗淋漓。

"米老师，珠花都要检查一遍！"靳雪菲对着手工师父米老师交代道。

"放心吧，每一件都检查过了，没问题！"

靳雪菲又把化妆师黄伊汶拉过来，"Even（伊汶），这款妆，要淡点，我们要突出的主题是温婉浪漫中不失性感，但是不能过，要 Balance（平衡）！OK！"

黄伊汶和助手小颜立马走过来，"五分钟！"

靳雪菲又拿来设计图和模特卡。

回头对助理 Michelle（米歇尔）说道："上场的 Model（模特），所有的顺序，衣服的编号，必须再一一对照一遍，不能有丁点差错！"

Michelle 上前，抱了抱靳雪菲，"放心吧，Relax（放松），谢幕前，别忘了，换礼服！"

"知道了，晓鸥呢？"

"鸥姐在 VIP（贵宾厅），今晚来了不少明星！"Michelle 满脸的兴奋，无法抑制。

马晓鸥巧笑嫣然，站在 VIP 贵宾厅门口。

身着一件递进式的湖蓝色晚礼服，设计看似简洁，但处处彰显细节之美，特别是下摆，暗埋的银色丝线和施华洛世奇水钻，交相呼应，凌波微步，如踏浪而来的月光仙子。

一头棕色的秀发高高挽起，露出光洁的额头，又似女王驾到！

而在 VIP 贵宾厅隔壁的一间小会客厅里，却是另外一番画面迥异的光景。

米黄色的沙发上，并排坐着三个身穿燕尾服的男人。

嗯，怎么说呢，严格来讲，是三个"无脸见人"的男人。

其中一个戴着兔子头的男人，手里拿起一个胡萝卜形状的毛绒玩具，咔嚓咔擦大快朵颐起来；

然后，坐在旁边的是一个戴着河马头的男人，张开大嘴，摇头晃脑，不停地打着哈欠；最左边的那个戴着大象头，不时的用长鼻子勾勾这个，勾勾那个……

对面，并排有三个婴儿车。差不多大的三个宝宝，盛装打扮，一个比一个呆萌，一个比一个俊俏，当然口水一个比一个长，笑声一个比一个大！

面具下的三个男人早已被憋得面红耳赤。

混沌三界，未有人语，未有光，幽香先起，情愫暗生；

君在桥头，卿在岸，未有星光，未有明月，繁花降落，柔若初吻交叠；

媚眼抽丝初乍放，光阴醒来君在旁，溪水流动，鼓音渐起，你我，终将情根深种。

三重境，三重天，ONLY ONE 春夏大秀，宠爱有＋大幕盛开。

一个个模特身穿华服，如绝色天使，穿过密境，来到人间。花间、溪畔、碧野……扶额、回眸、浅笑，像一阵风般不断飘过，像一只只鸟儿自由飞翔，不停穿梭，但是从未迷惘。

总有一束光，如影随形，总有一份爱，倾心给予。因为，你就是 ONLY ONE！

所有模特返场，观礼嘉宾悉数起立，回以真诚的掌声……

这一季的 ONLY ONE 给予大家的不仅是视觉的震撼，更有心灵的抚慰。

它似乎在告慰人们，能照耀我的，不是光，而是爱与希望。

第二次返场，模特们在 T 台两旁成八字形排开。所有人翘首以待，女王降临！

一袭湖蓝曳地晚礼服，一袭雪白阔脚长西裤，一袭明黄娇美百褶裙。

一个高贵如明月，一个干练如寒星，一个明媚似春阳。

三个女人手拉手一字排开，满目含情，鞠躬敬谢，又帅气离场。

掌声再次响起，三个女人再次被簇拥上场。

三个男人穿着款式各异的黑色燕尾服紧随其后，每个人或抱着或夹着，男孩女孩小豆丁，在 T 台的尽头站定。

马晓鸥挽着李琦的胳膊，"你怎么一直在眨眼？"

李琦大气也不敢出，总有一种不敢高声语恐惊天上人的感觉。

"太亮了！"

马晓鸥："你别总盯着射灯就行！"

李琦眯着眼，"我不是说灯，我说你们，太亮了，亮瞎眼！"嘴角带笑，内心 OS 不断，"尼玛，闪光灯，也太亮了，干嘛总闪我啊，龟孙子们，是不是就欺负我眼睛小啊！"遂又使劲把眼睛瞪大，恨不得支上一直牙签。

陈怀远把孩子挽在胳膊里，又似担心孩子被这宏大的场面吓到，另一只手又紧紧地圈过来，胳膊上被印上了一个醒目的牙印。

"怎么弄的？"蔡文姬有一丝紧张，一丝疑惑，被强吻了？

陈怀远，疼得咬牙切齿，"咬的！"

"啊？"

陈怀远斜过头，对上蔡文姬，满眼宠溺，"你儿子，随你，都喜欢咬人！"

台下的闪光灯依旧咔咔咔闪个不停，范姜把靳雪菲往前拉了拉，顺势往后挪了挪。

靳雪菲面上带笑，如百花仙子，低语道："干嘛往后退？"

"你往前，挡着点！"

靳雪菲回头，见范姜，帅气的脸上一阵红一阵白。

再低头，地上，有水珠啪嗒啪嗒滴落。

"怎么没带拉拉裤？"

"忘了！"范姜用唇音回答。

蔡文姬也觉察到了范姜的异样，抬眼看看范姜，又看看地上。差点没因为范姜的表情而笑喷。

范姜嘟囔着："热的！"

陈怀远："什么热的？"

果果抓住小宝的耳朵，一脸担心地说道："花花，尿了，羞羞！"

蔡文姬就在快要控制不住表情肌的时候，右手挽着陈怀远、左手拉着范姜，低头，鞠躬，大家一字排开，此起彼伏。不过这个鞠躬地有点大，时间有点长。

终场音乐再次响起，影廊、天顶、墙壁，瞬间映射出 ONLY ONE 的金色 LOGO（标志）。

三家人相携走向 T 台另一端的影廊，又是漫天繁花洒落。

"宠爱有家，宠爱有 +"，等字样，在拱形的廊壁上，交相浮现！

圆满，从来不会因为我们日日的祷告而降临，而爱和我们守望爱的决心，才终将让一切皆有实现的可能！